国家社科基金
GUOJIA SHEKE JIJIN HOUQI ZIZHU XIANGMU
后期资助项目

走向话语阐释的艺术生产

Art Production Towards Discourse Interpretation

蒋继华 著

长江出版传媒 | 湖北人民出版社

图书在版编目（CIP）数据

走向话语阐释的艺术生产 / 蒋继华著. -- 武汉：湖北人民出版社，
2025. 4. -- ISBN 978-7-216-11024-2

Ⅰ. I0；J0-02

中国国家版本馆CIP数据核字第2025KV6781号

责任编辑：朱时君
封面制作：董 昀
责任校对：范承勇
责任印制：蔡 琦

走向话语阐释的艺术生产
ZOUXIANG HUAYU CHANSHI DE YISHU SHENGCHAN

出版发行： 湖北人民出版社	**地址：** 武汉市雄楚大道268号
印刷： 武汉市籍缘印刷厂	**邮编：** 430070
开本： 787毫米×1092毫米 1/16	**印张：** 14.75
字数： 263千字	**插页：** 3
版次： 2025年4月第1版	**印次：** 2025年4月第1次印刷
书号： ISBN 978-7-216-11024-2	**定价：** 66.00元

本社网址：http://www.hbpp.com.cn
本社旗舰店：http://hbrmcbs.tmall.com
读者服务部电话：027-87679656
投诉举报电话：027-87679757
（图书如出现印装质量问题，由本社负责调换）

国家社科基金后期资助项目
出版说明

后期资助项目是国家社科基金设立的一类重要项目，旨在鼓励广大社科研究者潜心治学，支持基础研究多出优秀成果。它是经过严格评审，从接近完成的科研成果中遴选立项的。为扩大后期资助项目的影响，更好地推动学术发展，促进成果转化，全国哲学社会科学工作办公室按照“统一设计、统一标识、统一版式、形成系列”的总体要求，组织出版国家社科基金后期资助项目成果。

全国哲学社会科学工作办公室

引 言

在通常意义上,提及“生产”概念,人们首先想到的是物质生产。物质生产作为人类生存的首个前提和本源性活动,强调生产与人的生活、人的存在和发展的内在性关联,任何割裂物质生产与人类生存的联系都必然导致“生产”概念的抽象化、片面化。但另一方面,随着社会分工的发展和人的需求多样化,“生产”不惟表现为物质性活动,还表现为精神性活动。作为精神产品的艺术也具有物质产品的属性,为人们提供特殊的精神享受。马克思将对艺术的认识置于唯物史观基础之上,从政治经济学视域解释艺术的发生和发展,其“艺术生产”论体现出对艺术本质的新认识。

一、“艺术生产”概念的提出

在马克思提出“艺术生产”概念之前,视艺术为生产、制作的观念在古代就已存在,其间经历了一个漫长的发展演变过程。单就“艺术”一词而言,早期往往表示技巧、技术、制作等技艺性活动,不仅涵盖了我们今天所指的雕刻、绘画、音乐,也包括使用技巧性的生产部门和行业,如耕种、畜牧、医药、商贸等。“今日英文中art一词出自拉丁文ars,而ars又是出自希腊文τεχνη……τεχνη在古希腊,ars在罗马与中世纪,甚至晚至近代开始的文艺复兴时期,都表示技巧,也即制作某种对象所需之技巧。”[①]也就是说,但凡使用技巧、凭借知识、设计规则、耗费时力的都可划入艺术之列,即“技艺”(这和中国古代的“艺”最初指“种植”一样),美从而附着在实用的技艺之上,显然要比今天通行的概念范围宽泛得多。这一时期,诗人“艺术”范围之列,行使今天所言的文学职责。“诗”的原初内涵是什么呢?“起初,‘ποίησιs’意指一般性的生产,只有到后来,将它用来指示仅仅一种生产的类型——诗歌时,它才被假定具

① [波兰]塔塔尔凯维奇:《西方六大美学观念史》,刘文潭译,上海译文出版社2006年版,第13页。

有较为褊狭的用意。”[①]这样看来，在古希腊，诗与技艺性的艺术之间存在密不可分的关系，同时，“诗”的生产制造具有不同于其他技艺门类的功能和特征。这首先表现在古希腊时期柏拉图和亚里士多德的诗学观中。

柏拉图从理式说出发，提出了艺术的技术制作观。在《理想国》卷十中，他以“床喻”和三个世界的划分为例把事物的技术制作分为三类：“自然创造者”的技术、制造者的技术和摹仿者的技术，其创制者分别是神、工匠和艺术家。那么，诗位居一个什么样的位置呢？根据柏拉图的摹仿论，诗属于“人的生产”中形象生产或影像生产部分，是“生产者以自身为工具进行生产”的摹仿性技术。由于摹仿作为生产获得的只是影像而非各种原物，所以诗作为摹仿的艺术和真理隔着三层，诗人作为摹仿者对描写的题材既没有请教于“有知识者”（即应用者），又没有任何技艺，只是“影像的制造者”。柏拉图进而认为，如果把诗作中技艺的成分去掉，只剩下简单的躯壳，那么作品“青春的芳艳已经枯萎了”。[②]这里虽暗含着艺术生产的媒介、符号和接受者等问题，但突出了诗人只是凭借语言工具进行被动生产的摹仿事实，反映了柏拉图对摹仿性诗歌的态度，也凸显早期“诗”“艺”之混沌不分。在古希腊，技艺活动一向被轻视，从事技术性工作的艺人地位卑微，所以在柏拉图那里，摹仿只是一种玩艺，不是什么正经事，进行摹仿的诗人和艺术家只位居第六等。柏拉图所建立的“理想国”要驱逐的正是这些生产和制造影像、外形和影子，无法反映真理的诗人，这从他对荷马的态度就能看出来。既然在柏拉图的观念里，诗无法产生“床喻”中床的实体意义，不应该是一种技艺和低级的制造，那么，诗是靠什么生存、给人以巨大的感染力？优秀的诗歌又是源于何处？柏拉图认为诗兴神赐，即诗的产生靠神灵凭附，是灵感的孕育和延展，并非凭借什么技艺能力和知识训练；诗人只是“轻飘的长着羽翼的神明的东西”，凭借灵感而陷入迷狂，代神说话。也就是说，诗歌的产生不是技艺使然，与技巧训练无关；诗歌是代神立言，其神力就像赫拉克勒斯石一样，具有强烈的感染性和吸附性。这样看来，在柏拉图那里，存在灵感的诗和技艺的诗之分，而且柏拉图抬高迷狂性、灵感的诗，贬抑生产性、技艺性、理智性的诗，即摹仿性的诗。虽然柏拉图视文学摹仿为一种生产，即“以自身为工具进行生产”的艺术，看到摹仿与生产的关联性，以及所生产出的东西是一种影子（形象生产或影像生产）而非实体，但因其生产过程、方式和效果不同

---

① [波兰]塔塔尔凯维奇：《西方六大美学观念史》，刘文潭译，上海译文出版社2006年版，第77—78页。

② 《柏拉图文艺对话集》，朱光潜译，人民文学出版社1963年版，第76—77页。

于神和人的生产、创造，因而对其采取道德上的鄙视、反对态度。这些都反映了柏拉图在文学与现实、文学与真理等问题上特有的诗学观念。

亚里士多德在师承柏拉图摹仿论的同时，对柏拉图的某些文艺思想和观念进行了批判和修正，使得“生产”概念得到进一步丰富和发展。和柏拉图一样，对于事物的本体存在和构成，亚里士多德也提出了自己的技术制作观，即“四因”说，并将其运用到艺术的生产与制造上。在《物理学》中，亚里士多德基于物的生产对象、生产形态、生产动力和生产目的等维度剖析其技术创制规律和生产过程，认为一切事物的形成都包含四种原因，即“质料因”“形式因”“动力因”和“目的因”，如以铜塑像为例，铜是构成事物的原始质料，雕塑形状及其秩序属性是其形式，雕塑家是推动事物发生变化的动力，雕像的形成是最终的目的。“四因”说势必影响到亚里士多德关于文艺本质的看法。首先，亚里士多德认为文艺的本质是一种摹仿，但摹仿的对象不是人，而是人的行动、生活、幸福，即主要是为了摹仿行动，才去摹仿在行动中的人。显然，亚里士多德把摹仿人生和生动的现实，反映人的情境、遭遇和行为作为文艺描写的主要内容，着力通过作品展现人类的真实生活。这就肯定了艺术摹仿的真实性，否定了柏拉图在脱离个别物的基础上谈论一般性的“理式”，认为文艺摹仿的是物体的表面现象，产生的是影像和影子的论点。此即文艺作为生产的质料因(生产原料)。第二，就形式因而言，亚里士多德强调质料与形式的统一是事物必不可少的两大因素，其中质料是潜能，形式是事物的“是其所是”即本体，是潜能的实现因素，而作为潜能的质料向形式的转化和实现寓意着文艺是一种创造性生产活动：“一切艺术的任务都在生产……艺术必然是创造而不是行动。”[①]亚里士多德把创造活动与人类的认识活动、实践活动一起并列为人类三大活动，将诗学列入创造性科学之中，由此突出文艺创造活动的价值。第三，关于生产者(动力因)。亚里士多德在《诗学》中认为医学或自然哲学的论著者应称为“自然哲学家”，韵文的创制者应称为“诗人”。这一区分无疑强调文艺创作主体的能动性和作用。第四，价值论(目的因)。任何生产制作活动总有一定的目的。亚里士多德认为美与真善统一，文艺具有净化功能，能培养人的伦理德性；摹仿是一种求知活动，能给人带来快感；为了发挥最佳效果，文艺美感的形成应具有一定的尺度，等等。这都反映了文艺作为生产活动具有自己的特殊目的和效果。

波兰学者塔塔尔凯维奇认为古典的艺术观不只强调艺术创作的才能，

---

① 朱光潜：《西方美学史》，人民文学出版社1979年版，第69页。

还突出人类生产事物的才能，即“建立在规则之上的一种惯常性的生产”。[①]这反映了在离艺术起源时代不是太久远的古希腊时期，哲人们尚未对“诗”艺、“技”艺方面予以严格的区分，因而将诗歌划入到艺术制作的范畴之内，视其为一种类似于生产制作的技艺活动，某种程度上，文学的生产就是文学的技艺制作。这使得文学的阐释容易落入某种单纯的技艺分析。自古希腊之后，视文艺是一种技艺制作的观念一直延续到中世纪，甚至文艺复兴开始还很流行。如在基督教神学占统治地位的中世纪，基督教思想家们将文艺的产生归于上帝的制造。普罗提诺认为艺术的美是终极的“太一”（神）渐次流溢的结果，是艺术家凭心中的理念将形式赋予材料的产物。阿奎那把文学、绘画、雕塑等统称为“形象艺术”，认为艺术是先于材料存在的艺术形式注入到材料之中，成就了艺术作品。因此，艺术“不仅是种认识，也是一种生产”。[②]直到文艺复兴时期对人的创造性能力的重视，以及此后康德、黑格尔等将艺术与人的主体能动性联系起来，视文艺为精神实践活动，人们才对“美的艺术”的认识更加深刻，走出了单纯的“使材料得到完整的形式”的古典艺术生成时代。当然，在这一过程中，用来描述文艺生产、制作以及发展的一些概念和观点，如柏拉图的“制作”、亚里士多德的“实践”（“行动”），基督教神学的“创造”，以及德国古典美学家对文艺创造性的揭示等主要发生在物质制作领域、认识领域、观念和意识领域，指向的是灵魂、上帝、理式和心灵。马克思则从人的本质和劳动实践出发，将实践观点引入艺术和美的领域，在经济基础和上层建筑的二维构架内将艺术视作一种改造客观世界、表达人的自由自觉的特殊生产劳动，在生产领域给予艺术的社会性和经济性以合理解释和说明，创造性地提出“艺术生产”概念，真正揭示了艺术的本质和规律，也由此打开了从生产论视角认识艺术的新视野，开拓了马克思主义文艺学的新境界。

二、20世纪“艺术生产”研究的多维展开

20世纪以来，“艺术生产”的内涵发生着变化。在马克思那里，“生产”是一个基础性概念，直接勾连社会发展的其他环节和领域，如实践、劳动、经济基础、上层建筑。由于马克思研究艺术生产现象的主要着力点还是在政治经济学层面，没有深入论述艺术生产与技术、意识形态、文化等之间的深刻

---

① [波兰]塔塔尔凯维奇：《西方六大美学观念史》，刘文潭译，上海译文出版社2006年版，第54页。

② 朱狄：《当代西方艺术哲学》，人民出版社1994年版，第18页。

关系，这就为20世纪西方马克思主义文论家在这个问题上继续探究留下很大的空间。

作为20世纪20年代以来欧美国家出现的一种社会思潮，西方马克思主义是马克思主义在西方社会的延续和发展，其文论流派主要包括早期西方马克思主义、法兰克福学派、结构主义马克思主义以及新马克思主义等。尽管他们的理论观点各有特色，但着眼于所处时代异化现象的批判，尤其从艺术生产视角审视文艺与技术、文化、意识形态之间的关系，创造性发展马克思主义创始人的艺术生产理论，体现出内在的一致性。具体来说，20世纪西方马克思主义者对马克思的艺术生产理论继承和发展的路径不完全一致，涉及政治经济学、哲学和文化等视域，囊括了技术、文化、政治、意识形态等领域，其主要代表有布莱希特、本雅明、阿尔都塞、马谢雷、伊格尔顿和詹姆逊①等。例如布莱希特和本雅明主要从政治与经济生产交融的视角，关注艺术技术对于艺术形式进步的意义及其政治倾向性问题。布莱希特看到了戏剧具有变革现实的生产、组织和重塑功能，注重戏剧创作中间离技巧的运用，即借助一系列舞台技术，中断剧情的发展，割裂剧本有机的整体，通过对熟悉的事物加以陌生化，使观众惊异于戏剧情节，形成独特的思考力和判断力。本雅明重点研究艺术生产力与生产关系的矛盾运动，以生产者、产品、消费者、生产技术和技巧等要素解析艺术生产的内在原理，提出了技术决定的艺术生产理论。一方面，艺术技巧关涉艺术生产的手段，对传统艺术形式具有重要的改变作用；另一方面，艺术技术还带有一定的政治意味，反映作品的思想倾向。阿尔都塞和马谢雷着重于文本结构与意识形态的哲学层面分析，其“意识形态的生产”具有特殊内涵。阿尔都塞提出艺术以意识形态为生产的对象和原料，生产过程是对意识形态的加工和改造，给马谢雷的文学生产观以巨大启示。马谢雷认为文学批评就是运用一定的技术手段对文本意识形态的材料进行加工和重塑的过程。马谢雷描述了文学生产中意识形态被打碎和暴露，其边界和裂缝被突显而产生的变形，提出文本中隐含的症候、迹象、缝隙决定文本的存在，如此，批评的意义寓于文本“生产”之中。伊格尔顿综合吸收了威廉斯、本雅明、阿尔都塞、马谢雷等学者的思想，着重于文本结构与意识形态的复杂关系，从意识形态和生产方式两个层面对文学的本质属性及其多种关系进行考察，提出文学生产是通过审美形式的加工，使“一般意识形态中特殊的审美领域”的生产具体化的过程，推进“艺术

① 关于Macherey（马谢雷），又译马舍雷、马歇雷。关于Jameson（詹姆逊），又译杰姆逊、詹明信、詹姆森。

生产”的理论阐释和批判，实现对马克思艺术生产论的深化和拓展。詹姆逊认为文本批评乃是“重写的运作”过程，即通过对文本内各种异质的信息、形式进行暴露和恢复，揭示文本蕴含的社会历史倾向，给“政治无意识”祛魅，由此建构起马克思主义文本阐释模式。阿尔都塞、马谢雷、伊格尔顿、詹姆逊等理论家的批评实践对20世纪文学批评的发展有着重要的理论意义，其主要表现在读者或批评家解读文本时不仅满足于对文本的直接审美反应，而是促进文本的意义开拓、知识增值和价值发现，实现批评从客观性描述走向主观性阐释，即作为知识生产的批评。由此，阅读和批评活动是一种发现、创造以及主动的意义建构过程。发掘艺术生产作为一种批评实践在建构认识对象、生产新的知识话语方面具有的理论阐释价值和现实指涉功能，揭示其与政治、意识形态、文化、权力、审美等内容的有效关联，正是本书重点研究的内容之一。

法国后现代主义哲学家德勒兹的文学生产观充满浓郁的解构色彩。受马克思生成观的影响，德勒兹认为文学属于不定形、未完成的东西，写作是一种“生成”运动，一种主体“欲望机器”的感觉生成，永远没有结束，永远正在进行中。[①]在德勒兹看来，写作并非叙述回忆、旅行、爱情、葬礼、梦想和幻觉，与摹仿、再现无关，而是超越具体和实在、不断创造出多种多样的生命形式（多元、差异、他者等）的动态过程，即欲望生成的过程；生成总是在两者之间或者多个之中，且趋于少数性，与女人、动物或植物相关，而与男人无关。这一过程显然具有解辖域化、抵制性、反本质性、无固定性和无中心性的特征。在《千高原》中，德勒兹和瓜塔里认为一本书（作品）既没有客体，也没有主体，它是在不同的时间以不同的速度构成，仅是一个多元性的组合，与意指无关，与意识形态无关，没有所指和能指的意义。用以说明德勒兹和瓜塔里这种生成理论的是其块茎说。德勒兹和瓜塔里将传统思维分为“根一书”系统和胚根系统，指出在“根一书”思维系统中，传统是一个牢固的规则的整体，根成了世界之树的形象，二元逻辑是“根一书”的精神现实；在胚根系统中，主根虽遭破坏，但根的整体仍然存在，没有真正打破二元论，只是在主体和客体之间建立了一种互补性。在德勒兹和瓜塔里看来，与“根一书”系统和胚根系统的树状思维对立，块茎把任何一点与其他点联系起来，而不固定于某一特定的地点，也没有起始和结尾。如果说传统的结构之树是由一组点和位置限定的，那么块茎则构成n维度的线性繁殖，具有连接和异质混合原则、繁殖原则、无意指断裂原则等，这就使得现实领域（世界）、再现领域

① [法]吉尔·德勒兹：《批评与临床》，刘云虹、曹丹红译，南京大学出版社2012年版，第1页。

(书)和主体性领域(作者)之间的三元划分不复存在。[1]由此,文学的生成显现为断裂性、开放性、多元性以及语词的碎片、形式的碎片、感觉的碎片,文本呈现为去中心、去统一的差异化、多样化“块茎”结构。实际上,这一切都意在把“武器的批判”转换成“批判的武器”:断裂和碎片作为差异和自由的表象构成了主体性的存在,以此实现对资本主义社会的驯化、压制带来的精神分裂的反抗。德勒兹(和瓜塔里)的思想给福柯以深刻启示。当然,在福柯那里,通过对人文科学的考古和文学的谱系学考察,他将文学的出现推至19世纪。因为19世纪以后,文学语词讲述的只是自身,词与物不再发生联系,文学成为一种自足的结构。显然,福柯是从语言形式的自足性方面看待文学。如果说德勒兹(和瓜塔里)所言的文学生成还关涉社会内容,那么到福柯这里,文学有其自身的惯例、规则,文学与社会的广泛联系被切断,就像德里达认为的,文学是一种“倾向于淹没建制的建制”,处于不停的运动变化之中,具有强烈的颠覆性和自我解构性,其意义存在于文本间的关系中,存在于“延异”与“播撒”中。这使得文学的生成具有了自由性、任意性、宏阔性。

20世纪七八十年代以来,面对多元、差异和流动不居的世界,一种被法国马克思主义理论家列斐伏尔所称的“空间生产”正日益打破传统二元世界的划分,使得物质的、精神的和社会的三元空间相互贯通。在传统马克思主义所强调的物质生产中,空间一直是物质的存在方式,是物质生产的工具、场所和媒介。作为当代人文社会科学反思的基本向度,空间的意义显然并不在于其物质性、自然性,空间与社会文化心理、道德价值观念、个人情感经验、甚至政治问题等密切相关。福柯的空间规训、列斐伏尔的空间生产、索雅的第三空间等理论都体现出对空间问题的重视,其中具有代表性的是列斐伏尔。列斐伏尔在《空间的生产》(1974)一书中提出应从“空间中的生产”转向“空间的生产”。在列斐伏尔看来,空间是一种生产对象,包含大量的交叉点,每一个交叉点都有其指定的位置,与那些有生有死、受苦和能动的个人或集体的主体性行为结合在一起,能生产出一定的社会关系,成为统治和权力的工具,例如“以建筑物、纪念碑和艺术作品的形式将权力关系纳入其中”。[2]这种社会批判的空间生产无疑对文学生产、文本生成和文学理论范式的转换产生深刻影响,也使得文学活动对于空间问题不能无动于衷。如

① 陈永国编译:《游牧思想:吉尔·德勒兹、费利克斯·瓜塔里读本》,吉林人民出版社2003年版,第157页。

② [法]亨利·列斐伏尔:《空间的生产》(节译),刘怀玉译,《中外文化与文论》2016年第3期。

菲利普·韦格纳就认为空间生产能促进关注文学和文化文本中的空间表现，对各种文学风格、模式和文本形式的作品更加敏感。[①]这极大拓展了文学生产的功能和范围，也启发了文学的空间批评转向。

作为人类精神实践的重要组成部分，文学随着社会生产的变革而变革，尤其文学内部的各种力量产生激烈冲突，改变原有的存在方式和形态，推动着文学向前发展。在这一过程中，文学作为生产的存在意味着将文学的生成与发展置于整个社会生产的系统中，探究文学的运行状态、变化轨迹和价值实现。这一过程揭示了文学活动既具有认识性，是精神的特殊形式，又具有生产性，与社会生产实践密不可分。人类正是在这种生产活动中看到了自身的价值，从而文学活动不单纯发生于精神和意识领域，还是主体对客体的对象化建构和确证，因而这里存在一个生产范式变迁的问题。它不仅关乎文学内部各种因素和力量的重新组合，甚至相互抵牾的文学观念和文学理论的演进过程，还关乎文学生产方式、生产机制的变革以及文学中的作者、读者、作品等要素的变化。这一切需要艺术生产论作出有力的回应和回答。

从早期西方马克思主义政治经济学意义上的艺术生产，到哲学意义上的艺术生产，再到20世纪下半叶以来侧重于文化和意识形态批判的艺术生产，这一演变历程显示了艺术生产具有的丰富内涵。由此，艺术生产在不同的语境下有着不一样的所指，无论是显现政治经济领域的技术生产关系，思想文化领域的知识生产和权力生产关系，还是审美意识领域的欲望生产关系，都表明艺术作为生产成为学者们不断对当代社会现实发问与批判的对象，因而富有鲜活的生命力。

三、本书的研究内容

“艺术生产”作为马克思对人类艺术活动的命名，打破了传统艺术场域的自律性，阐明了生产实践活动在艺术中的决定性意义，凸显马克思对文艺理论的重要贡献。在后现代语境下，受社会一般生产规律的制约，艺术作为物态化的精神产品，不可避免地与商业利益纠缠在一起，与文化市场密不可分，面临审美性和商品性的矛盾。面对商品生产和大众文化日益扩散的逻辑事实，发挥艺术生产的批判性功能、实现对艺术审美性的维护就成为理论家们的自觉追求。因为艺术作为一种意识形态，其形成虽离不开物质生产

---

① [法]热拉尔·热奈特等，阎嘉编：《文学理论精粹读本》，中国人民大学出版社2006年版，第143页。

的影响，但自身具有的基础性因素不同于物质形态。和物质生产相比，艺术创造出一个属人的对象世界，消耗的是主体的情感、心理、审美经验和思维创造，始终保持着精神的自律和审美的自由。如何使本质上作为“意识形态的生产”的文学艺术不至沉沦于商品生产，处理好审美与商品、审美与政治等之间的关系，进一步提升艺术生产的精神品格，需要我们对其作出科学的阐释，增强其理论言说和批判能力。这也是艺术生产无法回避和着力要解决的问题。

本书基于马克思“艺术生产”理论的精髓，从“文学存在”“意识形态”这两个与艺术生产密切相关的概念入手，重点探究其在艺术生产的创造论、文本论、批评论、媒介论中的审美内涵、表现形态和价值取向，揭示艺术生产作为一种批评实践在切入文学经验世界、建构理论话语方面的言说方式、阐释效力和知识生产功能，以此拓宽艺术生产审美话语生存的空间，使批评的“生产性”功能走向更广阔的天地。同时结合当代文学实践，研究如何在对马克思主义艺术生产论的阐释和借鉴中推进中国当代文论建设，增强艺术生产论对中国当代艺术生产发展的影响力和阐释力。这一研究无疑深化了艺术生产论的哲学内涵。因为以往研究大都着眼于文学生产方式变革的社会语境，忽略文学生产的内在转换机制和演变过程，及其背后蕴含的社会政治、经济力量和文化权力，这就势必带来对生产和消费现象的非此即彼式评价及对现实的批判性、超越性的削弱。同时，艺术生产中的形式生产、意识形态生产、接受与批评以及媒介等问题，必须在艺术生产的哲学层面予以恰当阐释，而这种哲学阐释将有力促进艺术生产理论话语的形成，提升艺术产品的审美品格。总之，艺术作为生产的存在无形中具有解构的意味，以解构思维作为观察问题、判断问题的新视角，可以有效进入艺术生产场域，探究艺术生产方式变革的来龙去脉、深层根源和面临的现实困境，深刻理解艺术生产的价值属性，并对其未来走向予以理性把握。在这一过程中，“文学存在”“意识形态”无疑为我们提供了重新审视艺术生产问题的崭新视角。

目 录

第一章 概念辨析:“文学存在”“意识形态”与“艺术生产”

考察一种理论范式的发生缘起和演变有诸多路径,比如从概念和范畴入手、从历时性发展入手、从内在逻辑关联入手等,其中从基本的概念和范畴入手具有重要意义。因为概念、范畴是构成理论体系的基本单元和逻辑前提,是理论研究的抓手与突破口。没有概念、范畴,理论就成了无源之水、无本之木。这些概念、范畴构成认识之网的“纽结”。就“文学存在”“意识形态”和“艺术生产”而言,“文学存在”“意识形态”无疑是理解“艺术生产”的秘钥。本部分重点对“文学存在”“意识形态”和“艺术生产”进行阐释和辨析,探究艺术生产具有的二重性质,剖析“文学存在”“意识形态”在艺术生产场中的表现形态和演变轨迹,即从“文学存在”“意识形态”与“艺术生产”的关系中审视艺术生产问题。

第一节 艺术生产:作为“生产”的艺术与作为“审美”的生产

马克思将艺术活动看作一种生产实践形态,使本属美学和经济学范畴的“艺术”与“生产”有机结合,指出了艺术掌握世界的独特方式,这与之前一些理论家把对艺术的考察置于社会实践的彼岸完全不同。理解“艺术生产”概念,可从艺术生产具有的二重性入手:一方面,艺术生产受生产的普遍规律的支配,具有加工性、生产性和商品性;另一方面,艺术生产又是一种追求审美价值、“按照美的规律来建造”的精神生产,即作为“生产”的艺术与作为“审美”的生产两个方面。

一、作为“生产”的艺术

艺术生产作为特殊的精神生产,既受物质生产的普遍规律支配,又有内在的自主性和相对的独立性。这不仅显示“生产”是一个内涵丰富的概念，也寓意着需要从物质生产与精神生产的关系中全面理解“艺术生产”。

在《1844年经济学—哲学手稿》中，马克思从社会生产的角度把艺术和宗教、家庭、国家、法、道德等并列作为生产的特殊形态，并且受生产规律支配，凸显了艺术的社会性，暗示作为精神产品的艺术也会商品化。在《德意志意识形态》中，马克思和恩格斯指出社会分工以精神劳动和物质劳动的形式出现，“支配着物质生产资料的阶级，同时也支配着精神生产资料”，即占统治地位的思想不过是其物质关系在观念上的表现，精神生产从而与物质生产作为一对范畴而存在。这二者之间的关系在《共产党宣言》(1848)中被描述为“精神生产随着物质生产的改造而改造”，即包括艺术生产在内的精神生产以物质生产为基础，贯穿于物质生产的过程。马克思对与艺术生产相关的“精神生产”问题以及与物质生产关系的描述，使得艺术生产的内涵和构架愈来愈清晰。在1857年完成的《〈政治经济学批判〉导言》中，马克思在物质生产与艺术生产的不平衡关系命题中正式提出“艺术生产”概念：“就某些艺术形式，例如史诗来说，甚至谁都承认：当艺术生产一旦作为艺术生产出现，它们就再不能以那种在世界史上划时代的、古典的形式创造出来。”①在这里，两个“艺术生产”的内涵不同。前者指一般意义上的艺术创作，包括艺术构思和语言呈现等，“生产”具有广义性；后者特指资本主义商品经济条件下的现代艺术生产形式，包括创作、传播、接受和消费等，“生产”具有狭义性。艺术生产从广义向狭义的转变隐含着艺术从无功利性的精神创造活动走向功利性的商品经济和机器大工业阶段，凸显艺术生产作为整个社会大生产的一部分具有的商品属性。在这方面，马克思尤其揭示艺术家在艺术活动中的多重身份。马克思认为一个演员被剧院老板雇佣，其工作直接生产资本，因而是生产工人，属于生产劳动者；但演员面对艺术欣赏的观众自行卖唱，其劳动直接同收入即工资交换，属于非生产劳动者。由于具备生产劳动者和非生产劳动者等身份，所以演员也好，作家也罢，都集艺术家和雇佣生产者于一身，其生产既是自由的精神生产，也是服从于资本逻辑的资本生产。这从一个侧面反映了艺术生产作为自由的精神生产在按照一定的审美规律发展的同时，也不可避免地走向商品化，并导致人的异化。总之，马克思对资本主义制度下艺术生产的分析揭示了艺术生产与资本、审美、异化和人的自由等问题，折射出介于资本生产和审美生产之间的艺术生产的特殊性。

① 马克思、恩格斯：《马克思恩格斯选集》(第2卷)，人民出版社1995年版，第28页。

马克思关于商品条件下艺术生产一般规律的论述凸显“生产”的实践指向。既然艺术生产是生产的特殊形态,那么生产劳动的一般机制和规律应同样适用于艺术生产。从生产实践出发去理解艺术的产生,艺术无疑是人有意识的感性活动的结晶,是随着实践的深入不断得到丰富的产品。马克思在《关于费尔巴哈的提纲》中指出,从前旧唯物主义的主要缺点是只从客体的或者直观的形式去理解事物、现实、感性,而不是把它们当作人的感性活动和实践去理解。艺术生产论将艺术当作一个感性活动和生产实践形态来考察,纠正了以往狭隘的文艺发生观。因此,“艺术生产”概念虽然是马克思基于资本主义制度下商品经济的发展而提出的,但其从生产实践的视角揭示艺术的本质,阐明艺术的发生规律,与之前一些理论家把对艺术的考察置于社会实践活动的彼岸完全不同。在这个意义上,艺术生产的逻辑起点是“生产实践”活动。而从实践出发,艺术生产论无疑强调了艺术活动的生产性、创造性。马克思在《〈政治经济学批判〉导言》中分析希腊神话的形成时,指出希腊神话是通过幻想用一种不自觉的艺术方式加工过的自然和社会形式本身,突出神话作为希腊艺术的素材是对自然和社会的提炼、加工与重构的结果。童庆炳认为“艺术生产”概念的确立突出了文学艺术活动的“生产”特性,即“加工性、创造性”。[①]建立在实践基础上的艺术生产以其特有的加工性揭示了艺术活动的性质,指明了艺术与人类生产劳动和社会实践的密切关系,从而对艺术的考察,需要将其作为一个感性活动的过程,在社会生产和消费中揭示其特有的发展规律。

艺术既然是一种生产性活动,就意味着遵循生产的普遍规律,具备物质生产过程所应有的生产主体以及生产技术、生产对象、生产资料和消费等要素,显现其作为社会生产一部分的特性。马克思、恩格斯在《德意志意识形态》中提出“人们是自己的观念、思想等等的生产者”。[②]这其中自然包括艺术生产活动,艺术创作者就是生产者。在《剩余价值理论》中,从商品生产能产生剩余价值出发,马克思提出作家所以是生产劳动者,并不是因为他生产出观念,而是因为他使出版他著作的书商发财。[③]在《1844年经济学—哲学手稿》中,在论述审美主体认识客体须具备一定的审美能力时,马克思指出只有音乐才能激起人的音乐感,因为音乐作为人本质力量的确证对象,体现了人的主体能力。在《〈政治经济学批判〉导言》中,马克思揭示了生产与消

---

① 童庆炳:《马克思早期的艺术生产论的现代意义》,《中国文学研究》1997年第4期。

② 马克思、恩格斯:《马克思恩格斯全集》(第3卷),人民出版社1960年版,第29页。

③ 马克思、恩格斯:《马克思恩格斯全集》(第26卷第1册),人民出版社1972年版,第149页。

费的同一性即相互决定关系，突出消费在社会整个生产环节(生产、分配、交换、消费)中的重要地位，指出消费直接是生产，生产出对象、需要、目的和动力，同时消费对产品的知觉起到创造作用，即艺术对象创造出懂得艺术和能够欣赏美的大众。马克思关于艺术生产和消费过程中要素构成的论述虽然有着不同语境，但却创造性揭示了艺术生产行为带有资本主义生产方式下“物”的特性，而且二者之间的关系具有他所言的相敌对的一面。同时，马克思对生产和消费关系的剖析为构建科学的艺术生产理论体系奠定基础，启示后来的理论者对艺术范畴的考察须置于社会实践中，尤其紧密结合艺术生产的具体环节和行为进行深入研究。

当然，马克思更多是从政治经济学视角，从物质生产与精神生产的关系中解释艺术的“生产”发生，揭示商品经济条件下艺术发展的一般规律，以服务于革命斗争、阶级实践和批判资本主义的需要。20世纪以来，基于变化了的社会现实，西方马克思主义理论家深入推进马克思艺术生产思想研究，使艺术生产逐渐与媒介技术、审美政治、文化、意识形态等交融一起，显现“生产”的多重意蕴。如本雅明钟情于马克思对资本主义生产模式的分析，着重探究艺术生产力与艺术生产关系的矛盾运动，审视艺术生产诸要素作用机理，发挥文艺变革现实的政治功能。阿尔都塞、马谢雷、伊格尔顿、詹姆逊等重点关注文学生产与意识形态、社会政治的复杂关系，揭示文本的意识形态生产过程。在这一过程中，无论阿尔都塞、马谢雷着眼于文本“结构”，通过对文本意识形态材料的加工和重构，实现文本症候的暴露，还是伊格尔顿、詹姆逊从文化生产方式方面关注文本形式的政治性和历史性，实现文化意识形态的生产，艺术生产更多地指涉文学批评，在实现意义增值和价值重构，发挥批评固有的“生产性”功能方面发挥重要作用。由此，艺术生产与文本解读、文学批评有效勾连，昭示艺术生产问题域的现代转向。

二、作为“审美”的生产

艺术生产作为整个社会化大生产一部分，除了服从于生产的一般规律，呈现一定的商品属性和物的特性外，还保留了马克思所言的“一定社会形态下自由的精神生产”形式，从而有别于物的生产。也就是说，艺术生产呈现出二重性：一方面艺术生产是艺术家(生产者)借助一定的物质载体，按照一定的生产流程，将审美观念予以加工和物化的过程；一方面，艺术生产作为一种精神生产活动，是精神的特殊形式，须遵循艺术特有的诗意观照世界和认识世界的规律，呈现一定的审美创造性和独立性。这正是艺术作为生产的特殊性所在，当然，在这一过程中，艺术生产须对二重性的价值判断给予深入思考并作出理性阐发，为自身的可持续发展寻求理论依据。

精神生产是马克思哲学中特有的范畴。在19世纪40年代，马克思就关注到精神生产问题，论述精神生产作为人类思维创造活动的丰富内涵。虽然学界将马克思和恩格斯在《神圣家族》中关于精神生产具有类似于物质生产的价值创造性作为"精神生产"概念的首次提出，但实际上，《1844年经济学—哲学手稿》已孕育丰富的精神生产思想，尤其对精神生产作为人类自由的有意识的生命创造活动进行充分肯定，再现精神生产在变革现实、推动社会进步方面具有的能动指导作用。在《1844年经济学—哲学手稿》中，马克思引用舒耳茨《生产的劳动》一书中论述："国民要想在精神方面更自由地发展……首先必须有能够进行精神活动和精神享受的余暇"，[①]其中"精神活动""精神享受"已指向精神生产，体现对人的自由创造个性的肯定，也显现对国民经济学只把劳动者当作劳动的动物的批判。在《德意志意识形态》中，马克思、恩格斯提出人们是自己观念、思想的生产者，受社会生产力发展的制约，包括思想、观念、意识以及政治、法律、道德、宗教等在内的精神生产是物质关系的直接产物。在创作于19世纪60年代的《剩余价值理论》中，马克思批判了施托尔希不是基于一定的、历史的发展和特殊的形式来考察物质生产，而仅仅将其当作一般物质财富的生产来考察的做法，并提出只有这样做，"才能够既理解统治阶级的意识形态组成部分，也理解一定社会形态下自由的精神生产"。[②]在这里，精神生产既包含阶级社会中意识形态的生产，如《德意志意识形态》中所论述的政治、法律、道德、宗教等，也包含一定社会形态下"自由的精神生产"，如文学、艺术等。由此，精神生产虽然受生产的普遍规律支配，但具有明显的自由性和创造性。

从"自由的精神生产"出发，艺术创作成为作家自由自觉的活动和天性的表现，文艺的思想性、精神性和审美性导引作家的创作，决定作品的内在价值。在马克思看来，人是有意识的存在物，人的活动是有意识的生命活动。"自由的精神生产"作为观念的产物，是人的有意识的生命活动内容，是人作为"类存在物"的确证：它是劳动者基于个人需求、不受任何支配、实现自我价值的天性表现。在这方面，马克思认为密尔顿像春蚕吐丝一样创作《失乐园》，并非为了生产资本，而是他天性的表现；文艺形象则是"他的天性和对他的天性产生影响的环境之间的相互作用的创造物"。[③]由此，人按照

① 马克思：《1844年经济学—哲学手稿》，刘丕坤译，人民出版社1979年版，第13页。

② 马克思、恩格斯：《马克思恩格斯全集》(第26卷第1册)，人民出版社1972年版，第296页。

③ 马克思、恩格斯：《马克思恩格斯全集》(第3卷)，人民出版社1960年版，第497—498页。

自己的意志和意识进行生产，按照美的规律来塑造，审美活动成为个体精神自由性的表现，艺术家作为审美殿堂中自己的上帝，纵横驰骋，创建自己的文学领地，成为确证自身本质力量的实践创造主体，艺术则表现了人的内在生命的自觉性。“艺术生产在生产作品的同时，也生产出了表达和感知世界的方式，在这个意义上，艺术生产的另一重要功能就是丰富人的感觉。”[①]马克思在《第六届莱茵省议会的辩论》（第一篇论文）中指出，作家当然必须挣钱才能生活和写作，但决不应该为了挣钱而生活和写作。也就是说，作品本身就是目的，而非手段。“诗一旦变成诗人的手段，诗人就不成其为诗人了。”因此，“作家绝不把自己的作品看做手段。作品就是目的本身；无论对作家或其他人来说，作品根本不是手段，所以在必要时作家可以为了作品的生存而牺牲自己个人的生存”。[②]这里突出了文学艺术的审美功能：文学艺术作为社会生产的一部分，固然离不开社会经济基础，受物质生产的制约，但作为独立的社会活动，有自己的特有规律和存在形态。作为时代精神的写照，文学艺术担当的人生向度具有净化人的灵魂，满足人的情感需要的功能，凸显不可或缺的意蕴底色。如果作家仅仅把文艺创作当作谋生的手段，当作赚钱的工具，那就背离了文艺的审美功能。在这个意义上，马克思认为必要时作家可以为了作品的生存而牺牲个人的生存。这里见出文学艺术作为特有的精神范畴呈现的独立价值。

作为一种个体活动，文艺创作是一种以生命为内核的外化行为，它是作家倾泻生命能量，“为情而造文”（刘勰《文心雕龙·情采》），满足人的心灵慰藉和精神需要的审美表达。审美性成为作家和读者无法回避的内容。以维护审美自主性著称的当代美国批评家哈罗德·布鲁姆认为一部文学作品能够赢得经典地位就在于某种陌生性，这种陌生性源于审美的原创，建立在审美性之上，包括“娴熟的形象语言、原创性、认知能力、知识以及丰富的词汇”。[③]布鲁姆赋予审美以独立自由的品性，从此出发，文学不仅仅是语言的再现，而是作家置身于对前代作品的传承和自己的时空之中获得的一种审美原创性。显然，作品的审美价值成为经典存在的内核。例如我国古代的《诗经》、《楚辞》、《左传》、《史记》、唐诗、宋词、元曲、明清小说等，铸就了中国文艺经典的壮观景象，其主要得益于这些作品蕴含的审美价值和丰富的精

---

① 胡亚敏：《马克思艺术生产论的当代拓展》，《江西师范大学学报》（哲学社会科学版）2017年第4期。

② 马克思、恩格斯：《马克思恩格斯全集》（第1卷），人民出版社1956年版，第87页。

③ [美]哈罗德·布鲁姆：《西方正典》，江宁康译，译林出版社2005年版，第20页。

神内涵。虽然文学具有使用价值的一面，包括滋养人的心性，满足人的精神愉悦需求，对社会进行批判，但这种使用价值的发挥须以审美价值为主导，以实现对外物的超越和疏离，彰显文学作为人类精神财富的独特魅力。

无论是作为"生产"的艺术，还是作为"审美"的生产，艺术具有的生产性、实践性、商品性和审美性、诗意性、精神性有机融合，其生产过程不可避免地具有二重性。这其中，既包括艺术生产者的双重身份，又包括艺术使用价值和价值的双重属性以及审美取向和商品逻辑的双重制约、社会效益与经济效益的纷争等。一方面，艺术是想象、创造和激情的产物，其审美的自主性和自律性超然于现实之外，极力排斥、规避资本利益和功利性的干扰；另一方面，面对商业大潮和市场经济对艺术的侵扰、整合和汰选，艺术不可避免地要追名逐利，沾染商业气息，面临审美的边缘化困惑，导致审美性、精神性消失殆尽。由此，艺术的非艺术化悖论使其发展面临"天上的月亮"与"脚下的六便士"的选择。这显然是艺术生产二重性的表现，是精神生产和物质生产之间不平衡的表现，也是文艺发展中的规律性现象。基于此，我们既要看到文艺发展离不开现实土壤，其超越本性无法摆脱文化市场、商业逻辑的影响，如此才能拥有最大化的消费群体，获得最佳的经济效益，又要看到文艺作品在满足人的审美需要、价值导引、精神慰藉方面呈现的独特功能和发挥的社会效益。毕竟，文学艺术是人以审美的方式、想象的方式、诗意的方式掌握世界的独特形态，当文学艺术拥抱消费文化、商业逻辑，迎合市场经济规律，沉沦于资本和经济效益，其面临的首要问题是审美的泛化和弱化。如何处理好审美创造规律与市场经济规律对文艺活动的规约，使文艺活动在经济基础和上层建筑之间做出游移和调整，实现审美价值和商品价值的统一，即在实现其经济效益最大化同时，又葆有独特的人文情怀和审美品性，是我们应深入思考的问题。这一切更需要在艺术生产层面作出进一步的理论阐释，给予深度的学理思考和回应。

第二节　文学存在与艺术生产

作为一个有别于其他精神活动的特殊范畴，文学以其固有的审美属性、超越品格和人文情怀反映人与世界的诗意关系，表现对人类生存意义的探寻，承载特定的社会历史和文化功能，成为人的灵魂所在。这一切必然涉及到文学存在问题。

一、"文学存在"内涵分析

作为西方哲学中的重要概念,"存在"关涉世界的本源和始基,是贯穿西方哲学发展的基本问题,也是历代哲学家一直探究而回答不一的问题。综观"存在"的哲学历程,按照海德格尔的分析,自古希腊柏拉图、亚里士多德直到19世纪的黑格尔,传统哲学将存在论研究悬置为本体论或者本质论研究,"以各式各样的偏离和'润色'一直保持到黑格尔的'逻辑学'之中""黑格尔最终把'存在'规定为'无规定性的直接性'并且以这一规定来奠定他的《逻辑学》中所有更进一步的范畴阐述,在这一点上,他与古代存在论保持着相同的眼界……"。[①]在这一过程中,基于形而上学的哲学史,关于存在的意义问题不断被耽搁、遮蔽和遗忘,意蕴丰富的"存在"本身成为多余的东西。在批判继承黑格尔等哲学体系"合理内核"基础上,马克思从人的感性活动出发理解存在,指出人的本质是"一切社会关系的总和",强调"人们的存在就是他们的现实生活过程",揭示了人的存在与社会、实践、现实之间的紧密联系。"感性活动"的人学存在论突出人的现实存在与生活过程的重要意义,不仅是对现实世界的反思,更是通过对现实世界的深入分析和批判,展现人的主动性和创造性,同时使存在从抽象化转向现实性和具体性,即回归实践性存在、现实性存在和关系性存在,实现人的自我确证。由此,实践成为人的存在方式。

马克思的存在论思想促进了哲学思维范式的变革,也为文学活动的重新出场提供了可能,那就是考察文学活动的发生发展和演变,需将其置于社会实践的视域下,通盘考虑文学作为一种社会性的审美存在与物质生产、商品经济、政治活动的复杂关系。传统哲学存在论尽管是哲学家们探究的对象,但在某种程度上说,它又以独特的思维方式(本质主义或整体式思维)影响或制约对文学存在的思考。近代以来,随着哲学的认识论和语言论转向,本质主义受到冲击,对文学本质的哲学思考转入对文学存在的思考。例如面向文学本身,将文学置于动态的行为事件之中,发现和阐明文学活动的经验事实,追问文学作为一个特定的语言结构系统,以何种事件、形态、构造、方式等呈现于人们面前,存在于历史与现实之中,成为有生命的价值体,而非传统通过对文学某种本质或局部特质的认识来把握文学存在。这无疑是反躬文学自身、审视文学发展的必然结果。因为文学在发展的过程中,从来

---

① [德]马丁·海德格尔:《存在与时间》(修订译本),陈嘉映、王庆节译,生活·读书·新知三联书店2006年版,第3—5页。

就不是一个固化的、一成不变的实体,它与人的生活经验、生存感受和生命感悟紧密相关,传达的是人的现实的感性活动,满足的是人的情感需要,表现的是个体的理想追求、情感体验和审美评价,而将文学的某一本质属性视作文学本体无疑抹煞了文学的动态性和多元性。“艺术生产”作为马克思对艺术活动的一种命名,关注到了文学本身与物质生产和经济基础的必然联系,尤其将文学的考察置于商品经济条件下社会多层次的关系中,以关系性思维和多重内涵扭转以往仅仅将文学限制在意识领域的事实。这给艺术生产研究的启示是:考察艺术生产,需关注艺术生产与政治、经济、文化、消费等之间的复杂关系,实现艺术生产研究的与时俱进。

研究“文学怎样存在”,必然要涉及文学作品的存在方式和基本构成。波兰哲学家英加登认为在讨论文学研究方法论之前,首先要回答关于认识文学作品的两个根本问题:第一个问题是文学作品是如何构造的? 第二个问题是对文学作品的认识是如何产生以及能够导致什么样的结果。[①]美国文学批评家韦勒克也提出在恰当分析文学作品之前,必须注意文学作品的“存在方式”或者“本体论的地位”问题,即什么是“真正的”文学? 应该到什么地方去找它? 它是怎样存在的? [②]这些问题显然都直接关乎文学怎样存在。在这方面,受胡塞尔现象学哲学的影响,英加登从实在论入手思考文学如何存在,探讨文学作品的存在方式。英加登首先批判了文学作品存在的两种错误倾向,一是将文学作品等同于作者的心理经验,二是将文学作品等同于作品的物理基础。在此基础上,英加登提出“文学作品是一个纯粹意向性构成”,既根源于作家意识的创造活动,又是以书面形式记录的本文或通过其他可能的物理复制手段存在着,从而文学作品既是主体间际可接近的,又是可以运用物理手段复制的,所以成为主体间际的意向客体。[③]也就是说,文学作品是观念性客体和物质性实体相互交融的产物,其存在于主体的经验范围内,取决于个人的意向性活动,但又离不开客观的物质因素。同时,文学作品呈现多层次性,具体包括语词声音层、意群层次、图式化外观层次和客体层次,客体如何呈现于主体经验和意识之内以及由此带来的多层次结构成为描述和理解文学作品存在方式的关键。韦勒克延续了现象学理

---

① [波]罗曼·英加登:《对文学的艺术作品的认识》,陈燕谷、晓未译,中国文联出版公司1988年版,第2页。

② [美]雷·韦勒克、奥·沃伦:《文学理论》,刘象愚等译,生活·读书·新知三联书店1984年版,第148页。

③ [波]罗曼·英加登:《对文学的艺术作品的认识》,陈燕谷、晓未译,中国文联出版公司1988年版,第12页。

论和英加登对文学作品存在的“意向性客体”分析，提出文学作品是一种独特的可以认识的对象，有特别的本体论地位，这种独特性或者特别性主要体现在文学作品既非一个经验的事实或任何特定的个人心理状态，也非一个毫无变化的客体，而是一个“经验的客体”。[①]在韦勒克看来，这个“经验的客体”既不是实在的（物理的），也不是精神的（心理上的），又不是理想的（像一个三角形那样），即排斥了将文学作品当作人工制品、声音序列以及读者的心理体验和作者的经验等不正确的理解。韦勒克指出，文学作品是一套呈现“生命”的东西和“结构”的本质，建立在许多句子的声音结构的基础上，只有通过个人的心理经验（但又不等同于任何经验）才能理解。这样一种文学存在具体包括声音层面、意义单元层面以及由情景、人物和事件等构成的“世界”层面。总的说来，文学作品建立在具体声音结构句子的物理基础之上，是一种以书面形式记录的直观的、感性的符号结构，其一定的语言载体和形式经过意向性的经验呈现于主体心理意识领域，从而表现为“实体存在”和“经验存在”的紧密交融。在这个意义上，“文学存在”以实体性的结构和动态性的经验事实之敞开为前提，是作为创作主体、接受主体和作品本身的多层面结合，更是以感性形象呈现出来的本真存在，具有客观性、实在性、符号性。

这一界定无疑突出了文学的整体性存在，即文学集合了若干具有特定功能的因素，以其固有的机制、形式、秩序和价值等实现有机的排列组合和多元层面的统摄，表现“文学如何是”的整体性立场。众所周知，文学是内容与形式的有机融合，二者密不可分，但文论界对文学的分析往往采取内容与形式的二分法，虽然强调二者之间的辩证关系，但亦存在重此轻彼的偏颇，割裂了文学的浑然一体性和统一性。如中国古代倡导“文以载道”，强化“道”的社会人生意义，使得文章承载了过多的伦理道德和政治教化功能。20世纪西方的形式本体论为捍卫文学研究的自律性，将文学形式要素凸显和放大，使文学作品的终极问题在于其独特的形式，从而悬置了社会文化历史内容，斩断了文学内容与形式之间的内在联系。如何避免文学理论中偏于形式或内容的研究，成为理论家们反思的重点。在这方面，韦勒克于20世纪40年代区分了文学的内部研究和外部研究，他将文学作品本身的研究称为内部研究，将作品同作者的思想、社会之间关系的研究称为外部研究，其目的在于克服形式和内容的分离。在此基础上，韦勒克将文学作品细分

① [美]雷·韦勒克、奥·沃伦：《文学理论》，刘象愚等译，生活·读书·新知三联书店1984年版，第162页。

为声音层面、意义单元层面和“世界”层面,实现了内容与形式的有机融合,并且认为这一做法体现了“整体论”的思维模式。[①]显然,本质主义寻求的“文学是什么”在这里变成了以层级的符号结构和整体观念显现的“文学如何存在”,由此避免了那种“窥一斑而见全豹”的偏颇观,引导文学解释回到多维层面和多重视域,也使得文学评价不仅走向语言、结构和形式,更走向价值、历史、意义,走向作家、作品、读者、评论家。这样,文学存在就成为主体经验和感知加以形式化的过程,但不惟文学形式,它使文学处于一定的关系中,包括文学的实体性、直观性与作品意蕴的关系,文学的整体性与局部性关系,以及一定的文化场域、历史语境、技术、传媒视域下作家的创作活动、读者和批评家的接受活动与作品生成之间的关系。这种对文学整体性存在的考察在一些学者看来,是基于文学现象学的“实事”,凸显“文学存在的存在方式和结构”,[②]即从文学存在的“实事”中还原出文学的结构整体,揭示文学作为价值和意义的存在。

文学存在面向文学本身,敞开文学的整体性,是整体性思维而非本质性思维的产物,其背后隐藏着长期以来关于文学本体的认识问题。首先,关于“本体论”认识的范式转移问题。据有关学者从词源学考证,“本体论”的英文是Ontology,从字面看即是关于On的logos,因而对On(相当于Being)的理解决定了Ontology的含义。或者说,一部哲学史就是解释On的历史。在古代,On兼有系词用法和存在用法。本质论者把系词作为On的主导意义(“是”),排除On的存在用法(“在”)。现代的存在主义则把On的存在用法置于基础地位,认为On的意义首先是存在。[③]这样,对On的用法决定了两种思维方式的区别。追溯起来,在古希腊,由于认为言语、声音能有效表达思想和意义,且能与思想和意义在短时间内保持一致,因而需要一定的系词条件保证其准确表达,于是本质论者就看重具有在场感的On的“是”,“是什么”的系词用法成了On的首要条件,“如何是”则退居其次。对“本体论”认识的范式转移使得Ontology成为研究形而上学本质论的主要内容。此即海德格尔所批判的以“存在者”(如本质、实体、理念)代替对“存在”的研究。在海德格尔看来,自柏拉图开始,传统西方哲学一直在主体认识客体的本体论活动中理解事物的价值和掌握世界的一切,实际上混淆了存在者和存在,即将存在者理解为存在(事实是存在者不同于存在),并以此揭示存在物存在

① [美]R.韦勒克:《批评的诸种概念》,丁泓、余徵译,四川文艺出版社1988年版,第277页。

② 陈吉猛:《文学的存在方式研究》,浙江大学2004届博士论文,第15页。

③ 苏宏斌:《文学本体论引论》,上海三联书店2006年版,第57—68页。

的缘由,使"存在"一直处于无人问津和被遗忘的状态,而哲学的本体问题是要追问存在者的存在。其次,文学存在凸显哲学思维的特性。存在问题虽然是哲学的基本问题,但自古希腊开始的诗哲之争显示文学和哲学发生某种密切的联系,这就自然带来人们不自觉地运用哲学本体论和认识论的思维来审视文学存在问题,使得文学存在带有哲学的思维特征,而且对文学的观点、看法也在很大程度上受制于哲学理论。亚里士多德认为一切事物都关涉到本体观念,正是由于"那些原始之'是'"即本体的存在,"其他范畴如量与质等类因而得其存在"。[①]受此影响,西方传统文论对文学本质的认识不仅延续形而上的思维之路,而且往往通过对文学某种本质的认识来理解和把握文学存在,甚至认为抓住了文学的某种本质,就解决了文学的所有问题。例如文学的摹仿说、表现说等莫不如此。在这一前提下,研究文学理论,探究文学发展规律,首先要解决文学的本质特性问题,对"文学是什么"或者"什么是文学"做出必要的回答。19世纪末20世纪初,当代西方哲学出现语言论转向,即从传统关注世界本质的本体论到17世纪的认识论,如今走向集中关注语言,以语言研究人类的认知能力和表述能力,进而反思传统哲学有关世界本质的表述,检验其真伪,成为一种趋势。此后,语言论转向波及俄国形式主义、语义学、新批评、结构主义、符号学、后结构主义以及现象学、存在主义等。这些理论致力于突破传统局限,着重从语言、结构等方面探究文学作品自身的发展规律和本质构成,虽然其局限性是显而易见的,但在一定程度上助推了文学本质论向存在论的转移,使得文学存在研究走向深入,也由此拓展了文学存在的生存空间,凸显其特有的研究思路和方法。

二、文学存在与艺术生产

探究文学存在与艺术生产的关系,实际上是将艺术生产置于文学存在的视域下发现其特有的质的规定性。因为艺术生产作为按照"美的规律"进行的创造活动,在服从于社会一般生产规律的同时,还服从于精神生产的特殊性规律。这就决定了艺术生产在解释艺术发生的具体过程和环节、描述艺术内部的生产机制方面具有不同于物质生产的突破性。众所周知,物质生产的形态、过程通过其产品可以显现出来,但艺术生产完全不同。面对固态化的精神产品,人们无法看出其具体的精神活动过程,乃至作品中真理的运行逻辑和规律。老子言:"道之为物,惟恍惟惚",强调玄妙的道作为自然

① [古希腊]亚里士多德:《形而上学》,吴寿彭译,商务印书馆1995年版,第171页。

的本原,其形象的生成模糊微妙,深不可测。对艺术生产而言,无疑也面临着述说其具体产生过程的难题。在这方面,存在论可以为揭示艺术生产的发生提供某种启示。

存在论认为,“存在”是隐晦的、不可定义的概念,关涉“意义之在”。但长期以来,以存在者替代对存在的探究,以“存在是什么”替代“存在如何是”的思考,遮蔽了存在的意义和价值。“根据希腊人对存在的最初阐释,逐渐形成了一个教条,它不仅宣称追问存在的意义是多余的,而且还认可了对这个问题的耽搁。”①对被传统所遗忘了的关于存在意义的追问,才能真正领悟到存在的必要性,也才能使得长期以来的本体论走出“无根”的状态。对此,海德格尔提出存在总是存在者的存在,其与众不同之处在于存在者在它的存在中与存在本身发生交涉,因而需从存在者身上逼问出“存在”,把审视存在的方式以及领会意义解说清楚。与其他存在者相比,此在是一种存在者,作为领悟着存在、解决存在意义和把握存在本质的出发点,具有优先地位。同时,此在的本质在于它的生存,此在的存在者总是“我”的存在,从而一般的存在论问题转化为具体的生存问题。总之,海德格尔强调要从人的“此在”、从个体的生存中,尤其从此在的存在论分析中理解存在的重要意义。这是其一。其二,海德格尔解决此在的生存意义,乃立足于走向事物本身的现象学方法,这对理解艺术的生成具有启发性。“从现象学角度把切近照面的存在者的存在展示出来,这一任务是循着日常在世的线索来进行的。”②日常状态是此在最切近的存在方式,周围世界是日常此在最切近的世界。由于人们忙于日常世界生活,遗忘了领会存在方式的此在的存在,而此在本质上在真理中,展开状态是此在的存在方式,一切真理都同此在的存在相关联。从现象学方法出发,此在对自身本真性存在的揭示和彰显具有重要意义,主要体现在对艺术生成的存在追问,审视艺术的生成如何体现为某种“存在”事件,凸显艺术的此在状态及其与真理之间的关系,即存在之“思”。

在这方面,海德格尔提出寻求艺术的本质发生和真理生成,首先应从艺术作品出发,弄清作品中的物因素,把“物之存在方式的存在者”与“作品之存在方式的存在者”区别开来,形成作品的“物因素”之思,同时洞察其中所包含的“某种别的东西”,即艺术之为艺术的本质特性。在海德格尔看来,传

---

① [德]马丁·海德格尔:《存在与时间》(修订译本),陈嘉映、王庆节译,生活·读书·新知三联书店2006年版,第3页。

② [德]马丁·海德格尔:《存在与时间》(修订译本),陈嘉映、王庆节译,生活·读书·新知三联书店2006年版,第78页。

统有关物之物性的解释有三种:特性的载体、感觉多样性的统一体和具有形式的质料。这三种对物之物性的描述基于主客二分的思维,不仅是对物之物存在的扰乱,还阻碍了对当下存在者之存在的沉思。如何让物在物的存在中不受干扰,在自身中憩息?如何从物性探究中寻求艺术作品的本源,实现对作品之作品因素的把握?在这方面,海德格尔从器具入手,考察艺术作品的存在价值。海德格尔认为器具与艺术作品一样出自于人手,二者有着亲缘关系:器具既是物,被有用性所规定;器具又不只是物,同时又是艺术作品,即器具在物与作品之间居于独特的中间地位。器具虽因其有用性和丰富性成为自身之存在,成为艺术物性的基础,但在使用的过程中凸显了器具之器具因素。在《艺术作品的本源》中,海德格尔通过对凡·高的作品《农鞋》的解读,得出磨损的破旧鞋具中凝聚着劳动步履的艰辛,聚积寒风陡峭中步履的坚韧和滞缓,葆有使用过程中无怨无艾的焦虑,隐含着分娩阵痛时的哆嗦和死亡逼近时的战栗,回响着大地无声的召唤。这一切都通过梵·高的油画作品形象地呈现出来,再现了农鞋作为器具与作为艺术作品的差异,也引发了对器具存在因素的思考,使人们懂得了真正的鞋具是什么。正是在对《农鞋》的观赏中,农鞋摆脱了日常生活有用性的束缚,走进了存在的光亮里,以自己的方式敞开存在者之存在,从遮蔽状态走向无蔽状态,成为真理的生发之地。这一切是如何获得的呢?显然不是通过一双鞋的制作过程及农妇劳作场景的描述,而是通过对《农鞋》的现象学阐释,指明其中的一切。由此,真理得以充分显现,艺术得以自然发生。

艺术在存在论意义上是真理自行设置入作品,是真理的无蔽状态。海德格尔用现象学的方法追寻艺术的本质,以"此在"向存在发问并思考艺术如何使存在者敞开自身以显现其中的真理,从而找到在作品中真正起支配作用的东西,其对艺术生成过程的探索不仅对传统形而上学予以批判,而且对艺术生产活动以重要启示,有助于在存在的层面上揭示艺术产生的过程,解开艺术的无蔽之境。存在论认为人的活动包括实用活动(有用性)和非实用活动(无用性)。实用活动以实用为目的,使物体的质料与形式结构通过一定的改造和制作,为人类提供有用性和方便性。例如海德格尔提出产品的制作过程被赋予某一质料以形式,成为用于一定目的的器具,即为使用和需要所特别制造出来的东西。更重要的,包括器具在内的实用物不是一劳永逸的建立,它在使用中逐渐消耗,用旧用废,最后成为纯然的器具;或者重新再建立,实现作为器具的循环。另外,艺术作品不是以实用为目的被创造出来,而是体现出对实用性的超越。虽然艺术作品具有物的因素,而且物因素是构成作品的质料,是艺术家创造活动的领域,但艺术作品不只是一种制作物，它以自己的方式开启存在者之存在，使自行遮蔽着的存在被敞开和澄亮，使存在者的真理设置于其中，成为真理的生发之处。当然，我们应该看到，无论是器具的制作还是艺术作品的创作，二者实际上都是生产，都事关手工艺才能。两者有何根本区别呢？海德格尔提出创作从来不是指某种实践活动，而是"知道"的一种方式，"知道"就是已经看到，其本质在于存在者的解蔽，即存在者作为一个被生产的东西出现，进入到外观的无蔽状态。"当生产过程特地带来存在者之敞开性亦即真理之际，被生产者就是一件作品。这种生产就是创作。"[①]由此，艺术创作就是存在者的解蔽，是存在者的真理自行置入作品，成为真理的获得和显现。

与海德格尔将艺术的本质视为一个存在论的事件相比，马克思将实践观点引入艺术领域，视艺术活动为一种生产实践形态。这一文艺思想显然是和传统将艺术置于实践活动的彼岸的观点相对立的。传统的本体论自柏拉图一直到到黑格尔，主张理念世界是真实世界，艺术和美不过是超验的、抽象的理念生产史，从而在玄学思辨的坐标系中确立艺术的位置。马克思则将传统本体论中的"真实世界"转入生产实践，移至现实的、感性的活动本身，以生产实践活动区别于以往抽象的、异化的纯粹意识活动，走向自我的、自由的、感性的存在。正因为感性的实践活动，作为揭示艺术生产本质、特性及其规律的艺术生产论较好诠释了艺术生产与社会活动的复杂关系。总之，在艺术存在的理解上，海德格尔与马克思对传统形而上学进行了批判，体现出共有的哲学基础，但二者之间的区别也是显而易见的，那就是马克思立足于实践审视人的现实存在和艺术活动，海德格尔从"此在"入手研究存在者的存在，分析存在的意义。当然，他们都对人的存在本身表现出关切，都对艺术作为一个存在活动给予了"生产性"的描述，两者又具有了交流和对话的可能。依此，文学存在将成为把握艺术生产的深层内涵和现实关联、审视艺术生产对传统理论批判的切入点和着力点。

对于文学存在的这一特征，我们还可以从人类文化的演变中得到确证。按照丹尼尔·贝尔、詹姆逊、斯科特·拉什、格里芬等学者对文化的分期，人类文化的发展经历了前现代、现代到后现代三个阶段。这种划分基于文化与社会的关系视角，力求勾勒出文化的演变形态和生产范式。例如拉什认为，从前现代、现代到后现代分别代表着文化和社会的未分化、分化到消除分化的过程。[②]学者姚文放指出，从前现代到现代再到后现代，文化经历从未分

① [德]马丁·海德格尔：《林中路》(修订本)，孙周兴译，上海译文出版社2008年版，第43页。

② [美]拉什：《后现代主义：一种社会学的阐释》，《国外社会科学文摘》2000年第1期。

化到分化再到去分化的三段论，这一正、反、合的逻辑过程可以用三个关键词分别标示：前现代突出的关键词是“是”，现代盛行的关键词是“非”，后现代流行的关键词是“去”。具体来说，“是”体现事物在未分化状态下兼有多种属性，例如古人对于事物的总体性、浑整性的把握导致了古代审美文化的未分化特点；“非”表达现代审美文化将自己与其他文化领域分化开来的诉求，例如非功利、非实用、非逻辑、非理性、无概念、无目的等；“去”就是消解、祛除、突破，指后现代审美文化去分化的新动向，例如去中心、去边界、去等级、去体系、去类别、去差异。[①]借用文化的历史分期及其关键词概括，我们可以窥见与之紧密关联的文学生产范式的转换：从传统的自为性、自律性转向现代的建构性、他律性。

古典（前现代）时期是一个仰望苍穹，探究生命之真和膜拜艺术之美的时期，一个趋近神的本能关怀，天地神人融为一体的时期，更是传播智慧与真理，自觉生产听众的时期。那时，文化、宗教、神灵和社会、自然之间尚未分化，神圣内在于世俗之中，此岸世界与彼岸世界界限模糊，真善美浑然一体，隐喻思维的运用透着诗性智慧的本质。文学是天才创造、灵感迸发甚至神启的产物，承担真理救赎的功能，具有本真性、自律性。现代时期，工业生产和科学技术的进一步发展使这一切走向分离，文化与社会分化，文化呈现充分的自洽性、自主性，每个领域都是自我立法，突出表现在18世纪以来，随着新兴学科的兴起，知识体系的分化和独立日益明显。当然，文学在获得独立发展空间的同时，不可避免地遭遇技术复制带来的批量化、标准化生产。文学不再具有在场性，其内部固有的镜像结构出现明显的断裂，作为生产的特性愈加突出。这一切显示文学生产活动具有他律性、建构性。按照马克思所说，艺术生产受社会生产的普遍规律支配，有一套固定的生产程序和方式，包括生产工具、手段、产品等，所以一部作品经作家创作出来后能否获得社会认可，不仅取决于作品自身的审美性和思想性，还取决于出版、发行、消费、批评等诸多环节。从这个意义上看，作品的创作者不止作者本人，文学总处于“文学”之外。20世纪下半叶以来，后现代致力于消除分化，使文化与社会重新结合，学科拓展和知识跨界成为常态，泛审美化的文化生产场形成。从文化形态的演变可以看出，以商品生产、消费和娱乐为主的后现代社会完全不同于未分化的前现代社会和分化的现代社会。如果说前现代时期，文化和社会的交融表征思想的光辉、诗性的光芒和对真理的探求，是文

---

① 姚文放：《说“是”谈“非”论“去”——前现代、现代、后现代审美文化的逻辑走向》，《南京大学学报》（哲学·人文科学·社会科学版）2011年第4期。

化经典产生的时代，那么现代时期，随着技术复制时代的到来，文化生产机制发生变化，艺术的灵韵让位于本雅明所言的"震惊"体验，可谓是经典生产的过渡和转折期。这一切到了后现代时期，传统的惯例、规则遭遇解构，当代社会的审美风尚发生流变。尤其随着消费时代的来临，文学逐渐被推向市场，在遵循生产和消费规律的同时，日益呈现后现代的娱乐化、碎片化、影像化倾向，其蕴涵的商品性潜能和消费逻辑不可避免地使一些作家主动迎合市场运行法则，甘愿成为追逐商业利益的平庸者，平庸成为平庸者的通行证。

文学生产范式从自律、自为到他律、建构的过程与当代人文科学的转换密不可分。20世纪60年代，美国科学哲学家托马斯·库恩以"范式"概念描述科学发展的模式和规律，阐述科学话语的转换过程，对于人文科学研究的认识论和方法论变革，尤其文学理论知识生产具有重要启示。在批判逻辑经验论和波普尔的"可证伪性"基础上，库恩在《科学革命的结构》一书中提出科学的发展不是一个知识的累积及其直线式、连续性的进步过程，而是一个间断性的范式体系转换过程，是打破旧的思维框架和建构新的范式理论的革命性变化过程。在这一过程中，范式不仅表现为一种理论模型或模式，还表现为它吸引了一批坚定的拥护者，有着共同的价值标准和信念追求，同时又为实践者留下有待解决的种种问题。[①]显然，范式具有两种含义：一是"科学共同体"及其研究模式，即科学共同体成员从事研究而具有的基本理论、模型和方法，这无疑使科学共同体研究的根基和方向更加牢固和明确。二是范式能够为常规科学提供谜题解答，坚定地吸引着科学共同体成员进行价值创造，实现科学研究的结构性转换。库恩《科学革命的结构》一书出版于1962年，其时正是对现代性观念进行质疑、反思的批判蓬勃开始的时期。这一时期，学界出现了终结现代性传统、扬弃宏大叙事的后现代转向，拒斥中心主义、理性主义、基础主义、同一性，倡导文化相对主义、多元性、不可通约性、非理性。这标志着西方自笛卡儿以来的主体性思想和理性观念遭遇断裂状态，并日益走向衰落。在这一过程中，库恩的范式论无疑起到奠基性的作用，它所带来的文化相对主义、非理性主义等倾向成为后现代主义者否定科学知识的权威性、统一性，推动价值多元化的强有力武器。总之，库恩的范式论突出范式的转换性即革命性，寓意一种新的认知结构、思维方法和话语模式的出现，体现范式作为一种解蔽性的认识范畴和活动模式具

---

① ［美］托马斯·库恩：《科学革命的结构》，金吾伦、胡新和译，北京大学出版社2003年版，第9页。

有的理想信念、价值标准及应遵守的样式、形态。这种范式价值标准当延展到人文学科，其普适性潜能对社会学、文学、心理学、文化学的发展具有启示意义，产生重要影响。例如它能生发新的知识体系、知识形态和理论话语，充分解释和说明复杂的文学现象，有效促进文学研究的科学化、体系化，形成多元对话和互补的良性局面，同时启发学者进一步思索不同话语之间的内在关联和互动机制，构建系统的、科学的文论体系。

文学生产范式的转换，不仅彰显了文学的演进形态及其影响下的文学存在，体现文学理论知识生产在思路和方法上的转变，而且改变了人们对文学和文学本质的传统认识，使人们重新审视文学生产模式及文本构成形态，追寻文本动态的发展轨迹，审视异质、多元、差异、逾越、互渗、对话的文本特性。当然，随着传媒的发展和大众文化的勃兴，大一统的文学场发生裂变，传统文学创造的程式和类型被突破和逾越，文学主体、文学体制、文学生态被技术的强大威力和优势强化。在这种错综复杂的格局中，文学呈现出不同于以往的存在方式。伊格尔顿在《理论之后》中认为，随着社会生活日渐受到功利性和工具理性的控制，在市场决定价值的今天，文化陶醉于自我欣喜和嬉戏，对死亡和苦难讳莫如深，在真理、客观性和公正方面显现某种肤浅，其可辨认功能越来越少。[①]与之相关，文学被无情地商品化，表现出社会日常生活的浅薄，变得越来越可有可无。这一切使得文化理论的跨越和扩张成为可能，其带来的直接后果是，文学固有的边界被消蚀，文学研究的对象不再是纯文本语言结构，而是社会文化文本，从而引发文学的越界与转向之争，与此相关的文学边缘化、文学终结论等论调甚嚣尘上。这一切显示大众文化影响下文学内部各种因素和力量的重新组合，以及新的文学生产方式、生产机制的出现。由此，文学呈现出不同于以往的新形态。

三、“文学终结论”视域下的文学存在

20世纪下半叶以来，伴随消费社会的来临和电子媒介时代的到来，文学与大众消费需求及传媒的关联日益密切，文学的本质内涵、价值功能和生产体制遭遇深刻变革，文学的发展前景引起学者们的关注。2000年，解构主义批评家希利斯·米勒在“文学理论的未来：中国与世界”国际学术研讨会上提出了“文学终结论”，宣判文学发展的命运和走向，给中国文论界带来很大震动。在《全球化时代文学研究还会继续存在吗？》（《文学评论》2001年第1期）一文中，米勒转述雅克·德里达的著作《明信片》中一段话，认为在电信技

---

① [英]特里·伊格尔顿：《理论之后》，商正译，商务印书馆2009年版，第98页。

术时代,文学一统天下的局面将不复存在,哲学、精神分析学甚至情书都会走向终结。在《文学死了吗》一书中,米勒开篇就宣称“文学就要终结了。文学的末日就要到了”。[①]米勒对文学走向所唱的衰歌使得国内学者们纷纷撰文,从不同层面对“文学终结论”命题进行研讨和争鸣,尤其对与“文学终结”相关的“文学”概念、文学性、审美、文学与媒介的关系等问题进行深入剖析,成为新世纪以来文论界热议的话题之一。朱立元在《“文学终结论”的中国之旅》一文中指出,在这场讨论中,反对者有之,赞同之声更是不绝于耳。如以童庆炳为代表的学者首先对米勒的“文学终结论”予以反驳,强调文学存在的理由不是媒体的变化,而是人类表现情感的需要以及以语言文字为独有的“审美场域”。与此相反,也有学者从后现代条件下文学被边缘化的意义上赞同米勒的“文学终结论”,如余虹认为“文学终结”指的是文学已由艺术的中心沦落到边缘,其在艺术中的主导地位已由影视所取代。此外,还有学者以比较客观、辩证的态度解读米勒的“文学终结论”,如金惠敏认为米勒“文学终结”的预言,具有很强的现实针对性。纵观这场论争,朱立元认为“中国学者的讨论无论是批评还是赞同,同样都透露出一种对文学未来命运的浓重的焦虑情绪。……更重要的是,‘文学终结’这一话题实际上聚集了中国文艺学学科在进入新世纪这十多年来,对自身的研究对象、学科建制、理论方法等多个方面的总结、讨论和反思”。[②]显然,米勒引发的“文学终结”之争已经触及中国文艺学学科发展的诸多问题。

米勒是在何种语境下断言文学要走向“终结”?这里首先涉及对“文学”概念的理解,或者说对“文学”的理解某种程度上成为我们考察“文学终结论”能否成立的前提条件。我们来看米勒有关“文学”概念的阐述。米勒认为,文学在发展的过程中、在新的文化语境中日益呈现出不同于以往的新形态。在《全球化对文学研究的影响》一文中,米勒指出电影、无线广播、广告、互联网络等传媒文化在全世界以强大的力量进行传播,淹没日渐衰退的书本文化,改变了过去文学作品的存在方式,使得文学只是多种文化产品的一种,“不仅要与电影、录像、电视、广告、杂志等一起进行研究,而且还要与人种史学者在非西方文化或我们自己文化中所调查了解的那些日常生活的种种习惯一起来研究”。[③]在文化的平面上,文学日益失去其独特性,成为文化

---

① [美]希利斯·米勒:《文学死了吗》,秦立彦译,广西师范大学出版社2007年版,第7页。

② 朱立元:《“文学终结论”的中国之旅》,《中国文学批评》2016年第1期。

③ [美]J.希利斯·米勒:《全球化对文学研究的影响》,王逢振编译,《文学评论》1997年第4期。

表现自己和构成自己的一种主要方式。在《全球化时代文学研究还会继续存在吗?》一文中,米勒论述了电信技术对文学、哲学的深刻影响,认为“文学这个概念不可避免地要与笛卡儿的自我观念、印刷技术、西方式的民主和民族独立国家概念,以及在这些民主框架下言论自由的权利联系在一起。从这个意义上说,‘文学’只是最近的事情,开始于17世纪末、18世纪初的西欧”。[①]显然,米勒所指的“文学”是始于17、18世纪的西欧,基于印刷技术发展的文学。这个时期,印刷业的发展强化了主客体分离,孕育了诸如“自我”“作者”“民族独立国家”“哲学”“精神分析”等现代概念,使得包括文学在内的人与人之间、阶层/种族或者性别之间、媒介之间、国家之间、客体之间的边界意识骤然强烈。这种建立在分化和自主性基础上的审美运动日益把经济、政治、文化等从社会机制的中心分离开来,文学作为其中的一员,自然也不例外。正是在这种状态下,文学与哲学、心理学、政治学等廓清了界限,以特有的感性自觉和审美想象自立门户,成为一门独立的学科,成为人类精神生活的主流方式。可以说,印刷技术促成了以想象为主的“文学”概念的出现,为文学传播提供了便利。所以,文学观念虽古已有之,但“文学”概念被催生出来,却是很晚的事情。而在新的电信技术时代,文学存在的前提因素已经改变,传统文学与现实之间二元对立的界限已不那么清晰,文学的所指与能指、现实与虚构界限分明的特质被打破,文学的纯一、和谐为核心的话语形式已经消亡,文学不可避免地面临如米勒所言的终结命运。如此看来,信息技术的发展为文学的终结提供了某种契机,使得文学无法存活。基于此,“文学终结论”中的“文学”是一个特指概念:它出现在印刷业发展的特定条件下,与“自我”观念的发掘、西方式的民族国家等联系在一起,具有完整性和明晰性。这种在某个特定历史时期被建构出来的文学形态在电子媒介时代正日益被跨越文类和文本界限的模糊、多元的新样式所替代。米勒正是在这一“文学”概念上谈文学的终结问题。

由此,在信息技术和电子媒介时代,文学的命运发生变化,纯文学逐渐让位给以电子媒介为代表的文化产品,人们不断地享受电影、电视等文化产品日渐翻新的快感,文学固有的地盘在缩小。与此相关的文学研究不再逢时,而是转求文化批评来救穷,日益超越经典文学的边界而使非文学特质在其中得到充分显现。于是在一个由语言、文化、身体、权力等微观政治学构成的批评世界里,文学研究的对象不再是文学文本,而是文化文本。米勒曾

---

① [美]J.希利斯·米勒:《全球化时代文学研究还会继续存在吗?》,国荣译,《文学评论》2001年第1期。

有过论述："事实上，自1979年以来，文学研究的兴趣中心已发生大规模的转移：从对文学作修辞学式的'内部'研究，转为研究文学的'外部'联系，确定它在心理学、历史或社会学背景中的位置。"①此即文学理论从形式到历史的"外转"倾向，显示文学日益向非文学扩张的趋势，而由此形成的文学形态是一种由媒介发挥作用，囊括语言、电视、电影、网络、电脑游戏等在内的新的混合体文学。②新形态的文学不同于传统的文学之处就在于媒介的参与和互动，带来一种虚拟现实的效果。对于新形态的"文学"，米勒认为不是"literature"（文学），而是"literari-ty"（文学性）。显然，米勒将文学的蔓延之势，将"文学研究"向"文化研究"的转向，看作是"文学性"功能的发挥。

在文学性问题上，与米勒持守文学行将终结、消亡的论调不同，有学者提出现代媒介浸染下文学的话语失势乃至终结表征文学在后现代的新形势和新状态，即文学扩张、蔓延到非文学文本（其他学科）中，重新圈定研究领地，并发挥支配性力量，以统治者的角色，强化文学影响力，实现审美的延展和对非文学领地的征服。美国学者大卫·辛普森提出文学介入各种学科是一个"学术后现代"事件，标志着"文学统治"的到来。辛普森认为后现代时期，文学的叙事方式侵入人类学、社会学、文化学、历史学，方言词汇、自传、趣味轶事等都采用了文学的笔法，使用的非常传统的术语主要来自于文学与文学批评，"相应地，非文学学科正逐渐被它们自己的极端分子对文学方法的再传播所殖民化了"。③基于此，辛普森以"文学统治"意指文学研究的关注点迁移到其他领域，以"传统的现代形式"摆在受众面前，使得文学方式和文学批评方式有效转换成其他学科，并渗透在各个学科中发挥潜在的功能。而面对文学被现代传媒挤压的后现代事实，辛普森认为很多学者和学科为了描述世界而甘愿接受来自文学研究领域的术语。很显然，辛普森的文学论调与那些保守的批评家所言的文学边缘化明显不同。对此，乔纳森·卡勒以"文学性"作为对辛普森的回应："文学可能失去了其作为特殊研究对象的中心性，但文学模式已经获得胜利：在人文学术和人文社会科学中，所有的一切都是文学性的。"④当然，卡勒所指的"文学性"是理论中的成分，即"理论的遗留物"。卡勒认为在理论的扩张或高潮时期，虽然在某种意义上理论改变文学成分的地位，但文学问题仍处于其规划的核心，即"将'文学

---

① [美]J.希利斯·米勒：《文学理论在今天的功能》，载[美]拉尔夫·科恩主编：《文学理论的未来》，程锡麟等译，中国社会科学出版社1993年版，第121页。

② [美]J.希利斯·米勒：《"我对文学的未来是有安全感的"》，《文艺报》2004-6-24。

③ 余虹等编：《问题》，中央编译出版社2003年版，第144页。

④ 余虹等编：《问题》，中央编译出版社2003年版，第128页。

性'置入了各种文化对象,从而保留了文学成分的某种中心性",[①]从而文学以另一种方式——文学性——统治着学科领域。在卡勒看来,理论和文学并非对立的存在,文学可以"作为理论导向和方法论导向的工具,利用这些工具,阐明文学最基本的风貌,并最终指导文学研究"。[②]因此,作为一种理论和方法的工具,"文学性"在理论中的蔓延并不意味着文学和文学研究的终结。虽然面对称之为"理论"的东西已不是文学理论,但卡勒仍然执着地将文学成分保留在理论之中,而且将所谓的"后理论"看作一种假定"宏大理论"死亡之后的理论。这无疑否定了"理论之死"的论调,肯定理论中文学性成分弥漫的合理性,同时对文学性成分的考察亦成为文学的任务。无论是文学终结论还是文学统治论,有一点是共同的,即在后理论时代,文学性不再是文学的专有属性和文学自身的事情,而是渗透到其他领域,呈现为一种自由流动、无处不在的形式。由此,文学批评跨越文本分析樊篱而转化为一种对文化制度、社会秩序的合法性进行质疑和解构的"泛文化"批评,不再单单是一种纯学术理论研究。这样看来,伴随文学领地的萎缩,米勒关于文学终结的论断有其充分的道理。

其实关于文学终结的论调并非始自德里达和米勒。二百年前,黑格尔已提出包括文学在内的艺术会走向终结的论断,引起了后世学者们的关注与讨论。在黑格尔那里,艺术的发展经历了象征型、古典型与浪漫型三个阶段,此三阶段不过是绝对理念自我演进和显现的三种不同状态,尤其从古典型时期理念和形象的完美结合到浪漫型时期理念逐渐超越、抛弃外在形象,打破艺术的内容与形式的和谐,使得艺术扬弃自己,向更高的形态转化,即被宗教和哲学所替代。艺术为何无法承担表现理念、走向真理的职能?黑格尔认为相对于宗教通过表象表现理念,哲学用思维表现理念,艺术则受制于直接的感性形象,即以感性形象的形式去表现理念,显示真实,这是艺术的使命和目的所在。而艺术的感性形象是有限的,无法把握无限的、绝对永恒的理念,甚至会成为理念表现的累赘,也就是说,艺术不可能是绝对理念表现真理的最高方式。当宗教和哲学剥夺了艺术表现真理的职能时,这一切皆因艺术自身的发展造成的。可以说,从黑格尔关于艺术职能的变化来看,艺术的确出现了危机,艺术终结的预言有其必然性:艺术背离了心灵的最高旨趣,从心灵的膜拜地位中降下来,不再是真理的最完美的表达方式。

---

① 余虹等编:《问题》,中央编译出版社2003年版,第118页。

② [加]马克·昂热诺等主编:《问题与观点:20世纪文学理论综论》,史忠义、田庆生译,河南大学出版社2010年版,第22页。

但我们同时应看到，黑格尔断言的艺术终结并不是说艺术真的要走向死亡或不复存在了，而是说艺术的形式不会再成为心灵的最高需要。①黑格尔的预言终究难以应验，因为艺术还是具有艺术的形式，变化的只是艺术的地位。联系今天日常审美的生活化来看，艺术走出了心灵认识的最高旨趣，却走向了生活，与生活融为一体，成为日常生活不可分割的内容，如同文学性的蔓延。在这个意义上，包括文学在内的艺术并不会走向终结。

"时运交移，质文代变"。文学活动与社会现实之间存在千丝万缕的联系，每一次社会转型都会引起文学领域的变革，带来文化、风俗和人的精神状况的相应变化，其变动之不居、递嬗之迅速以及在多维的价值取向中寻求新的生长契机来完成自己的蜕变，有时实乃让人无法预料和面对。文学终结的论争显示了文学所面临的生存危机，反映了文学在媒介和技术的控制下，其自身的生产机制等方面遭遇的难题。当受社会生活影响和制约的文学呈现出不同于以往的特质和品格时，其自身发展必然会遭遇变化。当然，无论是黑格尔的艺术终结论，还是米勒的文学终结论，都涉及一个在什么样的语境下作出如此判断的问题。黑格尔是基于19世纪市民社会的状况不利于艺术发展，缺少独立自足的艺术品生存的土壤而断言艺术的终结的；米勒则是基于电子信息时代给文学形态带来的新变化而提出文学的终结问题。显然，终结的可能只是特定时期和文化语境下的某种文学样式，这或许只是文学生成体制内的一次自我转型和延展。詹姆逊认为黑格尔所谓艺术的三阶段式区分得到的终结只是从一连串的概念系统中推演出来的东西，或者说黑格尔只是对艺术做了无限小的区分，以拆散个别概念之间的关系，并非为了证明推测结果的相符，在今天，无论艺术的终结对于人们意味着什么，显然不能再依据黑格尔时代的常规。"第二次'艺术的终结'不能被设想成跟完全不同的19世纪相应的情况一样会通向最终的哲学领域。"②事实上，文学的终结乃是文学从"文本内"到"文本外"的扩容、扩张，是文学的一次自我革新，为文学拓展新的发展空间。应该看到，无论阐释如何的主观，千百年来文学具有的超越精神、诗性品格和对现实的担当性恒久不变。无论是类似于到处挥舞长矛的堂·吉诃德的进攻之势，还是默默踟蹰于孤独的心灵家园，文学一直在绵延的时间体验和充满诗意的叙述中，以其固有的审美情怀实现对外物的超越和疏离，在心灵的世界里获得了回声。此乃文学

---

① ［德］黑格尔：《美学》（第一卷），朱光潜译，商务印书馆1979年版，第132页。

② ［美］弗雷德里克·詹姆逊：《文化转向》，胡亚敏等译，中国社会科学出版社2000年版，第83页。

发展之源和文学存在之根。在这个意义上，我们大可不必因为文学的语境变迁而忧心忡忡，甚至垂头丧气。回到米勒，他认为文学虽然末日将临，却是永恒的、普世的，仍对文学的未来满怀信心。[①]面对电子媒介时代娱乐至死的文化氛围，文学要在多元共生的特性中对自身的存在进行反思和考量，对文学与人的生存关系等问题进行多维理解和阐释，同时将文学和文学研究置于特定的时代语境下，对那些公认的文学经验、文学制度、文学事实、文学价值进行重新审视，从中寻求新的生机和发展空间以及走向未来的可能性、动态性，重构文学的审美理想和永恒价值。

第三节　意识形态与艺术生产

一、"意识形态"的内涵与发展

"意识形态"（Ideology）由法国哲学家特拉西创立，是西方思想史上语义最含混的概念之一。如同Ontology（本体论）是关于On的logos一样，"意识形态"的法文词Idéologie亦是关于Idéo的logie，即"关于观念的学说"，或者"观念学"。特拉西提出"意识形态"一词，意在创建一门对观念进行系统分析的"观念学"，规避传统思想的谬误和流传，在肯定意义上承认意识形态的价值。然而，在特拉西所处的启蒙时代，基于感觉经验的"观念学"无法对现实一切做出合理解释和说明，而且还威胁到维护帝制的拿破仑的统治，甚至被拿破仑讥讽为"虚幻的形而上学"。雷蒙·威廉斯认为正是拿破仑的批判造成该词义的扩大解释，在19世纪引起巨大回响，奠定了现在Ideology的主要意涵。[②]也就是说，拿破仑的贬责使该词的情感范围发生迁移，导致了该词内涵的丰富性、歧义性。汤普森提出意识形态概念包括两大基本类别，一是"意识形态的中性概念"，即意识形态不与任何特定集团的利益相一致，对于反对社会秩序或维持现状的集团都是必要的；一是"意识形态的批判性概念"，批判性概念传达负面的、批判的或贬义的意思。[③]这给我们全面认识意识形态提供了一个多维视角。

Ideology在19世纪的贬义化使用意味该词带有抽象、空想的谬误成分，

---

① ［美］希利斯·米勒：《文学死了吗》，秦立彦译，广西师范大学出版社2007年版，第7页。

② ［英］雷蒙·威廉斯：《关键词：文化与社会的词汇》，刘建基译，生活·读书·新知三联书店2005年版，第217—218页。

③ ［英］约翰·汤普森：《意识形态与现代化》，高铦等译，译林出版社2005年版，第59—60页。

预示了作为一种思想观念具有的意义派生性和潜在的虚幻特质。与特拉西基本同时代的黑格尔无疑看到了这一点。在《精神现象学》中，黑格尔没有明确使用"意识形态"，他将精神的展开过程描述为"意识的诸形态"史，即精神发展的每个阶段、每个环节都是一个意识形态，人的意识就是主体或普遍精神自我发现自己的历史。这种精神世界既是自我意识的作品，又对自我意识来说是"异己的陌生的现实"。[①]也就是说，精神创造的世界成了与之相对立的异化世界，异化成为意识发展的不同形态，人们创造的意识形态成为统治人的异己力量，因此，意识形态在黑格尔这里成为控制人的异己存在的否定性概念。精神的自我发展中固然包含着历史的辩证法的合理内核，但在马克思看来，黑格尔只是在思维意识的范围内讨论异化，犯了"首足倒置"的错误。费尔巴哈从黑格尔那里接受了异化观，只不过将黑格尔虚幻精神的异化发展为"现实社会中人的异化"，同时指出宗教的本质是人的本质，异化是人在宗教中的自我异化，宗教是人的本质的异化产物。黑格尔和费尔巴哈的异化观虽存在种种不足，但在与意识形态的内在关联上，无疑为其内涵的转换提供了充足的理论空间。

正是在批判性地改造特拉西、黑格尔、费尔巴哈思想的基础上，马克思从物质生产出发考察意识形态，使之成为一个重要术语。总体而言，马克思主要在两个层面上使用"意识形态"概念。

第一，批判或否定意义上的意识形态，即视意识形态是一种虚假意识。在《德意志意识形态》中，马克思在基本沿用特拉西的"意识形态"概念基础上创制了德语词Ideologie，但其内涵已明显不同于特拉西：特拉西取"从观念还原到感觉"（肯定意识形态），马克思则取"从观念回归到实践"（否定意识形态），即从物质资料的生产出发阐明各种不同的理论产物和意识形式，深刻揭露出意识形态的本质是虚假的观念，指明意识形态作为一种观念掩盖事物的真实性和本来面目，颠倒存在和意识、主体和客体的关系，最终以扭曲的、虚幻的、幻想的形式维护自己的统治。标志着意识形态理论确立的《德意志意识形态》（马克思恩格斯合著）一书开篇即指出："人们迄今总是为自己造出关于自己本身、关于自己是何物或应当成为何物的种种虚假观念。"[②]在马克思看来，意识形态以神秘、扭曲的方式遮蔽现实，颠倒存在和意识、主体和客体的关系，使人成为处在某种虚幻的离群索居中的人。《德意志意识形态》旨在批判的费尔巴哈、布·鲍威尔和施蒂纳所代表的现代德国哲

① ［德］黑格尔：《精神现象学》（下），贺麟、王玖兴译，商务印书馆1979年版，第46页。

② 马克思、恩格斯：《马克思恩格斯全集》（第3卷），人民出版社1972年版，第15页。

学以及各式各样先知所代表的德国社会主义——"德意志意识形态"便是如此,因为这些哲学家们只是同现实的影子作哲学斗争,迎合沉溺于幻想的精神萎靡的德国人民口味,或局限于以宗教神学观念麻痹人,通过将世俗神圣化,使人屈从于意识形态的幻象,成为宗教的人和失去判断力的人。这样,当统治者为了达到自己的目的时,会采取一种"虚幻共同体"形式,把自己的思想和利益描绘成具有普遍意义的思想和全社会成员的共同利益,而真实的本质和存在被置换为强制性的意识,被颠倒为社会一般,所以统治阶级的思想在每一时代都是占统治地位的思想。后来,马克思又对资本主义社会日益突出的拜物教意识进行批判,揭露笼罩在物的身上的种种神秘意识,撕裂意识形态对于现实的欺骗性、掩蔽性。

第二,描述意义上的"意识形态",即对意识形态中性的、客观的描述。在《德意志意识形态》中,马克思论及"市民社会"作为实现哲学"从地上升到天上"的路径时指出,市民社会组织"在一切时代都构成国家的基础以及任何其他的观念的上层建筑的基础"。[①]这种"观念的上层建筑"显然是由经济基础制约的各种思想、观念和具体意识形式的集合,即社会政治、经济生活的各个侧面具体意识形式的有机思想体系,政治、经济、哲学、教育、宗教、艺术等位居这个领域之内。在其后的《路易·波拿巴的雾月十八日》中,马克思进一步给予这种"观念的上层建筑"以丰富的、具体的内涵,即由"各种不同的、表现独特的情感、幻想、思想方式和人生观"构成。[②]联系马克思在《〈政治经济学批判〉序言》中关于上层建筑与经济基础的关系可以看出,"观念的上层建筑"就是由经济基础所决定的包括"情感、幻想、思想方式和人生观"等在内的一切观念的总和。这样,在马克思那里,作为反映阶级或社会利益的观念体系,意识形态无论是"虚幻意识"还是"观念的上层建筑",总是指向现实,具有某种意向性,其表露的虚幻性、实践性、隐蔽性、阶级性、甚至独立性等反映了意识形态的固有属性。总的来看,马克思主要是在批判性意义上使用意识形态概念,或者说,正是在对各种错误思潮的斗争中,建立起历史唯物主义的基本原理,使传统被意识观念遮蔽的事实和歪曲的假象得以澄明。

随着社会实践发生变动,意识形态逐渐渗透到政治、思想、文化等领域,内涵日益多元化。西方马克思主义早期代表卢卡奇将一切阶级的阶级意识都看作意识形态,提出意识形态不仅是社会经济结构的结果,而且是它平稳

① 马克思、恩格斯:《马克思恩格斯全集》(第3卷),人民出版社1972年版,第41页。

② 马克思、恩格斯:《马克思恩格斯选集》(第1卷),人民出版社1995年版,第611页。

运转的前提条件。[①]为批判资产阶级的物化意识,卢卡奇还提出以“总体性”的意识形态和批判原则规避那些有限的、表面的、虚假的意识反映方式,反抗物化意识对人的危害,破除资本主义的幻象。通过对意识形态与经济结构的复杂关系进行重述,卢卡奇深化了马克思“观念的上层建筑”的构成方式和方法研究,在马克思中止的地方继续论述。在葛兰西那里,意识形态是“包含在一切个人的和集体的生活表现里面的世界观”,[②]包括哲学、宗教、常识、科学和民间传说。葛兰西认为,资本主义的统治主要不是靠暴力专政的政治社会,而是靠市民社会来维持,市民社会连接经济基础和上层建筑,通过思想和行为方式以及道德风尚等产生客观效果,所以,争夺市民社会的文化领导权问题就成为推翻资产阶级统治的必然。为此,要通过建立新文化,教育人民大众,抵制资产阶级意识形态的侵袭和控制。

其实,无论是阶级意识,还是文化意识,卢卡奇和葛兰西都是从革命需要出发,期盼把革命建立在意识形态层的宣传和控制上。到了法兰克福学派那里,意识形态的革命功能演变为文化批判。霍克海默提出近代工业文明的基石——启蒙理性带来的异化铸造了当今社会奴役人的意识形态;马尔库塞认为工业社会以极权主义方式对人的思想、文化的技术理性控制使人成为单向度的人;哈贝马斯则视晚期资本主义的科学技术为意识形态,认为这种新意识形态更具迷惑性、辩护性、操作性。在这样一种情况下,依附于技术和传媒的文化成为异化人的力量和维护社会体制的意识形态,本应在政治领域讨论的问题如今被挪移至商品生产、娱乐制造、有声电影等日常领域,意识形态成为批判的对象。

无论是将意识形态看作维护权力统治的幻象体系,抑或描述意识形态在革命实践和日常实践领域的不同表现,都显示意识形态具有的阶级立场和政治属性。与此相关的是,意识形态是否具有不沾染阶级、党派的一面?德国社会学家曼海姆秉承知识社会学立场,提出以“总体的意识形态”建构单纯的知识社会学,使意识形态——曾经是党派的思想武器成为社会和思想史的一般研究方法,“不带党派偏见地分析实际存在的社会状况中的一切可能影响思想的因素”。[③]曼海姆所建构的知识社会学强调在精神领域内完成对概念、知识的纯然分析,从而意识形态不带有党派、阶级功能,遭到包括霍克海默在内的理论家的批判。因为当从精神、意识完成对知识社会学的

---

① [匈]卢卡奇:《历史与阶级意识》,杜章智等译,商务印书馆1992年版,第349页。

② [意]安东尼奥·葛兰西:《狱中札记》,葆煦译,人民出版社1983年版,第11页。

③ [德]卡尔·曼海姆:《意识形态与乌托邦》,黎鸣等译,商务印书馆2000年版,第79页。

构建，意识形态就成了空中楼阁，成为抽象、空洞的形而上学。实际上，这一论争的背后涉及意识形态的存在问题。这一问题在特拉西那里就已出现，即以观念的方式探究意识形态，马克思正是在这一基础上视意识形态为虚幻意识并给予批判的。法兰克福学派将对意识形态的批判置于日常实践之中，显现意识形态的社会存在功能受到重视。在这一过程中，阿尔都塞激活了葛兰西的文化领导权理论，认为意识形态以"国家机器"的方式分散到教会、党派、工会、家庭、学校、文化机构等私人性的领域，同国家政权一起维护国家统治，成为被感知的客体。这就将葛兰西的市民社会扩大至整个国家。齐泽克站在后工业社会角度认为意识形态不仅仅是幻象，更是一种社会现实，为人们提供"逃避某些创伤性的、真实的内核"。[①]意识形态起到对"他者"空缺的填补和各种裂隙的有机性构建作用。詹姆逊立足于后现代文化立场考察意识形态的发展模式，将意识形态看作一种弥补现象和本质差距的方法论，并通过文本阐释和分析的批评实践，去掉意识形态的假象，彰显意识形态的丰富内涵。

综上，无论是视意识形态为反映真假、虚幻意识的观念体系，还是赋予其形式结构和实践功能的社会存在，都显示意识形态作为一个复杂的、多层次的场域体，一个耦合的、开放性的意义层所具有的丰富内涵，而这种丰富内涵，总是以话语的形式体现出来。因此，作为观念的上层建筑，意识形态是各种观点、概念、经验、信仰的集合及其生产过程，表征一定历史背景下特定阶级意志和利益的权力关系与政治意义的思想体系，同时是以特有的社会结构和行动取向，体现探寻普遍真理及其价值活动的话语实践行为，具有精神性、批判性和主体建构性。

二、意识形态与艺术生产

意识形态与艺术生产是马克思主义文论中的重要概念，二者之间的关系一直受到学界关注。伊格尔顿在《马克思主义与文学批评》中认为作为生产的艺术与作为意识形态的艺术之间的关系，是马克思主义批评面临的最重要问题之一。在西方马克思主义那里，意识形态与艺术生产研究取得了引人瞩目的成果，形成文学的意识形态生产理论。例如阿尔都塞认为文本阅读是认识在加工和改变认识对象即意识形态的原料，以重构新的意识形态的生产过程。在阿尔都塞那里，意识形态虽然属于"意识"的范围，但它不

① [斯洛文尼亚]斯拉沃热·齐泽克：《意识形态的崇高客体》，季广茂译，中央编译出版社2002年版，第64页。

是胡言乱语,而是社会生活的一种基本结构、存在形态和文化客体。为揭示意识形态对现实的植入,避免隐蔽的意识形态对科学认知的威胁,阿尔都塞遂提出以“症候式阅读”发挥“认识的生产”功能,即通过文本空白、含混和沉默等症候揭示隐藏的新问题,实现对文本意蕴的把握和意识形态的发掘,此乃文本意识形态的生产过程。马谢雷认为文本具有不完整性,内部存在着症候和裂缝,与以意识形态为母体的原料存在“离心”关系,形成“文本—意识形态”的离心结构,文本意识形态的生产即意识形态话语被打碎和重构,在文本中改变原来的存在状态,形成新的意识形态的过程。伊格尔顿重点从意识形态和生产方式两个层面考察意识形态功能的社会意义,从文本隐含的意识形态信息中揭示文学生产的运行机制,显现文本形式、结构、话语如何生产出作为文学表意的意识形态,凸显“艺术生产”的意义重构行为。詹姆逊将文本阐释与意识形态有机勾连,强调文本阐释作为一种表意的批评实践活动,旨在揭示意识形态与文本或文化制品之间的复杂关系,实现对社会矛盾的想象性或象征性解决。在詹姆逊看来,历史不是文本,不是叙事,人们只能以文本的形式接近它,以“政治无意识”的方式将其叙事化,在这种情况下,审美或叙事形式的生产将被看作是独立的意识形态行为。[①]也就是说,审美创造行为并不是简单的符号生产过程,而是作家给予意识形态以确定的结构和形式、揭示“政治无意识”的运行机制的过程,由此形成一种新的文本生产策略。可以看出,阿尔都塞、马谢雷、伊格尔顿和詹姆逊重点从文艺批评的视角看待艺术生产,赋予批评以“生产性”的话语阐释功能,推进意识形态与艺术生产的深入研究。

在意识形态与艺术生产的关系上,阿多诺从另一个层面凸显艺术对意识形态的批判。阿多诺认为今天的文化凭借技术手段把人类塑造成能够在每个产品中都可以进行不断再生产的类型,实现标准化和大众化,实乃是统治阶级通过意识形态强加给民众的行为。在阿多诺看来,艺术固然是一种社会现实的精神劳动产品,但艺术只有对社会展开批判,具备抵抗社会的力量,才能够生存。基于此,阿多诺提出艺术具有社会性和自律性的双重本质:一方面,艺术是一种更为直接的社会现实事物,不仅生产方式体现了生产过程中各种力量和关系的辩证法,而且素材内容取自社会。另一方面,艺术以对象化的形式站在社会的对立面,与社会保持着偏离,通过自律性成为自为存在,成为纯粹的生产生命力量。正是基于社会性和自律性的双重存

① 王逢振主编:《政治无意识》(《詹姆逊文集》第8卷),王逢振、陈永国译,中国人民大学出版社2016年版,第57页。

在，艺术奉献给社会的是某种抵抗或抵制。[①]也就是说，通过对意识形态的批判，艺术以否定性、反叛性体现社会的秩序，与社会保持着不介入的态度。这是艺术生产在处理与意识形态关系方面的特有方式。

基于此，有几点是可以肯定的。第一，艺术生产的过程呈现特有的意识形态倾向。无论是阿尔都塞、马谢雷、伊格尔顿等理论家研究文本意识形态生产的内在规律和运作机制，赋予批评以“生产性”的话语阐释功能，开拓意识形态研究的文学艺术以及审美转向，还是阿多诺站在艺术自律的精英立场，将技术视为艺术的异化，坚持艺术以对象化的形式站在社会的对立面，以否定性体现社会的秩序，与社会保持着偏离和不介入的态度，对大众文化、文化工业的意识形态实施坚定的批判，其目标都在于通过艺术生产的分析，阐明文本具有的意识形态功能，体现艺术生产过程是意识形态的持续展开和作用过程。第二，意识形态对艺术生产的制约和影响也是显而易见的。文学产生于人类的社会实践，作家作为社会中的人，其创作自然离不开对人类实践活动和现实社会的审视和观照，与之相关，各种政治文化权力、社会制度、文艺政策等必然影响作家的创作思想和观念，使作家的创作过程离不开特定的社会意识形态，潜藏某种意识形态的痕迹。这样，当意识形态无意识地呈现于文学话语之中，文学作为意识形态的生产，其生产出的内容无疑是一种被整合的文本秩序。综上，意识形态不是单纯用来传达某种观念，而是艺术生产行为本身就具有某种意识形态的意味，即以一种特有的话语言说方式显现出来，艺术生产和意识形态的关系正是在这一层面上得到了合理说明和描述。

---

① [德]阿多诺：《美学理论》，王柯平译，四川人民出版社1998年版，第387页。

第二章　创造论：技术生产、“再现的政治”与艺术生产

作为人类的一种审美创造活动，文学以特有的功能摆脱现实的束缚，实现对自然、社会和自我的诗意超越，进达心灵自由和精神愉悦的境地。当马克思以“艺术生产”命名这种活动时，意味着文学与社会现实的必然联系，也体现了人“艺术”认识世界、掌握世界的有效形式。而在此之前，人们对文学活动的考察一般是在精神和意识领域中进行，无论是视文学为摹仿外在世界的文学摹仿说，还是视其为人类情感外显的文学表现论，莫不如此。基于此，当我们从文学创造的视角，考察艺术生产对文学理论史上两种代表性的文学观念——文学摹仿说、文学表现论的反拨时，就能清晰看到文学创造过程的演进变异。对艺术生产而言，这种演进在20世纪西方马克思主义者那里，首先体现在对艺术技术的强调。因为艺术既然是一种生产活动，就势必涉及艺术生产力或生产技术（技巧）问题。这种对技术（技巧）的强调不仅与文艺的意识形态功能有关，还埋下了“艺术生产”作为话语阐释的伏笔。

第一节　文学存在：从“镜喻”到“技术”

按照通行的说法，文学创造主要是作家采用一定的手段和技法把积存于头脑中的材料加以概括、提炼、综合和具体化的一种审美活动。它不仅关涉以何种方式选择和处理描写对象，还关涉语言与现实、思维与对象的同一性问题，即现实对象如何进入作家的创作视野以及在作品中如何具体地体现出来。在这一过程中，对于文学以何种方式存在和显现，文学摹仿说、文学表现论与艺术生产论有着不同的观点。文学摹仿说、文学表现论视文学为固定不变的对象，多寻求文学本质的存在，其所表现的世界只是像镜子一样反映出来的映像世界。艺术生产论则转入对文学生产过程的关注，尤其

技术手段的运用,其文学存在自然也发生质的变化,表现为从“镜喻”形态到“技术”形态。

一、文学摹仿说和文学表现论的“镜喻”形态

自有文学活动以来,文学与现实的关系一直是学者们关注的焦点,它不仅关涉文学如何发生和形成的始源性,还关涉文学的本质、价值和意义。美国学者艾布拉姆斯在《镜与灯》中将“世界”作为文学活动必备的四要素之一,与作家、作品、读者并列,并认为从艺术家所表现的世界中可以区分出最坚定的现实主义和最缥缈的理想主义这样不同的流派。也就是说,从文学和世界的关系看,作家描绘的世界存在“现实”和“理想”两个层面,即反映自然的“朝外找”和从内心去寻找作品主题的“朝内找”。[①]这就形成文论史上两种影响较为深远的艺术观念:一是反映客观世界、逼真地描绘客观世界的摹仿说,一是描摹作家心灵情感和内在创造性的表现论。这两种文学活动模式尽管对艺术的本质言说存在诸多差异,对艺术如何存在有着各自的看法,但由于无法摆脱传统形而上学思维方式的影响,因而在叙事结构和话语构成方面具有某种一致性。

古希腊的摹仿说是艺术和世界关系的最初表述。被黑格尔称之为“哲学存在的开端必须自他始”的赫拉克利特最早提出“艺术摹仿自然”的观点,但不关乎语言和艺术。柏拉图从“理式论”出发,认为在感性世界之外存在一个永恒的理式世界,人的各种制作行为都是对理式的摹仿。他将这种摹仿过程形象地比喻为拿一面镜子到处照,照出太阳、天空、大地、动物、用具、植物以及人。[②]如果说柏拉图之前的思想家视摹仿为一种认识自然和人的求知的话,那么在柏拉图这里,则完全相反。柏拉图以镜子为喻描述世间万物面对理式时的生成,说明万物只是理式的映像和“影子”,摹仿者只能制造外形而非实体。从此出发,他认为艺术是对现实的摹仿,因而是现实的影子,而现实又是对理式的摹仿,是理式的影响,所以艺术是摹仿的摹仿,是“影子的影子”,不具有认识真理的本质。柏拉图的摹仿说最早以镜喻的方式奠定艺术与世界的基本关系,开启了艺术反映论的先河。比柏拉图稍晚一些的中国古代庄子亦看到了镜子的隐喻功用,如:“至人之用心若镜,不将不迎,应而不藏,故能胜物而不伤。”(《庄子·应帝王》)在庄子这里,镜喻的本

---

① [美]M.H.艾布拉姆斯:《镜与灯:浪漫主义文论及批评传统》,郦稚牛等译,北京大学出版社1989年版,第48页。

② 《柏拉图全集》(第二卷),王晓朝译,人民出版社2003年版,第614页。

体是“心”，要求人的心思如同镜子，对所摄之影听之任之，宁静淡泊。庄子的镜喻强调的是人格与涵养，主张自然无为，其最终指向的是类似柏拉图理式的“道”，这是由庄子的认识论思想决定的。而在柏拉图这里，他看到镜子照出的只是理式的映像，是一种感觉的幻象。顺着镜的反映功能这一思路，当摹仿被应用于考察艺术，就形成了“理式—现实—艺术”的“两重摹仿、三个世界”的等级结构。柏拉图最终要说明的是“摹本—原本”即现象和本体之间的关系，也就是说，镜喻的功能在于凸显现象背后的理式本体。

在柏拉图看来，理式是一种终极存在、本体存在，个别的、具体的事物经过层层摹仿或“分有”，其含有的理式可谓微乎其微，这就带来了对艺术的不信任，所以在《斐德若》篇里，柏拉图一方面将诗人看作是九等人中的第一等人，即“爱智慧者，爱美者，诗神和爱神的顶礼者”，但同时又将其作为摹仿者置于第六等级。第一等人创造出的是灵感的和迷狂的诗，第六等人却只能制作出摹仿的诗，即“影子的影子”。实际上，他所谓的第一等人（包括诗人）进行的是哲学活动而非艺术创作，因而是哲学家而非诗人，这样，柏拉图的理想国里终究没有诗人的位置。这就使得对艺术的追求最终建立在终极性、本体性的图式之上，而非感性的、具体的现实，审美观照的对象亦不是鲜活的形象而是抽象的哲理。当然，镜喻还包含人类对于感觉背后的理念世界的探求，即能够通过现象把握到本质、触摸到那个永恒的“理式”。

柏拉图的摹仿说到了亚里士多德那里，被进一步发扬光大，同时也被修正和改变。亚里士多德把对哲学本体“是什么”（“是其所是”）的追问和探究作为解决一般和个别事物关系的前提，并提出事物构成的四因说（“质料因”、“形式因”、“动力因”和“目的因”），破解事物存在和构成的规律，发现现实世界的普遍性和必然性。这势必影响到对文艺活动过程及其本质规律的认识，主要表现在亚里士多德把摹仿说引入到艺术创造过程及其对语言艺术的具体分析，肯定诗对现实摹仿的真实性及创造性价值，修正柏拉图对艺术一般和个别关系的处理。具体来说，亚里士多德摹仿说的起点是现实的“人的行动”世界，其摹仿的是“行动中的人”，即为了摹仿行动，才去摹仿在行动中的人，为艺术寻找现实存在的真实依据。例如对于人为什么要写诗，亚里士多德从人自身寻找依据，认为这是出自于人的本能和爱好，显然要比柏拉图神灵附体的创作观合理得多。同时，亚里士多德看到摹仿存在着媒介、对象、方式的差别。就诗歌而言，其摹仿的媒介是语言，摹仿的对象是行动中的人，摹仿的方式多种多样。这种摹仿注重以特殊性、具体性揭示事物的必然性和普遍性本质，即按照“可然律或必然律”描述可能发生的事，带有普遍性的事，以独有的创造性反映人的情境、遭遇和行为，诗从而比历史更具有哲学意味。在这个意义上,摹仿贯穿着写实精神,成为西方写实的最初表达。这表明亚里士多德已转向对实体性、经验性的感知世界的关注,即对理式的摹仿让位于对经验的摹仿。这一点还可以从亚里士多德设定认识论的五个等级看出来。在《形而上学》开头部分,亚里士多德将人类活动概括为五个等级:感觉、记忆、经验、技术、智慧,其中感觉、经验被置于整个认识活动的底层,其重要程度可见一斑。对此,黑格尔指出亚里士多德很少以演绎和推论迈步前进,相反地却从经验着手加以论证。[①]当然,在亚里士多德那里,经验的感知活动已内含创造性,并见出求知的理性思维倾向,这对后来的基督教神学摹仿论和浪漫主义文论产生重要影响。由此,以摹仿为本质的经验之"镜"隐喻了艺术是一种创造性的活动。

文学犹如明镜,映射出世界(自然)一切。借助于镜子阐明艺术与世界关系的镜子说在文艺复兴时期较为流行。达芬奇提出画家的心应该像一面镜子,永远把它所反映事物的色彩摄进来。[②]当然,对达芬奇而言,摹仿不是消极的流于表象的复制,而是依靠自身经验和感知提取自然精华,在师法自然的同时突出内心的主导作用,创造出和现实类似的"第二自然",实现对表达对象的理想化。这种基于"心—物"感知的经验活动有助于焕发绘画生机,增强艺术作品的美感。在这一点上,我国唐代画家张璪提出"外师造化,中得心源"的创作理论,与达芬奇的创造"第二自然"观无疑有某种相通性,即都突出画家描摹自然的能动作用。除达芬奇的镜子说之外,莎士比亚将镜子说从造型艺术引入语言艺术,提出"自古至今,演戏的目的不过是好像把一面镜子举起来映照人性"。[③]镜子可以照出人性美丑和现实一切,戏剧就是人生的镜子。镜子说意在强调艺术创作要逼真地描摹自然,再现物真。这反映了对自然的摹仿程度与艺术的"美"的程度相一致。19世纪的现实主义文学以独特的"写实"精神继承了摹仿说的本质和精华,要求文学作品忠实于现实,复制、再现生活,就像凸出的镜子一样,把生活的复杂多彩的现象反映出来,[④]从而形成独特的文学反映论。这种反映论注重再现生活的广度和深度以及真实的细节描写,揭示纷纭复杂的生活的特征和规律,使文学作品符合实际生活的状况、面貌和逻辑,并承载着某种特殊的社会功能。如巴尔扎克的《人间喜剧》以强烈的现实性、高度的典型性和鲜活的细节性塑造

---

① [德]黑格尔:《哲学史讲演录》(第二卷),贺麟、王太庆译,商务印书馆1960年版,第282页。

② 伍蠡甫主编:《西方文论选》(上卷),上海译文出版社1979年版,第183页。

③ 莎士比亚:《莎士比亚全集》(32,中英对照),梁实秋译,中国广播电视出版社2001年版,第145页。

④ 伍蠡甫主编:《西方文论选》(下卷),上海译文出版社1979年版,第377页。

了一系列资产者形象，展示了19世纪前期法国社会的全貌，是唱给“上流社会必然崩溃的一曲无尽的挽歌”（恩格斯语），被誉为资本主义社会的“百科全书”。由此，现实主义的“镜子”形象以多角度、多层次地再现“现象—本质”的深度探究替代了摹仿说中“原本—模本”的简单映射。从摹仿说、镜子论到现实主义的反映论，镜喻思维深刻影响着文艺发展的道路，使得文艺与生活的关系不断深化和升华。

从亚里士多德至18世纪，摹仿说的镜喻观体现了理论家对艺术与自然关系的审美理解和把握，虽有其存在的合理性，但总体而言，由于侧重于事物表象的单纯摹仿，因而其不足性也越来越明显。当然，在这一过程中，亚里士多德关于摹仿的艺术对生活本质和规律的揭示以及文艺复兴时期镜子说强调艺术的“第二自然”观，已注意到了主体心灵的创造性和文艺的认识作用。这意味着“摹仿说”的内涵进一步丰富，其固有的形态发生转变。18世纪末到19世纪中期席卷欧洲的文学表现论便是这种转向的产物。艾布拉姆斯将这一转换过程描述为从经验主义理想到超验主义理想的转变：在经验主义（古典主义和新古典主义）那里，艺术家被认为是对自然举起镜子的人，虽然做出某种理想性的选择，但艺术作品仍然是外部世界的反映；在超验主义（柏拉图主义）那里，从内省中获得的超乎理智的欣喜之情潜移默化地移居到人的心灵深处，因此，艺术的创造性影响是人的情感、欲望和力量。①文学表现论以浪漫主义文学运动的兴起为标志。如果追溯其源头，柏拉图的灵感论和朗吉努斯的崇高论对其形成有着积极影响。相对于古典主义压制个性的想象，表现论从人的主观世界出发，追求个体情感的积极抒发和自然流露，突出灵感、激情、想象力在创作中的重要性，张扬主体力量和个性自由，视文学是表现性的结果。和早期的摹仿说、镜子说乃至反映论相比，文学表现论力图用文学展现出一幅理想的生活景象，其关注的自然是理想中的生活应有的样式，所创造的艺术世界不是对现实如实描摹的世界，而是充分发挥主体的想象性和创造性，乃至违背生活本身固有的理想世界。华兹华斯强调“诗歌是强烈感情的自然流露”，②雪莱认为诗是对“最快乐和最善良心灵的最美好和最快乐时刻的记录”。③诗人们突出诗是心灵世界的产物，显然与普罗提诺主张的太一流溢创造万物有关，从而在

---

① [美]M.H.艾布拉姆斯：《镜与灯：浪漫主义文论及批评传统》，郦稚牛等译，北京大学出版社1989年版，第62页。

② [英]拉曼·塞尔登编：《文学批评理论——从柏拉图到现在》，刘象愚等译，北京大学出版社2000年版，第186页。

③ [英]拉曼·塞尔登编：《文学批评理论——从柏拉图到现在》，刘象愚等译，北京大学出版社2000年版，第24页。

浪漫主义那里，心灵如同太一，投射审美情感。哈兹里特看到摹仿之镜只是从单一方向来反映呈现的事物，因而在镜子之外又加上了灯，表明诗人所反映的世界已在其情感之中。[①]这种以发光物隐喻诗人心灵的感知或构思活动在浪漫主义诗人那里被普遍运用，不仅扭转了自柏拉图以来摹仿说中长期存在的镜喻观念，更表征了不同于以往的话语模式。对此，艾布拉姆斯以“镜”与“灯”探究西方浪漫主义文论及批评问题，指出“镜”与“灯”是把两个形容心灵的隐喻放到一起，即一个把心灵比作外界事物的反映者，概括了从柏拉图到18世纪的主要思维特征；一个把心灵比作发光体，代表了浪漫主义关于诗人心灵的主导观念。[②]因此，镜与灯分别隐喻了摹仿说与表现论两种创作模式。另外，镜与灯的统一性问题。无论作家心灵是外界事物的反映者还是发光体，二者实际上都具有相同的镜喻形态。华兹华斯认为诗人具有天生更生动的感性、更多的热情和唤起自身意志与激情的能力，“人的精神自然而然地成为自然界最美丽最有趣的属性的一面镜子”，[③]这面镜子始终伴随着充溢的快感，向整个世界和所有的时代扩展开去。雪莱认为诗歌和快感作伴，唤醒心灵，扩大心灵的领域和想象的范围，诗人则以无所不包的精神，探测人生的奥秘，“诗人们是祭司，对不可领会的灵感加以解释；是镜子，反映未来向现在所投射的巨影……”[④]诗人无疑具有神圣的力量，为战斗而歌唱，推动着世间的一切。柯勒律治提出艺术家的创作是一种天才行为，他将自然形象纳入人的心灵维度之内，从中找到活生生且能带来生机的思想，即在调和作品的内部思想和客体自然方面，“意识是二者的聚焦点和镜子”，[⑤]所以艺术家完全自愿地回到具有内部实在性的意识之中，进行独出心裁的创造。这样看来，艺术作品就像一面旋转的镜子，既可以将映照的对象固定于自然界，也可体现对人的意识、情感、直觉的关注，也就是说，作为反映的镜子与作为表现的镜子——心镜——集于一身。如此，摹仿论和表现论虽然是两种具有根本区别的观念模式，却具备了基本相同的镜喻形态。

---

① [美]M.H.艾布拉姆斯：《镜与灯：浪漫主义文论及批评传统》，郦稚牛等译，北京大学出版社1989年版，第75页。

② [美]M.H.艾布拉姆斯：《镜与灯：浪漫主义文论及批评传统·序言》，郦稚牛等译，北京大学出版社1989年版，第2页。

③ [英]拉曼·塞尔登编：《文学批评理论——从柏拉图到现在》，刘象愚等译，北京大学出版社2000年版，第184页。

④ 伍蠡甫主编：《西方文论选》（上卷），上海译文出版社1979年版，第56页。

⑤ [英]拉曼·塞尔登编：《文学批评理论——从柏拉图到现在》，刘象愚等译，北京大学出版社2000年版，第22页。

罗蒂在《哲学和自然之镜》中认为传统西方哲学追求一种“镜式哲学”,即通过隐喻的方式实现对客观世界的镜子式的认识和反映,寻求观念和客观世界的符合度及其绝对真理的存在,从而知识被当作是应对某种“理论”和“基础”的信念,哲学也由此成为映现现实结构和再现表象的观念理论。这显然是一种本质主义和基础主义的认识论。在“镜式哲学”的统治下,文学存在的镜式本质模式预设了这样一个前提:外在于人的客观世界和主体心灵的二分,这一存在或寻求“自然之镜”的隐喻,或寻求天才、创造的神秘性以及主体性话语。这一过程虽催生了让后代无比景仰的文学经典之作,但因其对“元语言”“元叙事”的追求,因而不可避免地显现出文学创作的某些特点。例如创作过程的静态性、单一性,创作模式往往呈现为静观的、单向度的。无论是镜喻还是灯喻,作家的中心地位被突出,读者被遮蔽和排斥。此外,文学结构体系呈现完整性、稳定性。无论是传统文学摹仿说还是表现论,都涉及摹仿者和摹仿对象、表现者和表现对象,以及使二者产生某种关系的关联项。这种关联项的存在体现出古典知识的相似性,也构成了古典知识体系的完整性和稳定性,它以共有的经验秩序结构,支配着人们对存在的理解。由此,相似性形式使世界保持为同一。对于这种相似性的形式,德里达归之为事物与情感之间、在者与心灵之间、心灵与逻各斯之间的自然贴近性或约定的符号化关系。[①]这种约定的符号关系使得词语与事物、言语与存在之间形成某种对应性,包括摹仿说、表现论、反映论等在内的文学观念依靠某种再现性方式建立起的指称世界无疑呈现出固有的稳定性、封闭性。这种结构体系在20世纪遭遇批判。在解构主义那里,福柯和德里达对传统相似性的知识范型进行解构和置换,提出文学呈现无限可能性的意义和无规则的生成。在艺术生产论那里,文学活动的过程不是摹仿者和摹仿对象、表现者和表现对象之间具有相似性关联的产物,而是受社会生产规律的支配,是生产主体通过一定的技术手段和审美能力加以“生产”的结果,以此实现对传统文学摹仿说和表现论的祛魅。

二、艺术生产的“技术”观

传统的摹仿说、表现论、反映论把艺术活动的触角延伸至自然和世界,看到了艺术与世界之间的相似关系,从中阐释艺术的本质,这就把艺术的复杂过程简单化、神秘化。艺术作为创造主体的审美理想、经验和思维活动的结晶,同时还是一种生产活动。由于马克思是在经济基础和上层建筑的总

---

① [法]雅克·德里达:《论文字学》,汪堂家译,上海译文出版社1999年版,第14页。

体架构内，运用社会经济原理考察和研究艺术，提出与物质生产相对应的艺术生产的唯物主义命题，即将“艺术”和“生产”这两个分属于不同领域的范畴连接在一起，凸显艺术的社会性特征，因此，文学虽然是与经济基础最为“间接”的社会生产，但当其置于社会化生产之中，就是经济基础的一部分，属于社会生产的一个环节，具有社会生产的形式和行为（包括商品、资本、利益等），从而其“生产加工”过程及其“产品”具有物的程序和一般物的属性，而且通过生产程序的改变获得物质性的存在形式。这意味着文学作为一种生产活动，有一个相对独立的生产机制，并在这种机制中显现自身的特征和规律。从创造方面而言，这里显然离不开几个要素：作为创造者的生产者、生产技术以及生产过程，其中技术要素在文学生产中起着极为重要的作用。因为文学既然是一种与物质生产相类似的活动，就势必涉及生产力问题，即作家采用何种技术进行生产，它是文学生产得以顺利进行的关键，而在文学与技术生产之间建立起有效的联系，发掘新技术具有的潜力，或许是文学发挥“生产性”最直接、最有效的策略。当然，这里的“技术”主要是指文学创作中使用的技巧手段。在这方面，贝尔托·布莱希特、瓦尔特·本雅明无疑较早看到了这一点，从艺术生产的社会功用及其技术实践出发对马克思的艺术生产思想予以发展。

（一）反共鸣的“间离性”

作为马克思主义戏剧理论家，布莱希特（1898—1956）意义上的艺术生产首先强调艺术源于生产实践，对现实具有组织和重塑功能，是一种推动社会进步的强大力量。布莱希特提出要更多地从科学的视角看待戏剧，认为戏剧具有和社会实践相似的结构以及和生产力、科学一样的功能，是那些农业劳动者、生产建造者生活过程的再现，而作者就是生产者，参与到整个社会生产的大循环之中。为此，他称呼自己所写的史诗剧为“科学时代的戏剧”，把观众称为“科学时代的孩子”。这就对传统的摹仿说、反映论和表现论观念进行批判，即戏剧不是被动地摹仿现实，反映现实的幻象，而是干预现实、改变现实的生产行为，表达对社会现实的批判。同时，布莱希特认为戏剧最可贵的作用在于娱乐，而娱乐来自于生产劳动，这就否定了戏剧起源于神学观念，接受宗教仪式的任务的看法。[①]

这种反传统的艺术观念势必影响到布莱希特的创作技术。在布莱希特那里，所谓的“技术”主要是各种舞台形式因素和表演技巧手段，其中突出的

---

① 《外国现代剧作家论剧作》，中国社会科学出版社1982年版，第87页。

是间离技巧。何谓"间离"？间离就是对熟悉的事物加以陌生化，使观众感到惊异的技巧。[①]间离技巧在古希腊和古罗马戏剧中就已经使用，但在布莱希特看来，传统的间离主要通过人物或动物的假面具带来陌生化效果，却剥夺了观众对事物的干预和掌控的权利。新的间离效果通过对熟悉的事物加以陌生化，改变观众与舞台、演员之间的固有关系，使观众不沉迷于幻觉，不听从舞台命运的摆布，重新理解舞台人物形象，以清醒的理智对舞台形象和事件采取批判的态度，从而感到自己是剧场里的变革者。很显然，对于戏剧而言，间离技巧要求戏剧能破坏观众幻觉，唤起观众的能动性，引发观众从司空见惯的东西中产生惊异行为，并与剧中人物保持一定的距离，从旁观察戏剧所表现的现实，激发对剧情的理解，使传统的共鸣让位于间离。具体而言，如通过增强情节的跳跃性和使用"不规则"曲线，形成意想不到的效果。在这方面，布莱希特的代表作《伽利略传》由于间离的使用，体现出与传统戏剧结构的明显不同。在该剧第十四场中，学生安德利阿来看望软禁中的伽利略，为自己没有能正确理解伽利略屈服于宗教裁判所的行为而感到后悔。按理，这将会激起观众对伽利略的感情，形成心灵共鸣，从而将伽利略视为英雄，但布莱希特没有这样做，而是增加了一段伽利略的自我解剖（独白），即对安德利阿的反驳，使常规的剧情陌生化、惊异化，与观众产生距离，由此粉粹了观众对伽利略命运的同情，对剧情保持清醒的判断态度。此外，在演员与角色关系、观众与角色关系方面，布莱希特提出，为了产生间离效果，演员在表演时只是在"表现"他的角色，不能完全转化为表演的角色，即自身要与角色分离。这样，演员在舞台上就具有了"双重形象"，例如在舞台上既是劳顿，又是伽利略；站着的是劳顿，表演时想象的是伽利略。[②]如此，观众有充分的观赏评判人物的自由。

这就对亚里士多德以来以共鸣和净化为核心的传统戏剧进行批判。亚里士多德在《诗学》中提出悲剧主要是对生活的摹仿，摹仿处于活动中的人，悲剧的意义在于通过表现人物严肃而重大的行动，使观众在观剧过程中产生情感的共鸣，激发怜悯和恐惧，导致观众情感的净化。这一切奠定了西方古典戏剧的主要特质，后来经过贺拉斯、布瓦洛等人的发展，日益完善，一直到黑格尔用人物矛盾冲突来说明悲剧，悲剧的性质才得到深刻揭示。布莱希特不满足于传统戏剧带来的共鸣和净化效果，曾对亚里士多德式"戏剧性形式"和自己创立的"叙述体形式"两种戏剧结构进行一番对比。他认为"戏

① 余匡复：《布莱希特论》，上海外语教育出版社2002年版，第260页。
② 余匡复：《布莱希特论》，上海外语教育出版社2002年版，第261页。

剧性形式”将舞台“化身为”事件，情节直线进行，无跳跃，其对观众的影响在于把观众卷入到舞台所表现的活动及其情节之中，消耗观众的能动性，使观众经历事件、产生感情，最终表现世界的本来面目。与“戏剧性形式”相比，“叙述体形式”依靠间离效果，革新戏剧结构，敢于打破传统戏剧的共鸣和净化，视舞台为叙述事件的地方，情节富有跳跃性，以“不规则”曲线方式运行，同时把情节放在观众面前，唤起观众的能动性，改变了传统戏剧与观众、观众与角色之间的关系，使观众成为剧场中的观察者、判断者和积极思考者，最终表现“世界将变成怎样”的效果。[①]通过对比可以看出，与布莱希特式叙述剧突出观众作出理智的判断和思考相比，亚里士多德式戏剧使观众听从剧情安排，陶醉于剧情幻觉，对演员潜心于角色的塑造产生情感认同和共鸣，从而丧失独立思考和批判社会的能力。由此，观众不仅面对舞台演出区域的三面墙，还有横亘在观众和舞台之间的虚拟的墙——“第四堵墙”。“第四堵墙”阻碍了观众与舞台演员之间的交流，甚至以虚假的意识形态倾向将观众引向无法自拔的境地。打破“第四睹墙”就要求戏剧在技巧上作出新探索，警醒观众理性地认知社会。

间离的核心在于通过揭示事物的深层关系，使熟悉的东西陌生化，引发观众的惊异、震惊行为，从而破坏观众的幻觉，观察戏剧所表现的矛盾现实，对表演的事件采取探讨的、批判的态度。在这一过程中，观众的惊异、震惊行为无疑是实现间离效果的关键。维柯认为“好奇心是无知之女，知识之母，是开人心窍的，产生惊奇感的”。[②]人们往往在熟视无睹的事物或现象中有了新的认识，如同马克思从常见的商品现象中发现剩余价值规律。对布莱希特而言，惊异能引导观众对问题的自由想象，进而产生认知的能力，形成自己的理智判断。也就是说，“叙述体戏剧”通过强化观众的能动性，使观众成为干预现实、改变自然和社会、掌握世界的变革者，成为评判戏剧、认识现实的主体。这样，布莱希特笔下存在两类观众，一类是传统一般戏剧的观众，另一类是观看叙事剧的警醒的、有意识的观众，他们主动参与评论舞台上的戏剧。[③]第二类观众的存在意味着艺术作为一种生产活动是改变现实的实践。当然，间离带来的陌生化有别于俄国形式主义的陌生化。俄国形式主义视陌生化为增加艺术感知难度的一种纯语言技巧，就是通过延长、强化、扭曲、受阻、阻挠、连续性等反常化策略，发掘诗歌语言的内部构造方式，

① 余匡复：《布莱希特论》，上海外语教育出版社2002年版，第253页。

② [意]维柯：《新科学》，朱光潜译，人民文学出版社1989年版，第183页。

③ [英]凯瑟琳·比尔希：《论生产性批评实践》，德胜译，《云梦学刊》1998年第1期。

使日常语言逐渐走向诗歌语言。间离技巧却在于以艺术手段把握世界,唤起观众的能动性,使观剧活动成为一种建构知识、重构戏剧社会功能,以及审视现实、改造世界的过程,从而实现对历史事件重新叙述的可能性。

20世纪以来,西方戏剧的发展迎来了一个新的契机,揭露和批判资本主义物化现象对人的侵扰,成为诸多作品的主题之一。布莱希特开创的“生产美学”思想的核心在于:如何创新艺术(戏剧)手段,使观众享有充分的观剧自由,对舞台表演作出清醒的判断,即对戏剧的欣赏由“体验”转向“认识”,并将这种认识化为改造现实的行动,从而推动艺术成为变革现实的生产实践活动。为此,布莱希特从改革传统的戏剧结构入手,摒弃引发观众情感共鸣的传统“戏剧性”戏剧,推崇“叙述体”戏剧,并借助间离技巧,使观众成为舞台的观察者、判断者和情感的认识者、研究者,实现批判社会现实的效果。对此,本雅明在《作为生产者的作家》演讲中指出布莱希特着眼于改造生产机器,解放生产工具,实现技巧的创新,旨在使艺术生产在政治上有所作为,即作为生产者的作家和无产阶级站到一起。也就是说,戏剧必须在无产阶级解放事业中发挥应有的作用。布莱希特旨在改造现实的艺术生产美学以及触发观众思考的间离性不仅反拨传统亚里士多德的戏剧模式,还是对现代社会物化意识的批判。这一点遭到卢卡奇的反对。卢卡奇从社会“总体性”观念出发,认为整个社会是具有内在联系的有机整体,忽略了这种整体性,就无法认识社会的本质,更谈不上认识艺术的本质。在深受黑格尔《精神现象学》影响下创作的《小说理论》中,卢卡奇认为戏剧以自身的完满性实现对本质的把握和总体性的拥有,看不出整体和片段的对比。①这实际上是对布莱希特坚持现代戏剧的间离性、陌生化的否定,两人还为此展开过论争。这一点后面将要论述。与卢卡奇对布莱希特态度不同的是,詹姆逊指出,布莱希特的间离方法具有深远的象征意义,因为作品都可能包含着这样或那样的间离性,如果能间离出这些技巧,对作品的理解和阐释就会有新奇感。詹姆逊在《布莱希特与方法》一书中将此称之为布莱希特式的“生产方式”,即总是有一种先存的原材料,并在一种阐释的基础上进行再造。②这实际在鼓励读者进行一种生产,即把原材料——待叙述的文本——变成一种不同的言语客体,这种言语客体所采用的话语模式完全不同于叙述文本,所以,阐释的任务就是把一种既存的环境、客体变成一种主观的话语和心理,变成历史在言说。正是布莱希特的间离手法以陌生、新奇、惊奇、震惊等所

---

① [匈]卢卡奇:《卡奇早期文选》,张亮、吴勇立译,南京大学出版社2004年版,第24页。

② [美]詹姆逊:《布莱希特与方法》,陈永国译,中国社会科学出版社1998年版,第119页。

达到的生产效果，使詹姆逊受到启发。詹姆逊提出文本阐释是一种在寓言层面进行的操作，“文本总是关于别的什么”。[①]具体来说，当我们用寓言来阐释文本时，我们总要追问文本的发生缘由、历史指涉、未来趋势等，揭示隐藏在字里行间的那些典故、寓意、暗示——那些被熟视无睹的东西，阐释出“言在此而意在彼”的东西，也就是“间离”出文本背后的意蕴，使阅读成为一种创造性行为。这就使文本内在的各种冲突、矛盾、断裂显现，文本成为“间离”的、非完整的文本。在这个意义上，詹姆逊认为布莱希特的作品蕴育了当代反本质主义的潮流，是有其道理的。

（二）反整体的“碎片化”

《庄子·天地》曰：“能有所艺者，技也。”文学艺术要有所创造和突破，就要讲究“技”的使用，注重“技”的重要性。在这方面，艺术生产论的重要代表本雅明在《作为生产者的作家》《机械复制时代的艺术作品》等作品中提出了技术决定的艺术生产论思想。在本雅明看来，随着工业时代的到来，复制技术决定的艺术生产孕育了新的生产关系、生产方式和接受方式，促进了艺术生产力的发展，推动了艺术技术、技巧的运用。本雅明回溯艺术创作程式的形成和生产工具、技术机制的使用，认为艺术生产和物质生产一样，是由生产者、消费者、产品等要素构成，其中作家是生产者，技术技巧是生产力。当一个作家采用先进的技术，就意味着艺术的发展达到了一个更高水准，从而衡量艺术作品价值的标准在于对技术的合理运用。在《作为生产者的作家》中，本雅明明确提出革命的艺术家不能只关心艺术生产的目的，还要充分利用新生产工具改造传统的生产方式，发挥应有的组织作用。由于生产工具掌握在作家的手中，本雅明尤其突出作家在整个艺术生产过程中的引导作用，要求作家首先是引导别的生产者进行生产，然后给他们提供一个改进了的器械，并迅速地把读者和观众变为共同行为者。[②]通过作为“生产者”的作家的引导，读者与观众共同进入艺术生产的机制之中。在这种互动生成中，艺术呈现出自身的生产和消费功能。这不仅对传统的拒斥读者的观念以否定，还影响了后来的接受美学。

19世纪以来，艺术的自律被工业文明一层层剥离掉，人的物化和异化现象日益严重。在本雅明看来，工业革命引领下的社会发展使得人们的生活节奏加快，人们猝不及防现实的瞬息万变和更多的外来刺激，其感知世界的

---

① [美]詹姆逊：《布莱希特与方法》，陈永国译，中国社会科学出版社1998年版，第139页。

② 胡经之、张首映主编：《西方二十世纪文论选》（第四卷），中国社会科学出版社1989年版，第259页。

传统方式和应对外来冲击而采取的经验抵制往往也不起作用。按本雅明所言,当技术改变了人认知世界的方式,传统主客同一的哲学思想日渐变异。与此同时,在机器和技术面前,人毫无防备地陷入震惊状态,“震惊”成为技术复制时代艺术特征的总体规定。面对艺术,现代不再是诗性的“经验”,只是对于震惊的“体验”,那种存活于人们记忆中的生命温存感已经消失,淹没在工业化都市中的大众只有在对远古经验的追忆中才能找回残存的美好,灵韵不再是传统艺术的最后守护神。例如,本雅明认为传统充满情性交流的“讲故事”现在已被快捷和便利的信息所取代,人们可资交流的经验和故事愈来愈少,叙事文学走向衰落;富含神灵气息和宗教意味的灵韵已被技术祛除,艺术再也不是凝神观照、物我交融的神明之物,其所带来的脉脉温情与诗意向往不复存在,甚至退化到直接震动感官的地步。古典艺术的和谐、高雅的“镜式本质”,已被技术复制时代的碎片景观所取代。

本雅明《德国悲剧的起源》(1925)已体现出对碎片意象的关注。该书通过对17世纪德国巴洛克悲悼剧的研究,阐释悲悼剧和古典悲剧的关系以及悲悼剧的“寓言”表现形式,显现本雅明独特的悲剧观。巴洛克艺术是欧洲16—17世纪广为流传的一种艺术风格,它打破了理性的严肃、宁静、均衡与整一,强调运动、激情、华丽、转变和不合常规,尤其是身体和情绪方面。本雅明认为,巴洛克悲悼剧表达基本自然力的历史事件和生活,表现王族的美德、罪恶、政治阴谋的操纵以及殉难者遭遇的悲惨处境、悲悼感等,充斥着忧郁、悲哀、毁灭、死亡,展现一个废墟般的等待救赎的世界。由此,本雅明提出悲悼剧打破了长期以来占据哲学统治地位的虚假的总体幻象和理性神话,代之以断壁残垣、支离破碎的现实废墟,而作为废墟所展现的高度意指功能的碎片,正是巴洛克创造的最精美材料。在本雅明看来,相对于古典主义从象征出发,追求所表达的两个事物之间的内在联系性以及完美、和谐、自足的整体,巴洛克艺术是在极端的运动中完成的,呈现符号与意义之间的某种离心性和断裂性。在这一过程中,深刻表达自然的颓败、冷漠忧郁的面容和人性堕落的真理内容便是自然——历史的寓言形式。当然,这里的寓言不是一般道德故事的寓言,乃是巴洛克悲悼剧的寓言,是看待事物的别样方式。具体而言,在寓言的直观领域里,形象是一个再现历史、呈现神秘符号的碎片,而面对碎片组成的废墟,寓言超越了世间的美,成为巴洛克艺术家崇拜废墟的原因。在此基础上,本雅明提出回到真理世界,以寓言精神作为废墟和碎片表征真理意义、重构真理意象,这一配置碎片形式、诞生意义的活动过程,就是以高超的技艺建构和创造的过程,仿佛建筑中的泥瓦工艺,因而应该称作设计的艺术。[①]通过以碎片化寓言形式获取意义,再现一个纷乱复杂、光怪陆离的陌生世界,本雅明由此颠覆了历史的统一性和整体性,使得历史的连续性呈现断裂状态,历史不再基建于线性之上。

在本雅明笔下,碎片化成为日常生活中终极意义的表征。汉娜·阿伦特指出本雅明热衷于细小和毫厘之物,因为一个对象物越小,其意蕴越大,"他关注一片街景,一桩股票交易买卖,一首诗,一缕思绪,以及将这些串通连缀的隐秘线索……"[②]本雅明就是在对日常生活的凝视和感知中,捕捉碎片化的意义,成为"现代性展厅的拾荒者"。伊格尔顿认为由于本雅明执着于从一系列颓败、断裂、差异的废墟中寻求历史发展的新动力,其艺术生产的出发点就是破绽百出的客体,因而往往以偶然找到的震惊、寓言、间离、蒙太奇、超现实主义、怀旧、活化的记忆等废料和碎片为武器,[③]与当时占据学术权威地位的线性历史观作对抗,其最终目的是炸断历史的连续性,在废墟上进行弥赛亚的重建,显示在艺术生产方面对(线性历史观)学院式生产风格的反抗。这就使本雅明在对传统学院式生产风格的解构中追求技术性、实践性的运用,也极大地推进了布莱希特的生产美学。由此,从经济基础出发,艺术生产成为一种技术生产,艺术就存在于技术运用之中,其生成带有强烈的政治倾向和批判意识,即艺术通过技术媒介实现自己作为生产的政治目的。

自亚里士多德以来,悲剧的整体性、总体性、和谐式古典原则一直倍受推崇。亚里士多德提出戏剧的情节结构有机融合成一个整体,各个组成部分之间不可分割,任何部分一经挪动或删削,就会使整体松动脱节。[④]亚里士多德的有机整体论对后来的文学理论产生很大影响。黑格尔提出"美是理念的感性显现",强调艺术创作中理性与感性、内容与形式有机统一。由于传统摹仿说、表现说等带来的镜喻思维影响,古典的知识范型呈现出整体性构成秩序,语言与现实之间有一套给定的对应关系。这种整体观势必要遭到反叛。法兰克福学派代表阿多诺肯定打碎整一性、完美性的现代艺术,因为现代艺术通过破碎、不完美揭示人在异化社会的现状,实现艺术的否定功能;布莱希特和本雅明通过间离、碎片化、断裂等实现对传统艺术的整一

---

① [德]本雅明:《德国悲剧的起源》,陈永国译,文化艺术出版社2001年版,第147—148页。

② [德]汉娜·阿伦特编:《启迪:本雅明文选·导言》,张旭东、王斑译,生活·读书·新知三联书店2008年版,第30—31页。

③ [英]特里·伊格尔顿:《审美意识形态》,王杰等译,广西师范大学出版社2001年版,第338页。

④ [古希腊]亚理斯多德:《诗学》,罗念生译,人民文学出版社1962年版,第28页。

性解构，发挥技术对社会和历史的批判性。正是通过对传统整体性的批判，文本语言和结构呈现出间离性、碎片化、多义性、含混性，藉此，艺术生产发挥意义的配置和重构功能，寻求文本深层内涵，实现对文本的解读和阐释，对形式背后的历史进行批判。在这个意义上，间离、碎片、差异、症候、断裂等都是体现"艺术生产"作为话语阐释的关键词。诚如伊格尔顿认为的，布莱希特与本雅明的艺术生产思想重要影响之一在于重新考虑艺术生产的概念和艺术产品的性质，"作品本身不应当匀称和完整，而应当像其他社会产品一样，在使用过程中达到完整"。[①]布莱希特、本雅明的艺术生产思想对詹姆逊、伊格尔顿等产生深刻影响，包括后面将要论及的阿尔都塞、马谢雷的症候式阅读，无疑也和布莱希特、本雅明的艺术生产思想具有某种相通性，由此推进了艺术生产在寻求文本意义阐释、建构理论话语方面的研究理路。此外，布莱希特的间离性、本雅明的寓言化思想在德里达和罗兰·巴特等人的文本中也有体现。当然，与布莱希特、本雅明追求艺术生产的历史性不同，德里达和罗兰·巴特的文本仅仅呈现为语言的游戏，在文字游戏中实现"文本的愉悦"。

第二节　意识形态：从"神学观念"到"再现的政治"

按照通行说法，意识形态是在一定经济基础上形成的观念的集合，是事物的观念、观点、概念、思想等要素的总和，是上层建筑的组成部分。"观念形态""上层建筑"是描绘意识形态的基本术语。然而，面对社会生活的丰富多变，意识形态的发展势必要遭遇一系列变化，其内涵势必要"膨胀"。人们有理由质问：作为上层建筑的组成部分，由经济基础决定的意识形态有无自身独特的功能？其发挥潜在功能的载体是什么？"有系统的"意识形态即意识形态的体系性有无向历史、现实、政治延伸的一面？当我们基于文学创造的视角，将意识形态置入历史和现实考察视域，尤其是生产的视域，就能看出意识形态在文学摹仿说、文学表现论中的存在，以及在文学生产中的功能性发挥，进而理解文学生产中意识形态的功能性对传统意识形态观念的反叛。

---

① ［英］特里·伊格尔顿：《马克思主义与文学批评》，文宝译，人民文学出版社1980年版，第76页。

一、文学摹仿说和文学表现论的“神学观念”

（一）文学摹仿说的“神学观念”

人类自有文学活动以来，关于文学的起源和发生总充满某种神秘的色彩。尽管文学与神学是人类精神生活的两种不同方式，但以神学观念来解释文学的发生发展，将文学神秘化、神性化，却是不争的事实。致力于从语言与神话之维研究当代文化哲学的德国哲学家卡西尔认为，语言并非人自己的创造物，而是人面对变幻莫测的自然时，其惊惧和无知在瞬间产生的情感张力化为神话或语言的客观形式。在这个意义上，卡西尔提出说出的语言如同神或鬼，具有神祇意象的功能。[①]当然这种神语词不是我们今天所用的语言形式，而是一种隐喻语言，一种维柯所发现的诗性语言，这使得文学透着神性的光辉和气息。席勒在《大地的瓜分》一诗中写道，农夫、贵族、商人、国王纷纷从上帝那里领走谷物、森林、仓库和权利，诗人却只能依偎在上帝身边，凝视着上帝的面庞，倾听着天乐之声，沉迷于上帝的天光而忘记凡尘。[②]在这场对大地的瓜分中，诗人似乎一无所有，然而为上帝所迷惑，精神富足。这使得文学罩上神性的光芒，文艺活动充满神性色彩，甚至担负神圣的使命。从此出发，以神学来观照文艺存在、评价文艺的真理价值就成为文艺活动的一项准则。这显示在浸润强烈神性思想的文学背后存在一种世界观，这种世界观不仅为文学神学的存在提供可能，还为其发展提供充足的动力和源泉，也就是说，虽然文学创作没有被视为一种神学布道，但其创作过程确实受某种神学观念的驱使。这种神学世界观以其严密的逻辑体系成为一种意识形态，即被观念化了的宗教神学意识。在这个意义上，“意识形态”概念虽然是由法国哲学家特拉西提出，并引入哲学史，但意识形态的思想其实早就以某种方式存在。就古希腊的文学摹仿说而言，其意识形态（文学神学观）主要表现为以柏拉图和亚里士多德为代表的理性神学观念。

当然，在柏拉图的理性神学思想之前，人们更多注重对自然现象本身的探究，从自然科学方面看待美学问题，美学由此成为自然哲学的重要组成部分，包括毕达哥拉斯学派、赫拉克利特、德谟克利特、苏格拉底等都对摹仿自然说有过美学思考，并显出艺术的神秘主义色彩。如毕达哥拉斯学派从“美是和谐与比例”出发，考察音乐的和谐现象，认为音乐家谱写的乐曲是对宇宙音乐的摹仿。赫拉克利特认为艺术的和谐（如音乐和谐的曲调）源于摹仿

---

① 恩斯特·卡西尔：《语言与神话》，于晓等译，生活·读书·新知三联书店1988年版，第62页。

② 潘知常：《反美学》，学林出版社1995年版，第412页。

自然。实际上，早期希腊人往往持有一种朴素的自然观，把世界的本原归结为某些自然质素，从而宇宙与人之间“同声相应”，自然契合，尤其是自然的和谐能唤起人的相应情感和情绪，使人的精神气质和道德品格得以培育与养成。这反映了当时社会的意识形态，即以和谐有序的自然规律维护早期古希腊的社会秩序，使之趋向公平、正义。服务于这种意识形态的需要，文学作为摹仿的艺术成为一种自然理性观念的传达。

在柏拉图那里，自然理性已日益凸显为伦理理性，这种伦理理性就是柏拉图建立起来的“理式”神学世界。理式是能造出诸神的“神”，不依存于物质，外在于人的意识，是物质、意识之外的永恒本体。那么，人如何才能达到永恒的理式世界呢？在《伊安篇》中，柏拉图认为凡是高明的诗人，都不是凭技艺创作诗歌，而是因为得到灵感，有神力驱遣或神灵凭附。同时，因为灵感，诗人失去平常理智而陷入迷狂状态，进行诗歌创造。也就是说，诗人代神说话，诗是神的诏语，诗本质上是神的而不是人的。此外，柏拉图还认为人到达理式世界的中介是回忆。在《斐德若篇》中，柏拉图指出人类理智借“思维反省”即回忆，举头望见永恒本体境界，回忆上界真正的美，实现向最高的理式的回归，这种“永恒本体境界”即是美智善合一的“理式”世界。凭借灵感、迷狂、回忆，尘世的美和上界的美、人与理式世界建立联系，人进达永恒的理式世界。

这就赋予理式以“理性神”的本体性质，使理式意识形态化，无疑具有浓厚的神学色彩。由此，理式所构建的是一个先验的神学观念世界，与现实世界产生二元分离，但又是现实世界的本原。这种理式世界的最终价值何在呢？柏拉图将理式世界分为若干等级，最低级是具体事物的理念，再往上是数学、几何学，最高级的理念是善。善作为理式世界的最终完成，不仅是知识和真理的原因，一切具有实在性的根据，还关乎事物存在的秩序和人与人之间的和谐。为此，治理国家的人要使最优秀的灵魂具备“看见善的视力”，保持心灵的清醒，通过说服和强制手段，使全体公民协调合作。①这其中自然包括对文艺的审视。例如柏拉图认为摹仿的艺术亵渎神明，贬低英雄，远离真理，摧残人的理性，助长人的“感伤癖”“哀怜癖”；除了颂神的和赞美好人的诗歌，其他诗歌禁止闯入国境等。这些文艺政策旨在营造一个良好的城邦环境，以绝美精神世界统摄世风日下的现实世界，维护伦理观念，实现政治理想，此乃以“理式”为核心的理性神学思想对文艺的检视。

由是观之，柏拉图的理性神学观即“理式的意识形态化”包含神学观念

① 《柏拉图全集》（第二卷），王晓朝译，人民出版社2003年版，第517页。

和理性思辨两个方面。一方面,柏拉图提出诗摹仿“神”之美、代“神”立言或分有神的“理式”,而且只有那些天分极高、富于神秘的人,才能发现、理解神的旨意。这是一种哲学之“智慧”和神学之“神秘”相通性的观念。另一方面,在柏拉图的心目中,只有歌颂神的箴言、摹仿好人的诗,对城邦人有益的诗才是好诗,因为它体现了“理式”之美。那些摹仿坏人或软弱人的诗、说谎的诗和滋养情感欲望的诗不利于理想国的教育和统治,应予以清理。“诗学,从总体上来看,必须同时接受神学和哲学中的伦理学原则的检验。”[①]正是基于这样的理性神学观念和意识形态立场,柏拉图制定了文艺评价标准,以理性的思维甄别诗歌,维护神的权威。

同样,在亚里士多德那里,这种理性神学观念也存在着。不同于柏拉图关于摹仿的艺术是“一个远离真实的影像”,亚里士多德肯定艺术的摹仿是“人的行动的摹仿”,再现的是一个经验的、现实的世界。当然,这种经验的、现实的世界最终还是指向了神的存在。这需要我们从亚里士多德的本体论立场来理解其神学观念。亚里士多德建构了西方第一个本体论体系,即形而上学体系(“第一哲学”)。这种体系关乎“存在”,意在通过求知寻求各种事物的本原和成因。亚里士多德提出一切事物的形成都包含“质料因”“形式因”“动力因”和“目的因”,其中“动力因”和“目的因”最终也要以一定的形式获得存在,所以“四因”实际上是两因,即质料和形式。在亚里士多德看来,质料是“潜能”,是事物的动因和本体;形式是潜能的“实现”,质料要依靠形式的能动目的将自己转化为现实。这里显然存在着由作为“潜能”的质料向形式的“实现”转换的辩证过程。但亚里士多德认为,整个宇宙在从低级到高级不断上升的过程中,其潜能最终发展为一种没有质料的“纯形式”:“这些本体必无物质。世上若有任何永恒事物,这些永恒事物就该是这样。那么,它们必须是实现。”[②]这种“无物质”的本体“实现”就是“纯形式”,就是永恒的生命力量,就是神本身。在亚里士多德看来,“生命本为理性之实现,而为此实现者唯神”,[③]神是人类理性的化身,是至善而永恒的生命。同时,这种“纯形式”先于质料,即“实现总应先于潜能”,不同于普通物体的质料先于形式,这就突出了神是推动事物运动的“第一推动者”。藉此,若秉持神明,默想神思,以理性为至善,就达到了神的最高境界,其“第一哲学”就是神学。邓晓芒认为这个神不是一般宗教信仰中的神,而是一种“理性神”,具有

---

① 陈中梅:《柏拉图诗学和艺术思想研究》,商务印书馆1999年版,第94页。

② [古希腊]亚里士多德:《形而上学》,吴寿彭译,商务印书馆1959年版,第244页。

③ [古希腊]亚里士多德:《形而上学》,吴寿彭译,商务印书馆1959年版,第248页。

“努斯”的能动性、超越性,超越了感性。[①]总的看来,亚里士多德的理性神学观念反映出作为一个哲学家所具有的意识形态,势必要影响其文艺思想,主要表现在亚里士多德提出关于诗学的一套理论,对诗的本质、功用等问题进行探究,其文艺观虽有别于柏拉图,但在理性伦理方面却与柏拉图具有内在的一致性。如从强调神的创造作用出发,柏拉图认为神是主动的创造者,摹仿的诗歌摧残理智,煽动情感,因而抑诗,亚里士多德提出艺术的动力在于创制者,而非作品,同时以“净化”来回应柏拉图的文艺清洗,以理性规范感性,两者实乃一堵一疏,共同指向理性。后世坚持文学生产观的理论家正是从这一点入手,对摹仿说的神秘性、静观性进行批判。

(二) 文学表现论的“神学观念”

18世纪末到19世纪中期,以浪漫主义运动为代表的文学表现论突出人的内心感受和直觉意识,强调情感、激情和诗意想象作为探究真理的有效路径,表达人与世界和谐一致的理想,反抗理性逻辑的普适方法和知识认识标准,成为席卷欧洲的一股思想洪流。作为与理性主义相抗衡的文论流派,文学表现论的精神实质就在于以主体性的张扬、神秘的创造和无限的渴望寻求人固有的灵性和激情,抒发对理想世界的追求,彰显人的存在价值和意义。显然,文学表现论对以纯粹理性为基础的传统信条或法则予以反思和批判,这种反思和批判反映了长期以来西方两种不同的思维模式和价值旨趣的逻辑演进。

在古希腊,哲学家对形而上学本体论的追求意在以理性思维实现对“善”的世界的建构。到了中世纪,上帝的理性的光芒依然影响着人的思维活动,基督教神学否定此岸世界的情感和个性,号召人们追求彼岸世界的幸福,其最终指向是论证上帝作为真理的存在,其践行的理性原则是使文学和哲学沦落为上帝的婢女,实现人对上帝的依附,从而上帝融信仰的对象与理性的对象于一体。随着文艺复兴和启蒙运动的到来,学者们以人性反对神性,以人权反对神权,以科学反对宗教,极大地动摇了神学的理论根基及其统治地位,哲学成为有待证明或者验证的真理内容,由此开启了认识论转向。哲学家们沿着古希腊的认知思路,拾起探究科学知识的“经验”和“归纳”武器,探索自然的奥秘。这一切使得理性再次受到推崇,“我思故我在”(笛卡儿)、“知识就是力量”(培根)等视理性为改造世界、获得幸福的工具,理性主义迎来了它的辉煌时代。理性主义的知识论固然打破了基督教神学

① 邓晓芒:《古希腊罗马哲学讲演录》,世界图书出版公司北京公司2007年版,第147页。

控制天下的局面，但学者们同时看到，遵循理性思维科学知识论立场很容易推导出人的善恶、美德都是借助某种科学推演获得，遮蔽了直觉、情感在获取知识、认识真理方面的有效性，尤其启蒙运动的理性涤荡力量使传统的社会秩序与结构重组，人面临着机械时代对精神前所未有的侵蚀，作为认知主体的“我”日益被置于认识的对象即不在场的位置，消匿在理性活动中。对此，以赛亚·伯林指出，后柏拉图时代的许多思想家们相信借助某种严格的学科知识、完美的范式或方法就可以创造某种理性秩序，甚至悲剧、罪恶等也能最终通过知识和普遍理性得到避免，从而将人类从困惑中解放出来，但实际上，这些模式的结果就是“最初的解放者最终成为另一种意义的专制”。[①]

由此看出，理性的启蒙运动虽然推动了科技发展和社会进步，但其带来的程式化、秩序化乃至呆板性压制了人的情感、个性，遮蔽了人的无意识隐秘力量，阻碍了生存个体向无限性的超越，甚至还会使人陷入功利主义和物质主义的泥淖。也就是说，“理性的王国”无法从根本上解决理性逻辑之外人类面临的所有问题，尤其技术时代人对自由、温情和人生真谛的渴望以及存在意义的思考。这就突出了情感、幻想、激情和直觉的必要性，并以此作为对抗传统思维逻辑的武器。因为人不只是理性、理智的，还是感性的、浪漫的。黑格尔指出当作为理智的思维依靠自身的能力无法解决自身引起的矛盾时，转而借助于情感、信仰、想象等其他精神形态，以求得解决或满足。[②]这就使柏拉图笔下“努斯”的“自动性”日益逾越抽象概念的理性逻辑，奔向生命的神秘生成，导致浪漫意识的形成。在这一过程中，哲学家们以不同的方式发现人的主体性和创造性，恢复人本有的灵性精神和自由品性，为克服传统知识论带来的感性和理性的分裂寻求不同的弥补途径，也由此开启了浪漫主义的先声。例如维柯以“诗性智慧”的“新科学”形态张扬人的感觉力、想象力、创造性，康德对想象力、创造性、超感性等心理功能的描述，费希特将“自我意识”作为解释经验的唯一根据，谢林以“同一性”哲学高扬人的精神活动，席勒以“活的形象”作为艺术创造和审美冲动的对象，等等。受其影响，浪漫主义者基于科技理性对人性的损害及其人类文明衰败的现实，强调情感、自由、灵性、未知，寻求诗意的栖居之处，并将这一切引向某种神秘，以恢复作为主体的人在激情迸发的浪漫时代应有的地位、价值和功能。以赛亚·伯林认为对浪漫主义而言，“理想根本不是被发现的，理想是被发明

---

① [英]以赛亚·伯林：《浪漫主义的根源》，吕梁等译，译林出版社2008年版，第11页。

② [德]黑格尔：《小逻辑》，贺麟译，商务印书馆1996年版，第51页。

的；理想不是现成的，理想是生成的”。[①]这种生成寓意“我”的存在完全取决于自我的感觉、信念和信仰，“我是什么”“我在哪里”完全是“我”的思维经验。在这个意义上，无论是对新古典主义“日夜摹仿希腊文学”的反叛，还是对启蒙运动信守理性自然律的对抗，浪漫主义体现出的不是理性的、逻辑的有限构成，而是情感的、激情的狂喜和充满活力的无限想象，追求的是心灵的诗意宁静和生命本源的灵性冲动。

这一切反映了浪漫主义者重新思考人的归宿，重建伦理德性，重返精神家园，凸显人的存在意义和终极价值。也就是说，当理性主义动摇了上帝的人间地位，神性的光辉开始黯淡，基督教所建构起来的彼岸世界受到质疑，人看不到未来的生活图景而陷入无家可归的精神状态时，如何找回失落的自我，恢复遗弃的人性，使温情、纯真、质朴回到人自身，成为浪漫主义者追求诗意栖居的必然。在这一过程中，浪漫主义者以文学对心灵的表现，追寻神灵逝去的足迹，使神性回归人的内心，重塑对神的依持、崇敬与膜拜，克服理性带来的分裂，其诗歌凸显强烈的神秘意识和神学倾向。诗人荷尔德林在《帕特莫斯》中唱道：“神近在咫尺，又难以企及。……那么，圣洁浩瀚的水波，请赐我们以双翼，让我们满怀赤诚衷情，返回故里。”失去诸神的踪迹，意味着神的缺席，如同人无家可归。针对这一现实，浪漫主义者采取多种方式自救，为沉沦的现代人找出一条出路。

例如在天才的问题上，浪漫主义者突出了创造主体作为天才具有的综合性和神秘性。天才，顾名思义，是人与生俱来的禀赋和才能。康德在《判断力批判》中提出天才是“天生的内在素质”，即给艺术提供某种规则的才能，而且这种才能属于自然的禀赋，对浪漫主义产生极大影响。柯勒律治认为天才能将自然形象的所有理性之光整合起来，使作品的内部与外部有机结合，“自然成为思想，思想成为自然”。[②]亚历山大·杰拉德认为天才意指“想象力的综合性”。[③]杨格认为天才“除了指不使用普遍认可的非常必要的手段而能完成伟大的杰作的能力之外”，还指“凭借看不见的手段建立起自己的结构”。[④]正是创造天才的无意识力量，艺术具有“无中生有”的综合技

---

① [英]以赛亚·伯林：《浪漫主义的根源》，吕梁等译，译林出版社2008年版，第90页。

② [英]拉曼·塞尔登编：《文学批评理论——从柏拉图到现在》，刘象愚等译，北京大学出版社2000年版，第21页。

③ [英]拉曼·塞尔登编：《文学批评理论——从柏拉图到现在》，刘象愚等译，北京大学出版社2000年版，第144页。

④ [英]拉曼·塞尔登编：《文学批评理论——从柏拉图到现在》，刘象愚等译，北京大学出版社2000年版，第167页。

能。这种“综合”必然要经过人的心灵中介和无意识层面，所以“综合”是经过心灵的想象作用和直觉效果，是基于无意识的心灵的交融与统一。在柏拉图那里，无意识的迷狂全然不知自己的所为；对浪漫主义者而言，文学的表现与创造受制于完全自觉的意识也无疑是死路一条。正是这种无意识力量，使得浪漫主义者认为天才的灵感冲动仿佛受到神灵的感召，获得某种超验的隐秘力量，甚至18世纪的许多诗人在诗中采用纯粹的公式套语，希望从祷告声中祈求神的帮助。[①]显然，作为少数人所拥有的魔力，“天才”承担了神圣的救世使命。

又如在“自然”的理解上，面对理性社会和工业文明带来的人性堕落，一些浪漫主义诗人将目光投向自然界，期望通过重返自然，亲近自然，触及人性的本质，祛除人的虚伪、颓废和造作，满足人追求真善美的需要。当然，这里的“自然”不是机械的、毫无生气的自然，而是一种非我非物、摆脱实体羁绊，被赋予生命和情感的“有机的自然”，一种蕴含着无限生机和活力，表现宇宙精神和生命意识的神性自然。在诗人的眼里，乡村、湖泊、落日、山川、森林、草木虫鱼等自然万物饱含生命的真谛，充满神性色彩，散发神性光晕，即自然是神力的体现。卢梭倡导自然神论，认为上帝无处不在，天空、太阳以及吃草的羊、飞翔的鸟、掉落的石头、被风刮走的树叶都有上帝的踪影（《爱弥儿》）。诺瓦利斯认为如果上帝会成为人，那么他也会成为岩石、植物、动物和自然环境，存在于自然之中。[②]约翰·丹尼斯提出诗的本性是宗教，它由始至终激发情感。[③]华兹华斯将上帝引入到自然的一草一木之中，认为“上帝寓居于周遭的天光云影，寓居于处处树林的青枝绿叶”（《鹿跳泉》）。柯尔律治提出要从上帝创造的宇宙万物中吸取欢愉的力量，甚至把圣坛设在旷野里，让朵朵野花吐放“仙香”（《致自然》）。由此，上帝与自然合一，自然成了上帝存在的见证。对此，威尔肯斯认为浪漫主义的“自然”并不仅仅指生活于其中的环境，而是指神圣心灵的表达，它极其强调上帝的临在性，以至在某些情况下成为泛神论或者接近泛神论。[④]

---

① [美]M.H.艾布拉姆斯：《镜与灯：浪漫主义文论及批评传统》，郦稚牛等译，北京大学出版社1989年版，第301页。

② 史蒂夫·威尔肯斯、阿兰·G.帕杰特：《基督教与西方思想（卷二）》，刘平译，北京大学出版社2005年版，第13页。

③ [英]拉曼·塞尔登编：《文学批评理论——从柏拉图到现在》，刘象愚等译，北京大学出版社2000年版，第181页。

④ 史蒂夫·威尔肯斯、阿兰·G.帕杰特：《基督教与西方思想（卷二）》，刘平译，北京大学出版社2005年版，第13页。

科学技术的发展以及理性带来的普遍分裂使人与自身出现异化,人成为异己的对象,陷入无家可归的状态。基于这种现实,浪漫主义者期盼在自然里感受上帝的存在,在神话中复活基督精神,以浪漫化、神圣化的方式实现灵魂归依,回到与神灵亲近的时代,从而将人的宗教信仰提升到新的境地,实现人的完整性回归。海涅在评说德国浪漫派文艺的起源时,指出德国浪漫派文艺来自基督教,是中世纪文艺的复活,是“从基督的鲜血里萌生出来的受难之花”。[①]这从一个侧面反映出德国浪漫派文艺对中世纪神学理想的追忆,体现鲜明的神学倾向。利里安·弗斯特指出18世纪中后期的宗教运动加强了浪漫主义的内心转向和自我反思倾向,如英国的卫理公会派和德国的虔信派都以炽热的赞美诗激发了宗教感伤情绪,强调个人灵魂和内心启示的作用,并且在诗歌的主题中表现出来,如感伤的基调、昏暗神秘的氛围、忧郁的气质等。[②]当然,在浪漫主义那里,其氤氲的神灵不是中世纪的“神”,而是一种理想化、浪漫化的价值观念,一种通过无意识的神秘力量张扬人的主体性、自为性,追求心灵的能动性、创造性的真理形态,一种基于诸神隐匿、神话缺席的现实寻找精神归宿,重启“朝圣之旅”的自由意识。总之,立足于人的感觉经验,以创造和想象的能力发挥人诗化现实、表现现实的潜能,重返由神灵建构的精神家园,对抗科学与技术理性带来的人的精神分裂,成为浪漫主义维系其共有理想和政治信念的主导原则,由此形成一套完全不同于以往的价值观念和主导模式,反映了资产阶级要求个性解放的愿望和对自由主义的向往。在这个意义上,浪漫主义的文学表现论不仅走出了上帝的附属,成为上帝存在的根据,还以鲜明的人本意识、人文意蕴形成对传统形而上学主体的对抗,适应了资产阶级上升时期的意识形态需要。

当然,作为一种观念形态,浪漫主义对后来的非理性主义产生深刻影响,也由此导致了对它的种种批判。如马克思视浪漫主义为一种“幻想”,要求“撕碎锁链上那些虚构的花朵”,“采摘新鲜的花朵”。[③]由于浪漫主义过度沉迷于虚幻的假设和神秘的观念世界,将政治现实诗意化,严重脱离实践,其意识形态观势必遭到艺术生产论的反对。一些马克思主义者从文学生产的角度对浪漫主义意识形态观进行抨击,对视文学为神秘表现、天才创造、直觉生成等脱离生产过程的做法进行批判。马谢雷在《文学生产理论》中提出把作家或艺术家看作创造者的观点属于“人本主义意识形态”,其实质是

---

① 《海涅全集》(第八卷),孙坤荣译,河北教育出版社2003年版,第13页。

② 利里安·弗斯特:《浪漫主义》,李今译,昆仑出版社1989年版,第38—39页。

③ 马克思、恩格斯:《马克思恩格斯选集》(第1卷),人民出版社1995年版,第2页。

“人创造人”,[①]是一种非常肤浅的、非科学和神秘化的意识形态。当然,马谢雷这一理论立场与当时进行的反人道主义(人本主义)论争有关。从这一立场出发,马谢雷得出所有关于天才、艺术家的灵魂之类的考虑,都是令人乏味的,都是毫无意义和价值的,应以文学生产置换文学表现和创造。阿尔都塞提出应废弃带有“创造”的表现性术语,因为这是一种“自发的”语言,而每一种“自发的”语言都是与科学概念相对立的意识形态语言,因此,需要以科学概念来取代意识形态的虚幻性导致的自发性语言。[②]正是在批判传统观念的基础上,学者们提出文学的本性是生产,并从话语阐释和意义重构中窥破暗含的意识形态本质。

二、艺术生产的“再现的政治”

(一) 艺术生产的“再现的政治”

布莱希特、本雅明为何对艺术生产中的技术情有独钟?因为在他们所处的时代,技术的运用改变了人感知世界的方式,技术即艺术生产力涉及生产关系,对于艺术作品的政治倾向性具有决定性作用。他们希望借助技术生产对抗资本主义社会的异化生产,使之成为反抗政治收编的策略,解决艺术发展中的诸多问题,尤其通过发挥技术生产的意义配置和话语阐释功能,实现对形式背后历史的审视和批判,因而对技巧、形式的重视程度甚于对思想、内容的重视。布莱希特认为新兴科学的兴起纵然引起了世界的巨大变化,但新的思维方法尚未真正深入到人民群众中去,其原因在于科学受到了掌握政权的阶级——资产阶级的羁绊,不能去改造人与人之间的关系。[③]也就是说,科学的发展使得人与人之间的关系受到掌握政权的阶级意识形态的侵扰,如传统戏剧中的共鸣已成为剥削阶级控制人的工具。而要打破这种意识形态的控制,就需要从文艺入手,改革传统的艺术技术手段和方法,置入新兴的元素,使之发挥变革现实的作用。

对于布莱希特戏剧的技术策略,阿尔都塞指出其技术的运用不是“为艺术而艺术”,应当被理解为一场“戏剧实践”中的革命的后果,具有和马克思在哲学中的革命相平行的关系:“他(指布莱希特)对戏剧技术的那些改革总是与一种关于导演的整体观念相联系的,而后者本身,又是与一种关于主体

---

① Pierre Macherey: A theory of literary production, London: Routledge & Kegan Paul Ltd, 1978, p.66.

② 陆梅林选编:《西方马克思主义美学文选》,漓江出版社 1988 版,第 524 页。

③ [德]布莱希特:《布莱希特论戏剧》,刘国彬等译,中国戏剧出版社 1992年版,第11—12页。

的观念,一种关于舞台—观众、演员—观众关系的观念,一种关于戏剧—历史关系的观念,一种哲学观念相联系的。”[①]因此,布莱希特的戏剧旨在以新的革命实践变革现实政治,打破传统叙述体戏剧在20世纪对于观众的意识形态宰制,即让演员通过与角色的分离走出关于演员的意识形态,让观众通过拆掉横亘在他和舞台之间的“第四堵墙”,走出关于观众的意识形态,从而在演员和观众身上造成一种新的关系,完成戏剧的“技术政治”意图。当然,因为戏剧的材料就是某种意识形态的东西,所以戏剧中政治观念的体现不是直接的、显性的,而是以特有的审美方式表现出来,并与政治保持一种内在的距离关系,政治的、教育的声音被技巧所掩盖。詹姆逊指出布莱希特的“技术政治”意图意味着“生产力”(技术)与生产活动相关,蕴含着深刻的进步意义:“‘进步’并不仅仅局限于向更完美的社会的某种舞台式的进化,而应发生于生产和生产力出现重大问题的任何时刻。”[②]因此,生产、生产力和社会的某种活动有机联系起来,艺术生产具有深刻的现实意识和实践指向。

当然,对布莱希特而言,艺术既然是一种变革现实的“生产”行为,就需借助一定的生产技术、科学和媒介力量。对此,美国学者马克·希尔伯曼指出布莱希特对新媒介技术生产(间离)的钟情改变了人们对现实的再现和感知方式,实乃是一种“再现的政治”。在《再现的政治:布莱希特与媒介》一文中,马克·希尔伯曼认为由于技术进步已经把越来越多的机器和机械过程插入到真实和人们对真实的感知之间,产生出一种与异化劳动形式相对应的社会或文化现实,布莱希特尤其关注可见物的深层过程的再现,即对那些被表层或被“现实的复制”掩盖的异化和对象化的暴露。为此,布莱希特区别两种现实——“现实的复制”和“真正的现实”,其探索置入形式与政治的考量之间,使得形式上的东西开始倒向政治,也就是说,布莱希特通过一系列技术探索实现对现实的再现,通过再现现实而建构现实本身,从而对那些被遮蔽的对象予以暴露。这就影响了艺术的功能发挥,使得真实事物和事物的意象之间的功能变得可见,即艺术“在真实与再现、知识和意象之间划了等号”。[③]这种对真实事物和事物的意象之间的再现显然是一种艺术的生产过程,马克·希尔伯曼称之为“意象的政治现象学”。布莱希特生产美学给本雅明以深刻启发,本雅明据此提出了自己对艺术生产的看法。

---

① 阿尔都塞:《论布莱希特和马克思》,陈越等译,见《阿尔都塞论艺术五篇》(上),《文艺理论与批评》2011年第6期。

② [美]詹姆逊:《布莱希特与方法》,陈永国译,中国社会科学出版社1998年版,第201页。

③ [美]马克·希尔伯曼:《再现的政治:布莱希特与媒介》,陈后亮译,《马克思主义美学研究》2012年第1期。

作为马克思主义批评家，本雅明的艺术生产理论具有的强烈前瞻性首先体现在重视艺术与政治的关系。“文学的倾向性可以存在于文学技术的进步或者倒退中。”[①]本雅明认为技术即生产力不仅关涉生产的手段，还涉及生产关系，是文学革命的动力和源泉。在本雅明看来，文学作品的革命性取决于其对技术的合理运用，技术对于文学作品的政治倾向性具有决定性作用，技术的变化隐含了政治解放的潜能，革命作家尤其要关心文学生产的工具。这就扭转了长期以来在文学倾向的问题上简单地将作品的内容理解为作品的政治性，忽略作品的形式技巧变革的做法，由此对文学与政治的关系进行了重新理解。

在《摄影小史》《机械复制时代的艺术作品》中，本雅明提出随着机械复制时代的到来，传统艺术生产方式发生深刻变化，新的艺术生产样式开始出现。如在艺术生产和制作主体方面，剧作家、导演、摄影师以及普通的艺术家都可以参与艺术作品的生产和制作，传统艺术的神秘感随之消失，也粉碎了法西斯主义对艺术的垄断和蛊惑人心的政治宣传及其带来的权威意识。在艺术传播和接受方面，随着艺术传播和接受方式的变化，艺术品随时随地显现于观赏者面前，成为人人可以消费的对象，既提高了观赏者的地位，又开启了艺术自律向大众审美的转移，加速了艺术的民主化、世俗化、现代化进程。例如就电影而言，本雅明认为电影拓宽了人的视野和活动空间，增强了人感知外物的丰富程度，尤其人人都可以做一回“明星”，促进了大众参与艺术的可能性和积极性。另外，电影带来的震惊效果能给人提供“散心的感受之道”，使人在繁重的工作下消遣、定心，从而成为技术复制时代另一种美的样式。在这里，本雅明寄希望于电影为“祛魅”了的艺术“复魅”，是因为电影镜头面对的是真实世界，能够摄取本原信息。然而，由于电影要靠一整套的机械作为中介，演员与观众之间隔着摄影机，无法形成直接的互动关系，所以观众对演员的认同就是对摄影机的认同。如此，电影艺术已脱离美的表象，正日渐技术化、商业化。更为重要的，电影艺术又在片场之外制造着崇拜明星的现象，“长久以来，这等人物也只剩下其商品价值的变质魅力了”。[②]事实上，这种名人魅力是基于电影资本的赞助，是资本主义工业文明和技术发展使然。不同于荷马时代人们对奥林匹斯山神的崇拜，今天的艺

① 胡经之、张首映主编：《西方二十世纪文论选》（第四卷），中国社会科学出版社1989年版，第250页。

② ［德］本雅明：《迎向灵光消逝的年代：本雅明论艺术》，许绮玲等译，广西师范大学出版社2004年版，第77页。

术让人体验着贫乏，在商品拜物教的虚幻景象中沉于享乐。由此，艺术的功能发生变化。"艺术的功能不再奠基于仪礼，从此以后，是奠基于另一项实践：政治。"[①]艺术与大众，艺术与政治的关系变得更加微妙。显然，在本雅明那里，复制技术关涉政治意图。由于复制技术决定的艺术生产孕育了新的生产关系、生产方式和接受方式，促进了艺术生产力的发展和大众文化的兴起，而复制技术的一次次可重复性摒弃了古典艺术的当下性、唯一性、完整性，使得审美主体产生改变现实的强烈革命愿望，因而复制技术与革命政治息息相关。

对生活在从传统向现代文化转型期的本雅明来说，从古典到现代的艺术无疑就是意义不断走向分裂和破碎的过程，这实际上也是20世纪现代艺术对古典主义理性神话带来的混乱景象的击碎。伊格尔顿曾指出，面对艺术变革，本雅明所着迷的不是遥远的灵韵，而是"那些杂散孤立、泄露内情、不可简约、在边缘上闪烁的'现实'征候"。[②]因为这些隐约、破碎、复杂的现实症候能使接受者产生惊异和好奇心，起到启发思考、唤醒理智的作用，如同布莱希特采用间离技巧中断情节，断裂的文本给观众以警醒一样。所以，现实的破碎固然把抵达真理的审美经验推向坟墓，但如果反其意而行之，破碎的现实亦可以重建审美经验。杜威认为审美经验是日常生活经验的提炼，是日常经验的延续，美学的任务旨在恢复艺术与组成经验的日常事件和痛苦经历之间的延续关系。这样一种审美经验交织着动与静、分与合、历史与现在，充满着完整性，因而是产生理想的美的过程。[③]这种理想的美有利于生命有机体不断克服矛盾壮大自己，显现"生命最剧烈的一刹那"。从此出发，经验的创造有赖于现实的刺激。正是在这个意义上，本雅明看到作为现代社会普遍感知模式的震惊，虽排斥对经验对象所作的联想和回忆，却加强了对日常事件的关注，如果将其运用到文学艺术作品中，或许会产生特有的效果。在《发达资本主义时代的抒情诗人》中，本雅明认为技术时代的到来打破了审美的幻觉，波德莱尔的抒情诗作为一种艺术形式自然难以为继，失去了昔日的市场。同时，艺术家的生活处境也发生变化，已从高高在上的位置跌落至社会底层，生活动荡不安，过着一种朝不保夕的生活，在拥挤不堪的人流中漫步，像雇佣工人一样沦为雇佣劳动者或游手好闲者、城市拾垃

① [德]本雅明：《迎向灵光消逝的年代：本雅明论艺术》，许绮玲等译，广西师范大学出版社2004年版，第65页。

② [英]伊格尔顿：《沃尔特·本雅明或走向革命批评》，郭国良、陆汉臻译，译林出版社2005年版，第42页。

③ 朱立元主编：《现代西方美学史》，上海文艺出版社1996年版，第643页。

圾者。“他们是大城市的产儿。在拥挤不堪的人流中漫步，‘张望’决定了他们的整个思维方式和意识形态。文人正是在这种漫步中‘展开了他同城市和他人的全部的关系’。”[①]这样一种艰难处境使波德莱尔将日常生活事件陌生化，通过语言的碎片化组合，诗中的起义者、流浪汉、闲逛者、拓荒者、妓女、罪犯、醉汉、拥挤的人群、性的诱惑、商品的移情等意象叠加在一起，作品具有了非同寻常的现代性“震惊”效果。在波德莱尔这里，现代性就是“过渡、短暂、偶然”，是短暂间被感官所把握的自发的东西，与静止不变的传统截然不同。现代性碎片成为波德莱尔对19世纪中期令人晕眩、五光十色、有着各色人等的巴黎梦幻的颓败世界的描绘。当由此带来的震惊体验上升为抒情诗的基本原则，这就增加了阅读难度，需要读者反复思索和消化，因而被读者接受的条件大不如以前。这就是现代性语境下借助于碎片化、震惊体验实施的艺术生产。由此，本雅明对经验和震惊的思考某种程度上反映了艺术政治的要求。

当然，本雅明并非提倡作家盲目运用新的生产技术，其对技术的强调还是基于政治目的，突出技术的政治功能发挥，推动无产阶级革命，实现政治救赎和人类解放。在《什么是史诗剧?》一文中，本雅明以布莱希特的史诗剧为例，说明史诗剧从观众的立场出发，以制造陌生化的惊愕代替传统戏剧的共鸣，使得观众对舞台表演做出批判姿态，凸显艺术利益和政治利益的协调一致。也就是说，先进作家可以通过改进戏剧技术，发挥政治意图，实现激励民众的政治功能。而当看到文学内部有酝酿革命的可能时，本雅明还力求借助技术概念来解释文学生产力的诸多问题，通过对文学作品的技术评价达到政治倾向和唯物主义的目的。在《作为生产者的作家》一文中，本雅明给作品的倾向与质量关系以论断，提出一部作品正确的政治倾向包括了其文学质量，这种倾向存在于文学技术之中。“技术这个概念还包括了指导正确地确定倾向性和质量之间的关系。”[②]技术概念内涵丰富，是实现文学作品的政治倾向性的保证，反映了作品价值的倾向性标准。因此，革命的艺术家不能只关心艺术生产的内容和目的，还应以生产者的身份同无产阶级站在一边，充分利用新工具改造传统的生产方式，如对有关诗的形式或者体裁观念进行重新思考和界定，使先进的技术成为反抗政治收编的工具。在这

---

① [德]本雅明：《发达资本主义时代的抒情诗人·序》，张旭东、魏文生译，生活·读书·新知三联书店1989年版，第5页。

② 胡经之、张首映主编：《西方二十世纪文论选》（第四卷），中国社会科学出版社1989年版，第250页。

里，本雅明将技巧的使用与文学分析的唯物主义原则联系起来，实现对文学的倾向性、文学技术、文学形式等方面的深入剖析。对此，伊格尔顿认为文学的倾向性不只是表现正确的政治观点，还表现在艺术家怎样得心应手地重建艺术形式，使作者、读者与观众成为合作者。[①]文本从而以审美的形式与意识形态紧密关联，体现一定的意识形态内涵。在这个意义上，本雅明艺术生产理论的实质是一种政治理论，由此我们可以理解《机械复制时代的艺术作品》(1936)中本雅明何以选择复制技术产生的摄影、电影作为对技术生产理念进行论证的范例。因为在本雅明看来，摄影、电影等新兴艺术样式开拓了人们意想不到的活动空间，完成了对现实世界的再现，让真实变得可见，如电影实现了艺术与科学的融合，炸开了那些将人们囚禁起来的“大都市里咖啡店、街道、办公室、摆设了家具的房间、车站和工厂”，拉近了主体与客体的距离，以动态的、逼真的“震惊”效应使观众体验到技术进步带来的审美享受，使艺术日益走近大众。

综上，布莱希特的生产美学和本雅明的艺术生产论强调科技和新的生产技术在艺术中的使用，体现对技术的高度重视，其实质是重视艺术与政治的关系，要求文艺执行的是某种意识形态的特殊功能，这种功能以再现现实的方式建构现实本身，其技术生产实乃是一种“再现的政治”。今天，当大众文化消除了传统艺术的深度感，审美不再是一种高雅的诗意表达；当经验只能靠不正当的手段来刺激或获取，本雅明所言的传统灵韵自然不存在了，而鲍德里亚所称的“仿像”技术——没有原本的仿真技术——的出现某种程度上比灵韵本身还要真实，其对生活的再现甚至混淆了人们对真实世界的辨别力。这种“再现的政治”使人们不再基于原作和感性的现实去把握艺术，而是认可一种虚幻的表象。“审美沉溺于日常生活，不再有任何超越、升华的愿望和动力。晕眩的快感取代静穆的崇高，诗性光晕自行消隐，已没有什么能够激起我们的敬畏与惊赞之情。”[②]我们能从城市繁华的夜景中认出本雅明笔下19世纪巴黎的“拱廊街”和那些游走于城市深夜的“闲逛者”。当这一切成为全社会的共同经验，如何使审美成为维系现代艺术永存的精神内核，重塑符合人性发展的精神家园，是需要认真思考的问题。显然，在艺术生产的问题上，要面对审美和技术的矛盾。正是在这个问题上，围绕审美与

① ［英］特里·伊格尔顿：《马克思主义与文学批评》，文宝译，人民文学出版社1980年版，第68页。

② 粟世来、田泥：《走向日常生活的审美意识形态》，《吉首大学学报（社会科学版）》2011年第4期。

技术、传统与现代、现实与现代等问题，理论家们发生了论争，体现出意识形态观念的不同。

(二) 意识形态之争

意识形态理论是西方马克思主义批评的经典内容。西方马克思主义早期代表卢卡奇、柯尔施和葛兰西借鉴马克思的经典学说，注重用总体性分析方法重新思考革命道路，强调意识形态是一个政治实践问题，从而形成以意识形态为中心的革命理论。法兰克福学派继承马克思的意识形态批判立场，则对工业技术的意识形态功能进行反思，对运行在技术层面的文化艺术、文化产业进行批判。与此相关的是，布莱希特、本雅明从艺术生产出发，对新技术的到来和现代主义持欢迎态度，这就引起了卢卡奇、阿多诺等人的不满。我们从发生于20世纪30年代的卢卡奇与布莱希特关于现实主义与表现主义之争、阿多诺和本雅明关于艺术与大众文化之争中可以看出论争背后隐含的一切，窥见意识形态的作用机制。

发生于卢卡奇和布莱希特之间的论争主要涉及对现实主义和表现主义的态度、看法和评价上。论争肇始于1937年莫斯科的德国流亡者杂志《言论》刊登两篇批判德国表现主义诗人贝恩的文章。此后，卢卡奇发表论文《问题在于现实主义》，布莱希特发表论文《表现主义争论应实际一点》，拉开了这场论争的真正序幕。以卢卡奇等为首的一方肯定现实主义的伟大作用，认为现实主义不是一种风格，而是一切真正伟大的文学的共同基础，应该弘扬现实主义塑造整体性的方法，对包括自然主义、表现主义、意识流等在内的采用新奇、怪诞的现代主义形式的文学进行批判，因为它们是颓废的文学，是堕落的产物，容易导致阶级意识的丧失。对于布莱希特的戏剧理论，包括陌生化、意识流、中断情节、碎片化等，卢卡奇认为这些形式实验使作品失去了和谐、整体的内容，而一切用来反映生活的真正的文学，“它的一切突出的特征都在典型中凝聚成一个矛盾的统一体……在典型里交织成一个活生生的统一体”。[①]以布莱希特等为首的一方认为卢卡奇的现实主义理论过于保守，不是经典马克思主义倡导的现实主义，同时对现代主义文学采用的新技法、技巧予以肯定，并且认为现代派也具有现实主义风格，现实主义的形式边界应该扩大。总的看来，在现实主义问题的认识上，卢卡奇和布莱希特都肯定现实主义，但对现实主义性质、定位、作用上存在分歧。那么，卢卡奇为什么要批判现代主义文学？德国学者扬·克诺普夫认为，卢卡奇之

① 《卢卡契文学论文集》(一)，中国社会科学出版社1980年版，第291页。

所以与表现主义理论发生论战，在于他"坚持马克思的整体性的现实概念"。[①]因此，争论的背后实际上是意识形态问题，是政治问题。

这种"整体性"的概念在卢卡奇那里，就是"总体性"的意识形态。卢卡奇将马克思有关经济基础决定上层建筑的论述具体化，从阶级革命的意识形态需要出发，将一切阶级的阶级意识都看作意识形态，指出意识形态不仅是社会经济结构的结果，而且是其平稳运转的前提条件。卢卡奇看到，随着资本主义的发展，物化结构越来越侵入人的意识，无产阶级日益沦为社会物化意识的附庸。如何消除物化的侵扰？卢卡奇提出"总体性"概念，将其与意识形态相关联，"认识人们在特定生活状况中，可能具有的那些思想、感情，等等"。[②]这就是作为总体性的阶级意识，它涉及的是如何对待总体与部分之间的关系问题。在卢卡奇看来，整个社会是具有内在联系的有机整体，总体优于部分，如果忽略了这种整体，就无法正确认识事物的本质，而意识形态正是以非总体性特征导致了它的虚假性。为此，应坚持从总体到部分的认识路线，才能破除意识形态的虚假性，个人才不会陷入孤立、片面的社会境地。

当物化带来的碎片化使无产阶级丧失了总体性的视野，卢卡奇提出现实主义艺术可以对抗物化意识，而产生于资本主义技术时代的现代主义则具备维护资本主义制度的可能性，无法实现对物的批判。这实际上对布莱希特戏剧的间离性、陌生化予以批判。布莱希特对卢卡奇的总体性理论进行反拨，认为传统的现实主义无法发挥应有的干预现实的功用，所谓的总体性、整体性还只是宏大叙事的表现，具有传统认识的特点。因此，卢卡奇的总体性理论运用到文学创造中之后，必然要求戏剧和传统模式一样，如反映历史帝王故事以及英雄与命运的斗争，而且戏剧采用象征手法暗示总体性，自然呈现出反映社会本质的整体性、连续性结构，反对创作中各种技巧的更新，包括戏剧中的间离、陌生化等。这显然不同于布莱希特主张以间离性反映寻常人物关系，防止帝王将相、英雄命运对观众的宰制，以及本雅明主张的寓言化、碎片化。确实，在卢卡奇那里，其总体性思想是建立在德国哲学基础之上，只是一个抽象的概念，寄希望于这样一个抽象意识消解物化现象，无疑缺乏具体操作策略。

我们再来看阿多诺和本雅明之争。同为法兰克福学派成员，阿多诺和

---

① 扬·克诺普夫：《"问题的实质是现实主义"——关于布莱希特与卢卡契的论战》，李健鸣译，《外国文学评论》1990年第3期。

② ［匈］卢卡奇：《历史与阶级意识》，杜章智等译，商务印书馆1992年版，第104页。

本雅明在艺术和大众文化方面有着截然不同的视点:本雅明对技术复制下的大众文化一定程度上持肯定和欢迎态度,阿多诺却是大众文化的批判者。这使得他们围绕技术对艺术领域的侵入以及艺术自律、大众文化等问题发生争论,其焦点在于技术作用下的艺术是进步还是退步,即如何认识艺术自身的功能问题。两人之间发生过三次论争,时间分别为1935年、1936年和1938年,其中第二次论争突出在技术和艺术的关系以及艺术自律等问题。在阿多诺看来,当代技术发展及其制造的大众文化是统治阶级通过文化工业强加给大众的一种文化,其中渗透着商品拜物教,因而文化工业生产出来的产品根本不是艺术,而是对社会大众进行意识形态控制的商品,成为政治统治者的有力帮凶。"文化工业不断在向消费者许诺,又不断在欺骗消费者。……实际上,所有的诺言都不过是一种幻觉:它能确定的就是,它永远不会达到这一点。"[①]在这样一种情况下,文化失去了自身的能动性和创造性,成为异化人的虚幻力量和维护现存体制的"社会水泥"——一种以"温柔的暴力"方式控制人的意识形态。本应在政治领域讨论的问题如今被挪移至商品生产、娱乐制造、有声电影等日常领域。既然文化中渗透统治者的意识形态,如何抵抗文化工业的侵袭呢?阿多诺提出以自律艺术对抗工业社会意识形态,与物化的现实拉开距离。

本雅明有关技术对艺术的影响以及艺术、大众文化的态度显然有别于阿多诺。这种区别表现在几个方面:在技术对艺术的影响上,不同于阿多诺等在内的法兰克福学派成员对大众文化持批判态度,本雅明以一种客观审慎的态度理性地对待大众文化的出场,并将其归于生产力和生产关系的相互作用。在艺术和现实的关系上,本雅明认为艺术可以介入现实和政治,发挥警醒大众的功能作用。阿多诺却认为艺术是以自律性的实体站在社会对立面,以否定的方式和物化社会拉开距离,与社会保持不介入的态度,实现对社会的批判。在艺术和大众的关系上,本雅明从接受角度消解传统对艺术的垄断,使艺术走向大众,成为人人可以消费的对象。例如文学不再奠基于专业训练,而是变成了公有财产;观赏电影是一种"散心的感受之道",而且这种"散心的感受之道"在一切艺术领域里愈来愈明显。阿多诺从统治阶级意识形态出发,认为大众深受文化的隐蔽控制,完全沉浸在对作品的感觉认识中,成为统治者驯服的羔羊,如同马尔库塞认为的,工业社会以极权主义方式对人的思想、文化的技术理性控制使人成为单向度的人。这样,在技

① [德]马克斯·霍克海默、西奥多·阿道尔诺:《启蒙辩证法》,渠敬东等译,上海人民出版社2006年版,第126页。

术和艺术关系方面,对本雅明而言,技术虽祛除了艺术的本真性,使艺术的神秘氛围受到质疑,但艺术自主自律的假象消失了,代之而起的震惊、间离祛除了艺术的膜拜性和幻觉性,改变艺术的存在方式、价值结构和接受观念,激发观众的主体意志,引导观众走出艺术的幻觉,做艺术评判的主人,艺术再也不是宛若神明之物而成为大众的艺术。本雅明对艺术消亡虽有惋惜但又心怀兴奋的态度显然已放弃了为艺术自律进行的辩护。这看似辩证的做法自然受到阿多诺的批判,阿多诺认为本雅明《机械复制时代的艺术作品》也许是辩证的,但其忽略了对自律艺术的追求,“把它转变为某种禁忌或拜物性”。[①]显然,守护艺术自律的阿多诺难以容忍本雅明具有的技术唯物主义倾向。

姑且不论他们在这个问题上的孰是孰非,但有一点是应该肯定的,也是阿多诺可能忽略的,那就是本雅明对技术的强调并非为技术而技术,其背后有着深刻的政治因素。詹姆逊曾指出本雅明和阿多诺不同的辩证批评思路,认为阿多诺是从辩证关系的抽象结构开始展开论述,本雅明却与此相反,从大量孤立的、具体的人事或内容开始获得辩证的抽象理论。[②]这种批评思路反映出本雅明在艺术生产中的一贯态度。在本雅明看来,艺术生产的出发点就是被思想教条所纠缠的碎片客体,从碎片中重构真理,亦即真理经由现象的碎片展现自身,进而撕裂历史虚假的总体性,使其呈现出救赎的力量,正是批评的目的。“哲学批评的目的是要表明艺术形式的下述作用:把为每一件重要艺术品提供的基础的历史内容变成哲学真理。这种把物质内容向真理内容的转变减弱了效果,即以前的魅力一代一代地减弱,使之变成再生的基础,在这种再生中,一切转瞬即逝的美都将被彻底剥除,作品便成为一堆废墟。在对巴洛克悲悼剧的寓言建构中,这种废墟始终作为被保存的艺术品的形式因素而明显突出出来。”[③]批评就是在寓言的阐释和建构中,打破虚假的整一,以一种辩证思维的方式揭示被遗忘的真理内容。实际上,艺术生产的政治功利性寓意着技术仅仅是艺术生产的中介,艺术通过技术媒介实现作为生产的政治目的,即“再现的政治”,发挥其意识形态的功能。与阿多诺从统治阶级控制的文化意识形态出发,在否定中退入美学和艺术,与政治保持必要的距离不同,本雅明积极从美学切入政治,实现政治救赎和

---

① 赵勇:《在辩证法问题的背后——试论“阿多诺—本雅明之争”的哲学分歧》,《外国文学评论》2003年第3期。

② [美]詹明信:《晚期资本主义的文化逻辑:詹明信批评理论文选》,陈清侨等译,生活·读书·新知三联书店1997年版,第313—314页。

③ [德]本雅明:《德国悲剧的起源》,陈永国译,文化艺术出版社2001年版,第150页。

人类解放。这也是早期西方马克思主义者实现政治革命的策略和手段:以文学技术手段作为"批判的武器",实现对传统和现实的超越。这就使艺术的审美功能发生质的变化,即马尔库塞认为的从古典时期赞美异化的"高层文化"所具有的肯定方面转向日常生活实践,从技术的双面性转向单向度。在马尔库塞看来,在前技术时代,人和自然处于未被掌握和征服的向度;在文化工业时代,这一向度的合理性遭到质疑和削弱,不断发展的技术使某些艺术风格失去其合法性。[①]由此,艺术生产在解构传统艺术的静观性同时,存在着可能导致审美丧失的危险。正是在这一点上,围绕审美与技术发生了争议,体现出意识形态观念的不同,预示艺术生产要面对技术与审美的矛盾。

① [美]赫伯特·马尔库塞:《单向度的人——发达工业社会意识形态研究》,刘继译,上海译文出版社1989年版,第58页。

第三章　文本论："内在形式"、话语权力与艺术生产

作为文学活动的要素，文本是作者以特定手段创造出来、富有特定意蕴的语言符号体系。这种符号体系奠定了文学研究的基础和考量文学理论价值的根基，同时表征一定的政治、权力和社会关系。也就是说，任何文学研究都要从文本结构出发，探究文本的生成机制、内在机理和话语构成，形成对文本从形式到内容的深度阐释和深入理解。但长期以来，理论界对文学的种种研究往往肇始于"文学是什么"的追问，由于这一问题关涉到文学的本体和文学观念的差异，所以很难一下子给出答案。而当无法给出满意的答案时，一些理论家便另辟蹊径，以"文学如何存在"的文本问题替代文学的本质式追问。例如20世纪以来，关注文本自身存在，突出文本语言、内涵、结构的文本中心主义兴起，包括俄国形式主义、新批评、结构主义等在内的文本中心论将文本作为研究的中心，从文本语言、结构、规则等方面预设文本自律的形式规则以及客观评价标准，使其成为独立自足的系统。姑且不论文本中心论的利弊，但有一点是应当肯定的，那就是从对文本形式和结构的感知入手考察"文学是什么"，比单纯地索解"文学是什么"要好得多。就西方马克思主义艺术生产论而言，其对文本的研究形成了自己的特色，即将文本的考察置于特定语境下，通过发挥文本生产的社会运行机制，在话语层面把握文本形式与内容之间的复杂关系，赋予文本以丰富的社会历史内涵，形成文艺意识形态论的阐释路径，文本从而以新的理论特质实现对传统"形式本体"论的批判和解构，成为"有意味的形式"，也由此开创了文艺与意识形态关系研究的新模式。本章以此入手，研究"文学存在""意识形态"在文本中的表现形态，阐发文本蕴含的历史、政治等话语内容，揭示文本结构的现实指向和政治旨趣。

第一节　文学存在:从“形式本体”到“内在形式”

从文学存在方面探究西方马克思主义艺术生产论对传统文本观念的解构,我们定位于对20世纪上半叶形式主义文论的“形式本体”的解构,其理由是:一是20世纪形式主义文论率先确立了文本中心的地位,并将其发挥到极致。二是在主张艺术生产的西方马克思主义理论家那里,他们突出文学生产场的中心地带具有的政治性和社会性,对形式主义的批判和解构尤为强烈和彻底。所以,本部分主要研究20世纪以来以语言、形式、结构等决定文学成其为文学的形式本体论和主张以文化视角来看待文学生产,发挥文学社会功能运行机制的艺术生产论在文学存在方面的区别,以及艺术生产论对形式主义文本观的批判和解构。由于它们都立足于文学文本,从具体的文本指涉出发,但以不同的立场审视文本,从而有着不同的批评历程。

一、“形式本体”论及其批判

(一)“形式本体”论

长期以来,在文学活动的舞台上,在作者和作品的地位方面,作者一直位居文学研究的中心,成为探寻作品旨意的根据,作品则处于被忽视和缺席的地位。这些已成为传统阐释学进行文本解释和分析的惯例,或者说,离开了作者创作时的语境、情景、意图,背离“以意逆志”,作品阐释便失去客观标准,存在不确定性。19世纪浪漫主义运动兴起,其追求灵感、想象和主体情感的表达,重视作品言语与人的心灵世界的碰撞和交汇,审视作品在发现自我、肯定自我中的价值和意义,由此将批评的重点转向作品的阐释和评判,也使批评开始回归文学自身。浪漫主义批评虽然坚持文学的情感本位,但这时的批评仍然偏于作者层面。20世纪以来,以俄国形式主义、新批评派、结构主义等为代表的形式主义文论和解构主义批评,将研究对象限制在文学自身,以语言学理论阐发文本的形式结构,建构起文本理论学科体系。

论及俄国形式主义,伊格尔顿认为1917年俄国形式主义学派理论家什克洛夫斯基发表论文《作为技巧的艺术》,可视为20世纪文论重大转折的标志。[①]受索绪尔语言学的影响,包括什克洛夫斯基等在内的俄国形式主义学

---

① [英]特里·伊格尔顿:《文学原理引论·作者序》,刘峰译,文化艺术出版社1987年版,第1页。

派从语言学角度考察文学本体，寻求文学发展的内在规律，对20世纪文本理论发展有着重要影响。雅各布森将文学科学的研究对象明确为“文学性”，以文学性建构独立自足的文本语言体系。针对当时学界将文学研究沦为社会历史文化研究的附庸和注解的现状，雅各布森作了一个比喻，他把文学史家比作警察，当警察要逮捕某人时，就把房间里和街上经过的人都抓起来。[①]这个比喻意在说明文学史家没有从文学本身出发将文学作为一门科学进行研究，也就是忽略了“文学性”。同时，雅各布森等形式主义理论家认为文学性研究只能从有别于日常语言的文学语言结构序列中寻求，包括节奏、韵律、句法、语义、修辞技巧、语言组织以及隐喻、转喻、象征等。什克洛夫斯基认为文学有其自身的特质和规律，这种特质和规律就是以语言为代表的文学形式结构，尤其技巧的运用。在《作为手法的艺术》中，什克洛夫斯基提出借助延长、扭曲、受阻等反常化手段和陌生化方法，文艺创造能有效打破传统带来的感觉自动性、习惯性、无意识性和机械性，摆脱对那些司空见惯、熟视无睹、因循守旧事物的感受，延长对事物的审美接受时间，使熟悉的对象变得陌生，增加作品理解的难度和新颖度。在什克洛夫斯基看来，反常化手段专注于客体视象的创造，打破了对客体自身的认知和认识，实乃是借用新的艺术形式和手段唤起人对艺术久违的敏锐性和新鲜感，使人从麻木不仁的状态中惊醒过来，回到原初的经验中，找回对生活的新感觉。在这一过程中，基于方言、俗语和文学语言混用的情况，什克洛夫斯基提出文学以受阻的、扭曲的言语结构形式异于普通语言，这是文学创造反常化、陌生化的前提。如此，文学的本质存在就是以受阻的、延宕的言语形式创造对客体的特殊感觉，增强读者对作品的感受程度，实现什克洛夫斯基所言的“使石头更成其为石头”。总之，俄国形式主义以语言的运用为媒介，追求文学的内在规律和结构元素，以及语言的诗性功能，即作为文学的语言材料凸显出的那个东西。这是文学与非文学的本质差异，也是文学之所以成为文学之所在。

新批评派紧步俄国形式主义的后尘，将文学作品视为独立自足的本体存在，从对作品的孤立细读和语义、修辞等技术层面分析入手，探寻作品语言的组合原则。首先，新批评派鼻祖艾略特在继承休姆反浪漫主义思想的基础上，提出“非个人化”的文学史观。在《传统与个人才能》一文中，艾略特强调诗歌是传统意识的结晶，传达的是人类普遍的情感经验，而非诗人的个性、情绪、经验和思考，因而具有非个人性。在处理个人才能与传统价值的

① 朱立元主编:《当代西方文艺理论》，华东师范大学出版社1997年版，第49页。

关系时，艾略特基于文学整体观立场，提出诗人“只是工具，不是个性”，[①]不单独具有完全的意义。为此，诗人应不断地适应更有价值的传统，牺牲自己，消灭个性，以获得客观的评价。其次，兰色姆在《诗歌：本体论札记》(1934)中提出诗歌主题“因其本体即存在的现实而不同”，也就是说，“本体”即诗歌存在的现实，诗歌本身具有本源性价值。本来，本体是哲学领域关于“存在”的研究，兰色姆将这一概念引入文学批评，意在阐发文学批评要回到文学自身，专注文学自身，探讨文学之为文学的根据。围绕诗歌本体论，包括兰色姆在内的新批评派学者创立了一套行之有效的理论原则和形式批评方法，如“构架—肌质”论、悖论、反讽、张力等。具体来说，兰色姆提出诗歌是大量局部组织连缀起来的松散逻辑结构，由“表面实体”、“逻辑核心”的构架和穿插、附丽于构架之上并提供细节、技巧、格律、秩序等多种价值成分的肌质组成。在“构架—肌质”关系上，兰色姆认为局部的并不辉煌的肌质能掩盖全部的结构，并溢出结构之外，即肌质更关涉文学的本体存在以及文学与非文学的区别，关涉文学的审美性，从而使文学成为一种“肌质化”的本体存在。“张力”也是新批评派关注的重要概念。退特强调诗是由外延和内涵组成的意义统一体，这种有机整体涵盖了诗的字面意义与暗示意义、概念意义与引申意义，构成诗歌语言的内在张力。布鲁克斯提出悖论和反讽的诗歌结构原则，认为悖论和反讽作为诗歌语言的本质，通过将差异、对立、矛盾、反常等不协调的东西组合在一起，意在追求诗歌的张力效应——一种对立冲突的平衡感和语境的稳定性，使诗歌各部分产生整体性魅力。总之，新批评派对作品细读中肌质、悖论、反讽、张力等关系文学本体问题的倚重以及对主体情感、个性的排除，体现了文学评价的科学化、规范化。当然，其理论的狭隘性也是显而易见的。

盛行于20世纪60年代的结构主义文论以“结构”作为文本意义的生成来源，通过从语言学入手开展“结构”形式研究，寻求文本内部某种关系和要素的组合法则以及文本稳定的结构秩序和模式，形成独特的话语体系。例如以雅各布森和扬·穆卡若夫斯基等为代表的布拉格学派通过对索绪尔结构主义语言学的移植和借用，开展诗歌语言的结构功能研究，探寻语言结构的自指性，成为法国结构主义的先声。雅各布森认为一个言语事件或传达行为包括发送者、接收者、语境、信息、接触和信码等因素，这些因素又形成情绪功能、指称功能、诗的功能、交际功能、元语言功能、意动功能等。在六因素和六功能的传达中，发送者把信息传给接收者，其信息指向接收者的倾

① 赵毅衡编选：《“新批评”文集》，中国社会科学出版社1988年版，第30页。

向,表现出强烈的意动功能和诗性特质,也就是说,指向信息本身以获得信息的倾向,是语言的诗性功能所在。[①]这就强化了语言符号的"诗性"内核及其自指性。扬·穆卡若夫斯基提出诗歌语言的"前推"理论,认为诗歌语言是对标准规范语言的扭曲和违反,其作用就在于为话语提供最大限度的前推,前推即非自动化,与自动化、程式化相对,同时每一部诗歌系统都存在着前推的成分和构成背景的非前推即后推成分,二者的相互关系形成诗歌聚合与分散的动力性结构,其中每一个成分的价值都取决于它与总体的关系。[②]前推与后推、部分与总体的组合关系成为结构主义探寻的目标。例如列维—斯特劳斯作为结构主义思潮的代表,重点从神话学与语言学研究的相似之处探寻文本内部某种关系和要素的组合原则,发掘其中潜藏的普遍规律和基本结构。列维—斯特劳斯认为神话故事作为人类心灵活动的产物,固然没有逻辑性和连贯性,但世界各地的神话却体现出惊人的相似性。这种相似性就是在看似千差万别的神话中潜藏的基本逻辑结构、思维原则和规律,它保留了人类原始思维活动的特征,反映了人类理性的思维模式。为此,列维—斯特劳斯提出神话虽然是语言,但不能只作为语言来研究,神话中的语言具有独特的性质,即神话是由更高级、更复杂的大构成单位或神话素组成,这些神话素通过"关系束"的排列组合,获得能指的功能,因而神话研究的实质并不在于神话文体、叙事和句法结构等,而在于神话所讲述的故事。[③]正是从神话故事主题和情节的叙述中,列维—斯特劳斯发现了其中要表达的某种关系和支配性的整体结构。在对俄狄浦斯等神话构成的分析中,列维—斯特劳斯打破传统逐行阅读的方法,按照共时性角度,从左至右逐栏阅读,挖掘神话深处的逻辑秩序,发现其中存在的基本主题和结构。这样,将结构语言学延伸至神话学,又把神话还原为某种结构,即从神话表层杂乱无章的故事叙述中显示其支配表层现象的深层结构模型,建构起对人类心灵普遍有效的思维法则和世界图像,成为结构主义神话学考察的目的所在。此外,热奈特作为叙事学的代表人物,将叙事结构的分析推进到叙事话语的研究,建立起叙事话语理论。总之,无论是雅各布森从语言学、符号学角度分析诗歌语言自我指涉的诗性功能,还是列维—斯特劳斯等对文本深层结构模式的追踪,都将"结构"研究置于文本语言自身,体现对文本的自

---

① 赵毅衡编选:《符号学文学论文集》,百花文艺出版社2004年版,第180页。

② 赵毅衡编选:《符号学文学论文集》,百花文艺出版社2004年版,第21—22页。

③ [法]克劳德·列维—斯特劳斯:《结构人类学——巫术·宗教·艺术·神话》,陆晓禾等译,文化艺术出版社1989年版,第46—48页。

足性、整体性、系统性、闭合性以及二元对立法则的重视。对此，皮亚杰认为结构具有整体性、转换性和自身调整性，而且结构的转换是在自身封闭的体系和领域之内完成，不寻求任何外在的因素，据此，结构应是形式化或公式化的。[①]当然，这也是结构主义文论的局限：过渡倚重语言的自指、结构的闭合、封闭的能指以及文本内部系统、要素之间的对应关系，而这一切都与现实世界和人的主体性无关。

再来看解构主义的文本形式观。

20世纪60年代以后，结构主义文论对“结构”的整体性、稳定性要求已无法适应时代发展。打破既有的文本封闭秩序，重构更为合理的文本意义和批评法则，实现对传统哲学信念和理论的质疑与批判，成为后结构主义和解构主义对现代文本观的批判性继承。罗兰·巴特作为后结构主义理论代表，从早期对结构的研究转向对文本的研究，显出鲜明的解构批评倾向。在《S/Z》《从作品到文本》等作品中，罗兰·巴特认为相对于结构主义的“作品”是确定的、有形的、实体的，“文本”则是一种语言的扩大和传播且意义无固定的复数，是作为别的文本的生成物，是所指的无限延迟和延宕。罗兰·巴特提出了“可写文本”，认为可写文本是一种读者参与和创造的文本。在罗兰·巴特看来，可写文本是一种尚未定型的文本，处于不停地累积、重组、播撒、互文之中，如同蜘蛛网，永无停歇的编织，在无限的再生产之中建构出新的语言秩序；又如同恋人絮语，使人陶醉于文本的享乐，获得愉悦的体验和想象。据此，罗兰·巴特得出引起享乐的文本，快乐是散碎的，语言是散碎的，文化是散碎的，它们以极端的反常性和不合时宜确保着享乐的进行。[②]显然，在罗兰·巴特这里，文本的封闭秩序被打破，“将阅读引向批评，将接受引向建构，将消费引向生产”，[③]但其带来的话语的任意性、多元性和愉悦性表明文本只是语言的表现形式，或者是语言游戏的工具，由此切断了文本与社会的联系。

与罗兰·巴特偏于以文本阅读的意义生产批判“结构”的封闭性相比，解构主义批评致力于破除长期存在的形而上学权威和二元对立体系，拆解不言自明的文学和哲学鸿沟，确立文学的基本法则、体制和建制，揭示文本的意向性和意义的延宕性。

---

① [瑞士]皮亚杰：《结构主义》，倪连生、王琳译，商务印书馆1984年版，第2页。

② [法]罗兰·巴特：《罗兰·巴特随笔选》，怀宇译，百花文艺出版社2005年版，第218页。

③ 姚文放：《生产性文学批评的解构性生成与后现代转折——罗兰·巴特批评理论的一条伏脉》，《文学评论》2018年第2期。

首先,由于解构主义将文本意义的产生归之于语言本身的特性,因此,从语言的隐喻性、修辞性入手实现意义的生成,成为解构主义理解文本活动、实施解构策略的出发点。例如德里达从语言和修辞入手,以书写、延异、播撒、增补、替补、边缘等概念对抗明晰纯粹的形而上学等级观和二元对立结构,解构其在思想、言语、文字、写作、阅读等方面存在的不合理关系,消除长期以来文学与哲学的对立,展示文本能指的飘动和意义的自由散布状态。德曼建构的修辞阅读理论认为文学理论诞生于处理文学文本的方法,而非审美的、历史的考虑。这种文本处理方法即文本阅读修辞理论。在德曼看来,当视文学是一种阅读行为的时候,文学不是一种透明的信息,文本存在不确定的残余,需借助语法手段予以解决。[①]由于文本的语法和修辞存在潜在的矛盾性,这就带来文本意义的复杂性、模糊性和延迟性,使得修辞性阅读具有一定的歪曲性和欺骗性,甚至造成误读行为。在这个意义上,文本阅读永远是解构性阅读。哈特曼将符号学、现象学的“不确定”移植到文学阅读和批评领域,消解哲学与文学的分歧,使阅读成为一种复杂可变的意义生产行为。哈特曼指出虚构、不确定、多重意义的分解和延宕等让读者的阅读行为慢下来,使读者保持“心灵对于文本的值得模仿的掌握”以及“先前理解的被取消”。[②]如对于威廉斯诗中过于明显的停顿、审慎的删节和挤掉的内容等被安置在别的词语旁边,保持词语的整洁状,哈特曼认为纯粹的诗的力量存在于不纯粹的要素之中,包括删节、取消、掩盖、否定、抑制等,它使纯粹的诗处于疯狂的状态。[③]对于狄金森诗歌中的省略、沉默以及破折号、连字号或者延长的点,哈特曼认为这些特有风格的标记体现了词语内部的力量。通过对诗歌语言的“不确定”研究,哈特曼指出诗处于向“个别的术语”移动的状态,而这个术语只是一个密码,一个非凡的暗示,在字典中找不到或许字典也在寻找它。也就是说,一种意义就是别的意义,与别的可作多种解释的意义共存。[④]

其次,对解构主义批评而言,解构并非完全摧毁既有的思维范式,而是借助于语言手段,对其中的谬误和不合理予以瓦解和改造,发现被遮蔽的“他者”,使之实现重新组合。对于解构的发生,德曼在《阅读的寓言》中曾有一个“墙角石”的隐喻。德曼将语言的修辞性列为语言的根本属性,当阅读

① [美]保罗·德曼:《对理论的抵制》,李自修译,载王逢振等编:《最新西方文论选》,漓江出版社1991年版,第222页。

② [美]杰弗里·哈特曼:《荒野中的批评》,张德兴译,天津人民出版社2008年版,第307页。

③ [美]杰弗里·哈特曼:《荒野中的批评》,张德兴译,天津人民出版社2008年版,第141页。

④ [美]杰弗里·哈特曼:《荒野中的批评》,张德兴译,天津人民出版社2008年版,第151页。

成为一种解构性的“寓言”活动时,寓言所起的作用就如同整个建筑体系中有缺陷的墙角石。

德里达在回忆德曼的《多义的记忆》中曾描述这块“墙角石”,认为该“墙角石”相当于整个建筑物体系的概括:支撑建筑,保证建筑结构的严密性,使高墙保持直立,建筑物得以耸立,因而整个建筑物少不了它。[①]正是这块支撑着整个体系、有缺陷的“墙角石”,遥望置于建筑物顶部的拱顶石,搅动体系的内部,威胁体系的构成,促成解构的出现。具体来说,这块具有特殊意义的“墙角石”呈现双重状态:它既是一块被疏忽的、有缺陷的“他者”,又是一块处于关键位置、支撑建筑、甚至是整个体系的“核心”。正因为双重身份,被压抑、被体系所不屑的普通石头才具有了从内部拆解建筑物严密秩序的可能,即以“他者”的身份使整个建筑结构摇摇欲坠而面临被解构的危险,以此获得自己的发言权,显现存在的必要性。与此同时,建筑物由许多块石头组成,在这些石头被命名之前,它们都具有平等地位,彼此观望而互不干扰,但既然是“墙角石”,就有非“墙角石”,就有和墙角石的地位有类似天壤之别的例如拱顶石。拱顶石以其位居一个高度的中心点、占据先天的优势和统治地位、接近真理而洋洋自得,而有缺陷、非完整的墙角石不甘于角落之遮蔽,它要瓦解整个体系的存在状态,动摇拱顶石作为建筑结构的中心地位。这就向拱顶石发出了解构的要求,或者说,是墙角石自身所处的“语境”促成了解构这一事件的发生,所以,墙角石既是建筑物的重要构成,支撑了体系的稳定性,又是反抗压制、拆解建筑物稳定性的异质存在。然而进一步的追问是,“拱顶石”所喻指的理论大厦结构如何?其神秘的面纱背后究竟隐藏怎样的要义?诚如德里达所指出的,那些起规范作用、具有协调性、支配性的因素都有其来历,没有无记忆的解构,所以解构的责任首先是重建一种霸权谱系:它从哪儿来的,为什么是它获得了今日的霸权地位?[②]“拱顶石”作为被质疑、解构的对象,无疑也是有记忆的历史。通过对西方思想文化传统的剖析,德里达认为逻各斯中心主义是整个西方思想传统的历史根基。无论是从柏拉图、亚里士多德一直到黑格尔的理性逻各斯(理性本体论),还是20世纪西方诗学的语言学转向形成的以索绪尔、列维-斯特劳斯、海德格尔等为代表的语言逻各斯(语言本体论),莫不如此。德里达解构的

---

① [法]雅克·德里达:《多义的记忆——为保罗·德曼而作》,蒋梓骅译,中央编译出版社1999年版,第82—83页。

② [法]雅克·德里达:《书写与差异·访谈代序》,张宁译,生活·读书·新知三联书店2001年版,第15页。

目标就是对形而上学本体论进行揭露和抵制，否认逻各斯的存在。由于西方理性本体论的形成与语言有很大关系，所以德里达就从语言入手，解构在场形而上学和以言语为语言本质的语音中心主义。总之，德里达关于德曼"墙角石"的阐发昭示解构不是从外部介入的操作，而是在体系内工作，定位于作品结构内部，同时以一种修辞学手段，突出寓意作为比喻的独特性，通过他者、差异和分离来实施。①

通过对解构主义批评（包括后结构主义）的分析，可以看出解构是借助于修辞学、语义学、比喻等语言手段，在系统内部展开的一种拆解和建构活动。艾布拉姆斯曾对罗兰·巴特的"文本愉悦"这样解释："在巴特的书里，愉悦并不在于对书中身为人的行动者、人与人之间彼此的行为与情感等等富有艺术技巧的掌握，而在于和文本本身打交道……"②罗兰·巴特文本的愉悦显然内在于文本自身语言的品鉴过程。米勒认为解构主义是通过语言的游戏在"语言的牢房"之内形成的幻象，即运用修辞、词源或喻象的分析解除文学和哲学语言的神秘性，将某种统一完整的东西还原为支离破碎的片段，使其没有修复的希望。③藉此，解构主义批评将阐释活动局限于文本自身，通过语言的修辞性、隐喻性、互文性等体验语言的欢乐。语言修辞、概念等成为解构主义研究的根本问题，社会政治、历史文化、经济体制等被排斥在外。当然，德里达也说过解构必须向制度、社会政治结构和最顽固的传统挑战，④但这种对社会政治的关注，也只是一种"边缘的政治"。

俄国形式主义、结构主义、新批评派等形式主义文论和解构主义批评都体现出对语言、结构、语义等文本形式的关注，摒弃与文本相关的政治、历史等外在因素，当然两者追寻的目标截然不同。诚如前面所言，从俄国形式主义、新批评派到结构主义文论，文学与语言符号牢固结合，一个自足自在且远离社会现实的封闭的文本理论体系建立。专注于文学形式研究、推崇"形式就是意义"（布鲁克斯语）成为形式主义批评家的追求。形式主义文论追求的是文学性、叙事性的科学批评，这种文本科学具有天然的自足性、类似

① ［法］雅克·德里达：《多义的记忆——为保罗·德曼而作》，蒋梓骅译，中央编译出版社1999年版，第91页。

② ［美］艾布拉姆斯著，［美］费希尔编：《以文行事：艾布拉姆斯精选集》，赵毅衡等译，译林出版社2010年版，第252页。

③ ［美］希利斯·米勒：《作为寄主的批评家》，老安译，盛宁校，载王逢振等编：《最新西方文论选》，漓江出版社1991年版，第184页。

④ 包亚明主编：《一种疯狂守护着思想——德里达访谈录》，何佩群译，上海人民出版社1997年版，第21页。

机器运转的程序性和有机整体性，因而是一个牢不可破的统一体。解构主义批评以语言的修辞性、隐喻性揭示文本意义的多元性、差异性和不确定性，并以此作为反理性主义和逻各斯中心主义的突破口，提出文本是一个异质的存在，具有不受语境限制的自由性、可重复性、创造性和无限开放性，使文本意义被无限地推迟和延宕。对此，伊格尔顿认为“英美分解论不过是回到了新批评派的旧形式主义。的确，它是以更为偏激的形式返回的，因为对于新批评派来说，诗歌确实以某种间接的形式谈论诗歌之外的现实，而分解论者认为，文学证实语言除了像酒吧间某支听厌了的曲子那样老是谈论自己的失败外，别无他用”。[①]解构主义批评正是从“更为偏激的形式”入手，通过寻求语言的游戏，对文本实施解构，使批评内在于批评对象。同时，解构主义批评通过宣告作者之死而给读者以自由，预示没有作者的文本处于意义的重构和读者理解的开放之中，读者可以在文本的自由嬉戏中体验语言的欢乐，也标志着文本进入了“可写”时代。由此，无论是形式主义文论，还是后结构主义和解构主义批评，都体现出对形式本体的重视，只不过从形式主义文本的自足性、整体性、闭合性，转向了后结构主义和解构主义文本的无限开放、能指的无尽狂欢和文本意义的延异、播撒。由于对传统话语秩序的反叛，后结构主义和解构主义文本不再具有形式主义文论的科学性、标准性、规范性，而是走向另一个极端，呈现无秩序、无主体、无统一性。由此，铅华落尽的文学还原为语言和文字的自指游戏，只在自身范围内构成完满的意义世界，历史意蕴和社会生活被完全置之度外。这势必遭到马克思主义文论家的批判。

（二）对“形式本体”论的批判

形式主义文论与马克思主义文论是20世纪有着重要影响力的文论思潮，两者基于各自的研究立场、学术倾向和认识形成了富有特质的文论思想和观点，并衍生出诸多理论流派，推动了20世纪文艺理论的深入发展。总体而言，形式主义文论对文本自身形式的关注与马克思主义文论对文艺社会功能和意识形态作用的认识，使得两者在发展中经历了从对抗到融合和对话的过程。马克思主义文论对形式主义文论的批判、改造和提升交融其中。

俄国形式主义文论的产生和短暂存在交织着与马克思主义文论之间的复杂关系。俄国形式主义文论和马克思主义文论虽然都体现出对文学审美

---

① ［英］特里·伊格尔顿：《文学原理引论》，刘峰译，文化艺术出版社1987年版，第173页。

价值的关注和研究,但俄国形式主义文论将语言、形式和结构技巧的研究与文学的本质及其内部规律有机结合,并以此作为文论的核心,势必遭到异质性的马克思主义文论的批判。一方面,20世纪20年代之前,以雅克布森为代表的莫斯科语言学派和以什克洛夫斯基为代表的彼得堡学派专注诗歌语言的构成规律研究,且研究主体大都以大学生为主。他们对艺术标新立异的风格追求和技巧实验,使其理论在20世纪20年代初期走过了一段红火的时期。到了20年代中后期,俄国形式主义开始由盛而衰。另一方面,俄国形式学派在文坛的存在为何昙花一现?伊格尔顿曾对本世纪文学理论发生重大转折的时间提出看法,认为这一时间应定在1917年,因为这一年什克洛夫斯基发表了论文《作为技巧的艺术》,标志着20世纪文学理论发展的重大转向。但不要忘记,1917年俄国十月革命取得胜利,马克思主义开始在文学理论领域占据主导地位,其势必要求文学履行自身的职责为国家建设服务。可以说,两者的交集为其矛盾的产生埋下了伏笔。按照托尼·贝内特的说法,20年代以后,随着反映论、无产阶级革命文学以及现实主义占据文坛统治地位,形式主义文论将一切文学形式等同于现实价值的文学试验与革命后的俄国形势不相吻合,更与当时的马克思主义批评学派发生冲突,导致其与革命后的马克思主义批评学派发生冲突,卷入理论论争和政治论争之中,受到马克思主义者的轻视。迫于日趋严重的压力,形式派虽然勉强承认了历史和社会学方面的根据,作出了某种让步,但这种让步在某种程度上仅仅是对政治需要的反应,即由与政治需要相同的理论需要引起的,其思想观点必然发生重大变化。①在这种情况下,曾经在俄国风靡一时,受到年轻人喜欢的形式学派在20年代中后期移居异地,转向布拉格和巴黎等地开展研究。

在审美形式的问题上,阿多诺、马尔库塞等马克思主义理论家和形式主义文论都表现出对形式的重视,但两者有着质的不同。包括俄国形式主义等在内的形式主义文论对审美形式或者以形式为本体的诉求突出文学的本质和功能就在于形式的独特意义和价值。与形式主义“形式本体”论不同的是,阿多诺、马尔库塞等马克思主义理论家虽然也认为艺术的潜能在于审美形式,但这种审美形式不是完全脱离社会的纯形式,而是在一个理性统治的社会,艺术作为社会劳动产品,以自律性和自主性与社会现实相间离,对社会现实展开批判和对抗,发挥审美形式作为政治潜能的实践功用,拯救人性

① [英]托尼·贝内特:《形式主义与马克思主义文学批评》,张来民译,《黄淮学刊(社会科学版)》1992年第2期。

的异化，实现人的本能解放。阿多诺基于文化工业的拜物性、隐秘性以及作为欺骗大众的启蒙面具，提出艺术的真理性内容存于精神性和自律性之中，精神给艺术以生气和客观化的内在力量，自律性使艺术日益独立于社会，保持对社会的反思与矫正，而这一切通过形式律得以升华。在阿多诺看来，作品的存在应归功于形式，形式在其中发挥巨大的功能，有着重要的价值。如艺术的命运与形式的命运密不可分，审美形式应当是艺术作品中显现成分的客观组织，更是作品得以反思的中介和客观条件，它改变经验存在的法则，确保对文明的贡献力量，也对纯然的存在进行批判，因而代表着自由，是真理的显现。[①]马尔库塞认为艺术的政治潜能在于以自律的审美形式从实际生活的王国中挣脱出来，揭示现实中受到禁锢和压抑的内容，与社会保持不妥协和对抗的态度。也就是说，艺术借助审美形式以创造性和超越性对抗现代文明的奴役和工业社会的异化，进而恢复反思与批判功能，建立新感性，成为变革现实和实现人的本能解放的乌托邦。显然，艺术的审美形式是沟通个体从物质劳动、游戏到爱欲表达和生命本能要求的自由表现的中介和桥梁。[②]这一过程就是艺术的政治实践和乌托邦构建之路。总之，从审美的人生态度出发，艺术通过自律的形式对抗社会制度，否定社会的全部体制，揭露社会的弊端，为人性的解放开启新的光亮。这样，阿多诺、马尔库塞等从批判社会异化现象入手，对审美形式的理解表现出特有的内容，即形式主义文论的形式“本体”已转换为变革社会现实的“工具”。当然，我们还应看到，阿多诺、马尔库塞等倡导艺术形式的自律只是在精神领域内展开，寄托于“形式”革命实现艺术和审美对社会现实的疏离、揭露和批判其“反世界、反物化”的倾向，无疑弱化了艺术的政治和意识形态功能。例如阿多诺承认艺术的形式特征包含政治性以及形式再现艺术与社会的关系，但他认为形式本身具有与社会结构等同的地位，形式的解放是社会解放的暗码。同时基于今天艺术中的政治批评契机已转化为自我复制的意识形态情况，阿多诺进而提出艺术具有不考虑政治实践者提出的关于艺术的目的和启示等问题的特权。[③]这就避免了艺术被社会政治和意识形态同化，但也带来艺术与社会政治和意识形态的日益疏离。

马克思主义文论家从多个层面对形式主义文论进行批判、阐释、改造，

① [德]阿多诺：《美学理论》，王柯平译，四川人民出版社1998年版，第250—251页。

② 《审美之维——马尔库塞美学论著集》，李小兵译，生活·读书·新知三联书店1989年版，“译序”第14页。

③ [德]阿多诺：《美学理论》，王柯平译，四川人民出版社1998年版，第436页。

赋予文本以政治的、文化的和意识形态的意蕴。巴赫金批判了形式主义文论单纯追求语言结构和技巧手法,在语言研究中“减去意义”、排除历史、清理意识形态材料的做法,认为这种研究得到的不是科学的诗学结构,而是纯自然的生理学规律。在巴赫金看来,什克洛夫斯基将诗歌语言确定为构造的语言,并以此与生活语言相区别和对立,使诗歌语言成为实用语言的反面,由此而来的诗歌语言将是一种无用的和无创造力的语言,诗歌也成为空洞的形式组合。实际上,语言是关涉说话者、听话者和理解者的行为,离不开生动的言语活动和具体语境(包括意识形态语境),而非形式主义所认为的一成不变的语言结构。基于此,巴赫金提出话语是说者、听众和事件相互作用的产物,代表着说者的态度,是一种社会事件,具有社会的灵魂。“实际上,我们任何时候都不是在说话和听话,而是在听真实或虚假,善良或丑恶,重要或不重要,接受或不接受等。话语永远都充满着意识形态或生活的内容和意义。”[①]也就是说,艺术内在地具有社会性内容,语言规则体系不是语言存在的真正方式,语言的表述与意识形态或生活内容联系在一起。对于形式主义研究排除历史的做法,巴赫金认为形式主义者从历史材料的仓库中选择材料进行研究,而非用历史事实检验诗学或者用理论反映历史现实。这就对形式主义狭隘的历史观进行了批判。总之,巴赫金从语言符号的构成入手,以马克思主义文学批评的视阈审视形式主义文论,将语言研究引向社会学、历史学和意识形态的话语分析,存留了马克思主义文论与形式主义文论深入对话和交融的可能性。

詹姆逊和伊格尔顿在对形式主义文论批判的基础上,以马克思主义的文本阐释视角改造形式主义文论概念,重构新的文学形式观。詹姆逊对形式主义文论的批判主要体现在从索绪尔开创的语言学理论入手,展开对俄国形式主义和结构主义的剖析。首先,在《语言的牢笼》一书中,詹姆逊指出索绪尔视语言为一个有系统的整体以及对语言的共时性和历时性等进行区分,有其理论的创新之处,但这一区分造成了语言的历史研究和结构研究的对立,是不符合辩证法的。受索绪尔结构语言学影响的形式主义文论的局限也源出于此。其次,对于俄国形式主义文论,詹姆逊指出,俄国形式主义文论从文学性、陌生化等概念入手,析离出明确的文学事实本身和文学的内在因素,将文学体系与其他外在体系区别开来,但实际上,陌生化技巧的使用并非俄国形式主义文论所独有,而且其在社会中的应用与历史意识的产生同步。例如布莱希特的“陌生化”消除了社会与形式的对立,服务于政治

---

① [苏]巴赫金:《巴赫金全集》(第二卷),李辉凡等译,河北教育出版社1998年版,第416页。

的目的。这就批驳了形式主义文论以偏概全的做法,也说明"形式"与社会政治并非互不相容。詹姆逊重点以什克洛夫斯基理论为例剖析俄国形式主义文论的不足,例如什克洛夫斯基将文学当成一成不变的机制,看成某种技巧组合的形式和人为的混合物,使那些互不相干的故事和片段的东西成为一个整体。在詹姆逊看来,每一部小说都是虚无中的跳跃,都在创造内容与形式,将小说联结为整体的并非逻辑的或者分析的模式,而是依据一种历史。什克洛夫斯基将陌生化用于技法以表现内容的文学实践,其导致的结果是将意识形态的内容理解为形式的结果或者由形式引起,这就破坏了形式变迁中的历史意识,也使得内容只是一种口实。第三,对于结构主义文论,詹姆逊指出结构主义文论实乃哲学上的形式主义:它强调能指,割裂所指和能指的关系;将作品视为语言本身,同时通过所否定的特定内容,拒绝一切指涉物进入系统;它把主体当作实体,甚至将主体融入语言,在其结构中包含一种自我肯定。这些情况的存在无疑使结构主义滑向形式主义范畴。为此,詹姆逊提出语言行为结构不具有静止的和永远不变的性质,任何一种结构分析和解释都要"立足于一定的历史情况"。[①]这就为结构主义文论基本范畴转变为历史范畴提供可能。冲出"语言的牢笼",突破语言的自指系统和封闭体系,建构内容与形式相统一的社会文本就成为詹姆逊文本阐释学的要义。

伊格尔顿对形式主义文论的批判主要是基于形式主义文论运用语言学研究文学,对内容和形式关系的不恰当处理上。在《文学原理引论》中,伊格尔顿指出俄国形式主义文论将作品看作是形式技巧的任意组合和对普通语言的系统变形,以形式统领内容,内容仅仅是形式的动因的做法,不仅割断了语言结构与社会历史的脐带,剥夺文学的历史意义,而且是对语言的一种破坏。因为文学是一种不同于普通语言的特殊语言,将普通语言规范化供全社会成员使用,只是一种幻想;任何一种实用语言,存在地区、性别、种族的不同,不可能整齐划一地纳入到语言共同体之中。对于文学性,伊格尔顿不满形式派将其归结为不同话语形式间的差异关系的处理,认为文学性也在非文学文本和日常话语中使用,同时文学性的获得与文本阅读和接受方式也有很大关系,因此,将文学看作某种客观规范的内在特性是不正确的,文学与价值评定和社会意识形态有着密切关系。对于新批评派,伊格尔顿认为它过分关注孤立的文学文本,将文学视为美学实体而非社会实践,很难

---

① [美]弗雷德里克·詹姆逊:《语言的牢笼》,钱佼汝译,百花洲文艺出版社1997年版,第171页。

成为一门严谨的学科。对于结构主义文论，伊格尔顿在肯定结构主义文论打破文学的神秘性，注重"构造性"，创造出一门新的学科——叙述学的同时，指出了结构主义文论的弊端，例如全神贯注于文本的结构形式，竭力发掘故事中的结构、规则和符号体系（甚至叙述的内容就是结构），探讨它们之间的关系，而不在乎符号到底"说"了什么；结构主义文论关注和剖析"产品"，忽略"产品"产生的物质条件、接受和消费状况以及社会功能等。这种过分倚重语言规则体系，忽视个人的主体作用，排斥作品存在的社会关系的观点，无疑是对常识和文学现存体制的冒犯，具有某种偏激性。"主体实际上被消灭了，只剩下一个非个人的结构在起作用。"[①]由此，伊格尔顿摒弃了文学研究中只注重文本形式和语言结构而忽视意识形态内容的弊端，重视文学的社会性质、社会功能以及文学形式同意识形态的特殊关系，将形式批评与社会政治、意识形态有机勾连，使文学批评走向更广阔的境地。

"形式主义文论的先天不足，使它具备了重新'历史化'的理论阐释空间。巴赫金、杰姆逊、阿尔都塞、马尔库塞等西方马克思主义者整合结构主义、符号学、意识形态批评等方面的理论成果，重新提出马克思主义的历史诗学问题以及基于审美形式批判的马克思主义辩证批评理念，使审美形式研究不完全限定在文本自身的范畴内，强调审美形式研究具有某种沟通社会和历史的理论潜质，从而展现审美形式研究蕴含的'文本间性'特征。"[②]当然，西方马克思主义文论对形式主义文论的批判和改造有着复杂的社会背景和语境。西方马克思主义文论家从文学的社会功能出发，力图赋予文学形式以社会政治和意识形态的意蕴，这与形式主义文论对语言形式的本体追求存在矛盾与冲突，但这并不妨碍两者有着对话的空间和可能性。尤其20世纪五六十年代以来，随着文化研究的兴起，西方马克思主义学术关注的重点转向意识形态和文化，将研究的空间延展到社会政治和文化领域，突出文化理论对社会的引领和批判功能。与之紧密相关的是，20世纪下半叶以来，随着大众传媒技术对文学生产的影响，文学性走出世纪之初形式主义文论的封闭和自足，开始溢出文学边界，扩大适用领地，强化语言符号的外指性，使非文学作品呈现文学色彩，以至出现了大卫·辛普森所言的"文学统治论"。同时，结构主义经过阿尔都塞之手，转向文本意识形态理论研究，形成"阿尔都塞学派"。这一切标志着西方马克思主义文论和形式主义文论都在

---

① [英]特里·伊格尔顿：《文学原理引论》，刘峰译，文化艺术出版社1987年版，第134页。

② 段吉方：《重建"对话"思维——形式主义与马克思主义的理论对话及其意义》，《文学评论》2015年第6期。

拓展各自学术视阈，突破自身局限，加强对话交流，实现对传统文论研究的新超越。

这里仅以解构主义和马克思主义文论的内在关联性为例，剖析两种理论之间的互融和对话关系。

尽管解构主义批评和马克思主义文论存在抵牾关系，马克思主义文论家对以德里达为代表的解构理论进行批判，但两者并非水火不容。无论是马克思本人着眼于社会实践和经济活动对美与艺术规律的把握，对艺术异化的扬弃，还是其后的西方马克思主义理论家对艺术生产与现代技术、意识形态、文化工业、文化政治关系的揭示，都显示对既定的权威和体制的批判以及社会政治现实的关注，体现对传统艺术生产范式的超越。正是在对传统思想的批判和超越上，旨在消解逻各斯中心主义和在场形而上学的解构性哲学与马克思主义文论之间具有了某种思想关联性，或者说存在暗合之处，两者都体现出巨大的理论解构和批判功能。

解构性哲学与马克思主义理论之间的关联性在美国学者麦克·瑞安看来，是一种“批判性的关联”。麦克·瑞安认为解构在哲学中的发展，几乎与批判的马克思主义的重大变化平行，因为两种运动有着共同的结论：哲学必定是政治的，政治也依赖哲学为前提。[①]这样两者之间就有一个双向作用的过程。一方面，马克思主义哲学是解构理论萌生和发展的重要资源。马克思主义经典创始人对资本主义的意识形态和文化建制的批判暗含着后现代主义、解构主义的理论诉求，尤其1968年法国爆发的“五月风暴”为解构主义的出现和扩展提供了理论渊源和现实力量，以解构为事业的后现代学者们在这一运动中深受马克思主义理论的影响，如那个时候的先锋领袖克里斯蒂娃和她的丈夫最常用的概念就是“辩证唯物主义”。[②]也就是说，解构理论在后现代中的应声而至决不是一种没有记忆的历史和突如其来，其背后蕴含着具体的历史情境和深刻的时代背景。正是这种政治动荡，对年轻的雅克·德里达产生了巨大的冲击作用，继1966年发表《人文科学话语中的结构、符号和游戏》演讲后，第二年德里达又集中出版《书写与差异》《论书写学》《声音与现象》等著作，标志着对结构主义的实质性突破和解构理论的确立。正是在理论思考和现实指向的基础上，德里达后来又对马克思的哲学观以解构式的阐释。另一方面，解构主义在对马克思主义哲学作出的解构式阅读中，其理论方法、批判工具符合解构的目的，为己所用。这里不得不

---

① [美]麦克·瑞安：《马克思主义与解构：批判性的关联》，李昀译，《现代哲学》2008年第2期。

② 钱翰：《德里达的解构视野与马克思主义》，《文艺理论研究》2011年第2期。

提及的是,20世纪八九十年代,随着东欧剧变、苏联解体,马克思主义处于福山所谓"历史的终结"状态。在这样的背景下,1993年4月,美国加州大学举办一场有关"马克思主义何处去"的会议,德里达在会上发表题为《马克思的幽灵》的长篇演讲,引起与会者反响。在演讲中,德里达以解构的视野重新解读马克思主义哲学,提出要汲取马克思主义哲学中最有活力的精神本质,维护马克思的幽灵:"无论如何得有某个马克思,得有他的才华,至少得有他的某种精神。"①这种"精神"就是德里达所继承的马克思主义的理论遗产,即麦克·瑞安所指的批判性精神。在德里达看来,如果解构活动离开了这种激进化批判,就根本没有什么意义或主旨,因此,解构活动存在于马克思主义的传统或精神中,"尝试将马克思主义激进化的做法可以被称做是一种解构"。②这里有一个背景,那就是1968年法国爆发"五月风暴",很多知名文化学者参与这场运动,并陆续成为学术机构的中坚力量,催生了德里达的解构理论。德里达强调以积极的姿态介入社会现实和文化论争,实现"关于哲学的问题完全是非哲学的"目的,此即德里达所言的同时采取两种姿态,在形式主义与历史主义的两个战场上作战,由此使解构活动作为一种历史性运动,扩散到更大的社会历史空间。③

当然,将解构视为"激进的批判"在一些学者看来不过是德里达的一厢情愿,例如伊格尔顿就认为德里达的解构主义"一点也不像激进的马克思主义,倒像是一种文本政治的替代形式"。④伊格尔顿固然讥讽了德里达没有汲取到马克思主义的精神本质,但背后却反映出德里达的解构处于一个张力的中心,即位于批判性和文本性、解构政治和哲学概念之间,而当解构介入社会现实领域,成功地与社会批判对接时,预示一种新的文化观念、文化范式的转型。对此,麦克·瑞安认为德里达的解构理论不是把解构终结在某种形式的不朽中,或者某种无所不包的制度中,或者借助超越一切的科学标准来禁锢它,而是"开启了社会、政治—经济、性—政治和文化继续革命的可能性"。⑤因此,"解构"不是术语,不是概念,而是一种策略,一种立场,一种

---

① [法]雅克·德里达:《马克思的幽灵:债务国家、哀悼活动和新国际》,何一译,中国人民大学出版社1999年版,第21页。

② [法]雅克·德里达:《马克思的幽灵:债务国家、哀悼活动和新国际》,何一译,中国人民大学出版社1999年版,第129页。

③ 姚文放:《文化政治与德里达的解构理论》,《江苏社会科学》2011年第2期。

④ [英]特里·伊格尔顿:《历史中的哲学、政治、爱欲》,马海良译,中国社会科学出版社1999年版,第121页。

⑤ [美]麦克·瑞安:《马克思主义与解构:批判性的关联》,李昀译,《现代哲学》2008年第2期。

方向,一种政治作为。德里达在对西方文化传统某些死角的消解中将后现代的文化与政治关系推至理论前沿,预设了文化以政治角色与批判功能将牵引出解放性力量,从而有可能对传统文化与政治的关系进行重述和改写,而政治也由此成为一个包容性极强的概念,可以与种族、性别、影像、身体、身份等文化域发生关联,影响了"文化政治"——一种"后现代政治"的出现。这种文化政治当然是20世纪西方左翼政治运动的产物。随着60年代政治运动的失败,原先从文本语言、形式、结构中寻求解构的先驱们现在转向文化和哲学,在艺术、权力、性别、躯体、家庭、生态系统等领域寻求阶级、政治方面的平等和自由,文化领地成为政治斗争的重要场域。这一运动广泛渗透到解构主义、西方马克思主义、女性主义、后殖民主义等理论流派中。它不同于传统阶级、革命、政党的宏观政治,而是一种非阶级、非政党的微观政治,突出对文化领域那些扮演重要政治角色但被传统遮蔽的日常性、差异性盲点或要素的强调,这些正是传统所不倚重或正统阐释所忽视的地方。正是在文化政治的影响下,一些西方马克思主义理论家坚持文化批判的立场,其文学生产活动从传统对文学语言、修辞、结构等方面的重视转入到对文化生产、话语生产和文化批判的重视,实现从形式主义到历史主义的转向。可以说,当代西方哲学方法论的不断创新给马克思主义的种种理论提供了多维思考和阐释的空间,从而与后现代主义、解构主义成为互相确证的存在。

二、艺术生产的"内在形式"

(一)何谓"内在形式"

文学的内容与形式问题历来为学者所重视。亚里士多德在《物理学》等著作中谈到事物的产生、构成和制作时,提出了"四因说",其中"质料因"和"形式因"关涉内容和形式。亚里士多德认为质料是事物的本质存在,形式是表述质料存在的形状和属性;质料是潜能,形式是质料的实现因素,即质料依附形式而存在,不脱离形式而孤立存在,其潜能的实现通过形式而达到。显然,形式占据主导地位,具有优先性。亚里士多德对内容和形式关系的规定对后来哲学、美学和文学发展产生深远影响,或者说,此后西方美学理论基本沿着亚里士多德的"质料"和"形式"论,以二分法来处理它们之间的关系。到了康德那里,"形式"仍然是一个重要的概念。在《判断力批判》中,康德描述审美判断的契机时,提出美是合目的性的形式,美的分析只涉及形式。与官能快适和道德的善带来意志和欲望相比,审美判断通过合目的性的纯形式引起人的想象力和知性运动,它无利害、无概念、无目的,但却有愉快性和普遍性。当然，康德的审美判断依据主观普遍性要求，突出对象和主体心灵的和谐关系，即形式离不开主体的认识能力，形式是主观化的，体现出与传统形式观的不同。黑格尔看到了内容和形式之间的相互转化和辩证关系。在"美是理念的感性显现"这一命题中，黑格尔指出艺术的内容是理念，形式即感性形象，理念以感性形象的方式显现，从而内容与形式统一。黑格尔认为一件艺术品包括外在形状和内在意蕴两个方面，其中外在形状是直接呈现给人们的东西，内在意蕴即内容或题材，是一种比外在形状更为深远的东西，因此，艺术品不只是运用某种线条、曲线、颜色、音调和语言文字，而是要表现出一种非凡的意蕴，即"内在的生气，情感，灵魂，风骨和精神"。[①]在这个意义上，黑格尔认为《荷马史诗》对那些琐屑的微不足道的东西进行细致描绘，例如手杖、床、武器、衣服、门柱等，是因为这些事物具有使用价值，当时人们还没有把这一切事物分出等级，"从这些原始简朴的器具及其制造中看到自己的熟练手艺，财富和正当的兴趣而感到光荣"。[②]自然，《荷马史诗》对微不足道的东西的描写，反映出一个民族和时代的精神风貌，甚至展现一个人的整一精神，其内在意蕴极其丰富。当然，对黑格尔而言，内容和形式的地位不同：艺术的内容是意蕴，是精神实体；形式则是显现绝对精神的具体形象，其之所以有价值，主要因为它里面有一种"灌注生气于外在形状的意蕴"，即起到一种指引意蕴或内容的作用。这就形成了在内容和形式上内容是主导并决定形式，形式是内容的派生物的关系。

在我国古代，与"文本"大致相当的概念"文"，最初指自然万物的纹路、纹理和轨迹。《周易·系辞下》提出"物相杂故曰文"，即刚柔相杂，遂呈文理。《说文解字》曰："文，错画也，象交文。"这些寓意"文"因线条和色彩的不同而具有相互交杂的丰富性，同时内在地具有一种层次性。关于文本的层次结构，始于先秦的文质之分、言意之说着重从内容和形式等方面考察了文本的具体形态，奠定了中国古代文论有关文本层面的认识基础。《论语》曰："质胜文则野，文胜质则史。"强调文本在内容与形式上进达美和善的和谐统一。《周易·系辞上》载："子曰：书不尽言，言不尽意。然则圣人之意其不可见乎？子曰：圣人立象以尽意。"孔子提出在"书不尽言，言不尽意"的前提下，通过"立象以尽意"，使言、象、意三者有机勾连，弥补言与意的断裂。《庄子·外物》追求"得意忘言"境界："言者所以在意，得意而忘言。"指出了言意关系的奥妙。其实，无论是"言不尽意""立象尽意"，还是"得意忘言"，都隐含着文本

① [德]黑格尔：《美学》(第一卷)，朱光潜译，商务印书馆1979年版，第25页。

② [德]黑格尔：《美学》(第三卷下册)，朱光潜译，商务印书馆1981年版，第129页。

由表及里(言、象、意)的层次结构,寓意文本具有丰富的形态和深邃的思想内涵。

在文学的内容与形式的关系上,大致存在两种观点:一是从审美自律出发,以形式主导内容,甚至形式就是内容和意义,“为艺术而艺术”,排斥社会政治、历史。二是从意识形态出发,将文学与社会政治等同,使文学直接成为社会政治图解的庸俗社会学。庸俗社会学忽视文学的审美特性,将文学形式仅仅理解为政治表达的技巧和工具,单纯为政治而文学,使文学题材、文学形象、文学风格直接反映政治斗争和阶级斗争,或者从文学作品中寻求社会政治的解决方案和答案,将作品变成意识形态的图解和社会政治的传声筒。这样一种做法势必曲解文学形式和意识形态的复杂关系。西方马克思主义文论从美学的和历史的观点出发,认为文学内容和形式之间相互交融,相互转化,辩证运动,彼此不可分割,既反对将内容等同于现实政治的庸俗社会学,也反对忽略内容而单纯追求形式的形式批评。

在西方马克思主义看来,任何文学形式都不是孤立的存在物,与意识形态的内容有着内在的关系,两者的辩证统一才有了文学的整体存在。这种内在关系主要表现为形式在遵循自身发展规律的同时,显现内容的意义,具有意识形态的意味,即形式并非单纯的语言技巧和结构,而是反映作品内容、染指社会历史现实的形式,即“内在形式”。这种“内在形式”在席勒看来,是“形式的形式”,也就是每一层内容都是隐蔽的形式,是被赋予了形式的内容。①“内在形式”注重发挥形式的特有功能,恰当处理了传统形式与内容的二分法,体现作品具有的质的规定性。对此,巴赫金认为文学批评存在这样一种情况,即没有正确认识文学与意识形态之间的关系,不会用文学本身的语言进行批评,甚至要求艺术家以政治家、社会学家而非艺术家的身份去完成工作。因此,内行的批评应当使用艺术家本人的语言引导社会大众。②

按照詹姆逊的溯源,“内在形式”源于普罗提诺,经歌德和洪堡等思想家的发展,成为一个诠释学概念。这种“内在形式”强调从外部形式向内部形式的释义运作,从表层到基础现实的运动,即形式反映具体社会和历史境况,是内容逻辑的投射,任何对形式的文体化必然依赖于社会原材料结

---

① 王逢振主编:《马克思主义与形式》(《詹姆逊文集》第6卷),李自修译,中国人民大学出版社2016年版,第350—351页。

② [苏]巴赫金:《巴赫金全集》(第二卷),李辉凡等译,河北教育出版社1998年版,第154页。

构。[①]例如普罗提诺从"流溢说"出发，认为美来源于太一或者理式，当理式把事物的各个部分组合起来，赋予事物整体的统一，美就被创造出来。[②]显然，事物之所以美，是因为形式具有了理性的光辉。歌德以"格式塔"（"有结构的形式"）阐发内在形式，指人类渴望从混沌物质中创造出形式，在物质与世界的形式综合中消解矛盾。[③]同时，歌德提出美是一种本原现象，反映在创造精神的无数形象表现中，与之相关，艺术要创造"显出特征的整体"，通过一种完整体向世界说话，而这种完整体是它的精神灌注生气的结果。[④]这就突出了形象、现象与精神的统一。洪堡从语言是人类精神的流露并反映各民族精神和命运出发，提出"完善的语言形式"要求，认为作为外部语言形式的语音与内在的语言规律牢固结合，形成语言的完善性，[⑤]此即"内在语言形式"。也就是说，语言的精神创造活动兼顾内部和外部两个方面，语言包含着一种独特的世界观，蕴含着民族的精神力量，这一切系于语言形式之中。

卢卡奇、托洛茨基等亦从不同视角论析"内在形式"问题，丰富"内在形式"理论。卢卡奇提出"小说的内部形式"问题，认为审美形式积淀着历史的意蕴。与史诗形式植根于社会和文化整体之中相比，小说的形式基础触及时代精神，是已经破碎的世界镜像。小说形式的不和谐即意义的内在性，是一个内容问题，需要用伦理学和美学"更有力、更深入的合作来解决"。[⑥]显然，小说形式是一个不可回避的社会和历史问题。托洛茨基在文学形式和内容的关系上提出了自己的主张。托洛茨基在肯定形式主义理论重视形式的功能价值的同时，指出形式主义存在割断艺术与社会的联系，将艺术等同于技巧的缺陷，而这是一个关乎内容和形式的关系处理以及艺术创造规律的问题。在托洛茨基看来，诗歌创作、艺术运动与诗人所处的社会环境和日常生活紧密相关，艺术形式虽然在一定的范围内具有独立的价值，但艺术家和观众是活生生的人，受社会的制约。这就明确了艺术离不开社会现实的

---

① 王逢振主编：《马克思主义与形式》（《詹姆逊文集》第6卷），李自修译，中国人民大学出版社2016年版，第349—350页。

② 伍蠡甫主编：《西方文论选》（下卷），上海译文出版社1979年版，第138—139页。

③ 陈永国：《文化的政治阐释学：后现代语境中的詹姆逊》，中国社会科学出版社2000年版，第109—110页。

④ ［德］爱克曼辑录：《歌德谈话录》，朱光潜译，人民文学出版社1978年版，第137页。

⑤ ［德］威廉·冯·洪堡：《论人类语言结构的差异及其对人类精神发展的影响》，姚小平译，商务印书馆1999年版，第112页。

⑥ ［匈］卢卡奇：《卡奇早期文选》，张亮、吴勇立译，南京大学出版社2004年版，第46页。

内容,同时肯定其形式价值,并进一步思考形式如何突破内容的束缚。在内容和形式的关系上,托洛茨基提出诗歌创作的基本动因是艺术思想,包括准确的想法、朦胧的情绪以及个人的和社会的感情等,同时艺术思想的实现会诉诸形式的作用,"得到来自未知形式一方的新的刺激和推动",[①]从而形式成为影响构思本身乃至内容的积极因素,有时甚至会改变内容。也就是说,形式的机制实现离不开艺术思想(内容)的基本动因,要从社会构成因素中把握两者的积极关系。与托洛茨基基于文学社会学立场评论形式主义不同的是,巴赫金着眼于社会诗学视角对形式主义文论进行剖析。巴赫金认为形式主义与马克思主义的倾向是完全对立的,形式主义坚持文学的非社会性,将文学与社会意识形态和社会生活隔绝,其目的在于建立非社会学的诗学。但实际上,文学是社会现象。因此,马克思主义对形式主义的批评应当是"内在的批评",而非"从旁的批评"。所谓"内在的批评",巴赫金认为是在形式主义论据的基础上,从文学事实特点出发对独特性的文学对象本身进行批驳。[②]如此,才彰显马克思主义社会诗学的理论力量。

理论家们对文学"内在形式"的剖析,深化了对文学内容和形式关系的认识,尤其歌德的"格式塔"结构、洪堡的"完善的语言形式"、卢卡奇"小说的内部形式"、托洛茨基有关形式的实现机制等,从不同视角对作品内容的呈现方式予以探究,揭示文本生成的某种规定性,赋予形式和内容关系以新的内涵,并将其提升到一个新的高度。如此,理解文学的构成,不只是阐释其中渐露的形式技巧、象征手法、文本语义,更重要的是通过对文本表层系统的探索,寻求对文本存在的终极理解。所有这些都给当代西方马克思主义文论批评以启发,当然也是西方马克思主义文论研究的题中之义。在这一过程中,詹姆逊和伊格尔顿从文本生产出发,摒弃传统对马克思主义文论的各种偏见,对呈现于文学话语之中的意识形态予以发掘和阐释,揭示文本生产与意识形态的运作过程,辩证地处理了"外在形式"和"内在形式"的关系,使内容和形式成为一对"辩证的概念",恢复文本所蕴含的历史,赋予"内在形式"以新的内涵。

(二)"形式的政治":艺术生产的"内在形式"

文学发展的历程决定了文学与社会经济基础、现实生活、政治实践有着复杂的关系,尤其在今天这样一个"地球村"的时代,文学无法摆脱社会化、消费化、娱乐化的命运。由于文学以诗意的想象性和审美的超越性创造出

---

① [俄]托洛茨基:《文学与革命》,刘文飞等译,外国文学出版社1992年版,第160页。

② [苏]巴赫金:《巴赫金全集》(第二卷),李辉凡等译,河北教育出版社1998年版,第157页。

一个与现实相疏离的属人世界,承担着心理补偿的功能和审美解放的使命,同时通过影响读者的心灵世界而能动地作用于社会实践,因此,将文学置于封闭的领地,拒绝文学与外部事物的联系,或将文本的某一属性作为文学的本体存在,都不是对文学的全面认知。穆卡若夫斯基认为艺术产品可同时具有社会的、审美的、政治的功能,艺术界限与社会结构之间总是有着动态的关联。[①]埃德蒙·克罗认为文学是众多的社会场之一,以"言语实践"的方式存于任何社会场之中,自诞生之日起与国家意识机器联结在一起。[②]马尔库塞提出艺术以自律的审美形式对抗现存的社会,建立新感性,艺术革命寓于艺术的审美形式,无疑也强调艺术存在于社会现实之中。显然,文学与社会有着不解之缘。撇开社会、政治、历史去谈论文学,使文学脱离社会因素而单独存在,势必带来文学理解的错位,遮蔽文学与社会关系的真相。对此,我们要客观看待文学在社会结构中的存在,洞悉文学的"关系"世界,在社会历史语境中研究文学。

在西方马克思主义艺术生产论看来,文学具有意识形态和社会生产的双重属性。发掘文学话语中潜藏的意识形态运行规律,即意识形态是以何种方式、形式显现于文本中,进而处理好审美自律与政治观念、社会权力的关系,成为学者们面临的问题。文学"内在形式"观提供了文本形式与社会内容的生产图式,使理论批评的注意力回到社会本身,彰显文本显意背后的深意以及表层结构之下的本体构成。基于此,文本生产过程不仅仅是从文本表层到深层内容的外在显现过程,还是揭示形式作为内容逻辑的投射所蕴含的历史价值,发掘意识形态的信息,并经叙事机制的转换使其成为话语生产的过程。伊格尔顿和詹姆逊等西方马克思主义文论家正是从文艺意识形态论的阐释视域出发,将"艺术生产"置于整个社会历史和政治语境下,通过探究文本叙事话语如何使隐蔽的"政治无意识"暴露,阐明文本的生产过程,以"形式的政治"显现文本与意识形态、社会历史的表意实践关系。这种"内在形式"观无疑有助于凸显形式背后的意识形态,实现对形式主义"纯形式"概念和庸俗社会学的改写。如此,文本是文本形式、生产方式和意识形态等相互作用的结果。

伊格尔顿坚持从经济基础和上层建筑的关系中考察文学生产,剖析文

---

① [英]拉曼·塞尔登等:《当代文学理论导读》,刘象愚译,北京大学出版社2006年版,第44页。

② [加]马克·昂热诺等主编:《问题与观点:20世纪文学理论综论》,史忠义、田庆生译,河南大学出版社2010年版,第139页。

学作为意识形态的生产与社会经济基础、生产方式的联系，将作为生产的文学与作为意识形态的文学有效勾连，为意识形态批评注入实践的力量。伊格尔顿认为文学是上层建筑和社会意识形态的一部分，作家创作出来的作品并非神秘灵感的产物，而是与时代精神和意识形态紧密相关；文学产生于某种意识形态的观念，文学生产的过程离不开意识形态。因此，理解文学作品，首先要理解作品与所处意识形态之间的复杂关系，了解不同阶级在社会生产方式中的地位。在《批评与意识形态》中，伊格尔顿从生产方式和意识形态两个层面对"文学作为意识形态的生产"予以具体剖析，提出了关涉文学生产的六范畴：在生产方式维度上区分出一般生产方式和文学生产方式，在意识形态维度上区分出一般意识形态、作者意识形态和审美意识形态，而文本就是生产方式和意识形态等诸要素综合作用的结果。具体来说，文学文本是从属于一般生产方式、为一般生产方式所最终决定的文学生产方式与一般意识形态进行美学加工的产物，即生产出审美意识形态。"文学文本是一种意识形态的生产。"[①]由此，文本是意识形态生产和生成的结果。然而，文学作为意识形态的生产通过何种方式和途径加以实现，发挥其特有的功能？这就涉及文本形式、生产方式与意识形态的关系。

在伊格尔顿看来，意识形态作为某种价值、观念和信仰模式，是人们体验世界的方式。文学与意识形态的关系不仅表现在作品的主题和思想中，也表现在风格、形象、韵律和形式结构中，也就是说，对意识形态的考察须与文学形式联系起来，尤其"将文学作品理解为一种形式结构"。[②]即形式作为文学生产的技巧，是意识形态的重要载体。在这方面，伊格尔顿吸收本雅明"艺术生产力"思想，深入揭示文学形式与意识形态的互动机制、内在联系，发掘形式具有的意识形态性：一方面，在文学作为意识形态的生产中，意识形态的材料如何进入文本，被整合进特定的语言形式之中，实现文本的内在生产；另一方面，文学形式如何以技术手段加工处理意识形态的材料，推进意识形态的发展变化，形成对意识形态的暴露、重塑和反思，使审美形式生产成为独立的意识形态生产行为，体现特定的社会历史境况。文学和意识形态的结构关系成为伊格尔顿文学生产论的关键。在这一过程中，伊格尔顿借鉴文学批评的古老形式——修辞学批评，探索文学文本系统如何产生

---

① Terry Eagleton. Ctiticism and Ideology: A Study in Marxist Literary Theory, London: New Left Books, 1976. p. 64.

② [英]特里·伊格尔顿：《马克思主义与文学批评》，文宝译，人民文学出版社1980年版，第23页。

意识形态的效果。伊格尔顿认为早期的文学批评就是修辞学批评,这种批评形式主要是基于寻求劝说、煽动、辩论的最有效方式,根据语言结构及其物质环境考察话语在社会中的实质性效果和构成方法,强调说话和写作是一种社会关系行为。正是由于话语理论的社会性,伊格尔顿进而指出修辞学批评关注语言形式的运用及其意识形态效果,特别注意把话语看作权力与欲望的形式。因此,修辞学批评既包括有效用的话语实践,也包括话语的科学,“既是一种‘批评性的’也是‘创造性的’活动”。[①]这体现了伊格尔顿文化的和历史的研究立场。同时,伊格尔顿还借鉴解构主义以“成文性”对抗意识形态的做法,认为文学文本作为虚构的产品,是“意非言表”,但又含有某种真实的意图,这种意图正是“话语架构自身以调动出某些反应的方式”。[②]在这一过程中,成文性以移植、浓缩等手法剥开意识形态的内核,显现文本意识形态的效果是通过多种手段获得。也就是说,成文性通过自己的策略向意识形态挑战,揭示意识形态话语的疏漏和裂隙及所掩饰的意义。在伊格尔顿看来,解构主义将“成文性”与意识形态对立起来,或将意识形态直接看成话语行为的结果,都忽略了意识形态的复杂性,而利用成文性揭示文本与意识形态的关系,避免了单纯从形式出发和庸俗社会学直奔意识形态主题的不恰当做法。在这个意义上,“内在形式”凸显独特的价值。

文学形式和意识形态的彼此作用和展开,伊格尔顿称之为“形式的政治”,即把“艺术品中的政治或意识形态从其美学本旨的细微之处首先提纯出来”。[③]伊格尔顿反对单纯地从文学作品中抽取政治而不顾及作品的文采、句法、音调、节奏等做法,认为通过寻求“形式的政治”,从政治中感受到审美的快感,藉此生活在完美的状态下。这种“形式的政治”从审美出发,在文本形式层面上寻求对意识形态生产的深刻理解,尤其突出形式与意识形态的生产关系是怎样形成的,文本的表意系统如何成功地实现对意识形态的生产和暴露,既重视文学形式具有的审美意义,又注意发掘文本与社会、历史、政治的复杂性关联,研究其背后的社会权力关系。意识形态作为伊格尔顿理论的核心范畴,由此勾连起“历史”与“现实”的断裂和脱节。在《意识形态与文学形式》中,伊格尔顿对19世纪英国维多利亚时代作家乔治·爱略特的小说文本进行分析,指出应该把爱略特的文学生产放在一般意识形态

---

① [英]特里·伊格尔顿:《文学原理引论》,刘峰译,文化艺术出版社1987年版,第242页。

② 王逢振等编:《最新西方文论选》,漓江出版社1991年版,第430页。

③ 巴巴拉·哈洛:《赛义德、文化政治与批评理论——伊格尔顿访谈》,吴格非译,《国外理论动态》2007年第8期。

和文学形式的嬗变之中来理解,因为爱略特的作品试图解决意识形态中追求自由精神的浪漫主义形式和科学理性主义的团体合作模式间的冲突,即意识形态的总体性和个人价值、文化与道德戒律等之间的矛盾。这种意识形态的矛盾冲突从小说的一开始就存在,为小说形式提供了生产的母体,如每一个文本都展示多样性的体裁样式:田园、寓言、神话、历史现实和说教、乌托邦的幻想等,虽不能简单地表达为意识形态的形式,但在文本内部生产出作为表意过程的意识形态形式。①这些使得人物形象和故事情节出现了中心与边缘的移植、特定的主导话语安置和扭变其他话语、小说符码不规则地转换和形式变化以及种种空缺和脱节等,潜藏着意识形态的矛盾和政治话语的冲突,暴露出意识形态斗争的印迹。为此,伊格尔顿以乔治·爱略特的小说《弗洛斯河上的磨坊》和《菲利克斯·霍尔特》等为例加以剖析。《弗洛斯河上的磨坊》采取田园诗和心理剧的话语形式表现主人公身上传统和进步的意识形态斗争,玛吉·塔利弗集自由主义、个体主义与宗族道德习俗、幽闭恐惧症、人欲横流的利己主义于一身,汤姆的经历反映了农村社会与城市资本主义的矛盾和冲突等。这些矛盾和冲突的内容交织于文本,最后的结局是兄妹俩消失在弗洛斯河上,小说以文学手段压住了意识形态的冲突。《菲利克斯·霍尔特》是一个有机主义神话、心理剧和政治虚构的矛盾混合体,其话语是传统形式之间互相递嬗的产物,意识形态由此被传承下来,而菲利克斯和特兰瑟姆夫人的双重移植和文本结构的脱节就是由意识形态的不和谐造成的。由此,小说的总体性问题被移植为美学形式问题,从形式上回答了主题提出的问题。②为什么会出现这种现象?伊格尔顿认为,小说里面的真实事件实际是一种"虚幻"的现实,所以文本最终只能指涉自身,这必然暴露出审美建构的空缺,也是意识形态困境的表征。为此,小说要做出迅速反应,对文学形式的断裂点、意识形态的冲突等进行说明和处理。

与乔治·爱略特着眼于农村世界的社会建构相比,19世纪英国批判现实主义作家狄更斯"意识形态的文本"则以城市小资产阶级作家视野对待盛行的有机主义形式。伊格尔顿指出狄更斯的现实主义创作是非常不纯的现实主义,表现在将传奇、寓言、社会问题、新闻、娱乐、通俗等融于一体,社会现实与儿童天真之间超验道德价值的矛盾、真实的世界和非真实的世界的对

---

① [英]特里·伊格尔顿:《历史中的政治、哲学、爱欲》,马海良译,中国社会科学出版社1999年版,第14页。

② [英]特里·伊格尔顿:《历史中的政治、哲学、爱欲》,马海良译,中国社会科学出版社1999年版,第22页。

抗,以及散漫而冲突的话语、象征手法、空缺空间等在文本中不停地移植内容,解构文本内部的意识形态,使得文本出现不和谐的形式。例如《匹克威克外传》中索然无味的经验和情节在别处凸显,光怪陆离、充斥暴力和死亡的故事打断有规律的叙事,滑稽可笑的匹克威克戏剧化的传奇冒险与重大的社会现实经验相冲突,作为仆人和主人的萨姆·威勒在小说中被安排成一个增补角色等。这些文本叙事与人物形象的安排使得伊格尔顿认为狄更斯善于使各种矛盾和冲突清晰可见,并体现在文本的罅隙和脱字之处,表现为混合的结构和不连贯的意义。因此,伊格尔顿指出文本的意识形态并不是驻留在小说主导的世界观里面,而是存在于形式的嬗变和移植当中。在这个意义上,狄更斯小说的审美统一性不是建立在有机群体之上,而是建立在冲突、分裂和矛盾的历史基础之上,并把“自身的矛盾形式和内部不一致性展现为小说历史意义的一部分”。[①]

对伊格尔顿而言,文本结构、文学手段乃至转换的符码、空缺和罅隙只不过是文本深处意识形态的矛盾流露;文学与其说是一种具体实践,不如说是意识形态的运作模式。在这一点上,巴赫金认为文学是以独立的形式结构进入意识形态的现实,用自己的方式折射正在形成的社会经济生活,而生活只有通过意识形态的折射,才能成为文学的情节、主题等。同时,文学对伦理的、哲学的认识不是从固定的意识形态系统中获得,而是从认识时代精神及其他意识形态的形成过程本身获得。[②]这意味着文学善于深入到意识形态中去,反映意识形态斗争的印迹。在这个意义上,如何通过调动文学手段,实现自身与意识形态之间的转换关系,解决意识形态的冲突,同时将历史矛盾转换成可以通过意识形态得以解决的形式,使文本阐释成为历史经验和意识形态的表达,凸显艺术生产的话语阐释效力,成为马克思主义文论家面对的问题。

与伊格尔顿的“文本生产”论相比,詹姆逊从马克思“生产方式”的批判范式出发,将文本阐释置于政治和历史的语境下,借助文本阐释的符码转换,寻找文本征象的成因和特质,揭示文本的生产运作过程,强调文本生产是对潜藏的社会本质和矛盾的解决性行为,形成一种新的从文本形式到政治和历史的话语阐释模式,在当代马克思主义阐释学中独具特色。

首先,詹姆逊的文本阐释贯穿着马克思主义辩证法的灵魂,恰当处理了

① [英]特里·伊格尔顿:《历史中的政治、哲学、爱欲》,马海良译,中国社会科学出版社1999年版,第31页。

② [苏]巴赫金:《巴赫金全集》(第二卷),李辉凡等译,河北教育出版社1998年版,第127页。

文学内容和形式的关系，其“内在形式”观体现了对内容和形式关系的新认识。在《元评论》中，针对当代批评声名狼藉的事实，詹姆逊指出应对文学批评实践本身进行批判和反思，对批评的合理性进行审视，使解释回到历史语境，即“评论之评论”的“元批评”。这种“元批评”已不满足于传统的文本分析，而是对传统文本批评的方法、模式和效果，尤其对二元对立的合法性及其本质假象进行解构，寻求潜在的社会意识因素，揭示被压制的复杂内容，恢复原始的经验信息，而“那种潜意识的压抑力最终是历史本身”，[①]从而使理论的注意力回到文本事件本身，移向话语、权力和历史主体，显出批评意识的自觉。由此，詹姆逊构建的“元批评”理论范式使文学阐释与社会历史有效融合，体现了辩证思维的优越性。事实上，詹姆逊一直尝试构建一种“辩证的批评”，即基于“元批评”的批评模式。在《辩证的批评》中，詹姆逊认为文学辩证批评面对的首要问题是文学的自主整体性和统一性存在，因为辩证理论要解决的是各现象范畴之间的相互关系和逻辑安排以及知觉形式如何隐蔽地发挥作用，发现其中的历史性。这必然涉及内容和形式的整体性关系，而传统一直是坚持它们之间的二分法。通过对黑格尔和马克思的辩证法分析，詹姆逊指出每一部作品都彰显自身内容的逻辑发展规律，规定着自身释义的特殊用语，并且演化出自己的范畴，同时根据这些范畴在形式结构中组织自己，从而摆脱了形式主义寻求同一结构或单一技巧的做法，实现对文艺作品社会的和历史的最终判断。具体来说，“每一层内容都证明只不过是一种隐蔽的形式”，[②]或者说是乔装的形式，暗含着形式的旨意。例如文本中的语词、活动等素材是社会生活的组成部分，具有本质的和直接的意义，如同雕刻家的雕像潜存于大理石块当中。同时，形式是内容的投射，反映社会发展的某种经验和历史文化情境，体现社会历史的意义，是社会文化的代码。由此，批评的任务就在于通过形式对内容的符合以及形式在社会生活中的具体实现，探索某种深层的社会话语结构。与非辩证思维的初始二元论相比，辩证思维显出内容和形式的不可分离性以及主体和客体的统一性，从而辩证思维不仅是思想的客体，也是由客体的内在性质提出的一种精神活动，传统两个独立分离的实体在这里实现了统一。

其次，从作为辩证批评的内在形式出发，詹姆逊将文本阐释视为外在形

---

① 王逢振主编：《批评理论和叙事阐释》（《詹姆逊文集》第2卷），中国人民大学出版社2004年版，第14页。

② 王逢振主编：《新马克思主义》（《詹姆逊文集》第1卷），中国人民大学出版社2004年版，第81页。

式转化为内在形式,构建文本真理的实现机制,使社会矛盾寻求解决的过程。在《政治无意识》中,詹姆逊提出应将政治视角作为阐释活动的绝对视域(而非某种补充方法或选择性辅助),凸显文本政治阐释的优越性,揭示文本背后“政治无意识”的活动逻辑。这一“元批评”阐释的基本视角奠基于马克思主义辩证法之上,从关注纯粹美学的、形式的问题入手,在内在形式的考察分析中推进文本阐释和文学形式的批评实践,即依据一定的阐释符码,通过对隐晦文本的“强有力的重写”及解码,暴露潜意识的压抑力——历史本身,实现文本的政治效果。

在对巴尔扎克小说叙事机制、叙事方式的构成分析中,詹姆逊认为巴尔扎克通过社会和历史的异质叙事,呈现欲望的投入或者想象的愿望满足,使主体处于一种乌托邦的状态,指向的是社会历史矛盾的解决。詹姆逊分析了巴尔扎克成熟期的作品《老姑娘》,该作品主要讲述了一位家财万贯、未出嫁的老姑娘高尔芒和几个求婚者之间的故事。表面上看,小说主要写几个追求者(包括自由派人士、贵族骑士以及年轻的诗人)基于不同的目的和原因围绕高尔芒小姐展开的一场较量。但在詹姆逊看来,巴尔扎克在《老姑娘》中采用一种无中心的叙事机制和非中心的主体运作,作者、读者和人物之间的区分已经抹去,其叙事视点的游移显示试图以象征的方式恢复传统面对面的叙事形式以及寻找人物系统的生产因素,即个体人物与社会或历史之间的对应关系,实现对客体乌托邦的欲望争夺和满足。从此出发,高尔芒家的住所、财富及未出嫁的女继承人,也就是金子、公主、王冠、宫殿等,唤醒了对土地财产的温情脉脉的幻想,成为《老姑娘》叙事争夺的对象和欲望的客体,而且其表意价值由叙事地位决定。在这一过程中,詹姆逊选取《老姑娘》中两位重要的求婚者加以剖析,一位是具有资产阶级个性的自由派人士杜·布斯基埃,一位是代表老式宫廷贵族的温文尔雅的德·法鲁瓦骑士。出身贵族、偏爱贵族的高尔芒最终嫁给了粗鲁、软弱无力的布斯基埃,布斯基埃由此获得了财富、权力和声望,但由于布斯基埃是一个性无能者,注定了高尔芒还是一个“老姑娘”。詹姆逊指出布斯基埃战胜对手具有真正的社会和政治重要性,即这一事件与新的工业财富和新兴资产阶级政治体制的传统有着密切联系,同时通过资产阶级和贵族传统的和解,显现巴尔扎克作为一个保皇主义者和旧时统治的辩护者,仍必须面对该阶层的军事失败。因此,对巴尔扎克而言,现实中资产阶级和贵族传统的和解这一无法解决的逻辑悖论,只能通过文本欲望的召唤或乌托邦式的幻想加以处理。同时,布斯基埃的性无能使读者的阅读注意力转向了性潜能和阶级归属之间的关系,即阐释符码被转换为资产阶级的无能。藉此,小说寓言的阅读变成了主导性阅读,对一个大脚板、肥胖的老女人的争夺以一种合乎逻辑的欲望行为变成了法国统治权的斗争,其背后交织着可以感触到的乌托邦愿望满足和“政治无意识”的尖锐冲突,并勾连了愿望和现实主义、欲望和历史之间的联系。对此,詹姆逊指出《老姑娘》力求将历史事件转变成可选择的实验性运作并以此对社会各阶级的策略进行检验。在这种转换下,每一个深层结构的叙事都可按照多种不同的方式实现,例如象征的、支配性的、成规的、叙事的等,这些新的异质叙事显然是现实主义的反映。这使得小说的欲望、叙事、主体、历史融于一体,潜在的意识形态矛盾借助于文本表面叙事机制以及历史的思考来表达。在这个意义上,詹姆逊认为《老姑娘》首先是一部说教作品和政治教训的实例。[①]

对詹姆逊而言,文体叙事风格或者文体语言作为作品的基本构成要素,是现代社会文化追求、人格价值、个体意识乃至阶级标准的体现,是用以表现历史现象的痕迹。在这一过程中,詹姆逊指出文本想象或者愿望满足的生产机制即文本意识形态的生产,是文本寻求某种解决的可能性观念条件或者叙事预设,即以“政治无意识”实现对潜在的意识形态和现实社会矛盾的解决。为此,文本在生产的过程中,必须保证意识形态的前提存在,因为意识形态意味着主体欲望的投入。同时,詹姆逊提出文本对话或重写需要依据一种最小的单位即“意识形态素”来组织。这些意识形态素是原材料和叙事范式,属于不同秩序的文本,并在文本中留下不同踪迹。由于“意识形态素”的存在,文本具有了不同的表现秩序,其内部栖居的不仅是词语概念,还有社会政治和象征类型的叙事整体,而且这些叙事整体以话语形式阐释出历史。例如在对吉辛小说《冥界》的叙事分析中,詹姆逊指出特定的叙事形式承载着意识形态的内容,发出意识形态的信号,都是现实的历史的积淀,《冥界》表现的是中产阶级如何通过范式解决由工业劳动阶级和城市破落无产阶级的存在而引起的阶级焦虑。也就是说,吉辛小说的叙事机制是由意识形态的主题所激发,其意识形态素主要体现为“愤懑”,[②]反映的是知识分子的异化问题,而这一特殊主题显现的意识形态素只以能指、词素、短语等形式消失于文本的文化象征之中。由此,文本叙事作为整个社会的寓言模式,通过赋予形式以历史的、政治的因素,显现文化制品是社会象征的

① 王逢振主编:《政治无意识》(《詹姆逊文集》第8卷),王逢振、陈永国译,中国人民大学出版社2016年版,第157页。

② 王逢振主编:《政治无意识》(《詹姆逊文集》第8卷),王逢振、陈永国译,中国人民大学出版社2016年版,第196页。

行为,而历史不是文本,也不是叙事,“只能以文本的叙事形式接近我们”。[①]审美或叙事形式的生产成为独立的意识形态行为,即将历史文本化、叙事化,使文本中在场和缺场之间的张力关系通过历史的思考加以重构、生产和表达。在这个意义上,文本解读与其说是一种文学实践过程,不如说是意识形态的话语运作和阐释模式。这一切显示詹姆逊倡导的辩证批评思维具有双重的历史性,即现象具有历史的性质,而承载现象的概念又是历史现象。[②]这显然不同于形式主义对社会、历史和政治的摒弃。

第二节　意识形态:从“语言科学”到话语权力

一、“形式本体”论:“语言科学”

从形式结构入手探究文学的深层意蕴,是研究文学存在问题的一条必要路径。在这个问题上,无论是俄国形式主义文论、新批评派还是结构主义文论,都将文学研究的对象局限于语言结构,专注于文学固有的本质及其客观规律,追求文学形式的独立价值和批评的科学化、程式化规则,并以此作为文学存在的根据和理由,反对作家的主观意识和审美心理以及社会学、历史学等对文学研究的侵扰和干预。具体而言,形式主义文论通过借鉴自然科学的研究方法,将自然科学的适用原则移植到文学领域,致力于在文学研究的领地发掘文学批评的普适法则和自足的合法性,力图建构科学化的语言学操作模式和诗学研究范式,其文学研究呈现明显的科学化倾向。或者说,在对文学的本质“是什么”的回答中,形式主义文论无一例外地将自身封闭起来,孤立地突出语言形式的支配力量,重点关注人的主观意识之外的现实,否定文学与社会环境、意识形态的直接联系,以技巧性、工具化、机械化的科学主义遮蔽文学研究的人文价值。这种语言学操作模式将文学研究拘囿于“语言的牢笼”(詹姆逊语),使得语言成为控制人的科学工具,文学本质研究从而被置换为语言的科学化、工具化研究,还原为文学形式的自足追求,可谓与传统唯美主义如出一辙。

形式主义文论在构建语言科学的进程中以及促成当代文论批评的转型

① 王逢振主编:《政治无意识》(《詹姆逊文集》第8卷),王逢振、陈永国译,中国人民大学出版社2016年版,第17页。

② 王逢振主编:《新马克思主义》(《詹姆逊文集》第1卷),中国人民大学出版社2004年版,第26页。

过程中有着内在的逻辑进程，显出逻辑的必然性。具体来说，俄国形式主义文论坚持文学独立于社会政治和道德，例如不反映城堡上空飘扬旗帜的颜色，与创造者和欣赏者无关；反对根据作家生平、欣赏者趣味以及社会政治生活来分析一部作品，等等。其孜孜以求的陌生化、自动化等科学性技巧旨在前置能指语言，敞亮语词符号的意义，打破传统既有的知识经验，悬置社会意识形态。茨维坦·托多罗夫认为俄国形式主义运动开始时是和艺术的先锋派——未来主义合拍的。这种亲缘关系把形式主义和当代艺术直接联系起来了：虽然经过几个时期，名称屡有变化，但先锋派的思想却留存下来，而且是比较稳定的。从此出发，俄国形式主义者提供了经过构思加工的文学理论，这种理论与作为人类学组成部分的美学紧密结合在一起，“揭露一切文学文献用连篇累牍的空话未能掩饰的东西，也就是从文学文献中得出的关于文学艺术固有特性的教益很少”。具体来说，就连诺伯特·威纳这样一位以概率论和控制论研究著称的美国数学家也像是一位杰出的形式主义者，甚至断言在伟大的文学艺术作品中，人们也看不到提供信息的价值，因为群众已经熟悉了作品的内容。[①]这反映了形式主义者对当时支配俄国文学的心理学、哲学和社会学的研究方法的拒绝。巴赫金指出，俄国形式主义者在文学的历史发展中，绕过文学之外的一切等级和力量，排斥作者和接受者的主观意识和主观心理，将文学语言和句子视为一种形式的构造和游戏，而非作者个人和接受者主观感情的反映，使客观的作品与真实的历史、意识形态的视野、社会交际和作品所产生的时代相隔绝，与人的主观意识、思想意义、社会历史之间相断裂，限于完全没有思想的空虚中，其对作品客观性的追求显然是以牺牲意义作为代价的。在巴赫金看来，意识形态材料的新颖对俄国形式主义者而言，不仅是不需要的，而且对文学的内在发展简直是有害的，所以形式主义者在著作中特别细心地清除任何直接的意识形态材料。“因为如果材料本身在周围生活中具有现实意义，那么就很难……来说明为什么要把这材料写入作品，连保持一个近乎真实的样子也不容易”。这种对意识形态清除的做法有时会达到极端。巴赫金举例说，艾亨鲍姆在《年轻的托尔斯泰》一书中，将托尔斯泰1847年写的农村生活的计划与“作为艺术手法的计划”联系起来，甚至将托尔斯泰的离家出走与艺术手法有机联系，得出了完全出乎意料的结论。[②]显然，在对文学结构成分的分析中，俄国

① [法]茨维坦·托多罗夫编选：《俄苏形式主义文论选》，中国社会科学出版社1989年版，第6页。

② 巴赫金：《巴赫金全集》(第二卷)，李辉凡等译，河北教育出版社1998年版，第336页。

形式主义者断定文学作品是意识之外的现实,试图在封闭的文学系统内部揭示其固有的内在规律,完全不顾及社会发展和意识形态的因素。

与俄国形式主义文论坚持文学研究独立于社会意识形态的做法如出一辙的是,新批评派提出文学的本质存在于文本的语义、结构之中,将研究的重点从关注“诗人”转向关注“诗”本身,即从作者的主观意识、心理、情感以及社会意识形态等方面的研究转移到作品深处,实现对长期以来流行的表现论、主情论、直觉论的反拨。在这方面,新批评派认为批评活动是一种类似专业“公司”的理性行为,评价一首诗就像评价一块布丁或一台机器一样,有着鲜明的科学性和客观性。如兰色姆提出文学研究的世界必须与生活世界区别开来,因为这一世界只是经过删削、易于处理的形式。[①]兰色姆反对在诗歌研究中将情感单独提出来,用诸如“情调”“质量”“价值”等自陈证据,唯一能做的就是对诗歌本身进行研究和区别,以抵制道德、历史等因素对文学研究和文学判断的影响。就此而言,文学研究从本体上是一种追求理性规范和技术自律的特殊知识生产形态,它远离社会、历史、心理和文化等因素,与作者和读者无关。对此,伊格尔顿指出,新批评派特意创造了一些最困难、最严格的诗歌解剖技巧,使诗歌作为封闭的客观物,成为一个有机社会、一种科学和物质主义,成为像水壶、圣像一样确凿有形的自足客体,充满了把人、过程和风俗统统物化的情况,而要破坏这个有机整体,无异于亵渎神明。[②]

结构主义文论从语言符号入手,以稳定的“结构性”排斥作者或读者的经验,而不管文本叙述的内容价值和意义如何。卡勒认为结构主义以语言学模式建立一套可能的程式系统、符号体系以及文本结构分析规范,也就是形式化的语言构造准则,其必须发生在现象学内部,目的不是为了发现某一语序的意思和解释,而是阐述主体与客体在关系层次上的现象,找出客体或行为与一种规范系统的关系。在卡勒看来,结构主义拒绝对外在事物因果关系的求索,也拒绝思维主体作为原因的解释者,由此带来“主体”概念的摒弃。“随着各种通过主体而进行运作的人际系统取代了主体的功能,主体便‘溶化’了。”[③]也就是说,最初把人当作认识对象的人文科学,如今随着结构主义的发展,湮没了“人”的形象,建立在这一基础之上的“自我”概念由此动摇坍塌。这就带来在叙事结构和符号阐释中对科学的尊崇,对历史、文化、

---

① 赵毅衡编选:《“新批评”文集》,中国社会科学出版社1988年版,第74页。

② [英]特里·伊格尔顿:《文学原理引论》,刘峰译,文化艺术出版社1987年版,第59页。

③ [美]乔纳森·卡勒:《结构主义诗学》,盛宁译,中国社会科学出版社1991年版,第57页。

思想的忽略。无论是列维—斯特劳斯对俄狄浦斯神话结构的解码，还是格雷马斯、茨维坦·托多洛夫、热拉尔·热奈特等用结构主义方法进行的叙事分析，都是如此。当然，结构主义文论也谈社会、文化、历史意识，但它们仅仅起到参照物的作用，只是在叙事范围内强化结构的系统、规则、排列、形式。可以看出，在形式主义文论这里，文学是陌生化、自动化、结构化的结果，与政治、道德和社会生活无关。这自然带来对意识形态和社会历史的排斥，而其原因，要到理论生成的传统或历史观念中去寻找。

艾布拉姆斯在《镜与灯》中概括古希腊以来的四类文学观念，即摹仿说、实用说、表现说和客观说，其在各个时期的历史演进反映了文学理论自身的发展脉络。我们先来看摹仿说、实用说、表现说。这三类文学观念自古希腊开始一直延续到19世纪，其中摹仿说强调艺术与表象世界的某种对应关系，实用说将艺术作品看作引发欣赏者反应、给欣赏者以快感和教益的人工制品，突出艺术的教化与愉悦功能。表现说从艺术家出发，强调艺术源于艺术家的思想感情，是艺术家情感表现的结果。应该说，这几类文学观念虽然考虑了艺术品各个部分的相互关系，但都是从艺术家或者外部世界出发，以作者为中心寻求作品价值和意义的产生。与此同时，在19世纪和20世纪初，在文坛上影响较大的文论流派还有现实主义、实证主义、象征主义、表现主义等，这些理论也强调作者的中心地位：现实主义寻求艺术的真实性，其最终落脚点是作家；实证主义注重作家的生平、传记研究，通过描述作家所处的历史、时代和生活来阐释作品的价值；象征主义通过意象展示，强调意象与情感表达之间的和谐一致，揭露日常生活背后的超验世界和心灵的非理性成分；表现主义则是对浪漫主义崇尚主观情感的继承，强调艺术作品是精神创造的结果。总之，在20世纪形式主义文论出现以前，作者中心论占据着文坛，与之相关的文学研究更多倾向于社会心理分析、历史研究、作家个人命运以及社会生活等。“在作者论时期，文学研究往往等同于传记式研究、历史式研究、社会式研究、心理分析式研究……，最终成了文学的‘起源’研究及其他学科研究的大杂烩：或者把文学研究等同于效果研究，导致印象主义和相对主义批评。这种似是而非的研究理论，使文学本身作为批评判断的具体对象趋于消失，作品本身的审美特质、艺术生产机制等一再被忽视，甚至容易被权力话语所利用。”[①]“作者中心论”意味着作品是作者原意的忠实表达和记录。这里面就有一个等式的存在：作者思想即作品意义。正是在批判这些理论思想的基础上，形式主义文论从纯文本出发，摒弃作者、

① 李长中：《文学文本基本问题研究》，南开大学2010届博士论文，第211页。

社会、历史、种族、性别等观念，真正触及文学自身，形成去主观的客观化批评，此即艾布拉姆斯所言的第四类文学批评类型——"客观说"："它在原则上把艺术品从所有这些外界参照物中孤立出来看待，把它当作一个由各部分按其内在联系而构成的自足体来分析，并只根据作品存在方式的内在标准来评判它。"[①]艾布拉姆斯虽然以20世纪的新批评派为例论述客观说，但俄国形式主义和结构主义等文论流派无疑也属于客观说。

追溯起来，形式主义文论对文学科学的客观追求首先与索绪尔的语言学带来的革命性转换有着直接关系。在索绪尔那里，语言符号包括词语的能指、所指及指涉物等三个要素，而且这些符号要素只是在语言系统内按照一定的关系加以分配，与外部世界没有关联性，因而语言系统具有自足性和封闭性。这给形式主义文论以很大启发。形式主义文论接受了索绪尔的语言学理论，将文学作品看作是具有独立价值的语词能指系统，体现对文本结构的偏爱，寓意着人的主体性消解以及作者的行将就寝，也由此斩断了与作者相关的心理、历史、种族、性别、主体等内容的联系。其次，形式主义文论的科学至上观念还有着时代和历史的深刻烙印。众所周知，形式主义文论肇始于俄国形式主义。20世纪初，俄国文学迎来了怀疑批判和重估一切价值的时代，对现实主义、实证主义、象征主义、表现主义的批判以及移用自然科学的方法研究文学语言的功能及内部的构成规律，成为青年人在文学和科学领域的探索。正是在此基础上，无论是莫斯科语言学派，还是诗歌语言研究会，都致力于通过标新立异的艺术形式寻求文学的科学解释，摆脱文学的神秘状态。就新批评派而言，按照伊格尔顿的看法，"新批评"在20世纪30年代至50年代于美国的鼎盛发展有着固有的理论背景，那就是面对北方毫无生气的科学理性主义，以兰色姆为代表的传统南方作家从重农运动的"流亡者"文学中寻求寄托，以诗歌作为"唯美主义"的新的宗教形态，对抗北方工业化的入侵。他们认为诗歌的反应虽然与科学的反应不同，但在本质上作为理性的探究活动，诗歌遵循审美对象感觉上的完整统一，是一种除了它自己的语言之外别无任何其他语言可以解释表达的东西，依此，"诗歌既不会促使你去反对麦卡锡主义，也不会鼓舞你去支持人权运动，最多不过让你感到这些压力有些不公平而已"。[②]在一个以科学作为检验知识标准的社会里，新批评派以科学之道使诗歌成为逃避工业资本主义异化的避难所。

---

① [美]M.H. 艾布拉姆斯：《镜与灯：浪漫主义文论及批评传统》，郦稚牛等译，北京大学出版社1989年版，第31页。

② [英]特里·伊格尔顿：《文学原理引论》，刘峰译，文化艺术出版社1987年版，第63页。

就结构主义和后结构主义而言，其产生有着时代印迹。20世纪五六十年代，结构主义对“结构”的深度模式追求，既是对现代科技进步带来的人的能动性无限高涨的反抗，也是对当时西方流行的主体性哲学思想观念的颠覆，即用“结构”消解人的主体性观念。在这一过程中，法国出现了以列维－斯特劳斯、罗兰·巴特、阿尔都塞等为代表的一批结构主义文论干将，当然这一切又与成立于20年代的布拉格学派有着密切的渊源关系——该学派成员重点研究文学“形式”和“结构”，部分成员后来移居法国，促进了法国结构主义的兴起。而随着1968年法国激进政治思想运动的出现，西方学术界开始反思人文科学话语的合法性，推动人文科学研究的后现代转向和文化研究的出现。由此，传统哲学的二元对立以及结构的稳定性、言意的一致性遭到质疑和解构，结构主义文论由盛而衰，开始走向后结构主义。后结构主义倡导零度写作、作者之死，以文本意义的多元性、开放性、延异性，否定结构的稳定性、整体性、内在性。在后结构主义和解构主义那里，文本解读更多被视为互文的语言游戏。

从以上可以看出，在文艺本质的描述上，形式主义文论力图通过移用自然科学的方法发掘文学批评的法则，调整文学内部语言、结构的相互关系，并将文本还原为简单的形式结构法则，构建自主化和程式化的文学科学体系。这一工具化、科学化的理性原则阻隔了文艺与社会现实、历史、道德、心理的联系，自然消解了文学研究的人文倾向。这种学术理念创造出一种新的意识形态崇拜——科学崇拜，由此斩断了文学研究在科学性之外的一切可能。[①]也就是说，形式主义文论将社会和历史放入括号，将科学性与人文性分隔开来，力图用一种“纯科学”的态度找到适用于所有文学研究的某种方法、规则或体系。毋庸置疑，形式主义文论对文学形式结构的科学性追求有其内在的原因，也对文学研究回归自身起到有益的作用。但事实上，形式主义文论反历史、反人文的科学性批评态度无法完全洞悉多姿多彩的文学世界。“如果要诗歌也能诱导读者以某种特定的意识形态观点看待世界——一般说来，都是内心思考性的接受态度——那么就不能把这种永恒的连贯性推进到致使诗歌与现实完全隔绝、仅在独立的本体内完美运转的程度。”[②]当然，随着西方接受美学的兴起，文本中心论逐渐走向读者中心论。读者在文学中获得地位，得以解放，成为文本意义的合作者。同样，在后结构主义和解构主义那里，作者对文本的控制被完全打破，文本只是由读者驱动和创

---

① 黄念然：《形式主义文论中的唯科学主义批判》，《中国人民大学学报》2016年第4期。

② [英]特里·伊格尔顿：《文学原理引论》，刘峰译，文化艺术出版社1987年版，第59页。

造、不断衍生出新的意义的能指序列和“互文性”结构,有着他文本的或隐或显的痕迹,蓄藏着解释的无限可能性,差异性成为文本的基本表现形式。德里达的“文本之外无一物”,德曼以“修辞性”消解文学与非文学文本的界限等,都显示文本自身具有开放性,文本成为永远未完成的“延异”状态。当然,我们应看到,在主体消解这个问题上,解构主义和形式主义文论有着不同。形式主义文论致力于从语言和结构出发,建立“形式本体”的科学体系,以消解主体的存在;解构主义则是通过语言的自由游戏,以多元性、差异性和不确定性(而非恒定规则和科学模式)寻求反逻各斯的突破口,解构文本,打断传统文化的意义流,终结中心、本原和法则,解构主体的价值。而这一切又源于它们对待文学与意识形态的关系,即否定文学具有意识形态的社会和历史价值。

二、艺术生产:意识形态作为话语权力

意识形态是当代西方马克思主义理论家关注的重要概念。按照佩里·安德森的看法,自20世纪20年代以来,西方马克思主义不把经济或政治结构作为关注的中心议题,闭口不谈历史唯物主义经典传统最核心的问题,如资本主义生产方式的经济运行规律以及推翻资本主义政治国家机器的斗争策略,其学术研究的重点转向远离经济基础的上层建筑,“自始至终地主要关注文化和意识形态问题”。[①]文化和意识形态研究成为学者们实施资本主义批判的突破口。

当然,在西方马克思主义理论家那里,其对文化关注的侧重点有所不同。在西方马克思主义早期阶段,卢卡奇、柯尔施和葛兰西等在总结资本主义国家社会阶级结构和具体历史经验的基础上,从庸俗经济决定论的纠偏和批判以及“唯物主义辩证法是一种革命的辩证法”(卢卡奇语)出发,重构马克思主义意识形态的内涵,强调意识形态是阶级意识的特殊表达,具有革命性、阶级性,而革命问题关涉意识形态问题,从而形成了以意识形态为核心的革命观。例如卢卡奇在《历史与阶级意识》中通过对物化意识的批判,阐明阶级意识不是纯粹的虚构,而是无产阶级历史利益的客观表达,具有不同于资产阶级阶级意识的历史功能和作用,并呼唤一种实践的无产阶级的阶级意识出现。葛兰西在《狱中札记》中指出市民社会是与政治社会并列的意识形态领域,也是统治阶级获取意识形态领导权的作用场域。夺取市民社会文化和意识形态领导权,是无产阶级革命意识的依据,由此揭示意识形

① [英]佩里·安德森:《西方马克思主义探讨》,高铦等译,人民出版社1981年版,第100页。

态国家治理在市民社会中的重要作用。柯尔施强调意识形态作为整个社会历史现实的组成,并非空洞的幻想,而是在无产阶级夺取政权后所要完成的革命任务,因而须在唯物主义理论中把握和实践。总之,早期西方马克思主义者将传统意识形态的观念形式导向意识形态的现实存在,在对意识形态的揭示、批判和研究中发现文化和意识形态的社会功能。当然,对意识形态的关注与理论家们的特殊经历有关,例如卢卡奇的《历史与阶级意识》(1922)是在流亡期间完成的,葛兰西的《狱中札记》是1929—1935年在监狱里写的。可以说,与政治事件相隔离的遁世出俗生活使得卢卡奇和葛兰西面对变化了的现实,更多思考上层建筑问题。

文化转向作为当代社会中的一个重要事件,伴随20世纪科学技术和大众传媒的发展,以及六七十年代以来西方激进政治运动的出现而成为一种必然的事实。文化转向的出现使得整个学术环境遭遇调整和变化,学者们将研究的重点转向文化和哲学批判,西方文化思想进入分裂和整合期。这一时期,文化主义和结构主义研究范式出现,文化转向呈现强劲的势头。以霍加特、威廉斯等为代表的文化主义范式指向对整个生活方式中各因素之间关系的研究,走出了传统"文明高峰"和完美的理想状态,促进文化与实践、文化与生活、文化与民间的融合。尤其1964年霍加特在伯明翰大学创建当代文化研究中心,专注于社会文化构成要素的分析,标志着人文社科研究的建制化。由此,文化作为一种"整体的生活方式",日益大众化和社会化。结构主义基于意识形态功能,更多地将文化转化为意识形态的概念框架,消解文化主义"经验"的中心化,揭示意识形态的社会实践方式和物质形式。在这一过程中,70年代文化研究的"葛兰西转向"将文化的谈判和斗争、妥协和认同等作为不同种族、性别、身份、阶层的人共同拥有的结果,显示文化是一种矛盾的混合体,承载着意识形态的特定内涵,意识形态的冲突和抗争成为文化政治的核心,不仅推进了文化研究的多元性、异质性及意识形态研究转型,凸显意识形态的自主性,还弥补了文化主义和结构主义之间的裂缝,引发对大众文化的深层次思考。而借助"葛兰西"转向,威廉斯给出文化是"人类完善的一种状态或过程"、"知性和想像作品的整体",以及"对一种特殊生活方式的描述"等定义。[①]由此,文化作为新的理论范式,不仅包含历史、政治、哲学、神学,还囊括了人的生活、习俗、惯例、制度等日常行为。这意味着当代文化超越了阿诺德、利维斯等人的精英主义文化观,被赋予了开放、平等的政治意味。总之,从早期西方马克思主义学者开始对文化和意识

---

① 罗钢、刘象愚主编:《文化研究读本》,中国社会科学出版社2000年版,第125页。

形态进行思考,经过文化主义、结构主义、“葛兰西转向”等,当代马克思主义文化研究进入一个新阶段。究其原因,按照伊格尔顿在《理论之后》中的说法,部分在于西方马克思主义理论家们对政治不再抱有幻想,通过转向文化和哲学来弥补政治上的无家可归状态,对抗越来越重要的资本主义文化。正是在这一背景之下,艺术生产论走出了马克思时代对革命政治的关注,转向意识形态、审美政治、文化生产等,也由此启发了西方马克思主义关于意识形态和权力关系的研究。

作为一种观念形式的科学,意识形态从政治和革命角逐的战场转向文化和权力批判。在当代文化的形态建构中,文化和意识形态具有的复杂关联性使文化成为意识形态斗争的重要场所,其背后交织的是意识形态的权力之争,反映的是权力行为。与此同时,意识形态的内涵、功能、价值出现新的变化,成为推进文化研究的思想武器,表现为意识形态的行为最终落到与政治权力和言说实践的关系上。英国学者斯图尔特·霍尔指出,文化不仅是一种概念和观念,更意指一种情感和情绪,即通过规范和组织人的社会行为实践,赋予人、物和事件以意义,突出社会或集团成员间意义的产生和交换,以及对周围发生的事物作出解释,体现表征的功能。在霍尔看来,文化的社会实践功能发挥离不开语言媒介,关系语言、意义和表征问题。由于任何表征系统,都视为根据语言的表征原则来运作,形成一种文化的共同的“生活世界”,因此,通过文化和语言,表征进入物的建构自身,使物的意义得以生产和循环。也就是说,意义是被生产(建构)出来的,而非简单地被“发现”。①在这一过程中,语言作为意指实践的表征系统,提供了意义运作的方式,发挥着符号阐释的功能。基于此,霍尔进一步指出,如今人们关心的不是“语言”的运作方式,而是话语在文化中的广泛作用,或者说,“语言”关系诗学构成,“话语”关涉表征的后果及影响,突出知识的规范行为、认同主体的构造以及与权力联结的政治配置方式。与此相关,文化不再是对世界的反映,而是对社会问题和历史事件的构造。这一切正是当代社会和人文科学中“文化转向”的内容。当然,霍尔的目的不在于论述语言诗学的价值构成,而是强调文化转向背景下语言如何提供了文化与表征的运作方法,以及意义被配置和建构的方式,即语言到话语(discourse)的转换过程,关心的是语言作为表征系统具有的社会实践影响,也就是话语权力的生产。这无疑突出了“话语”的构成性。

---

① [英]斯图尔特·霍尔编:《表征——文化表象与意指实践·导言》,徐亮、陆兴华译,商务印书馆2003年版,第6页。

显然,作为语言学概念的话语,现已不纯属于语言学,而是涉及语言和实践(包括权力)的运作。福柯通过对话语发生的知识考古,提出话语作为一个陈述群,并非文本形式中词汇和现实的简单混合体,而是权力的对象,进而揭露话语实践对文化、知识的控制。例如在分析19世纪医生话语的陈述形式时,首先遇到的是"谁在说话"、"谁有充分的理由使用这种语言"、"谁是这种语言的拥有者",以及"谁从拥有者那里接受特权地位"等诸如此类的问题,这些关涉话语陈述功能的发挥。[①]同时,话语实践的规则在从传统词与物的分裂中凸显出来后,指向社会实践,参与构筑事件,确定对象的分类、序列和分配。正是在话语作为权力的形式中,福柯探究知识/权力的话语运作机制,揭示一种话语如何试图压制异质话语,实现对主体的区分、规训、分类和建构的意识形态行为。无疑,这种从话语角度思考意识形态的实践,使各种意识形态话语在权力场中进行斗争和协商,界定知识生产的对象,建构知识的意义空间,表征话语生产中的意识形态取舍规则。这就深化了意识形态的内涵研究。

在这样的理论视域下,伊格尔顿和詹姆逊鲜明地在审美话语层面寻求意识形态的客观存在和当代理解,研究审美话语如何表达意识形态的意蕴以及意识形态的政治如何介入审美领域,在审美活动和意识形态的内在联系上突出文学与意识形态的牵连,凸显文学批评的政治功能和现实指向。

对伊格尔顿而言,其对文学与意识形态关系的研究存在一个渐变过程。在70年代的文本科学建构阶段,伊格尔顿认为文学与意识形态有着特殊的关系:文学远比政治理论隐晦,它不是纯意识形态的教义,而是人们在社会中的角色表现方式和理解整个社会的价值、观念和形象。在这个问题上,伊格尔顿反对两种过于简单的处理方法,一是将文学看作具有一定表现形式的意识形态,或者视其为仅仅是占统治地位的意识形态的反映和服务政治的工具;二是抬高文学的审美性以超越意识形态的界限,对抗意识形态。在汲取阿尔都塞、马谢雷等理论家艺术生产思想的基础上,伊格尔顿指出意识形态作为连贯的结构表征人的"体验""经验""生活"等感性内容,能动地参与社会实践,具有物质生产的属性,从而成为科学分析的对象。这就规避了仅仅在上层建筑的功能范围内理解意识形态,从意识形态与实践的生产结构维度推进对文本意识形态的认识。八九十年代以来,伊格尔顿转向文学的文化研究,通过对社会文化内含的权力内容剖析文学与意识形态的复杂关系。当然,这里的"文化"已体现出社会意识的内涵,反映的是整个社会生

① [法]米歇尔·福柯:《知识考古学》,谢强、马月译,生活·读书·新知三联书店2003年版,第54页。

产方式,是经济、政治、社会制度和意识形态等所有成分的综合体,“决定了这样而不是那样的社会”。[①]基于此,伊格尔顿指出意识形态并非那种根深蒂固的无意识信仰,而是关系人们的说话和信仰与社会权力结构联结的方式,即意识形态与社会权力的维护和再生以及价值选择有着密切的联系,是权力意志的体现。[②]在1994年为朗曼文学批评读本写的关于意识形态的介绍性文字中,伊格尔顿指出意识形态是启蒙运动的遗产,其目标不仅是描绘抽象的“意识”,而且是关注社会观念现象、发现社会思想的规律。事实上,这还不是现代意义上“意识形态”的真正目标。在借鉴本雅明碎片化的历史观基础上,伊格尔顿提出意识形态内部存在各种矛盾和裂缝,只有从内部发动一场激进的文化批判,使意识形态话语经过解码和阐释之后,才能在沉默、矛盾处显示现实冲突的印记。

在对英国诗人丁尼生的诗作《公主》和《悼念》中的政治和性征进行剖析时,伊格尔顿指出《公主》表现一个“阴性”男子为吸引一个“阳性”女子而男扮女装并扮演儿子和情人角色,继而引发双方之间发生争执乃至决斗的故事。该诗在性角色的分配和稳定过程中出现了扰乱现象:由于意识形态无法接受国王蛮横强硬的性别歧视方式,于是作品明智地将某些“阴性”品质掺入资产阶级国家的性别歧视,达到支撑其霸权的目的。作品文本意识形态的目标就是重建社会和性的再生产所必须的“他性”,即重塑拉康所称的“象征秩序”,想象地“解决”社会的雌雄同体矛盾。如此,文本完成了意识形态功能,其象征秩序得到重新稳固。当然,这是以一种恰当翻新的形式来稳固的,例如通过转喻、抒情等强化有别于阳性话语的“阴性”话语。在这个意义上,伊格尔顿认为该文本并非“真的”写性征,而是把性生产和权力生产问题微妙地整合起来,重新核定资产阶级的统治结构,完成资产阶级国家实现霸权的意识形态目的,其主导符码是国家权力本质所包含的过渡危机问题,包括19世纪40年代阶级斗争的激化、生产力发展水平等。与《公主》相比,《悼念》是丁尼生为纪念亡友哈勒姆而创作的悼诗。伊格尔顿指出《悼念》表现了一系列纷繁复杂的误失,充斥着空缺、对立和矛盾,例如哈勒姆时而是母亲,时而是兄弟、情人、妻子或丈夫,但偏偏不是“父亲”,不是“阳性”权威的典型,只是堆放意识形态种种焦虑的场地。在这个意义上,伊格尔顿认为《悼念》是“空洞无物”之作:语言的虚无体现哈勒姆之死造成的空缺,而他的死来自“超验所指”世界的严重打击,这使得作品自

---

① [英]特里·伊格尔顿:《历史中的政治、哲学、爱欲》,马海良译,中国社会科学出版社1999年版,第129页。

② [英]特里·伊格尔顿:《文学原理引论》,刘峰译,文化艺术出版社1987年版,第18页。

身的能指生成某种心境或语境，所指总是捉摸不定，语言以忧郁的自我麻醉方式经常发生意义移置，由此带来的文本"悲伤"是对语言全面危机的悲伤，也是对19世纪中期资产阶级意识形态的全面危机的悲伤。总之，伊格尔顿从文本的矛盾和空缺出发，关注资本主义社会生产关系中性生产、"阳性"政治统治和权力生产的关系，解码和破译意识形态话语，发掘文本对意识形态的熔铸。如此，作为一种话语策略，"意识形态"以遮盖或掩饰现实物质条件，解决现实矛盾而被赋予一种积极的政治力量，成为因权力的迫切需要而产生的思想形式，或者说是对统治权力感到难堪的现实予以重构而合法化的解说。这样，意识形态不单是一个语言问题，还是一个话语问题。①意识形态通过一套复杂的话语手段，解决现实的冲突和矛盾，发挥了观念与现实之间的作用机制，表明观念如何与现实的物质条件相联系。这就将意识形态的认识论推进到功能论。

詹姆逊将意识形态的功用分析置于现代消费社会及日常生活实践之中，指出意识形态存在于一切文化文本之中，通过政治无意识作为社会象征行为的叙事，恢复审美生产的力量，重构自身的话语阐释模式。在詹姆逊看来，错误意识、领导权、物化、日常生活的意识形态、意识形态国家机器理论、支配权的意识形态和语言的异化等都是意识形态的不同模式，其中支配权的意识形态（如福柯理论）替代了对传统资本主义经济运动规律（商品化）的分析，改变了意识形态的要旨；语言的异化即语言被异化为意识形态，承担着意识形态的功能。②这一切昭示意识形态不仅涉及错误意识或者谬误，还以权力或话语的形式改造现实社会，推动历史进步。更重要的，在商品消费替代旧式道德信仰的今天，意识形态以一种无意识转换为商品时代的消费逻辑，而谁也没见过无意识，无法通过自省来发现无意识，唯一能做的就是从理论上将日常现象非神秘化，开启意识形态的非神秘化解码运动。为此，揭示现象背后"无意识"的神秘化作用机制，发掘现象背后的本质，就成为意识形态分析的功能所在。在这方面，詹姆逊认为每一文本背后都存在一个主符码，阐释就是依据特定的主符码对文本意义进行深度发掘，揭示文本蕴含的历史真实、政治欲望等话语内容，使文本生产走向社会象征行为的揭示，显现"政治无意识"的逻辑必然性，彰显文学阐释的真谛。在借鉴拉康精神分析、索绪尔符号学、结构主义等理论基础上，詹姆逊重申马克思主义唯

---

① ［英］特里·伊格尔顿：《历史中的政治、哲学、爱欲》，马海良译，中国社会科学出版社1999年版，第90页。

② 《后现代主义与文化理论——杰姆逊教授讲演录》，唐小兵译，陕西师范大学出版社1987年版，第226—229页。

物史观的核心范畴——"生产方式"范式，并以此作为阐释学的主导符码和实施社会整体分析与历史阐释的批判范式。在詹姆逊看来，由于"生产方式"注重经济基础和上层建筑、社会存在和意识之间的关系，而且生产方式或社会结构各要素具有"半自治性"即相对独立性，因而对包含不同层次的生产方式问题框架进行研究，判定每一种生产方式特有的文化主导观念或意识形态符码，相较其他理论阐述模式具有语义的优先权，其主导符码可以打破阐释系统中隐藏的封闭线，打通文本阐释和社会历史、文化批判和阶级斗争的隔膜，使自给自足的阐释系统变得非神秘化。同时，詹姆逊指出马克思主义阐释学的"主导符码"不是完整的表述，而是"缺席"，即对历史的了解只能通过本文形式或叙事模式。[①]这一新的批判视阈对传统线性的历史模式进行解码，关注到历史政治、阶级斗争和文学文化产品、艺术因素之间在"生产方式"上的符码转换，保证了文本阐释与社会整体的开放性。如在《政治无意识》中，通过对政治历史事件、社会阶级斗争以及人类社会生产方式的历史等三个同心框架的描述，詹姆逊认为独特的语义视阈是文本重读或重写的辩证同义语，其中每一视阈都控制着文本客体的重建过程。为此，对具有社会象征行为的文本阐释模式的改造和构建有助于恢复符码伪装之下被掩盖的政治内容，在文本内部重新找到"政治无意识"的位置并解决文本阐释的困境，祛除意识形态的虚假外装，凸显文本赖以生成的意识形态特质，揭示文本意识形态生产过程，窥见文本叙事显现的生产方式痕迹以及话语形式所遮蔽的历史政治愿望。

在这个意义上，所谓"文本阐释"就是以詹姆逊所言的"特殊主符码"或"超验所指"的寓言对具有深度模式的文本进行强有力的话语"重写"，充分恢复文本自身的言语，揭示文本叙事行为蕴含的历史倾向及其如何以"不在场"的"在场"方式显现意识形态的生产、利用和运作，显现内含阶级关系、权力结构的意识形态话语问题。这一对历史和现实的洞察无疑囊括了风格、形式、寓言、历史、政治等要素，标志着文学、文学理论都处于文化生产的视野之中，文学成为整个文化分析的一部分。"文学作为一种精神实践的生产活动，意味着建构一种主体与某对象相关的文化交往；而文学的意识形态本性，恰恰就在这种文化交往中体现出来。"[②]在这一过程中，统治者往往通过复杂的话语手段，对统治权力予以移植，为其合法化不遗余力，使意识形态

① [美]詹明信：《晚期资本主义的文化逻辑：詹明信批评理论文选》，陈清侨等译，生活·读书·新知三联书店1997年版，第148页。

② 周宪：《超越文学》，三联书店1997年版，第265页。

成为扭曲了的思想形式。这就突出了意识形态话语对主体重塑的政治实践功能，当然这种主体不同于阿尔都塞被质询和呼唤的主体，而是一种间性主体。

三、个案分析：《乐记》的“政治”生产与儒家审美理想

《乐记》是中国古代重要的音乐理论著作，对音乐的起源、本质、功用等方面的大量论述，奠定了中国古代音乐美学的基础。实际上，无论是乐的生成、形制，还是乐的功能、风格，《乐记》都超越了单纯的“音”，其整个生产过程贯穿“审乐以知政”理念，与“政”潜在相通，体现向伦理政治和道德领域的迁移，即音乐以政治的、伦理的话语方式“生产”出来，实现音乐与社会、政治的耦合，显现艺术的政治运作规律。

（一）乐的生成：“乐由中出”和“乐由天作”

作为先民们生活劳作的重要组成部分，中国古代乐教的发生和发展一直秉持有用原则，突出音乐与社会的紧密联系。战国时期史官所写《世本》曾记载伏羲和神农作琴瑟等乐教事迹，反映了音乐在古代社会中的重要功用。自然，探究音乐的起源和生成，也离不开社会因素，即到社会生活中寻求音乐如何成为反映人类情感的一种艺术形式。这一点在《乐记》中体现尤为明显。

在论述音乐产生的本源时，《乐记》强调心、物、乐三者之间的辩证关系，提出“乐由中出”和“乐由天作”的统一，从心物同构中寻求音乐之为音乐的因素。“凡音之起，由人心生也。人心之动，物使之然也，感于物而动，故形于声。声相应，故生变，变成方，谓之音。比音而乐之，及干戚、羽旄，谓之乐。”[①]音乐从哪儿来？《乐记》给出了明确的回答：音的产生，源于人的内心，而人们内心的活动，又归于外物的触发，即人心受到外物的影响而激动起来，最终通过声音反映出来。各种声按照条理次序进行组合，产生音，将音组合起来进行演奏和歌唱，并配上一定的舞蹈，形成乐，所以，乐源于音，音源于物对人心的触发。由此，乐生成的逻辑图式是：物—心—音—乐。显然，乐的产生包含两个层次：一是与“礼自外作”相比，乐是从人的内心发出，即“乐由中出”。“人生而静，天之性也。感于物而动，性之欲也。”[②]人生下来是好静的，内心受到外界事物的影响而发生变化。在这里，“心”是基础和关键，心与物的异质同构获得审美愉悦，奠定了乐的产生。二是“乐由天作”。

---

① 孙希旦：《礼记集解》，中华书局1989年版，第976页。

② 孙希旦：《礼记集解》，中华书局1989年版，第984页。

《乐记》秉承了儒家天人和谐的观念，以天地为思维两极，从礼乐入手，揭示礼乐相生与天地人之间的统一关系，将影响音乐产生的外物具体归结为"天"，即"地气上齐，天气下降，阴阳相摩，天地相荡，鼓之以雷霆，奋之以风雨，动之以四时，暖之以日月，而百化兴焉。如此，则乐者，天地之和也"。[①]在《乐记》看来，弄清楚礼乐与天地的关系，才能制礼作乐。由于物以群分，天地万物各自的体性不尽相同，与礼体现万物的地不同，乐显示创始万物的天。圣人正是依此制乐，顺应天意，调和人们的性情，实现天下大治。"故圣人作乐以应天，制礼以配地。礼乐明备，天地官矣。"[②]如此，创造人和万物的天被人化了。总之，《乐记》既肯定了心是物、音和乐得以存在的基础，指出音乐是人的思想情感的产物，又追溯了外物对音乐的影响，明确了音乐产生的"物感说"，体现出朴素的唯物主义思想。

在"物—心—音—乐"的关系中，《乐记》构建了心物同构的逻辑图式。《乐记》为何重视音乐产生过程中物对人心的触发？这主要涉及治心与音乐教化以及社会治理之间的关系。在《乐记》看来，乐的本源在于人心对于外界事物的感受，即外界怎样的感动人心，人的内心也就表现出相应的情感变化，如"其哀心感者，其声噍以杀；其乐心感者，其声啴以缓；其喜心感者，其声发以散；其怒心感者，其声粗以厉；其敬心感者，其声直以廉；其爱心感者，其声和以柔。六者非性也，感于物而后动"。[③]悲哀、快乐、喜悦、愤怒、崇敬等情感波动并非出自人的天性，而是人受到客观事物的激发产生的相应结果，所以统一民心而实现天下大治，必须调和能够影响人心的外界事物。对此，《乐记》提出"乐以治心"，其效果是"易、直、子、谅之心油然生矣。易、直、子、谅之心生则乐，乐则安，安则久，久则天，天则神"，[④]即通过详审音乐，就能达到规范人的情感，提高人的内心修养，使人趋善守礼的目的，由此体现音乐的德性意义。治心与音乐教化无疑具有统一性。在这个意义上，音乐虽是反映人类情感的艺术，但以独特功能感化人心，纯洁性情，产生潜移默化的道德力量，潜在地通向了礼，和礼治天下具有某种内在的一致性。所谓"乐者，通伦理者也""知乐则几于礼也"，[⑤]都强调懂得乐就接近于知晓礼仪。而如果对各种乐音不施以正确合理的引导，人心就会变恶，各种作乱欺诈、邪恶放纵、胡作非为就会出现，社会就会动荡不安。为此，《乐记》提出需要

① 孙希旦：《礼记集解》，中华书局1989年版，第993页。

② 孙希旦：《礼记集解》，中华书局1989年版，第992页。

③ 孙希旦：《礼记集解》，中华书局1989年版，第976—977页。

④ 孙希旦：《礼记集解》，中华书局1989年版，第1029页。

⑤ 孙希旦：《礼记集解》，中华书局1989年版，第982页。

采取一定的举措加以遏制，此即制乐制度。由于乐不同于政令、刑罚，其制作是一种政治事件，因此需要圣人或先王来完成："昔者舜作五弦之琴以歌南风，夔始制乐以赏诸侯。故天子之为乐也，以赏诸侯之有德者也。……故其治民劳者，其舞行缀远；其治民逸者，其舞行缀短。故观其舞，知其德；闻其谥，知其行也。"[①]先王制乐并赏赐有德的诸侯，固然与彰显君主伟业，展现君主道德光辉有关，但更与诸侯治下民众的安乐与否紧密关联，这实际上间接反映了诸侯的德行传播与治理能力。显然，乐的创制先天带有功利目的。总之，道德教化、社会伦理贯穿乐的全部，凸显其丰富的政治内涵。在表现音乐的政治美学思想、吻合时代政治需要方面，《乐记》的礼乐相济体现了儒家美学的本质特征，由此形成中国古代独具特色的"礼乐文化"。

（二）乐的形制："异文合爱"

苏珊·朗格认为音乐是一种借助节奏、韵律传达人类情感的符号，"以一个有机的生命结构所应具有的逻辑式样进行的"。[②]在朗格看来，音乐和人的生命活动、生命结构之间存在某种同构性，注重包括节奏、动态、韵律等在内的音乐结构形式的创造，对揭示音乐的本质和功能具有重要的意义。在这方面，《乐记》从关注乐的构造、音律、风格、声调等形制方面的问题入手，突出音乐作为人类情感形式的创造特性，提出了乐的"异文合爱"观，即通过创制合规律性和合目的性的文采、节奏、声律等音乐结构形式，使人们互相亲近，和谐相处。由此，乐有着直接的现实功利目的，呈现政治与审美的互渗。

首先，乐的节奏、韵律及声调等各得其宜，充满特定的政治隐喻。《乐记》从天地运行的规律出发，提出"流而不息，合同而化，而乐兴焉"。[③]所谓"合同"，这里指万物相互聚合，形成总体上的平衡状态。具体来说，天地万物流动不息，互相联系又互相影响，圣人或先王循神而法天作乐，"稽之度数，制之礼义，合生气之和，道五常之行，使之阳而不散，阴而不密，刚气不怒，柔气不慑，四畅交于中而发作于外，皆安其位而不相夺也。然后立之学等，广其节奏，省其文采，以绳德厚，律小大之称，比终始之序，以象事行，使亲疏、贵贱、长幼、男女之理皆形见于乐……"。[④]先王依据五常德行、人的性情和音律度数，使乐的清浊高下各得其宜，安于其位，不互相妨害，所以乐器的色彩

---

① 孙希旦：《礼记集解》，中华书局1989年版，第995页。

② [美]苏珊·朗格：《艺术问题》，滕守尧、朱疆源译，中国社会科学出版社1983年版，第39页。

③ 孙希旦：《礼记集解》，中华书局1989年版，第992页。

④ 孙希旦：《礼记集解》，中华书局1989年版，第1000页。

虽然五彩缤纷，乐舞的节奏韵律虽富于变化，但却井然有序，配合有度，体现天地的本性，也使得一切社会伦理关系都融合在乐中，规避天下欺诈虚伪之心和淫泆作乱之事。在这方面，《乐记》反复强调，钟鼓干戚等乐器舞具文质相杂，俯仰屈伸等舞蹈姿态变化多端，利于人们融洽共处，具备平和的德性："钟、鼓、管、磬，羽、籥、干、戚，乐之器也。屈伸俯仰，缀、兆、舒、疾，乐之文也。"①"文以琴瑟，动以干戚，饰以羽旄，从以箫管，奋至德之光，动四气之和，以著万物之理。"②由此，乐的创制既体现了顺应天意的特点，又彰显了先王之德的意义，标志着乐向伦理道德领域迁移，呈现伦理道德旨趣，这是其一。其二，乐的声调及风格以独特的方式表征社会政治。在《乐记》看来，乐的五声并非普通的乐音，而是反映社会结构准则："宫为君，商为臣，角为民，徵为事，羽为物。五者不乱，则无怗懘之音矣。宫乱则荒，其君骄；商乱则陂，其官坏；角乱则忧，其民怨；征乱则哀，其事勤；羽乱则危，其财匮。五者皆乱，迭相陵，谓之慢。如此，则国之灭亡无日矣。"③同时，不同风格的乐音对人的内心情感和社会风俗会产生不同的影响，例如"志微、噍杀之音作，而民思忧；啴谐、慢易、繁文、简节之音作，而民康乐；粗厉、猛起、奋末、广贲之音作，而民刚毅；廉直、劲正、庄诚之音作，而民肃敬；宽裕、肉好、顺成、和动之音作，而民慈爱；流辟、邪散、狄成、涤滥之音作，而民淫乱"。④在古人的观念中，音乐与人的心性直接相关，乐音混乱，自然对人的情感心理产生某种影响，也反映出国家政治安危。这就需要先王制乐时，遵循"异文合爱"的音乐观，以奏出调和之音，使乐具备如礼一样的道德伦理职能。姑且不论五音与政治的关系是否被泛化，但强调不同的声律形式和政治具有相通性，或者说有什么样的声音就反映什么样的政治状况，即"审乐以知政"，却揭示了乐的社会学内涵。"是故先王之制礼乐也，非以极口腹耳目之欲也，将以教民平好恶而反人道之正也。"⑤先王创制音乐的根本不在于满足口腹耳目的享受，而是能发出"德音"，教化百姓，使其学会做人。乐的政治隐喻性质凸显无疑。

其次，《乐记》强调乐的表演要凸显文采节奏，体现先王仁义之道。《乐记》认为乐教有君子和小人之别，如君子"得其道"，小人"得其欲"，即相对于君子从乐教中得到了仁义，小人则从乐教中满足了私欲。由于声音是乐的现象，文采节奏是声音的组织，所以君子用乐来表现内心活动时势必要协调

---

① 孙希旦：《礼记集解》，中华书局1989年版，第989页。

② 孙希旦：《礼记集解》，中华书局1989年版，第1004页。

③ 孙希旦：《礼记集解》，中华书局1989年版，第978—980页。

④ 孙希旦：《礼记集解》，中华书局1989年版，第998页。

⑤ 孙希旦：《礼记集解》，中华书局1989年版，第982—983页。

文采节奏，这样放荡之心与邪恶之念不至于影响人心，人与人之间才能互相亲近，上下的关系才能和睦。“天下大定，然后正六律，和五声，弦歌诗、颂。此之谓德音，德音之谓乐。”[①]“五色成文而不乱，八风从律而不奸，百度得数而有常，小大相成，终始相生，倡和清浊，迭相为经。”[②]古代圣王之所以能把天下治理得井井有条，主要在于善于发挥乐的文采组织功能，这反映了乐的合规律性和合目的性。一个明显的例子是音乐要“审一以定和，比物以饰节，节奏合以成文，所以合和父子君臣，附亲万民也”。[③]这种理想的乐曲以一个基调为调和之音，再配上各种乐器，其节奏合成为乐章，就能使君臣父子各安其位，充分体现乐的“异文合爱”性。此外，在乐舞表演中，舞者的步伐、情势、姿态以及刚强与柔和等和谐相宜，有助于显示君主的德尊地位。例如《大武》之舞：“先鼓以警戒，三步以见方，再始以著往，复乱以饬归，奋疾而不拔，极幽而不隐，独乐其志，不厌其道，备举其道，不私其欲。是故情见而义立，乐终而德尊。”[④]这段文字再现了《大武》舞者的步伐、表情和状态，从开始的击鼓、踏三次步到最后结束，突出表现武王施行仁义的壮举。由此，乐以独具特色的文采节奏参与社会现实生活，再现君子之德，而民众通过乐教明辨是非，感受乐带来的快感。

音乐形制中的“异文合爱”，充分体现了音乐创制作为社会治理之道，追求节奏和谐、井然有序、唱和呼应的审美形式，避免陷入散漫紊乱、放纵无拘、流荡邪僻的杂音之中，即通过不同的乐音形成和谐的曲调，包括刚强与柔和、曲折与平直等，实现艺术活动的合目的性与合规律性的统一。当然，这是一种美善相乐、政治与审美相依的和谐状态，对提升人的道德修养和精神境界，调和人际情感，规范人际交往，实现天下大治，具有重要的意义。

（三）乐的功能：“乐以和其声”

“和”是中国古代重要的审美形态。《国语·郑语》中史伯言：“夫和实生物，同则不继。以他平他谓之和，故能丰长而物归之。”[⑤]史伯强调创造事物的原则是“和”，“以他平他谓之和”意指将许多不同的东西放在一起，使它们获得一种平衡。万物的丰盛，乃至社会存在的法则，都归于平衡、协和，已隐含后来儒家所讲的中和思想。《中庸》云：“喜怒哀乐之未发，谓之中；发而皆

---

① 孙希旦：《礼记集解》，中华书局1989年版，第1015页。

② 孙希旦：《礼记集解》，中华书局1989年版，第1004页。

③ 孙希旦：《礼记集解》，中华书局1989年版，第1033页。

④ 孙希旦：《礼记集解》，中华书局1989年版，第1006—1007页。

⑤ 陈桐生译注：《国语》，中华书局2013年版，第573页。

中节，谓之和。中也者，天下之大本也；和也者，天下之达道也。致中和，天地位焉，万物育焉。"朱熹对此注曰："喜、怒、哀、乐，情也。其未发，则性也，无所偏倚，故谓之中。发皆中节，情之正也，无所乖戾，故谓之和。"[①]心里有喜怒哀乐的感情但不表现出来，这就是"中"；纵然表现出来了，能够有所节制和适度，这就是"和"。显然，"中和"观念推崇的是适度、适宜、不偏不倚。

《乐记》极为重视音乐的"和"思想，强调乐的作用就是"和"，提出"乐以和其声"等重要观点，阐明乐在调和人们的性情、促进社会和谐方面具有重要的功能。在《乐记》看来，相对于"礼"表现天地间的秩序，"乐"是根据天的道理而作，表现人与天地自然的协调（如"大乐与天地同和""乐者，天地之和也"），以及万物化育生长、各得其所的本质。为深入说明这一点，《乐记》结合天地运行的规律来分析统治者制作乐的缘由："天地之道，寒暑不时则疾，风雨不节则饥。教者，民之寒暑也，教不时则伤世；事者，民之风雨也，事不节则无功。然则先王之为乐也，以法治也，善则行象德也。"[②]对于人而言，乐教就好比四季寒暑交替，如缺失和过度就会引起社会动荡，损害世道人心，此所谓"教不时则伤世"。先王正是从乐的中和、适宜与人的行为的相辅相成中，创制出优美乐章。对此，《乐记》反复申明乐音之"和"与社会道德风俗以及国家政治的相通性："乐至则无怨，礼至则不争。揖让而治天下者，礼乐之谓也。"[③]"乐也者，圣人之所乐也，而可以善民心。其感人深，其移风易俗，故先王著其教焉。"[④]"乐行而伦清，耳目聪明，血气和平，移风易俗，天下皆宁。"[⑤]由于乐是从人的内心发出，因此深入民心就会调和人们的性情，消除彼此怨恨，移风易俗，使社会得到安宁，即所谓"乐者，乐也"。这也正是圣人喜爱音乐的根本原因。在这个意义上，音乐并非某种单纯悦耳的声音，而是能引起人内心联想并应合的东西："君子之听音，非听其铿锵而已也，彼亦有所合之也。"[⑥]也就是说，对君子而言，欣赏音乐不只是听到铿锵之声，而是"有所合之"，即能从中生发联想，听出"弦外之音"，使音乐旋律与主体内心情感、道德人格相应合，发挥礼乐教化功能，才是君子应有的要求。由此，《乐记》传承了中国古代重要的"和"精神，超越了狭隘的个人经验，将音乐的感知欣赏与生生不息的天地宇宙、现实人生相统一，进而升华为社会认知的

---

① 朱熹：《四书章句集注》，中华书局1983年版，第18页。

② 孙希旦：《礼记集解》，中华书局1989年版，第996—997页。

③ 孙希旦：《礼记集解》，中华书局1989年版，第987页。

④ 孙希旦：《礼记集解》，中华书局1989年版，第998页。

⑤ 孙希旦：《礼记集解》，中华书局1989年版，第1005页。

⑥ 孙希旦：《礼记集解》，中华书局1989年版，第1020页。

理想图式，彰显了中国传统艺术的和谐品格，反映了东方民族特有的审美观念，体现了音乐强烈的现实关怀之功能。

阮籍在《乐论》中称“夫乐者，天地之体，万物之性也。合其体，得其性，则和；离其体，失其性，则乖”。[①]“和”表征乐的和谐、适度、有序，不逾礼失德。以此推之，那些恣意心性、超越“和”乐常态的激昂、无度的乐调违背礼，自然就不为儒教所认同。对此，《乐记》指出“凡奸声感人而逆气应之，逆气成象而淫乐兴焉。正声感人而顺气应之，顺气成象而和乐兴焉”，[②]与“和”乐对应的“奸声”“淫乐”放纵人的欲望，不合礼教，不利于移风易俗和天下皆宁的局面形成。《乐记》曾载：魏文侯问子夏，为何聚精会神听古乐就打瞌睡，而听郑国和卫国的新乐就不知道疲倦，子夏回答说古乐中和正大，君子通过其表现文治武功，达到修养身心、和睦家庭、安定社会的结果，新乐则违背尊卑有序原则，充满放纵邪恶的声音，人受了迷惑所以就离不开它。关于郑音，指春秋时郑国的民间音乐。由于郑音有别于传统的庙堂之音，又称新乐，它从开始流行就一直受到非议。如《乐记》认为郑声可以亡国，对其颇有微词：“郑、卫之音，乱世之音也，比于慢矣。桑间、濮上之音，亡国之音也，其政散，其民流，诬上行私而不可止也。”[③]孔子曾提出，治理国家在音乐方面要用舜和周武王时的《韶》《舞》之乐，排斥郑国靡曼淫秽的音乐，因为这种音乐不符合贵族阶级的道德要求。而为进一步防止新乐对古乐的侵袭，《乐记》提出“以道制欲，则乐而不乱；以欲忘道，则惑而不乐。是故君子反情以和其志，广乐以成其教。乐行而民乡方，可以观德矣”，[④]体现了以乐来和民心、利治理的价值取向，实现乐与德的互渗和统一。

（四）《乐记》的“政治”生产与儒家审美理想

人类最初的审美活动，总是离不开政治，或者说，在通达审美或艺术的道路上，终究绕不过政治。无论是古希腊柏拉图在《理想国》里对诗和诗人的一番检视，还是中国古代孔子对《诗经》“思无邪”的概括，都强调政治与美学的共有指向——一种政治美学的发展逻辑。将政治与美学这两个概念放在一起而形成“政治美学”并用来指称人类艺术活动时，“政治美学”并不是政治与美学的机械相加，而是“在对政治的美学审视中，寻求政治表达的艺

① 陈伯君：《阮籍集校注》，中华书局1987年版，第78页。
② 孙希旦：《礼记集解》，中华书局1989年版，第1003页。
③ 孙希旦：《礼记集解》，中华书局1989年版，第981页。
④ 孙希旦：《礼记集解》，中华书局1989年版，第1005—1006页。

术手段与政治的美学目的”。[①]也就是说,在政治意识形态中凸显审美的精神和审美的境界。在儒家乐教看来,音乐所表达的思想感情与人们所处的社会状况息息相关,能反映一个国家社会政治的盛衰。乐的生成或来源通向伦理道德,与社会政治存在同构关系,即在抒发情志的同时,体现审美化的政治教化,此即“审乐以知政”之所在。在这一思想指导下,音乐与道德政治具有内在的相通性,与国家治理发生密切的关系,其创制过程被赋予了政治的、道德的、伦理的内涵和功能。

这一切体现了儒家的审美理想:通过音乐的社会功能,在乐与德、乐与政的关系上追求一种礼乐兼济、美善统一的人格理想境界,使社会伦理秩序转化为个体内在的自觉要求。众所周知,在中国传统思想文化中,儒家一直追求社会理想与个体人格教育之间的互动关系,注重发挥审美艺术的认识功能。孔子不仅强调诗教的社会功能,提出了诗的“兴观群怨”说,还强调乐教对个体的社会价值,视其为通达道德的必经之路,所谓“兴于诗,立于礼,成于乐”即突出人格修养的最后完成路径是音乐。可以说,音乐最能表达个体心性的自由完满,对人的精神产生激励和净化的作用,《乐记》的“乐以治心”观即是以此为目标,实现教化社会民众和无暴力的王道政治的效果。当然,作为“治心”的音乐,其在社会政治结构中的生产运作需要转化为个体的自觉要求,才能实现个体内在的情感陶冶,并进入自由的人生境界,发挥艺术的德性功能。同时,儒家也关注艺术活动中的“度”问题。《论语·八佾》:“子谓《韶》,‘尽美矣,又尽善也。’谓《武》,‘尽美矣,未尽善也。’”[②]《韶》乐之所以受到孔子的推崇,就在于有美的形式,蕴含仁德的内容;《武》乐虽然形式完美,但道德内容不完备。荀子提出“美善相乐”观点,强调通过文艺的审美感染性引起道德行为,实施仁政教化。作为儒家最高的音乐美学理想,无论是“尽美尽善”还是“美善相乐”,都强调音乐欣赏活动与“善”的内在关系,指向的是人的精神世界的纯正性和完美性,而一旦美善关系起了变化,或者说美逾善僭礼,就不符合儒家的伦理思想标准。《论语·八佾》:“孔子谓季氏:‘八佾舞于庭,是可忍也,孰不可忍也?’”[③]在这里,孔子批评季氏僭用天子礼乐,表现孔子对与道德伦理密切相关的音乐要求非常严格。因为按照古代祭祀乐舞,只有天子才能用八佾即八列六十四人进行乐舞表演,季氏以八佾之舞反映了春秋时期礼崩乐坏的事实。因此,音乐承载的不仅仅是审美功

---

① 陆庆祥:《儒家政治美学论》,《河南师范大学学报(哲学社会科学版)》2010年第5期。

② 朱熹:《四书章句集注》,中华书局1983年版,第68页。

③ 朱熹:《四书章句集注》,中华书局1983年版,第61页。

能,还有使人趋善守礼的道德功能,而且有时候这种道德功能甚至成为判定艺术价值的关键。

亚里士多德认为,人们从音乐中不仅得到快乐、轻松的感受,而且应该感觉到音乐对性情和灵魂的陶冶作用,“灵魂在倾听之际往往是激情起伏”。①黑格尔指出“艺术通过供观照的形象可以缓和最酷烈的悲剧命运,使它成为欣赏的对象,那么,把这种自由推向最高峰的就是音乐了”。②其实,亚里士多德和黑格尔的论述与中国古代孔子提出的“乐云乐云,钟鼓云乎哉”具有异曲同工之妙,都肯定音乐在塑造完美人格、陶冶人的情操方面具有的社会价值。“审美在形式上从属于道德法则,但在一个很重要的方面审美却似乎优于道德法则:道德法则不可能在个体之间创立积极的情感纽带。”③音乐作为审美形式,在涵咏主体德性的同时,承载主体审美化生存的现实关怀,并通过构筑自我与他者存在的“积极的情感纽带”,建构自由完满的人性,使人摆脱世俗物欲的羁绊,成为维护良好社会秩序的润滑剂和和谐社会政治图景必不可少的一部分。在这个意义上,我们可以理解先王为何爱好制作乐,并通过乐来实现社会的有序治理,礼乐文化为何成为儒家长期坚守的审美理想和精神。由此,《乐记》虽然是关乎音乐艺术的著述,但却是一个礼化、道德化或者政治化的乐教话语体系,无论是乐的生成、形制还是乐的功能,其整个生产过程贯穿“审乐以知政”理念,凸显了儒家政治美学的鲜明特征。《乐记》特有的意识形态生产指向深刻折射了儒家文化的特质,在今天仍具有重要的理论意义。

---

① 苗力田主编:《亚里士多德全集》(第九卷),中国人民大学出版社1994年版,第280页。

② [德]黑格尔:《美学》(第三卷上册),朱光潜译,商务印书馆1979年版,第337页。

③ [英]特里·伊格尔顿:《审美意识形态》,王杰等译,广西师范大学出版社2001年版,第102页。

第四章　批评论：症候式阅读、“实践结构”与艺术生产

从文学批评视角观照艺术生产和意识形态问题，不仅关涉文学批评与艺术生产和意识形态之间的关系，还关涉“文学批评作为艺术生产”的理论范式构建。前一方面意味着，需对长期以来文学批评作为文学创作的附属地位重新审视，正视文学批评和创作之间的平等对话和交流；后一方面表明，文学批评作为知识生产活动，需打破文本自足的神话，建构基于生产维度的话语阐释模式，实现文本的意义创造和价值增值，使其走向理论化、科学化。这两个问题的解决对于艺术生产而言，有着重要的意义：它打开了艺术生产和意识形态关系的新问题域，彰显“文学批评作为艺术生产”的本质特征、价值取向以及审美策略，也使文本阐释有了不同于以往的质性拓展，而这一切，都通过文本的症候式阅读以及意识形态的生产得以实现。

第一节　文学批评作为“艺术生产”

一、文学批评何为

人类自从有了文学创作活动，批评也就应运而生，但文学批评的异彩纷呈和蔚为大观景象却直到20世纪才出现。韦勒克指出20世纪最有资格享有“批评的时代”称号，不仅因为文学批评的地域得到扩展，确立了新的自我意识，还形成许多新的方法和价值观念，在公众心目中具有比以往高得多的地位。[①]法国文学批评家阿尔贝·蒂博代认为19世纪之前只有批评家而没有批评，批评是19世纪的产物，主要是随着教授、记者等行业的诞生以及批

① [美]韦勒克：《批评的诸种概念》，丁泓、余徵译，四川文艺出版社1988年版，第326页。

评的总结性、自由性的出现，批评日渐成熟。[①]伊格尔顿在《文学原理引论》中论及阐释学和接受理论的时候，指出现代文学理论已从专门研究作者和文本，如今转向专门研究读者。[②]在这一过程中，读者一直是备受冷落的，但对于文学的实现来说，读者与作者同样重要。

由此看出，18、19世纪之前，批评一直处于缺席地位，或者说在作者、作品、读者等文学活动要素中，以读者或批评者为主体的文学批评一直没有取得应有的地位。虽然施莱尔马赫和狄尔泰于19世纪推进神学诠释学研究，但其阐释的立足点基于重构文本意义的作者意图和心理状态，进而达到与自然科学相媲美的客观正确的地步，因而仍然没有摆脱作者中心论。这一切直到20世纪才发生逆转。20世纪以来，关注文学接受和批评在文学活动中的主体地位以及在作品意义生成过程中的重要价值，对决定文本释意的作者言说观念予以质疑和批判，使得读者与作品的关系发生变化，读者成为作品意义的生产者。例如在现代阐释学理论看来，文本远非自在的认知客体，意义远非现成可取，对文本的理解和阐释具有无限开放性。在这方面，海德格尔从追问"理解何以可能"的本体论角度入手，强调对"此在"的主观理解（而非传统阐释学推崇的客观理解）是人存在的基本方式，同时，对"此在"的解释依靠"前结构"、先入之见，使文本阐释带有解释者的历史痕迹。伽达默尔将艺术的思考置于整个解释学视阈中，提出"理解"是真理发生的方式，在理解活动中产生的真理指向意义的持存，不同于科学认识的真理。在伽达默尔看来，作品的真正主体不是作者，而是作品自身的存在，这种存在作为真理发生的方式，显现于读者的理解活动之中，即作品存在的意义和读者理解密不可分，只有在接受活动中才能持存下去。由此，作品的意义并不是作者的意图，创作已不重要，读者的阅读理解使作品变成现实。[③]与此类似的是，接受美学区分"作品"和"本文"，提出"本文"是一个未完成的图式结构，必须经过读者的知觉经验填充和阅读的"具体化"，才能成为自足性、完整性的文学作品，即意义是"被经验的结果"，从而审美活动由作为对象的本文转向作为过程的阅读。[④]当代学者对阅读活动的多维界定，无论是罗兰·巴特的文本解码、克里斯蒂娃的互文性、接受美学代表伊瑟尔关于阅读即文本意义空白的填补，还是阿尔都塞的深层"症候式阅读"模

---

① [法]阿尔贝·蒂博代：《六说文学批评》，赵坚译，生活·读书·新知三联书店 1989年版，"前言"第1—8页。

② [英]特里·伊格尔顿：《文学原理引论》，刘峰译，文化艺术出版社1987年版，第91页。

③ 朱立元主编：《当代西方文艺理论》，华东师范大学出版社1997年版，第279页。

④ [德]H.R.姚斯、[美]R.C.霍拉勃：《接受美学与接受理论》，周宁、金元浦译，辽宁人民出版社1987年版，第367页。

式、巴赫金的对话理论等，都强调阅读是一种文本意义的生成和发掘过程。这意味着西方文学理论转向关注读者的阅读经验，注重文学阅读和批评功能的发挥及其社会效果的实现，重构批评的阐释场域，摒弃长期以来文本预设的意义空间。当然，在后结构主义和解构主义那里，其宣称的“作者之死”虽然颠覆了作者意图，促进读者阐释地位的提升，但因其追求文本意义的互文性，使读者日渐脱离文本，偏安一隅。于是，反思意义阐释的有效性、合理性和可行性声音不绝于耳。

文学批评在20世纪的地位提升显示批评在发掘文学的多重意义和价值上的新进展，也预示着批评的理论化形成。作为沟通作家和读者、作品和世界的桥梁，文学批评是运用一定的审美标准，对文学活动、文学现象、文学作品等进行理论分析、价值评判和总结的活动。它以阅读和欣赏为基础，但同时又是阅读和欣赏的高级形态，这种“高级形态”主要体现在阅读和理解过程中的理论阐释、意义创造和知识增长，即阅读体验、价值评判和意义生产融为一体，使作品中隐藏和遮蔽的话语内容得以显现。拉曼·塞尔登认为一首诗只有被阅读，才有真正的存在，其意义才能够讨论，而且只有读者的阅读才能激活具有潜在意义的作品。[①]也就是说，阅读虽然是一种独特的语言理解活动，但其背后交织着深邃的意义评判和价值生成，其相对于传统的地位变化表明这种活动不仅仅是一种简单的语言认知和表达过程。盛宁认为20世纪以来，随着西方传统价值观的分崩离析，英美文学批评愈来愈难以把握评价活动，虽然文本阐释大量增值，但只局限于对具体作品的描述，而对整个文学活动的认识和理解并没有得到深化与拓展，包括文学在整个社会意识形态中的地位、文学活动和文学话语的作用发挥、文学话语与其他话语的关系等。基于此，文学批评须超越具体文本的语义阐释，顾及文本以外的许多问题，尤其对已知读义背后不曾自觉意识到，但又实际存在的理解程式给予理论说明，即“阐释为什么成为可能”。[②]显然，文学批评应关注读者的阅读和话语阐释行为，着眼于使文本意义的产生成为可能的程式系统。

二、文学批评的两种模式

从前面的分析可以看出，文学批评大概包含着两种模式，一是批评向创作

---

① [英]拉曼·塞尔登等：《当代文学理论导读》，刘象愚译，北京大学出版社2006年版，第56页。

② [美]乔纳森·卡勒：《结构主义诗学·译者前言》，盛宁译，中国社会科学出版社1991年版，第4—5页。

回归，满足于对作品的一般感知和理解。这种批评模式视作者或作品为意义之源，只是作者的注解或作品的派生，批评的目的在于确立作者存在或者作品意义的合法性。如德国哲学家赫尔德认为批评主要是一个移情、同化的过程，批评家应当是作者的仆人，努力去认识作者，生活在作者的精神里，根据历史背景了解作品的意图和旨趣，体验作者内心的生活，揣测作者的心灵深处，也就是将作者作为主人进行彻底研究，把作品视为活的灵魂的印记。赫尔德坚持自然的品评方法，认为每部作品都各得其所，完成其职能，像它们本然的那样，没有评价的必要和规定标准的必要，最好的批评是探索原作的步骤，感受其精神。在这样的情况下，作品成了传达作者思想的工具，或依据伽达默尔所言的“前理解”而形成主观性认知。对此，韦勒克认为赫尔德的批评是心领神会，理解作者，听任作者摆布。[①]另一种批评模式是从创造性出发，关注文学的生产过程，发现作品意义的多样性，即在作品构成的语言组织及其形态中(尤其症候、空白和矛盾点)改造作品既定的思维观念和读者头脑中固有的理解观念，发掘作品的深刻意蕴，构建独特的话语阐释体系。如此，通过发挥批评自身效用，寻求作品结构的意义，呈现批评者的创新理念和革新意识，使作品解读的过程成为对相关理论或批评话语深度阐释的过程。如果说前一种批评在于还原作者意图和作品本意，后一种批评则是一种创造知识的生产活动。

文学批评的这两种模式在后结构主义和解构主义那里得到了更多关注。英国学者凯瑟琳·贝尔西提出批评有“消费”和“生产”之分。[②]“消费性批评”是指读者在阅读中将文本看作作者主体性的自发流露，对文本语言符号的解读仅以浅层次的欣赏消费为目的，顺从作者阐发的意义，而不穷究其生产过程，不带有任何的创造性。“生产性批评”则将文本解读视为话语阐释和意义创造的过程，读者阅读的目的在于发掘文本蕴含的空白和矛盾，阐发其中可能存在的复杂性和多样性，也就是那些体匿性存、无痕有味而作者没有预见的因素，并藉此转化为读者的情感体验和创造意识，文本的意蕴与价值由此在阅读和阐释中实现。显然，生产性批评突出阅读过程中的意义生产，此即批评的增值。卡勒在《当代学术入门：文学理论》中从文学研究和文化研究的关系中提出“鉴赏性解释”和“表征性解释”。“鉴赏性解释”是指通过文本细读，着力研究文学结构和意义成为可能的程式以及文学种类的标

---

① [美]雷纳·韦勒克：《近代文学批评史》(第1卷)，杨岂深、杨自伍译，上海译文出版社1987年版，第244—246页。

② [英]凯瑟琳·贝尔西：《批评的实践》，胡亚敏译，中国社会科学出版社1993年版，第155—157页。

准和原则。例如文字为什么具有讽刺意味，为何对某一个人物产生同情，一首诗的结尾为何含混不清，等等，这显然是传统文学研究采用的语言学分析法。对读者效果而言，"鉴赏性解释"旨在揭示读者要获得的"文学能力"，包括对整个文本的把握能力，如怎样识别情节、主题，深入探讨象征性解释，如何从细节中把"人物"刻画出来。"表征性解释"则属于文化研究的范畴，它将文学研究纳入文化研究范畴，将文本视为社会结构的表述，实现从文本解读到社会政治分析的转移，力图发现文本意义更好的解释。[①]"表征性解释"虽以文本为基点，但着重反映文本之外的实例，使文化产品反映社会政治结构。在卡勒看来，"鉴赏性解释"重在恢复，即恢复作品的原始语境、作者的处境和意图，"表征性解释"重在摆脱和重建，即摆脱作者意图，否认文本的权威性，揭露文本尚未经过验证的假设。显然，与"鉴赏性解释"强调文本解读的审美体验相比，"表征性解释"注重文本的社会政治分析，其文本解读过程属于"生产性"批评。对此，姚文放指出，卡勒的"表征性解释"即symptomatic interpretation中，symptomatic是由名词symptom（症候）派生而来，又可译为"症候性解释"。[②]这从另一个侧面表明"表征性解释"通过对文本与社会结构关系的界说，实现对文本中的空白、沉默等症候的辨别和揭示，凸显文本的内在生产。

其实，这两种文本阐释模式在我国古代经典诠释学中亦有体现。宋代陆九渊提出"六经注我"与"我注六经"的诠释之别。大致说来，"我注六经"的主体是六经，"我"的任务是以历史的、客观的态度准确解读或者还原六经的本意，而不违背六经的取向要求。"六经注我"的主体是我，即从注释者的感受和理解出发，着力表达注释者的思想认知及其主体思想的建构，使六经"为我所用"，即"万物皆备于我"，也就是说，六经不过是注释者阐发其思想的注脚，哪怕这种阐发是一种误读。当然，作为一种学习方法和阐释之道，"六经注我"与"我注六经"都有其存在的合理性，但从诠释的效果价值和主体能动性来说，"六经注我"更体现出注释者的创造性和思想性。

三、文学批评作为"艺术生产"

文学批评或阐释的两种模式和方法表征"古典诠释"与"现代诠释"的不同态度："消费性"批评、"鉴赏性解释"、"我注六经"是"古典诠释"的代表，

---

① ［美］乔纳森·卡勒：《当代学术入门：文学理论》，李平译，辽宁教育出版社1998年版，第64—65页。

② 姚文放：《"症候解读"的理论谱系与文学归趋》，《文艺理论研究》2017年第2期。

"生产性"批评、"表征性解释"、"六经注我"是"现代诠释"的体现。众所周知，马克思提出"艺术生产"理论，体现了对艺术活动的新认识，但学界长期以来一直在创作和消费层面理解"艺术生产"，而对文学批评的生产性价值没有给予足够重视。20世纪的文学批评走出了传统对作者和作品权威的服从，将关注的重点从文学创作转向文学解读和阐释，承担起"艺术生产"的重任，彰显文学批评新的动向和诠释的现代转向，开启了生产性文学批评之路。生产性文学批评从文学批评作为"艺术生产"，读者或批评者是"生产者"出发，将批评的效果着眼于文学知识生产、意义建构和话语阐释，即通过发挥理论的建构性，重新领悟文学的潜在价值，使文学解释不断走向广阔境地，从而批评家的阐释和理解可以脱离作者的思想观点。具体来说，生产性文学批评不仅对文本语义背后的内容进行深入发掘，解读文本背后隐秘的东西，洞悉文本深邃的意义空间，揭示文学语言活动的特点，还突出阅读和批评的重要地位，重建文本话语生成机制。这显然有别于传统批评对作者本意的附会，实现对文本解释的单一性、完整性、统一性、和谐性的反拨，标志文学批评作为释意活动的创造性、生产性范式形成。

文学批评作为"艺术生产"呈现创造性、过程性和社会性等主要特征。

其一，创造性。对生产性文学批评而言，文本不是一个单一稳定的概念以及和谐终极的客体，而是充满多义的、矛盾的、开放的对话场域，一个新的生产意义的空间；文本解读和阐释不是顺从作者本意，而是对文本建构的词语进行重组，揭示意义的产生过程。同时，相较于作家艺术家，批评家也是生产者，是和作家艺术家一样进行意义阐发和知识建构的生产者。这一切都意味着文学批评具有鲜明的创造性、建设性和独特的话语体系，它重新认知批评对象，关注文学的意义生产，建构新的文本意蕴，致力于从原文本延伸出另一个文本，即罗兰·巴特笔下的"可写文本"。解构主义认为文学批评体现对文本的创造和意义的重新生成，解构作为文学批评就是要通过修辞的运用发掘文本深层的事实，实现文本的再生产。由此，批评靠解构彰显特色，是一种能动的建构活动。哈特曼认为批评家既是文本的解释者，又是深层文本的创造者；文学创作和批评在同一条船上，批评家的阅读使特定文本的权威与所创造的文本平衡起来。[①]"创造的文本"显然是一种写作的文本，这种文本的生成基于"生产性"而开辟了一种新的批评视阈。

阿尔贝·蒂博代提出真正的文学批评与创造运动相吻合，创造是批评固有的功能，而创造不是模仿，乃是创新，即体现批评具有独创性的顽强力量。

---

① [美]杰弗里·哈特曼：《荒野中的批评》，张德兴译，天津人民出版社2008年版，第186页。

蒂博代反驳了那种认为作家艺术家是创造者，而批评不创造任何东西的看法，并以建筑师为喻，区别批评中的“建设”和“创造”。在蒂博代看来，一位建筑师可以“建设”一座外观漂亮的房子，包括材料使用、计划实施、力学应用等，而米开朗琪罗则“创造”了大教堂圆顶，制造出和自已一样的生命存在。[①]在这个意义上，蒂博代认为创造性批评是一种精神创造、生命创造和情感交流的融合，并在生命和感情交流中完成批评的生产性孕育。艾略特在《批评的界限》一文中提出解释有别于理解，相对于欣赏理解一首诗，解释会使人的注意力偏离诗作本意，有某种新东西出现，此即所谓“创造”的意义，因此，文学批评并不仅仅是理解和欣赏，包括对诗人所处的历史时期、社会状况、时代流行观念等——这一切只能把批评者带到入口处，批评者必须依靠自己的感受力和发现智慧的能力寻找进去的道路。艾略特有一个恰当的比喻：对诗的解释就好象重新组装一台拆散了的机器部件，有效的阐释必须是批评者读诗时所产生的感情的阐释。[②]这就突出了文学批评的生产性功能。总之，蒂博代和艾略特将“创造性”纳入文学批评的视野，体现对生产性文学批评的界定、追寻和建构，而对文学批评主体的生命情感、感受力的重视又凸显了批评所具有的人文情怀和现实品格。

其二，过程性。长期以来，文学创作一直被视为直觉表现和灵感创造，是作家天才的体现，富有神秘、玄幻色彩，而遮蔽了创作的内在过程和话语构成规律，象征主义、直觉主义、表现主义等莫不如此。20世纪以来，阿尔都塞、马谢雷等倡导文本的生产性批评，提出应该以“生产”替代传统的“创造”，揭开文学的神秘面纱，实现文本意识形态的生产。具体来说，生产性文学批评通过发挥批评家的主体能动性，深入到文本话语组织内部，发现其中潜伏和隐匿的因素，并对能够产生意义的材料、结构和语言加以重塑，实施编码，变换问题观察的视域，分离出文本言外之意，建构知识话语，释放文本未说出的东西，生产出不在场的内容。这显示基于“生产性”的文学批评存在一个不断创造、不断生成和超越既定结构、重建自身、凸显多重意义的过程。蒂博代提出完全创造性的批评，是把一部本身完美无缺的作品翻过来，用各种办法控制它，使它受孕并离开原来的土壤，成为创造的起点。[③]这种批评策略有助于揭示现代文本生产的原理：打乱文本，使其翻转离心，改变

① ［法］阿尔贝·蒂博代：《六说文学批评》，赵坚译，生活·读书·新知三联书店1989年版，第163页。

② 《艾略特诗学文集》，王恩衷编译，国际文化出版公司1989年版，第297页。

③ ［法］阿尔贝·蒂博代：《六说文学批评》，赵坚译，生活·读书·新知三联书店1989年版，第183页。

原来的状态，暴露意识形态的幻象，释放文本意义。

倡导建构“生产性”批评实践的凯瑟琳·贝尔西在分析布莱希特、马谢雷、罗兰·巴特等文本生产理论基础上，提出文本是多义系统，文本解读应当被视为一种建构和过程的批评实践——考察它的生产过程，即文本的生产模式，包括寻求文本的矛盾点，发现文本的空白处，确定材料在作品中的安排等。在贝尔西看来，常识性的理论批评从作者出发，将文学知识视为人的行动和经验的产物，以非理论寻求文本“显而易见”的意义，最终寄生于文学自身。例如表现现实主义将文本看作通向作者态度、思想、心理和经历的某种途径，认为意义是由作者置入文本之中的，而难以回答诸如文本的思想和经验如何获得、采用什么形式、思想是否存在于话语之外、虚构的作品的真实性、文本与世界的关系等问题。又如新批评根据自身逻辑推理，追求文本结构的前后一致性和意义的独立性，对其他话语置之不理，将文学批评与其他问题孤立开来，抹平矛盾，闭合文本，因而是非解释的。贝尔西列举的这些问题恰恰是考察文本构成和破解文学生产过程的依据，更是关系文学批评功能的核心问题。基于此，贝尔西提出批评的目的不是去寻找文本的统一性，而是去发现可能存在的多样性、多重意义、不完全性以及未能描述的矛盾性。[①]这样一种阅读方式显然极具“生产性”：深入文本内部，洞悉文本构成机理，阐释文本话语内容，寻找文本生产的过程，它自然是对传统的古典主义、表现主义、象征主义的挑战和破坏。

其三，社会性。从文本意义的构建和生成来看，生产性文学批评首先是凭借语言媒介，发挥语言阐释的能动性和创造性以生产意义。语言作为一种认识事物或现象的工具，对揭示文学活动的规律和特点发挥着重要作用。事实上，20世纪以来，随着索绪尔语言学理论的重要影响，文学批评的“语言转向”成为潮流，语言学在文学研究中日益占据本体地位。无论是俄国形式主义、新批评派、结构主义，还是后结构主义、解构主义、解释学等，都从语言学理论中受益，将语言学的方法用于文学研究，开启文学批评的新方向。在这一点上，正是因为有了语言活动，文学批评的生产性才得以充分彰显，具有了鲜明的创造性和广阔的生存空间。然而，当用语言学方法审视文学批评的生产性构成，很容易得出文学批评本质上是一种语言活动，或者说是对于语言现象和规律的阐释，而湮没了批评固有的生产本质。对此，乔纳森·卡勒指出(结构主义)语言学不是阐释学，没有提供一种发现程序，产生一种

---

① [英]凯瑟琳·贝尔西：《批评的实践》，胡亚敏译，中国社会科学出版社1993年版，第137页。

新的解释,它只是试图确定隐藏在事件背后的系统本质。[①]更重要的,结构主义语言学还忽略了文学与社会的直接联系,摒弃了历史、文化、政治等对文学研究的介入,尤其无法解释文学与意识形态的复杂关系。

对生产性文学批评而言,文学在本质上虽然是一个语言结构,但这种语言形式存在于一定的意识形态之中。从此出发,生产性文学批评始终谋求社会因素的介入,主张意义生产的多重性和交融性,在社会、政治、历史等层面考察文本话语存在,揭示文本形式与意识形态的矛盾。具体来说,文学批评的着力点在于从文本潜在领域入手,打破和分裂文本,凸显文本隐含的社会矛盾和意义冲突,暴露意识形态的秘密、偏见和局限,显出意识形态的裂缝,实现对意识形态的话语生产。例如阿尔都塞以"症候式阅读"发掘文本隐匿的问题,揭示意识形态对社会现实的植入;马谢雷在《文学生产理论》中以"离心"结构的分析显现文本的缺失、省略以及意识形态的加工变形,揭露意识形态的虚幻,构建词语与意义的新型关系;伊格尔顿将文本阐释扩大到整个社会政治文化领域,揭示文本指涉的社会存在和蕴含的政治历史倾向,以"文本意识形态的生产"显现文本建构中的历史政治内容,使文学批评成为基于不同话语基础的文化政治批评,等等。这就将文学批评推进到意识形态领域,发挥批评积极介入社会政治的生产性功能,使被遮蔽的一切得以彰显。在这个意义上,生产性文学批评具有现实指涉性:它借助文本形式的运作机制,实现了批评的社会、历史、政治转向,使批评重新回到社会生活,发挥关注现实、干预现实的创造功能。

按照库恩对"范式"概念的描述,科学的发展是范式不断转换的过程,这一过程伴随范式的突变、结构性转换和新旧知识体系、思维方法的变革。正是在范式的这一转换上,理论暗藏着破茧而出的玄机。文学批评作为"艺术生产"凸显的创造性、过程性和社会性等特征有别于传统文学批评的风貌,彰显了批评范式的转变和生产性的话语力量。在这一过程中,发挥生产性文学批评对现实的重塑功能,解决理论自身的能动性不足问题就成为当代批评的应有之义。尤其在后现代主义语境下,艺术生产与意识形态、现代技术、文化批判、审美功能等密切关联,呈现出文化生产的发展态势,其具有的社会批判特色、审美救赎理念和文化政治诉求彰显无遗。这些促使我们进一步思索在新的文化语境下,在艺术生产的视域中,当文学批评作为"生产",以动态性的机制打破文本自足的神话,进而为读者生产出意识形态的文本时,如何构建基于生产维度的文学批评模式,扩大文本释意空间,使批

---

① [美]乔纳森·卡勒:《结构主义诗学》,盛宁译,中国社会科学出版社1991年版,第61页。

评向纵深发展。而这一切,都昭示文本阅读观念从传统到现在的变革。

第二节 文学存在:从线性阅读到症候式阅读

文学批评作为“艺术生产”的存在于20世纪的理论界而言,可谓是一场革命:批评通过发挥价值创造的话语阐释功能,介入到文学意义的生产之中,不仅获得了与文学创作同等的地位,还以“生产性”诠释文学活动,实现价值增值,批评作为学科的理论化日益形成。由此,作为语言符号交织而成的文本,经批评者的经验、知识、感受、阅历、情境等填充,敞开自为的一面,在接受中获得再创造,成为有意识的存在。“本文调动起人脑里储存着的经验和知识,调动起人对现实因素以及这些因素之间有规律的现实的掌握,从而在接受意识中构造起表述。正因此,重构同时也就是建构。”[①]无论是英加登视文学作品为“意向的客体”,韦勒克强调艺术品是“经验的客体”,还是费什从文化控制界说文本接受,都意在突出文本是一个由读者、作者、意识形态等要素实施对话和交流的动态体,而文学就存在于这种多重因素和关系构成的复杂机制中。这一切无疑伴随20世纪阐释学和接受理论的兴起以及读者地位的提高,使得文本和文本阅读才有了和传统不一样的存在。这种“不一样的存在”主要表现在文本由传统的线性存在,转向现代充满症候的对话存在,文本解读也由线性阅读转到“症候式阅读”,凸显阅读观念的变革。

一、线性阅读

人类文化的发展随着社会生产方式的转变,呈现不同的形态。按照学者们对文化的分期,人类文化基本经历了前现代、现代和后现代等三个阶段,这三个阶段分别标志文化和社会的未分化、分化到去分化的过程。文化生产范式从前现代向后现代的转移必然反映在文学活动中。在经典生产时代,文学触及人的精神因素和灵魂深度,指向人的个性与自由王国的构建,呈现强烈的历史意识和鲜明的线性叙述特征,包括作品情节的整一性、事件的因果性、结构的层次性等,显现传统时期对“元叙事”的运用。如亚里士多德在《诗学》中提出叙事结构的完整性,认为悲剧和史诗要有完整的行动和完美紧密的组织,有头有身有尾,按照必然律使发生的事件承前启后、首尾

---

① [德]瑙曼等:《作品、文学史与读者》,范大灿编,文化艺术出版社1997年版,第120页。

连贯，给人以快感，同时突出悲剧和史诗的情节安排及叙述方式，因为情节是行动的摹仿，决定事件的发生、结构的布局，对整个作品悲剧效果的形成具有重要意义。由此，古希腊叙事艺术严格按照前后一致的有序原则，追求结构的完整性、事件的因果性、时空的一维性，形成封闭完整的线性叙述风格，而不容许某些反线性手段的插入。比如亚里士多德反对情节与行动的"穿插"行为，因为这种穿插缺乏因果关系，无法反映可然或必然的联系，破坏了情节的完整性，使各部分的联系中断。[①]古希腊叙事风格无疑是古典审美文化未分化的鲜明体现，是线性叙事结构的代表和雏形，对后来文艺发展产生深远影响。

线性叙事模式反映出古典时代、中世纪、文艺复兴时期，直至18世纪现代小说兴起后，文艺作品以意义和结构主导文学发展并以此影响读者的事实。瓦特在追溯现代小说的兴起时指出，从古典文学到文艺复兴时期，作家按照一种正统的文学观念处理情节，其书写内容不外乎历史和传说，但与此同时，作家以个人经验取代传统神话、传说内容的书写日益增长，变革了小说的发展方向。[②]确实，随着宗教文化与世俗文化的分离，现代小说发展呈现出某种自主性，但总的来看，小说仍然没有摆脱传统的风格，例如依照亚里士多德的叙事观，小说内容要完整，以某种类型的心理活动开头，有开头、中间和结尾；叙述的事件按照一定的顺序发生，且能自圆其说，并且预测出后来的结局；行为活动源于人物性格或个人目的，等等。[③]正是在这一叙事艺术作为此后主流书写模式的影响之下，文学创作一直遵循线性叙事原则，运用线性叙事方法，并固化为作品的内在结构和创作者的思维惯性。如采用首尾连贯的时间顺序，通过"行动元"模式推动故事发展，而故事必然有发生、发展、收尾、回顾；情节转换虽扑朔迷离，但存在因果关系，逻辑清晰，叙事完整；宣扬善恶劝惩的观念。更重要的，叙事主体直接对听者讲述人物、事件的来龙去脉，"个人化"倾向明显。这种叙述模式有点类似本雅明所言的"讲故事的人"。本雅明认为作为小说的因素——古代的讲故事传承着人类的早期经验，无论乡村劳动、海上劳动还是城市劳动，讲故事都是一种劳动过程中手工形式的交流活动，是精神的栖居地和传播智慧与真理的机会。具体来说，讲故事的人是从远方归来的人，有着丰富的人生阅历，其种种生

---

① [古希腊]亚理斯多德：《诗学》，罗念生译，人民文学出版社1962年版，第31页。

② [美]伊恩·P.瓦特：《小说的兴起》，高原、董红钧译，生活·读书·新知三联书店1992年版，第6—7页。

③ [美]拉什：《后现代主义：一种社会学的阐释》，《国外社会科学文摘》2000年第1期。

活痕迹或者自身经历会印在故事中，故事是无瑕的珍珠、浓烈醇厚的美酒，因而讲故事不像新闻报道以传达事情为目的，而是以独一无二的方式再现讲故事的人的全部生活，让故事之火把生活灯芯燃尽。由于故事在听众心目中占据一席之地，因而听故事的人以崇敬和膜拜的态度保持对故事特有的专注，把听来的东西记在心里，并形成复述故事的天赋。[①]本雅明虽然在追忆古老的手工生产氛围中孕育的讲故事艺术，慨叹口述传统行将终结并成为某种遗风，但他同时指出，听故事的人面对听来的故事，往往不加判断。这无疑体现了"讲故事的人"具有控制故事的能力，听故事的人则是一个纯粹的倾听者和接受者，并由此形成一套叙述程式，即"说—听"模式。一个明显的例证是，讲故事作为故事发展的原动力在后来小说中被保留下来，主体性成为推动故事情节发展的生产动力。

例如狄德罗的小说《定命论者雅克和他的主人》以第一人称讲述主人公爱情经历，并不时中断叙述，穿插对读者的解释和评论，"说—听"模式明显。这里仅举几例。小说开篇就在叙述中透出目空一切的态度，例如关于雅克和主人的姓名，作品这样回答读者："这关你什么事？"关于雅克的恋爱史，作为叙述者的"我"提出可以让读者等一年、两年甚至三年，再来听。因此，制造故事是很方便的事，无人阻止，更不关乎读者。又如作品将雅克和读者进行对比，认为雅克像读者一样，是"富于情感的人""好奇的人""罗苏的人"和"好问的人"。[②]表面上说的是雅克，但同时意指读者，"罗苏（即啰嗦）""好问"等流露出对读者的情感态度。再如老板娘、雅克和主人之间发生争论，"我"提出可以在这三个人中间掀起一阵激烈争辩，让雅克抓住老板娘肩膀，从房间中掷出去；让雅克被他的主人抓住肩膀，从房间中驱逐出去，"我可以让这两个人各奔东西，我可以使您既听不到老板娘的故事，也听不到雅克的恋爱史的下文"。[③]在这里，叙述者通过行使自己的权力，控制着三个人物的故事发展，自然也左右着读者的阅读观念。此外，作品中类似的语句还有很多，如"完全可以中断雅克的连长的故事，随我的高兴弄得您不耐烦。""我已经清楚地告诉您了，我以后就不负这个责任了。""读者，您把我当作一个傀儡了，这是不礼貌的。……您听我讲也好，不听我讲也好，我一个人还是要说的。"总之，作品虚拟"我"与读者的对话，包括一些议论和感慨，固然有和

① [德]瓦尔特·本雅明：《本雅明文选》，陈永国、马海良编，中国社会科学出版社1999年版，第299页。

② [法]狄德罗：《定命论者雅克和他的主人》，匡明译，人民出版社1958年版，第49页。

③ [法]狄德罗：《定命论者雅克和他的主人》，匡明译，人民出版社1958年版，第104—105页。

读者交流内容、传达情节信息的目的，但却反映出叙述者对故事情节发展的介入和把控的特权。读者如影随形，行走于作品之中。

中国古代虽然没有形成系统的文学阐释理论，但文人先贤在对博大精深的经典文献资料研读过程中，其特有的治学方式、阅读经验和审美倾向日渐积淀成文本阅读和阐释思想，贯穿古代文论发展的始终。一方面，古代先贤十分注重读书治学，认为读书可以产生“与古人居”、“与古人谋”（孔子语）的效果，或者说阅读是一个关乎个人文化修养、道德伦理和国家治理的重要事情，这才有了凿壁借光、悬梁刺股、牛角挂书、囊萤映雪等勤奋读书的典故。在这一过程中，虽然古人也提倡阅读须潜心涵泳，但受限于礼教宗法，其阅读的动机、方法带有很大的功利性和伦理取向。例如以儒家为代表的传统思想强调读书关乎修德、明道、穷理、致用，“学而优则仕”，表征个人伦理道德和政治追求。在这方面，程朱理学从穷理出发，主张“格物致知”的读书方法，阳明心学从“心即理”出发，强调经典阅读要“致良知”，为己所用，实现知行合一。由此，读书治学转化为个人修养、人格道德修炼以及追求功名利禄的桥梁，具有实用目的，而面对经典文献，读书人力图从中寻找的是符合伦理道德观念的普适原则。这种阅读的功利性使许多读书人奉之为圭臬，形成中国古代特有的阅读策略。另一方面，在中国古代文学鉴赏和批评中，表征古代文学阐释的重要思想，当推孟子的“以意逆志”和“知人论世”。孟子针对咸丘蒙有关《诗经》中诗句的断章取义理解，提出解读者“不以文害辞，不以辞害志。以意逆志，是为得之”（《孟子·万章》）。在这里，孟子强调对《诗经》的解读不能以个别的、字面的文辞去曲解原文，损害对整篇诗歌本意的理解，而应基于字句所在的语境，用已“意”去揣度、推测作者的“志”。当然，“以意逆志”离不开“知人论世”。《孟子·万章下》提出“颂其诗，读其书，不知其人，可乎？是以论其世也。是尚友也”。“知人论世”说本意在谈交友之道，关乎交往行为，但迁移到诗论领域，主要指阅读作品时，既要了解作者本人的生平、经历、思想和创作意图（侧重于人），又要知晓作者的时代背景、社会状况（侧重于社会），有效发挥其对诗歌鉴赏和文本阐释的批评作用。

“以意逆志”和“知人论世”说为如何解读诗歌以发掘诗歌的思想内涵提供了基本方法，加之长期以来形成的一套阅读治学策略，如陆九渊“涵泳兴味”“六经注我”，朱熹“切己体察”等，这些丰富了中国古代文本阐释理论。虽然在这一过程中，古代阅读治学注重发挥阐释者“以意逆志”的能动性及其与作者交流的主动性，深入开展文学阅读和批评，但基于“诗言志”的传统以及明道、致用的目的，基本上都是站在作者的立场上，立足于诗的情意，体会作者的情感，诠释作者的写作意图，强化作者的中心地位，因而其意义阐释具有相对客观性。连同孔子的“述而不作”、陶渊明满足于会意而“不求甚解”以及玄学的清淡阅读等，共同构成了中国古代文学阅读和批评的主要策略，而读者作为个体只能屈从先贤大儒的经典说教，以明志为目的，在阅读中格物穷理致用，不发出任何个人声音，其读出来的是涵养性情的道德教化内容。

“以意逆志”和“知人论世”说对后来的小说叙事以重要影响。中国古典小说叙述中有一个特有现象，那就是“说书人”的存在。按照现代叙事理论的分析，小说是作者写出来的，作者往往藏于幕后，以叙述者的身份将作品意图传达给读者。然而，中国古代小说中，叙述者却以“说书人”身份出场，借助“说书人”声音讲述故事内容，形成特有的“说书人”传统。一方面，“说书人”自称“在下”“说话的”“我”，以“看官”“你”指代听众或读者，通过“说书人”与听众或读者之间的对话，强化作品情节的真实感和在场感。另一方面，作为叙事主体的“说书人”负有解释文本故事和情节发展的职责，在故事叙述上以第一人称和全知视角，将故事讲给听众或读者听，以此突出对叙述内容的掌控，即“我说你听”。听众或读者则在说书人以“看官”的直接招呼下，进入到说书人营造的语境之中，顺应说书人的思路理解故事内容。例如《初刻拍案惊奇》卷一开始，作者引用诗词、俗语、古语等，慨叹人生功名利禄总有天数，万事已定，然后自我发问，引出一番议论：“说话的，依你说来，不须能文善武，懒惰的也只消天掉下前程；不须经商立业，败坏的也只消天挣与家缘。却不把人间向上的心都冷了？看官有所不知，假如人家出了懒惰的人，也就是命中该贱；出了败坏的人，也就是命中该穷。此是常理。”作者虽以说书人口吻，站在听众或读者的立场自我质疑，加强与听众或读者的互动，但言下之意是要听众或读者在他的解释下进入到预想的说书场。或者说，正是这种互动，说书人以故事组织者的身份，强化对听众或读者的话语说教。而为了制造这种效果，叙述者往往以议论的方式对叙述指指点点，或者制造一个假性的叙述场面，实现对叙述的干预和控制。[①]由此，听众或读者由于自己所处的地位，只能以被动地、直观地接受方式，即以线性方式接受“已知”文本，或通过“知人论世”来“以意逆志”，迎合其中的思想观念。

“说—听”的线性接受模式使读者在阅读过程中不逾越既有的阐释边界，避免产生理解上的谬误，曲解作者的意图表达，而语言只是在其中起着中介作用的工具，这就规避了读者的阅读心理体验及其对“生产意义”的文本批评和深度阐释。对此，罗兰·巴特指出，声音写作属于“文”生成的意指

① 赵毅衡：《当说者被说的时候：比较叙述学导论》，中国人民大学出版社1998年版，第29页。

过程,是一种文之悦的审美活动,这种声音写作的目的不在于传达明晰的信息和情感的戏剧效果,而在于寻求令人砰然心动的偶然物和语言,即文的生成。罗兰·巴特在《S/Z》一书中曾谈及该书的形成,指出该书是1968年和1969年研讨班上研读巴尔扎克的小说《萨拉辛》的文本,更是学生、听众及朋友耐心倾听的结果,"倾听"成为"文"生成的要素。在罗兰·巴特看来,倾听有三种:第一种是普通的倾听,例如狼听着猎物的声响,孩子听着母亲的脚步声等;第二种是按照特定的符码进行倾听和辨识;第三种倾听不同于前两种,它不针对确定的符号或信息,而是在主体间性的空间内牢牢盯住某人,倾听某人说。[①]罗兰·巴特指出,这第三种倾听建构了交流的"意指过程":它不是某种所指、确认的对象显现,而是能动的言说——"倾听在言说",即不停地产生新的能指和意义的意指过程,具有多义、多元和重叠性,所以,倾听的自由如同言说的自由,"我倾听"同时也是"倾听我"。对于阅读来说,由于阅读是符码的转换,而每个符码都是一种可控制文的力量和融入文之内的声音,所以文本阅读无疑是倾听文字发出的天籁之音。为此,巴特特别推崇读者"抬头而读"带来的思绪兴奋和联想,并认为这唤起了一种新的阅读理论。"倾听"为何具有言说的能动性乃至在主体间性视域内产生意义? 由于倾听者将整个身体置于声音内,声音直接在场,处于身体和话语的融接处,使得倾听者的言说与言说者的言说融于一体。[②]也就是说,身体和话语合为一体,传统"听"与"说"的阻隔被打通,阅读的过程即发现意义的过程。由此,相对于传统关注作者的单向思维阅读,罗兰·巴特的"倾听"拓展了阅读自由度,实现了阅读方式的后现代变革。

当然,我们应看到,罗兰·巴特的文本阅读理论固然提升了读者在文本理解和阐释中的能动性、创造性,甚至具有君临作者之上的权利,但对主体作者的舍弃和对文本互文性(复数)的强调,使得文本处于不断被重新命名、意义的再生和延异之中,而文本内在的结构、程式和潜藏的问题(尤其意识形态)被遮蔽起来,这些恰恰可能是文本所要展现的本真意义。在这个意义上,阅读或批评的功能就是通过"生产性"作用,把隐性问题和话语揭示出来,透过现象洞悉本质,重构文本的真理价值。这样,与传统线性阅读相异的阿尔都塞阅读理论便进入了我们的视野。

---

① [法]罗兰·巴特:《S/Z》,屠友祥译,上海人民出版社2000年版,第11—12页。

② [法]罗兰·巴特:《S/Z》,屠友祥译,上海人民出版社2000年版,第14页。

二、症候式阅读

（一）“症候式阅读”的文本观

1. 何谓“症候式阅读”

在马克思主义诠释学的构建史上，阿尔都塞的文本解释学引人瞩目：通过对马克思早期哲学著作的结构式解读，阿尔都塞以一种全新的“症候式阅读”法，揭示文本显性话语之下的隐性内容，发现文本背后的问题域，挖掘文本的潜在价值，标识自己的哲学特征。其新诠释学理论主要表现在将文本解释建立在哲学认识论的基础上，并视其为一种“认识的生产”，以对“阅读何以可能”的发问与传统施莱尔马赫，乃至伽达默尔的文本阅读观相决裂，开辟马克思主义诠释学的新领地，肩负起“保卫马克思”的责任，无疑具有方法论的意义。

在《读〈资本论〉》中，阿尔都塞提出公开的语言文字——那些黑格尔般绝对真理的神话、听到的耳朵的神话、看到的眼睛的神话，都见不出历史的真实。面对真理在宗教幻想中披上字和词的外衣，阅读者必须具有某种思想，从被思维的历史理论出发，将书面的语言变成直接的真理，同阅读的宗教神话决裂，这就需要一种全新的文本阅读方法。通过分析马克思对古典政治经济学著作的阅读状况，阿尔都塞区分出两种阅读策略。一种是直接的阅读，这种阅读如同通过栅栏浏览一样，将文本的论证当作现成的东西，而不对阅读的内容提出任何问题，阅读无非是求得一致性和不一致性的记录。这种阅读模式从主体“定睛看”“简单的看”和仔细聆听出发，以为通过“看”的目光、“看到”的东西、“看”的能力和“看出”的认识等就可以明察秋毫，占有存在的本质和真理，实现对客体的理解。但实际上，“看”的阅读把认识对象的本质归结为客观存在，止于对文本的空缺、功绩和缺陷予以总结而缺乏对空缺原因的深刻反思，其所带来的疏忽是“看”的“心理学缺陷”，文本解读成了以眼睛一览无余地对明明白白客体的再认识。这种回顾式阅读将文本空缺带来的“疏忽”与“看见”相统一，阅读视角没有游移，文本的真实面目潜而不露，势必是对文本表层意义、现成东西的直接阅读，因而只能是如阿尔都塞所指出的，对马克思文本的阅读是对马克思已经看到内容的重复。

另一种阅读是“症候式阅读”。在《读〈资本论〉》中，为了解决仅仅依靠“看见”来阅读和理解文本而忽视其中空缺的存在，阿尔都塞提出了“症候式阅读”。这种阅读方法有别于直接阅读法，具体是指阅读中不能仅止于文本表面文字、表层意义的理解,而应转换视角,从文本叙述中无意识暴露的沉默、缺漏、脱节和空白等症候入手寻求深层次的隐秘结构,发现文本的言外之意及其内在机理,诊断症候背后被压抑和掩盖的更大问题,揭示文本没有表述出来的话语内容,藉此建立起新的阐释方法和理论体系。"所谓征候读法就是在同一运动中,把所读的文章本身中被掩盖的东西揭示出来并使之与另一篇文章发生联系,而这另一篇文章作为必然的不出现存在于前一篇文章中。"[①]显然,症候式阅读关注的是文字叙述中的空白、沉默、缺失部分,即从显性的文字表述中辨认出沉默的表述,或者说,文本言说的可能只是冰山一角,那些藏于文字背后,以看不到的形式存在的实在东西,通过症候留下的重要线索才是抵达文本意义的真相,是文本真正要表达的思想或观点。对此,阿尔都塞举例说,对于什么是"劳动的价值",古典经济学代表斯密和李嘉图提出"'劳动'的价值等于再生产'劳动'所必需的生活资料的价值"。对于这一说法,普通读者看不出什么问题,觉得很圆满,但马克思独具慧眼,指出古典经济学的表述中存在两个没有说出的空白,即紧靠着两个"劳动"的空缺——"劳动(……)的价值"、"再生产劳动(……)",而且这种空缺对于什么是"劳动"、什么是"劳动"的再生产问题无法给予准确的说明。阿尔都塞指出,对于句子开头和结尾的"劳动"概念本身存在的缺陷,马克思通过以"劳动力"代替"劳动",将空白本身当作"生产"表现出来,使古典著作的沉默得到揭示,生产出古典经济学没有提出的问题,恢复了省略的内容和被掩盖的术语的含义,显现术语没有表达出来的真理。为此,在文本阅读过程中,应该对视而不见的东西进行思考。[②]具体来说,古典经济学不懂价值的本质,见物不见人,看不到人和人的关系,尤其对什么创造劳动价值无法给出科学的说明;马克思既讲物又讲人,揭示劳动价值的本质,而空缺的地方正是问题的症候,它所隐藏的是人的社会性内涵。当然,这一切不是马克思从外部干预的结果,而是文本自身透着沉默的东西,同时又与阿尔都塞提出的"总问题"密切相关。对阿尔都塞而言,阅读过程中看得见的东西和看不见的东西具有某种必然的联系,把不可见的当作可见的来理解,使不在场的内容凸显出来,从而变换问题的场所,产生出新的问题,而这个新问题只不过是总问题的症候形式。这就牵引出所谓的总问题结构。阿尔都塞认为总问

---

① [法]路易·阿尔都塞、艾蒂安·巴里巴尔:《读〈资本论〉》,李其庆、冯文光译,中央编译出版社2001年版,第21页。

② [法]路易·阿尔都塞、艾蒂安·巴里巴尔:《读〈资本论〉》,李其庆、冯文光译,中央编译出版社2001年版,第13—15页。

题隐藏在思想深处,决定可见领域被排除和忽略的东西,是看得见的东西的影子;看得见的东西,是总问题关注的对象。由于总问题的存在,看不见的东西以空缺或者症候的形式隐匿,并由局限在一定场所和范围内的看得见东西规定并排斥。“症候式阅读”的目的就在于不断地生产出总问题对它的对象的反思,使隐匿的问题更加明确化。阿尔都塞据此认为这种阅读才是有教养、教益的阅读。

2.“症候式阅读”的文本观

在阿尔都塞看来,症候式阅读中的文本存在两个空间,即看得见的空间和看不见的空间,看不见的空间包含在看得见的空间之内,而看得见的空间只有通过所排斥的东西的否定才能确定自己。于是,“看”不再具有看见的能力,不再是神圣的阅读,代表主体的眼睛,而是由总问题领域反思的结果。对此,詹姆逊认为阿尔都塞把历史或现实作为“缺场的原因”,使统一的文本分裂成相互冲撞的矛盾因素,继而把其中的碎片、不相称和异质的冲动重新关联起来并进行“症候分析”,由此,文本的真正功能表现为层面之间的干涉和破坏,呈现出与后结构主义不同的特色。[①]后结构主义把文本打破使其成为任意游动的符码,与阿尔都塞要求在生产过程层面统一多元因素呈现出明显的不同。从此出发,文本阅读和理解建立在对看不见(无意识或潜意识)领域的探索之上和症候形式的基础之上,体现了阅读和阐释的创造性。

阿尔都塞以症候式阅读对视而不见的东西进行思考,寻求文本潜在话语真相的表达,其启发就是摒弃“看”和直接阅读、栅栏式阅读的方法,破除一直以来整体性的文本阅读和阐释陈规,肯定文本空白、沉默与缺失的意义,将对文本的认识看作是生产,即“认识的生产”。这就颠覆了长期以来文本具有的确定意义,突出文本内在的矛盾冲突。另外,从文本看得见和看不见的空间中可知,文本有显文本和潜文本之分,显文本把潜文本作为自身的否定包含在自身之中,而且由于潜文本的存在,文本阐释成为意义的生产过程。克里斯蒂娃认为文本是一种生产力,它通过语词的空间交汇,重新分配语言顺序,展开对话,成为多文本吸收、排列和置换的实体,而且每一个文本都是亚文本和参照物,从而人们从一个文本可以读出另一个文本,在文本间性的“破坏—建立型”关系中不断用阐释完成意义的建构任务。[②]由此,阅读不仅意味着把潜在或隐藏之物的象征意义和支配结构揭示出来,改变已经

① 王逢振主编:《政治无意识》(《詹姆逊文集》第8卷),王逢振、陈永国译,中国人民大学出版社2016年版,第36页。

② 罗婷:《论克里斯多娃的互文性理论》,《国外文学》2001年第4期。

存在的东西，而且意味着文本的意义是在文本间的阐释和对话交流中生成，在互文性中实现新的话语理论的产生。

我们以《红楼梦》中林黛玉酒令引发的故事和小说《项链》为例，揭示文本具有的症候意义。《红楼梦》第四十回中，鸳鸯做令官，贾母、薛姨妈、史湘云、薛宝钗、林黛玉等说酒令。轮到黛玉说酒令时，黛玉对鸳鸯“左边一个天”的回答是“良辰美景奈何天”，书中描写此时宝钗的反应是：“宝钗听了，回头看着他。”“良辰美景奈何天”出自汤显祖的《牡丹亭·惊梦》。该曲目写深受封建礼教束缚的杜丽娘一日走出闺房，到后花园游玩，看到姹紫嫣红的迷人春色与荒凉残败的断井颓垣为伴，良辰美景空自流逝，赏心乐事与己无缘，不禁触景生情，顾影自怜，黯然伤感，发出“一生儿爱好是天然”的心声，萌生的情思、春色如许的期待、青春的觉醒融于一体，表现杜丽娘对人性的美好和自由幸福的追求，对封建礼教观念的无情控诉以及追求个性解放的精神。回到黛玉的酒令，再联系《红楼梦》第二十三回黛玉耳听梨香院内女孩子唱《西厢记》《牡丹亭》词曲，从开始“侧耳细听”“心动神摇”到后来“心痛神驰，眼中落泪”的反应，可知“良辰美景奈何天”不仅是黛玉处境的真实写照，与她此时的心情相契合，也预示着宝黛爱情的发展。而对于黛玉酒令的反应，宝钗“回头看着他”可谓是症候：为何在场的人中只有宝钗对黛玉的酒令有反应？宝钗“回头看着他”隐藏着哪些内容，“缺席”了哪些内容，又寓意什么？这里我们约略可以推测，宝钗这一“回头”暗示她读过或者熟悉《牡丹亭》唱词，而《牡丹亭》等向来被道学家视为“淫词”，所以，这一细节也体现宝钗对传统礼教的态度，反映了宝钗熟谙世故、心机不露的性格。如此，宝钗对黛玉酒令的反应有着深刻的内容，其深层心理通过症候的形式表现出来。果然，到了《红楼梦》第四十二回，宝钗叫黛玉跪下，审问黛玉行酒令一事，并且发了一番慨叹，说自己从小淘气，曾偷偷地背着家人阅读《西厢》《琵琶》等书，遭到大人们的打骂；相较于男人读书明理，辅国治民而言，女孩应该做些耕种买卖、针凿纺织等家务事，不需要认字读书。如果读书，要读些正经的书，而不要读那些“移了性情”的杂书。显然，通过症候解读，我们能读出文本的微言大义，体会文字背后的精妙以及没有说出的丰富内容。

《项链》是法国作家莫泊桑的短篇小说，主要围绕“项链”讲述了一个人生变幻无常的故事。容貌俏丽、渴望享受奢华生活的玛蒂尔德由于家境不佳，只好嫁给了教育部的一个小职员路瓦栽。为参加教育部部长的舞会，玛蒂尔德特地向朋友佛来思节夫人借了一串钻石项链，却在舞会结束后的回家途中丢失。为此，夫妻俩东拼西凑，借了不少高利贷，买串新的项链还给朋友，并通过辛苦劳作，最终用十年时间还清所有债务。小说结尾处写玛蒂尔德偶遇佛来思节夫人，获悉当初借的项链最多值几百法郎。故事到此戛然而止，残酷的现实无疑给了玛蒂尔德当头一棒，也给读者留下无尽思考。这个辛酸的故事颇有偶然性，昭示一件极小的事可以给人以意想不到的结局，人生变化无常，命运变幻莫测。当然，因为一串项链而成为一生的背负，我们不应该过度责备玛蒂尔德，完全怪罪于她爱慕虚荣，追求享乐，不甘于平淡无奇的生活，欲借美貌跻身于上流社会的一面。毕竟，这也是一个爱美者的悲剧。事实上，玛蒂尔德的悲剧在文中多有伏笔，以症候的形式显现出来。例如玛蒂尔德到佛来思节夫人家里借项链时，佛来思节夫人让玛蒂尔德自己挑选；当玛蒂尔德发现黑缎子盒里一串非常美丽的钻石项链，担心佛来思节夫人不借给她，哪知佛来思节夫人却爽快地同意了。还项链时，佛来思节夫人连盒子都没有打开，更别提仔细检查项链了。这些从一个侧面暗示佛来思节夫人的项链有可能是廉价品，而这一切，单纯的玛蒂尔德当然不会想到。果然，在小说的结尾，玛蒂尔德偶遇佛来思节夫人，才获悉那串项链是假的。这一结果的背后，我们约略可以猜测，佛来思节夫人平时也可能戴着这串廉价项链，出入高贵场合，给她增添令人艳羡的魅力。正是文中凸显的这些能指符号，使得文本形成空缺，真正的意义却显而不露，同时给人以疑窦顿生、别有洞天的感觉，成为一个意义生产的场域。

3."症候式阅读"溯源

症候，本指疾病在人体内的症状和显现。作为精神分析的创始人，弗洛伊德以症候探究神经病患者的病症形式、形成及其心理动机，揭示症候的价值和意义。在《精神分析引论》中，弗洛伊德指出神经病患者的"症候动作"并非偶然，而是有着深刻的情感欲望、心理历程和潜意识指向。他举例说，前来就诊的病人忘记关门，不是偶然的和无意义的，这一动作反映了病人的心理历程，暴露了病人对医生的态度；因一封匿名信患上嫉妒妄想症的老太太，受到痛苦的折磨，和其情感经验、精神历程等有很大关系。此外，类似强迫症、癔病、癫狂、特异的冲动、记忆缺失和健忘症等得到伪装的形式和病人的生活有密切关系，表征个体的生活经验。这些症候动作，患者并不知道其来源和动向，但却潜意识地存在着，因此，弗洛伊德提出症候是有意义的，应重点关注症候背后的意向以及症候和潜意识之间的关系。在这方面，他提出症候是患者内心某种潜意识活动的结果，或者说只有患者内心有某种潜意识的活动，症候才具有意义，因而症候是潜意识活动的证据，其意义总是指向潜意识，而当潜意识成为意识，症候随即消失。[①]弗洛伊德关于症候的

---

① [奥]弗洛伊德:《精神分析引论》，高觉敷译，商务印书馆1984年版，第221—222页。

意义发现,为深入揭示文本中的无意识存在、解读文本潜藏的东西提供了切入口。拉康重点从语言学视角研究精神分析学,关注语言结构的象征性与无意识的密切关系,以及无意识的语言结构和主体生成的关系。拉康认为婴儿面对镜子中的影像,能将其与自我联系,认同为自己,在想象的层面上确立“自我”与“他人”的对立,后来由于语言的介入,重建起“我”的主体功能。事实上,对“我”来说,无论是镜像认同,还是后来的他人认同,都是作为“他者”而存在,彼此是一种想象的主体间关系,通过语言传达意义。在拉康看来,“他者”就是弗洛伊德推崇的无意识,在“他者”的组织下,无意识是能指的基本要素、聚集场所和宝库,更是语言对欲望结构化的结果,而症候的真实就存在于被压制的无意识和漂浮的能指之中,即无意识的能指是力图冲破压抑的症候。总之,拉康视无意识为语言的形式,将无意识、症候等置于语言符号的分析中,而被压抑的能指语言必须发出,症候显然是有意义的。弗洛伊德和拉康对症候与潜意识(无意识)关系的处理为阿尔都塞的症候式阅读提供了理论基础。

症候式阅读中“症候”意义的凸显还离不开语言机制功能的发挥。文学充满着温度,与其相关的阅读是人类情感的再体验,它以满足人类丰富的情感需求为主旨,唤起受众想象力并使其进入诵读涵咏的艺术情境,感悟作品中的新奇叙事,创造情感体验的新天地并藉此构建情感体验谱系。这一切首先是语言机制在发挥作用。作为一种符号,文学语言具有独特的审美价值,它虽然由声音、词汇、语法、句子、修辞等组成,但这些结构的组合又散发独特的情感色彩,以栩栩如生的个性形象反映多姿多彩的社会生活。语言学家萨丕尔认为语言不只是思想交流的系统,它还是文学的媒介,具有独特的形式和质料,预先决定了精神的符号表达。在萨丕尔看来,这种表达是文学所特有的,即在文学里弥漫一种比任何个别语言都更为直觉的语言媒介,它隐藏着其他语言没有的审美因素,例如语音、节奏、象征、形态等,这些因素将语言艺术升华。[①]显然,文学语言有着丰富的意蕴,包含着言外之意,它与指涉的事物之间构成一种特殊的审美关系,呈现创造性、情感性、想象性。

对于文学语言的这一特性,中国古代文论亦有揭示。古人强调语言在叙述中的隐晦性和蕴藉性。刘勰提出“辞约而旨丰,事近而喻远”(《文心雕龙·宗经》),刘知几提出“言近而旨远,辞浅而义深”(《史通·叙事》)。这些论述凸显语词具有“言近”“辞浅”“辞约”等蕴藉含蓄、婉而成章的特点,无论是隐含的大义还是委婉的语言,其传达的都是“旨远”“旨丰”“义深”“喻远”的

① [美]爱德华·萨丕尔:《语言论》,陆卓元译,商务印书馆1985年版,第201页。

言外之美，即“言在于此而意寄于彼”，从而描摹状物时重弦外之音、无言之美，以简写繁，以少总多，寄慨遥深，余味深长，在言辞之外营造一个意蕴无穷的高远空间，成为创作者的审美追求。另一方面，古人还注意到由于“言”的含蓄性、有限性，“言”和“意”之间存在着矛盾关系。如“书不尽言，言不尽意”（《周易·系辞上》）、“意之所随者，不可以言传也”（《庄子·天道》）、“恒患意不称物，文不逮意”（陆机《文赋》）。如何协调这一对矛盾呢？古人借助“象”来表达幽深的“意”，如“立象以尽意”（《周易·系辞上》）、“寻言以观象”“寻象以观意”（王弼《周易略例》），突出“言”“象”“意”之间的结构关系，强调“象”对“意”的传达作用。由此，“象”实现了“言”和“意”的有效沟通，也弥补了“言”的局限性。这给读者的启发是，读者在阅读的过程中，要善于发现“言”背后的深刻意蕴及其预设的无限空间，追寻艺术的本真所在。其实，不仅文学作品中讲究“言外之意”，中国古典绘画、园林艺术中也讲究“言外之意”，即特有的留白艺术。如绘画构图中追求黑白、轻重、浓淡、虚实、有无的意味，景物描写高度概括，极尽简笔，或在边角的地方寥寥几笔，或在不经意处勾勒点缀，使空白的地方呈现虚实相生、空远静谧、超然物外的意境之美，“意境”在留白中得到了充分显现。园林作为一种空间艺术，往往通过借景、障景等虚实穿插的技巧，表现景物的藏与露、显与隐，游客则在极具流动感的空间中移步换景，醉心于“宛若天开”的幽远情致，开启一片自由联想的天地。苏轼曾慨叹“空缺”的重要价值，提出“空故纳万境”（《送参廖师》），强调“空”在容纳万物境界中的重要意义，传达出一种深邃浩渺的意境。这种空缺隐喻艺术充盈无言的生命力，给人以想象的余地。显然，这是实与虚、有与无的统一。可见，中西文论亦不乏相通之处。

（二）“症候式阅读”的批评实践

1. 阿尔都塞《我们的米兰》剧本“症候”分析

阿尔都塞倡导的“症候式阅读”是一种文本表层和深层的双重阅读、互文阅读，这种阅读不仅质疑文字表面意义的有效性，还通过对文本表层各种空缺、断裂及其症候的揭示，牵引出文字背后的结构联系和深层问题，实现对起决定作用的问题结构的发现和反思，以科学地解读和阐释马克思主义哲学。对阿尔都塞来说，科学的进步在于探究未知的领域，而马克思主义哲学存在于对资本主义的分析中，这就需要以特有的解读观逐一剖析马克思的著作，洞悉最深刻的理论问题。在这个问题上，阿尔都塞指出马克思的思想以《德意志意识形态》为标志，存在一个“认识论的断裂”，并把这一断裂具体化为意识形态和科学的对立，即从人道主义马克思主义向科学的转变，显示马克思以唯物史观实现同自己早年理论思想的决裂。阿尔都塞认为这一切很有必要依靠严格的理论阐释和“症候式阅读”策略作出系统解释。[①]

阿尔都塞对马克思思想转变的揭示影响了关于文艺与意识形态关系的理解,同时也将这一问题推进到文本结构和形式层面,形成了特有的文艺意识形态批评。既然科学与意识形态势不两立,那么文艺如何暴露意识形态的虚假意识,凸显意识形态包裹下的社会现实,就成为阿尔都塞面临的问题。一方面,在艺术和科学的关系上,艺术不同于科学所提供的认识,或者说,艺术给予人们的是某种特殊的认识。这种特殊性在阿尔都塞看来,主要表现在艺术是以独特的审美方式让人“觉察到”或者“感觉到”的某种暗指的意识形态现实。另一方面,在艺术和意识形态的问题上,由于意识形态和人自身的体验具有一致性,因而浸透在作品中的意识形态原料只能通过个人的感觉、理解和体验,领悟其存在。也就是说,不同于科学以认识的方式对待意识形态,艺术以体验和感觉的方式“觉察”意识形态的存在,而非与意识形态同流合污。从此出发,意识形态在文本内形成特殊的结构,文学生产从而具有不同于其他生产的独特性。

在解读贝尔多拉西的剧本《我们的米兰》时,阿尔都塞指出该剧情节虽然简单,平铺直叙,只涉及三个主要悲剧人物,但三幕戏内在结构分离,具有潜在的含义。例如戏剧中空白的、缓慢的长时间和充实的短时间并存,多人物出场空间和三个悲剧人物出场空间并存,而这两种时间或者空间之间彼此没有任何联系。又如静态时间中的人物同瞬间时间中的人物没有关系,平铺直叙的时间里出场的是一群既典型却又无名无姓的人物,而剧中人物偶然会见、简短交谈和闲聊争吵的时间恰恰是空白时间。再如尼娜最后抛弃虚妄的幻想,同父亲决裂而走向真实的世界,体现虚假意识和真实环境的毫无关系,等等。[②]正是这些对立的时间和空间,依据意识形态的内容,赋予剧本以深刻寓意,使剧本产生不可抗拒的内在推动力和巨大感染力,而在这一错综复杂的时空关系中,1890年米兰平民生活的困苦,没有希望、没有前途和真空、虚度、停滞成为这个可悲时代的实在内容。阿尔都塞进而指出,《我们的米兰》除了台词、人物和舞台活动外,其不对称的离心结构虽然没有明说,但它在观众场面和悲剧场面不言而喻的关系中,在两者的不平衡交替中存在着,观众无意识感觉到剧本结构的深刻寓意。这种表面上令人迷惑不解而其实意味深长的潜在形式,正是导演无法用清晰的语言直接说出来

---

① [法]路易·阿尔都塞:《保卫马克思》,顾良译,商务印书馆1984年版,第18页。

② 陆梅林选编:《西方马克思主义美学文选》,漓江出版社1988年版,第506页。

的东西，也是文本的“症候”。这反映了剧本中真正重要的东西是内在结构要素之间的关系。从此出发，阿尔都塞认为，艺术家(例如画家)在表现社会自然物的形态或者物与人的关系时，不要直接突出其社会关系、生产关系和阶级斗争，而要通过结构要素间的内在批判，尤其通过意识形态的形象加工，制造出内在的距离，描绘出支配它们的不在场，以“离心”结构实现对意识的真实阐述。否则，艺术所描写的只是意识形态信仰的形象，是道德、政治和宗教的世界。

2. 马谢雷“生产性”的文学批评实践

(1) 批评作为“文学生产”的科学

马谢雷继承老师阿尔都塞意犹未尽的作品结构分析，将症候式阅读引入文学批评实践，通过揭示其中潜在的意识形态症候，凸显文学生产的内在逻辑。在这方面，马谢雷提出文学创作是一种生产活动，这一过程透露着意识形态话语的缺失、空隙、断裂和没有言说的症候，因此必须放弃传统既有的作品完整性概念，对作品的不完整性和非秩序性诸如碎片、边缘、迹象、不相称和离心等给予重点关注，建构“文学生产”的科学。马谢雷的文学生产思想主要反映在《文学生产理论》一书中。

首先，在对待意识形态的问题上，马谢雷认为文学中的意识形态话语具有某种特定性和复杂性，或者说，作品是某种特定的意识形态形式。一方面，意识形态具有幻象性和虚假性，尤其出于对现实的想象性解决问题的需要，会掩盖现实的所有矛盾，抹掉一切矛盾冲突的印迹，因而其对现实的反映只能是一种虚假反映。这就意味着文学作为意识形态不同于科学认识，从而为文学介入“生产”创造了条件。另一方面，文学与历史现实的关系不是传统认为的反映与被反映的简单关系，作品也不是直接根植于历史现实，而是产生于意识形态的思考过程。马谢雷在分析托尔斯泰的作品时，提出即使把文学看作是某种认识的方式，这种认识的对象仍然有待确定，“它是从思想上对现实的感知呢，还是现实的本身呢？如果是前者，文学就会仅仅是信息和思想材料的传达手段；如果是后者，它就只不过是某些资料的贮藏库”。[①]因此，意识形态在作品中的存在必然呈现出一种复杂性和矛盾性，这一切需要靠文学批评来揭示和辨认。

其次，文学意识形态生产的内在逻辑。和科学以概念、判断、推理的方式进行意识形态的生产和加工相比，文学是对日常意识形态幻象的加工和变形的结果。文学如何实现对意识形态话语的生产呢？马谢雷认为文学虽

① 陆梅林选编：《西方马克思主义美学文选》，漓江出版社1988年版，第595页。

然以意识形态为原料，但文本意识形态不同于日常意识形态。日常意识形态作为作家创作的素材，是一种撕裂的、空洞的、幻象的话语，是对现实的虚假反映，具有不充分性、不完整性，而且这种语言作为人的内心所承载的东西，追求想象的事物，把人带入无穷尽的话语流之中。[①]显然，日常意识形态话语进入非幻象的文本组织后，需要被打破、分散和重置，改变既有的语言形式，实现自身从“幻象”到“虚构”的转变。也就是说，作家在创作过程中凭借独特的构思技巧和语言文字，将日常意识形态的幻象整合进虚构的文本形式之中，以栩栩如生的审美形象传达出来，这一过程使得进入文本的幻象成为被颠覆和变形的对象，从而文本意识形态不同于日常意识形态，文本表达的现实不同于日常现实，而忽略这种变化，就会混淆作为文本创制来源的非文学语言和用以精心制作文本的初始状态语言。在这个意义上，文本意识形态超越了日常意识形态，文本虚构解构了日常的虚假性，而作家由于受制于一定的时代环境以及个人认识的局限性，其想说的话必然受到意识形态的限制，因而试图在文本这样一个矛盾集中的场所隐藏真实的意识形态意图，即所谓的“言不尽意”“言不由衷”乃至含沙射影般的叙事，甚至在文本中制造冲突和碰撞，颠覆文本的连贯性和整一性，以无意识的沉默、缺失和空白等形成反意识形态的离心结构，实现对现实矛盾的想象性解决。这就是马谢雷所言的“文学通过运用意识形态来挑战意识形态”，即意识形态处于异己的冲突对抗之中，形成文学意识形态的内在生产。这一冲突也使得作家在表现特定的社会现实和审美观念时，拉开与意识形态的距离，暴露意识形态自身的边界和裂缝，再现作品历史和现实的真实境况。

显然，囿于意识形态话语的存在，作家在作品中言说的只是表层部分，而作品的真实意图和丰富的历史价值只能来自于未言说的沉默和缺失部分。马谢雷将这一切归之为问题1和问题2的关系：

话语

问题2

问题1

问题1即作品的表层内容，问题2即作品的沉默和缺席部分。一般而言，我们通过作品话语形式看到的只是问题1部分，而作品真正表达的意图

---

① Pierre Macherey：A theory of literary production，London：Routledge & Kegan Paul Ltd，1978，pp.62—63.

却指向问题2部分。马谢雷指出作品不具有自给自足性，对作品的了解必须依赖于沉默和缺席，正是这种不在场塑造了文学话语，说出了作品没有说出的一切："我们研究沉默，因为它使正在表达的话语无声。沉默暴露了作品话语。"[①]这种矛盾的存在意味着"我所写的"(结构)和"我所表达的"(意识形态)是两码事，由此形成作品的内在冲突。文学批评的要义在于揭示其中被掩盖的话语症候，让沉默的不在场成为文学表达的中心。对此，杰弗里·沃尔指出，马谢雷在对文本材料的复杂描述中，凭借症候阅读区别出空白、沉默、矛盾和缺席，揭示文学生产中被转换的意识形态材料。[②]杰弗里·沃尔明晰了症候式阅读、意识形态与文学生产的关系。可以说，正是症候的寻求，那些隐藏在显性文字背后的沉默和无言，才会暴露意识形态的幻象，反之，文学就不复存在。由此，文学阅读和批评必须着眼于充满矛盾和差异的结构形态，以此辨认和区分其中相互冲突的含义，生产出不在场的意识形态话语。

如此，马谢雷文学生产论中的"生产"具有特殊的含义，它是指凭借阅读和批评，以一定的文学方法和技术手段探寻作品的沉默、歧义和裂缝，实现对意识形态材料的加工和重塑，进而阐释出新的话语形式，窥见历史的真实。当然，马谢雷文学生产论源于阿尔都塞的启发。阿尔都塞指出理论作为实践的特殊形式，其加工的表象、概念等原料由包括意识形态在内的实践形态提供，这就自然引申出文学是关乎意识形态原料加工和生产的实践活动。正是从此出发，马谢雷高举"文学生产"的大旗，构建以"文学生产"为核心的批评科学。

(2) 马谢雷"生产性"批评的理论诉求

其一，以"生产"罢黜"创造"。在文学活动的本质和过程的认识上，马谢雷严格区分了"创造"和"生产"问题。马谢雷提出文学不是一种创造活动，而是一种生产活动；作家或艺术家不是创造者，而是生产者。他不满传统视文学创作为"创造"的人本主义思想，认为文学创造论虽然张扬了人的主体性，赋予文学某种神灵气息，但这种理论忽略了文学的制作过程，尤其对"生产"问题避而不谈。在马谢雷看来，文学创造论的核心是"人创造人"，是在人造神的位置上使人按照一种外在的秩序恢复所谓的权力，成为自我秩序的立法者和被褫夺了自我的"他者"："所有关于创造者的推论旨在消除真正

---

① Pierre Macherey: A theory of literary production, London: Routledge & Kegan Paul Ltd, 1978, p.86.

② Pierre Macherey: A theory of literary production, London: Routledge & Kegan Paul Ltd, 1978, p.Ⅷ.

的知识:准确地说,‘创造过程’不是过程,不是劳动,而是雕刻在葬礼墓碑上的宗教准则。”[①]也就是说,作为人本主义概念的“创造”论完全遮蔽了文学的生产和制作过程。受阿尔都塞症候解读理论的影响,马谢雷认为文学作品不是创造的结果,而是以文学手段和方法进行生产的产物,它具有内在的复杂结构和矛盾,不是传统所认为的牢不可破的铁板一块,而是存在缺失和罅隙。发掘文学作品的制作过程、内在结构和形态差异,尤其通过对作品的不完整性予以关注,揭示文学生产和意识形态的复杂关系,建构“文学生产”的科学,就成为马谢雷文学生产理论的要义。自然,这一切需要借助对作品的重新解读,强化作品的深度阐释,发挥批评的创造性功能。在《文学生产理论》第一章,马谢雷认为“批评”具有含混性,一方面指拒绝、指责和充满敌意的判断,另一方面指积极的知识和可能性的活动研究。“批评作为指责的否定判断与暂时称为解释的确证性知识之间的差异,要求我们对作为赏析的批评(审美教育)和作为知识的批评(文学生产的科学)实施有效的区分。”[②]这种区分明晰了传统寻求规则、技巧的赏析性批评和着眼于规则技巧以及知识建构的科学性批评(生产性批评)的不同,为阅读和批评发挥“生产性”功能以实现对作品的创造性认识和新的理解提供了可能的空间,此即马谢雷所言的“阅读产生写作,写作从阅读中产生”的思想,而只有当阅读能产生新的文本时,这种阅读才具有批评的权威。[③]阅读之所以能产生写作,形成新的文本,主要在于阅读可以发现作品中没有说出的话语内容,使作品潜藏的意义通过阐释得以显露。总之,通过“阅读产生写作”,文学批评与“生产”有机结合,文学作为意识形态的生产成为可能。

其二,以沉默和缺失破坏“整体”。长期以来,将每一部作品视为密不可分、相互连贯的整体,是西方文论固有的传统。在亚里士多德那里,应乎形式的召唤,悲剧成为具有整一的情节、完整的行动和紧密的组织、“有头,有身,有尾”的自我完善体,任一部分不可随意挪动和删削,而且这样一个各部分相互作用的活的东西,特别能给人以快感。贺拉斯延续了亚里士多德的整体观,提出作品结构在形式上要讲究匀称、虚实参差、头尾一致,反对东拼西凑、随意挥毫、自相矛盾。郎加纳斯视古希腊艺术为典范,在《论崇高》中

---

① Pierre Macherey: A theory of literary production, London: Routledge & Kegan Paul Ltd, 1978, p.68.

② Pierre Macherey. A theory of literary production, London: Routledge & Kegan Paul Ltd, 1978, pp.3—4.

③ Pierre Macherey. A theory of literary production, London: Routledge & Kegan Paul Ltd, 1978, p.138.

强调文学的崇高是非同寻常的思想和情感、辞格和措辞以及堂皇卓越的结构等诸多因素有机统一的结果。总之,古希腊和古罗马文论家们对文学整体观的强调以及注重整体与部分关系的思想,使得作品成为一个完满的闭合体。无论是古典主义关于戏剧结构的"三一律"理论、18世纪以降的浪漫主义对传统阙如的人的主体性、整体性存在的推演和张扬,还是20世纪以来文本中心主义对整体论的追求,都反映出文本自足性的诉求。而受限于文学的整体性和自足性要求,传统批评家面对的批评对象是整体性的文学作品,往往以作品的整体性掩盖复杂性,止于阐释作品的意义,自然无法窥探其中意识形态的存在。马谢雷指出,这是一种经验主义的错误做法,经验主义认为批评性判断完全依赖于批评的对象,而批评的对象即作品是已经安排好的有待接受检查的真实物,批评的过程是对作品接受、描述和吸收以及通过追踪其明显轮廓来复制和模仿的过程。在这样一种情况下,作品作为消费的客体进入到读者的脑海里,"批评的凝视是这种交流的典范"。①显然,经验主义的谬误在于将作品视为给定的阐释对象,阅读和批评作为一种整体性活动,只需与作品合谋,复制作品的总体轮廓就可以了。在马谢雷看来,分析作品不在于解释作品已经说过的话,阐释已经说过的东西,而在于剖析作品中沉默的话语。既然意识形态在进入作品前后发生明显的变化,作品力求表达的思想受限于意识形态,由此在作品内部形成一系列沉默和空白的迹象,那么,批评须后退一步,同意识形态的幻象保持距离,方能洞悉意识形态的本质。对此,伊格尔顿认为马谢雷把批评与批评的对象断然分开,使批评同对象保持距离,主要是基于作品同意识形态的冲突关系,使得作品内部呈现空隙与界限,同时作品含义的表达受到意识形态的限制和曲解,也就是作品要说的内容同它实际所说的相违背,因而批评不只是对作品的详尽阐述,更不能与作品固定在同一位置上,成为获得作品真谛的工具或通道,而应置身于作品的不完全中,寻找作品所缺乏的东西和真正冲突、歧异的必要形式,借此生产一种新的对话,取得对作品的新的了解。②由此,批评的功能在于寻找作品中缺失的内容和冲突的形式,进而发现作品自我生产的规律。

其三,呼唤文学和哲学的融通。文学和哲学的关系向来为学者重视。在古希腊,由柏拉图揭橥的诗哲之争引发人们对文学和哲学在解释现实世

---

① Pierre Macherey. A theory of literary production, London: Routledge & Kegan Paul Ltd, 1978, p.14.

② 伊格尔顿:《马歇雷与马克思主义文学理论》,戴侃译,《国外社会科学》1983年第1期。

界的生成和构成问题的思考。在柏拉图那里，服务于建构理想国的需要，理智和正义替代了情感，以追求智慧哲学为代表的逻各斯体系象征理性意识和真理的力量，国家最高的等级者是哲学家，诗人因亵渎神灵、贬低英雄而没有了位置。显然，诗哲之争不仅明示诗歌和哲学的宿怨，还言说理智和情感在诉说真理和权力方面的差异。事实上，正如后来很多学者指出的，文学和哲学虽以不同的方式认识世界，例如文学以具象的、感性的方式营造一个诗意和虚构的世界，哲学以抽象的、思辨的方式实现对现实社会的“逻辑”表达及“存在”思考，但两者之间没有不可逾越的鸿沟，相反却有着一定的互渗性和契合性，共同满足人的精神需要。韦勒克认为文学与哲学、思想密不可分，两者合作极为紧密。一方面，文学从哲学中汲取营养和智慧，文学创作离不开哲学思想的表达，文学作品浸透了哲学思想并成为思想史和哲学史的记录，很多作家研读哲学论著，甚至本身就是哲学家。另一方面，哲学和思想研究受文学和美学惯例的影响，也从文学中汲取营养，吸收材料，甚至把神话、浪漫和感伤的文学主题等作为研究对象，避免哲学方法过分理智化。[①]这一切说明了思辨哲理的表达离不开文学，文学书写必然浸透着人生哲理，文学和哲学的混合成为可能。马谢雷正是从此入手，关注“文学在思考什么”，进而提出“文学哲学”概念。在《文学在思考什么？》一书中，马谢雷认为哲学和文学相互交织，或饱满而连续，或缺失和省略，形成网线聚集的网络。马谢雷肯定文学具有思想经验的价值，承担思辨的使命，反对那种空洞的充满哲学的文学和空洞的充满文学的哲学，正是在这个意义上，“文学哲学”才成为可能。[②]那么，文学如何发挥思想价值，表现深刻的哲学意蕴呢？在马谢雷看来，文学作品中的思想涌现是以一种不知不觉的方式连续渐进的过程，即长期以来不被察觉的哲学思辨缓慢堆积到文本结构中，而文学表达从来都不采用规则的形态和有道理、有分寸的论证方法。[③]这样，作家在将社会认识写成文学作品时，文学思想的表达往往显现为一种空缺、省略的特殊形式，文学哲学正在这种话语生产中实现对未知领域的探寻。总之，通过给作品解读注入某种哲学元素，马谢雷关于“文学哲学”的思考折射出文学在反映社会现状、反思社会现实时，如何以特有的叙事方式和形式结构凸显哲学话语，“生产”出哲学思想，这就深化了文学和哲学的融通。

---

① [美]雷·韦勒克、奥·沃伦：《文学理论》，刘象愚等译，生活·读书·新知三联书店1984年版，第120—121页。

② [法]皮埃尔·马舍雷：《文学在思考什么？》，张璐、张新木译，译林出版社2011年版，第6页。

③ [法]皮埃尔·马舍雷：《文学在思考什么？》，张璐、张新木译，译林出版社2011年版，第300页。

(3)马谢雷文学生产论对“反映论”的重构

通过上面的分析可以看出,马谢雷文学生产论重点探究意识形态要素在作品中的功能存在及其引发的裂缝、沉默、缺失等症候效果,寻找作品真正的冲突、歧异等话语形式,证明作品是“其所不是”的东西,实现对作品新的阐释。在这一理论的指导下,马谢雷在《列宁——托尔斯泰的批评家》一文中,运用症候解读法对列宁有关托尔斯泰的评论提出了自己的看法。马谢雷指出由于社会潜在的经济、政治和思想意识矛盾,一个历史时期并不自发地产生某个单一的意识形态内容,而是产生由各种力量的总和决定的意识形态体系。例如就托尔斯泰和时代的关系而言,当时工人阶级和农民群众结成的联盟有力反对封建主义和资产阶级的政治斗争,1905年革命是其高潮。正因为这种复杂历史结构的存在,才产生由各种力量总和决定的意识形态体系。托尔斯泰卷入了时代运动,自发代表地主贵族,但他眼睛望着农民,有一颗农民的心;他对资产阶级的力量认识不清,也不理解无产阶级的崛起。各种思想交织在托尔斯泰的身上起着作用,因而分析文学作品必须着眼于文学和历史的关系以及文学和历史的意识形态的关系,而不能将这两种关系简化为其中任何一种。

既然如此,科学的文学批评如何系统地处理作品描述的历史进程和意识形态问题呢?在这方面,马谢雷提出文学作品和历史进程、意识形态之间不具有自发性,文学作品既不直接根源于历史现实,又不能被简化为所包含的意识形态以及意识形态的传达手段,从而变成历史的传声筒和思想的贮藏库。据此,马谢雷给出了作品分析应着力处理的双重辩证序列:

1. 历史进程
2. 思想体系
3. 思想体系
4. ?

在文学作品、历史进程和思想体系(即意识形态)的辩证关系中,第四项“?”即作家创作过程中面对历史进程、意识形态的未知项,马谢雷称之为“作品中特殊的文学性”。[①]马谢雷认为分析一部文学作品,不能直接呈现历史和意识形态等概念,而应按照文学的方式,借助审美的手段,努力给无形式的东西提供技法、结构等形式,使其具有固定的客观艺术标准,此即“文学

① 陆梅林选编:《西方马克思主义美学文选》,漓江出版社1988版,第597页。

性"形式。这种"文学性"不仅关系作家对作品中历史现实、意识形态的恰当把握和处理，更关系意识形态的话语生成。"文学性"形式具有如此强大的构建能力，马谢雷多有论析。例如他认为意识形态除非用属于文学的手段加以表达，否则在作品中没有位置；意识形态在某些方面不完整，或许文学形式能够使之完整；作品确立的思想内容，"只有包含在一种争执的形式中才得以存在"。[①]这种形式，自然体现在对历史进程和意识形态的审美感知以及艺术表达等方面。

马谢雷虽然提出以文学的方式和手段对待作品中的历史现实和意识形态问题，但他没有就此止步，而是结合"托尔斯泰作为俄国革命的镜子"这一话题，继续发问：作为一面镜子，作品中的意识形态话语具有怎样的特质、征象和表现形式？

首先，马谢雷重新分析列宁的"镜子"论。列宁在评价托尔斯泰的作品时，称托尔斯泰为"俄国革命的镜子"，并且认为"如果它不能确切地反映世界，我们就很难称之为'镜子'"。[②]但在马谢雷看来，列宁的"镜子"论只是着眼于镜子与外界的"反映"和"表现"关系，其镜子仅仅是一个反映外在事物或者直接复制出客体的概念，或者说，镜子仅仅表面上是镜子，按照自己的特殊方式反映事物。实际上，由于托尔斯泰不能抓住时代的革命特点，不了解革命的范围和起源，对动乱的时代本原和历史进程复杂性的理解具有局限性，因而他对时代的叙述具有不完全性，例如镜子中看到的一切与托尔斯泰看到的一切，完全不等同。马谢雷进而得出，托尔斯泰的镜子具有选择性和表征性，镜子反映的历史现实仅仅是局部的，选择本身带有偶然性。

其次，托尔斯泰的"镜子"概念具有新的意义。马谢雷指出仅仅通过镜子的"反映"概念无法解释托尔斯泰作品的全部。事实上，受限于作家个人思想体系、历史认识局限及其对革命的理解，托尔斯泰在创作过程中以文学的手段对意识形态的材料进行重新加工时，仅仅在表面上是文本意识形态的作者，因此不能把托尔斯泰的作品和他的思想混为一谈，两者之间存在着矛盾和冲突。在马谢雷看来，托尔斯泰的作品偏离表现的中心，对于自身是一种隐蔽的关系，"作品内部的这种分裂正是思想体系存在的征象"。[③]也就是说，托尔斯泰的作品不是一个均匀的和浑然的整体，而是如马谢雷分析的那样，内在地充满着意识形态的矛盾，注定是对于自身的隐蔽或偏离，并通

① 陆梅林选编：《西方马克思主义美学文选》，漓江出版社1988版，第609页。
② 陆梅林选编：《西方马克思主义美学文选》，漓江出版社1988版，第599页。
③ 陆梅林选编：《西方马克思主义美学文选》，漓江出版社1988版，第602页。

过意识形态的裂缝暴露历史的真实,因而作品的真实性应当在作品内部的矛盾中去寻求。同时,这些矛盾从内外两方面侵袭着作品,勾勒出作品的总结构,它既给作品以限制,限制托尔斯泰对历史的全面认识,又给作品以意义,即作品以颠倒的形式使意识形态处于异己的关系中。由此,托尔斯泰的文学之镜呈现发散性、破碎性,是一个聚合体和揭示者,虽然缺乏某些反映,并不作为显然可见的内容传达给读者,但没有反映和表现出来的东西与反映出来的东西一样,具有强大的表现力,足以表达自身的意义,即马谢雷所谓"盲目的镜子"。关于这个问题,马谢雷一再重申两点,一是作品是由不完全性表达出来,意识形态是由作品中未提到的东西构成,基本上是沉默的、无意识的,它一定不能把作品中的问题翻译成自己的语言,意识形态只有通过内部的换位才得到理解。二是意识形态只有在形式中才能生存。作品中的意识形态虽是封闭和沉默的,但仍有迹可循。马谢雷提出了解意识形态的意义,必须超越意识形态体系,给没有形式的东西以明确的客观形式,含蓄地将意识形态揭示出来,即用一种无思想的形式呈现意识形态体系,以摆脱历史、时代的虚假意识,从中辨认出真实的内容。这一切无疑要借助文学批评,批评的职能就是发挥理论话语的阐释效力,阐明作品的内在缺陷和矛盾,揭示文学作为意识形态的生产机制。

综上,通过以新的方法重读列宁关于托尔斯泰的镜子评论,马谢雷关注的焦点转向镜子的揭示和构造功能,得出意识形态不是由作品之镜简单反映出来,镜子中的图像并不纯粹是思想性的完整图像,以及作品的真实性应当在冲突和沉默中寻求等论断,借以发掘作品的矛盾、缺陷和差异的不平衡结构,凸显意识形态的内在批判成为可能。显然,从镜子赋予对象以新的尺度出发,马谢雷的系列分析肯定了文学作为意识形态生产的必要性,再现症候式阅读在洞悉作品内部结构差异的强大功能,彰显批评使作品的空白、沉默之处发声的职能和要义。在这一过程中,马谢雷对传统的文学创造论、反映论等进行批判和重构,对文本内部的沉默和缺失等予以症候解读和话语阐释,是对文学批评具有的"生产性"功能的又一次聚焦、揭扬和深化,由此进一步拓展了文学批评的创造性、建构性空间。

第三节 意识形态:从"金科玉律"到"实践结构"

文学作为富于个性的创造活动,崇尚人的价值和情感,追求精神的自律和自由,以审美的形式、技巧和法则创造出不同于现实世界的栩栩如生的艺术形象。然而,自由的文学生产又总是受制于一定的话语机制、制度权力、市场体制、大众传媒等因素,具有一定的意识形态倾向。从阅读和批评视角审视艺术生产中意识形态的嬗变,就是将文学置于整个社会结构中,发掘意识形态在艺术生产环节中的逻辑结构、运行机制和功能演变,以及意识形态为辩护自身所构建的合法化秩序的努力。面对长期以来意识形态的内涵歧义性、功能多元化现状,学者们对意识形态的科学性抑或虚假性的诉求都熔铸为一定阶级的价值观念和功能指向,而当意识形态日益成为一种现实的话语形式、政治力量和实践结构模式并发表令人信服的意见,尤其以无意识的方式浸透于文化审美之中,其社会批判的思想取向往往表现为对自身结构的功能配置以及规训性的权力机制的探寻,而人们对这种结构力量往往视而不见。无论是阿尔都塞的意识形态国家机器,还是哈贝马斯的社会批判理论、齐泽克的“意识形态的崇高客体”等,都日益将意识形态与社会现实有机勾连,使其成为社会存在密不可分的一部分,甚至构建了社会现实本身,成为社会价值得以再生产的权力行为。就这点而言,意识形态已经走出了传统“错误或者正确”的虚假意识,关注社会政治(微观政治)、社会活动、日常生活,为文化、技术、传媒、商品、符号、消费的发展鸣锣开道。

意识形态的这一存在无疑深刻影响了文学阅读和批评活动。伊格尔顿认为文学反映人类的普遍价值准则,本身就是一种思想意识,其价值判定根植于信仰结构之中,与社会意识形态和权力结构紧密相关。伊格尔顿举例说,批评家理查兹将隐去作者姓名的诗歌让学生评价,结果很多学生褒贬不一,出现了名作遭到贬低,默默无闻之作受到褒扬的情况。伊格尔顿认为其原因在于一种无意识评价的共同性支配着意见分歧,因为参加这个实验的学生基本上是受过教育的中上层英国公民,他们评价诗歌主要不是从纯文学价值评定出发,而是受社会信仰的影响。①这个实验说明了文学评价的差异和意识形态之间的关系。事实上,无论是传统的作者说、读者听的线性阅读和批评模式,还是旨在发掘文本沉默和缺失的“症候式阅读”,其背后都与意识形态的作用息息相关。作为20世纪西方思想史上的重要范畴之一,意识形态在文学批评中的嬗变不仅反映了读者与文本、作者的复杂关系,也反映出意识形态对人的影响如何从幕后一步步走向台前,如何从以“金科玉律”的观念对人的控制到逐渐被暴露、打破和揭示。

---

① [英]特里·伊格尔顿:《文学原理引论》,刘峰译,文化艺术出版社1987年版,第18—19页。

一、线性阅读中的“金科玉律”

在文学接受中发挥读者的主观性和能动性,使之参与作品意义的生产,在今天已是不争的事实,但在德里达所言的逻各斯中心主义价值至上的时代,受限于传统形而上学的思维定势及其对万物内在规律和本质价值的体认,读者在文学活动中一直没有获得应有的身份和地位。本雅明指出传统艺术作品不关心“读者”这一概念,任何一首诗都不是有意为读者而写。①这就形成了读者阅读中的线性模式。在这种线性阅读模式中,读者要顺应作者的主观表达和叙述内容,成为一个虔诚的、理想的倾听者。对读者而言,作品内容往往是不可怀疑的“金科玉律”,是真理的再现。从此出发,传统的文学阅读成为对真理、超验性的不懈追问和逻各斯的阐释,融认识价值和教育价值等多样性于一体,构筑起近乎完美的艺术体验状态,而文学所具有的愉悦身心、韵味犹存的高峰体验,绵延不断的理性意识和哲理观念及其散发的灵魂力量折射出经典的永恒魅力,读者的目的则在于恢复或重建作品的本义,领会作品中固有的思想内容。塞尔登认为自亚里士多德提出悲剧的“卡塔西斯”论后,批评家对“卡塔西斯”虽存在不同的解释,或强调观众的心理过程,或针对剧中发生的净化,但都把文本当做意义的惟一决定因素,是解释意义的惟一权威。②以作者(叙述者)为主导、完整展现故事的本质主义叙事程式造就了读者的线性阅读模式,使读者顺着作者的动机、意图和思路阅读作品,无条件服从作品的叙述,甚至设身处地理解作者的思想和人物的命运,领会作品中固有的“金科玉律”和不容置疑的真理知识。

这种“金科玉律”和真理意识,就是逻各斯中心主义。逻各斯中心主义通过高举理性的大旗和对先验本质、终极原因的追问来穷究世界本原,解释宇宙构成规律,寻求万物永恒的法则、秩序和存在。德里达认为西方形而上学的历史尽管千差万别,但始终认定真理的历史源于逻各斯,真理或由逻各斯构成的意义处于优先地位。在这一过程中,西方形而上学把存在的意义限于在场领域,逻各斯中心主义以其在场观念设置了各种各样的二元对立,规定了两项之间的统治和被统治关系。同时,德里达指出,逻各斯中心主义是一种表音文字的形而上学,长期以来在言语和文字的关系上以其特权性

① [德]瓦尔特·本雅明:《本雅明文选》,陈永国、马海良编,中国社会科学出版社1999年版,第279页。

② [英]拉曼·塞尔登编:《文学批评理论——从柏拉图到现在》,刘象愚等译,北京大学出版社2000年版,第195页。

使文字概念成为一种替补逻辑，屈从于历史－形而上学时代，“语音的特权并不取决于本来可以避免的选择。它是对一种结构的因素(我们指的是‘历史’的‘生命’或作为‘自我关联的存在物’)的回应。‘听—说’系统，通过语音成分——表现为非外在的、非世俗的、非经验的或非偶然的能指——必定支配着整个世界历史的进程，甚至产生了世界概念、世界起源概念，而这一概念源于世界与非世界、内与外、理想性与非理想性、普遍与非普遍、先验与经验的区分，等等”。[①]由于言语通过声音提供表达的内容，德里达对文字学和语言学关系的辨析反映了人类早期通过言语、声音传达思想和情感的口头传播方式，由此形成的“听—说”话语系统通过语音成分支配着历史的进程，也反映了语言作为权力的形式对听众施加的作用。“按这种思维方式，言语是思想的再现，文字是言语的再现，写作是思想的表达，阅读则是追寻作者的原意。”[②]事实上，在大规模的文字印刷传播兴起之前，以声音、口语等语言逻辑要素作为主要传播形式经历了漫长时期(当然，文字印刷出现后，口语传播仍然发挥着重要作用)。在这一过程中，语言将声音与现实事物联系起来，以口耳相传等即时的、直接的方式使真实指令作用于听众，传达到听众内心世界，其号召力、实用性和在场感决定了讲述者和听众之间的主从关系。例如远古的图腾崇拜特别讲究仪式感，无论在中国还是西方，从万物有灵论出发，“有天下者祭百神”(《礼记》)，其形形色色的祭祀、舞蹈、讲唱等仪式表现原始民族的巫术崇拜和通神信仰，而巫师、占卜者、魔法师等在台上念念有词，发号施令，预知未来，试图以超自然的神灵完成祭祀和祈福禳灾的使命，保护部落群体，将神掌控的一切及其恐惧的未知力量人格化。在这一仪式中，巫师等作为神的宠儿和人神沟通的桥梁，晓彻神意法力，倾听和传达神的旨意，成为早期的艺术创作者，而先民通过祭祀的方式听命于巫师对神意的传授，取悦神灵，臣服于某种神秘力量。久而久之，这就形成了一种“听—说”的话语系统，即讲述者和听众之间的主从关系。卡西尔认为在神话领域里缺少构成语词的逻辑内核的自由理想性，更没有什么“所指”和“意义”，人的心智所关注的每一项意识内容具有实际在场性，因而思维不是以一种自由观照的态度面对材料的结构、联系、作用和功能，而是被整体性印象所迷住，满足于接受单纯的现存之物，因为在场构成了全部存在的总

---

① [法]雅克·德里达：《论文字学》，汪堂家译，上海译文出版社1999年版，第9页。

② [法]雅克·德里达：《论文字学》，汪堂家译，上海译文出版社1999年版，“译者的话”第1页。

和。[①]这一切在进入文明时代后,“听—说”话语系统仍然保存下来,由此形成文艺作品对读者的规劝、教育、改造和控制,发挥着意识形态的重要功能。

在古希腊,由柏拉图构建的理性世界赋予了神学是世界万物的终极原因,神或理式是凌驾于现实世界的最高主宰,人类知识的获得和全部真理需按照神学理念来推演。在《理想国》(卷十)中,柏拉图认为理式是统摄杂多的个别事物,是个别事物抽象出来的共性东西。在关于“理式－现实－艺术”三重世界的“床喻”中,柏拉图将“理式”的创造者归之于神,提出神出于自己的意志或者某种需要,制造出床的真实体,即“床之所以为床”的理式,这种理式是神的化身。这一切无疑建立在理式论的神学观念基础之上,而服务于神学观念的需要,文学作为摹仿的艺术是受神力驱遣,凭借神给予的灵感,向听众传达神的诏语,不具有真理价值。在《伊安篇》中,柏拉图在论述诗的灵感现象时,提出诗神是磁石,不仅能吸引铁环本身,而且把吸引力传给其他铁环。在这个链条中,诗人位居最初一环,是神的代言人,传达神的昭语;听众是最后一环,全依赖磁石的力量。当然,在诗人和听众之间,还有一个中间环节,那就是颂诗者。[②]颂诗者又是诗人的代言人,他身临祭典或欢宴場所,穿着美服,戴着金冠,面对数万观众,观众的脸上则表現出哀怜、惊奇、严厉等种种不同的神情。显然,观众不仅受到神的代言人即诗人的感染,还要从颂诗者那里获得教益。这一切预示“听—说”话语活动就是人听命于神学理念、服从于神学理性的过程。

古罗马批评家贺拉斯高举古典主义旗帜,提出文艺创作中以古希腊文艺为典范的借鉴原则、合适原则和合理原则。在这些原则的指导下,贺拉斯认为诗人应该有正确的判断力,诗应发挥劝谕读者和使读者喜爱的“寓教于乐”功能,即“按作者愿望左右读者的心灵”,[③]使读者在娱乐中得到教益,实现艺术情感教育的目的。这要求诗人在创作的时候,从内容到形式,包括创作题材、人物身份、性格刻画、语言安排、形式技巧等方面,具有符合社会风俗习惯、人情事理和真理的“判断力”,做到恰如其分,妥帖得体,合情合理。表面上看,贺拉斯要求诗人创作应考虑读者的需求,迎合读者的需要,但实际上是从文艺在现实中的教育作用出发,发挥文艺对读者的教化、劝喻功能。

---

① 恩斯特·卡西尔:《语言与神话》,于晓等译,生活·读书·新知三联书店1988年版,第79—80页。

②《柏拉图文艺对话集》,朱光潜译,人民文学出版社1963年版,第11页。

③［古罗马］贺拉斯:《诗艺》,杨周翰译,人民文学出版社1962年版,第142页。

在这一过程中，修辞术以独特的语言手段说服听众或读者，成为理性时代表达真理、构建政治权力和信仰权威的话语形式。亚里士多德提出修辞术不属于科学，修辞的功能不在于说服，而在于以什么样的讲话方式和手段对听众进行说服，影响听众的选择。在亚里士多德看来，修辞演说涉及演说者、演说题目和听众等三部分，其中听众是观察者或评判者，是演说的目的所在，所以为寻求修辞术对听众的影响，他提出在演说中仅仅掌握讲什么是不够的，还必须懂得如何把内容讲述出来，包括产生说服力的方法、用语风格和各部分的妥当安排等。更重要的，亚里士多德还将修辞演说与德性政治联系起来，提出修辞术潜藏着德性的话语权力，可以纳入政治学。由于演说中依据最精确的科学知识也很难说服听众，亚里士多德要求所有的演说者必须运用通俗易懂的说服论证，包括推理论证（三段论）和例证（归纳法），发挥修辞的长处，增强论证的力量。在演说过程中，演说者借助于说服论证，能引发听众的激情，赢得听众，使其处于某种心境并觉得真理可信，因而说服论证是演说者的品格、德性和激情的再现。在这个意义上，修辞术可以纳入政治学的框架。①

显然，对亚里士多德而言，通过发现修辞术中雕琢言辞的说服方式，即演说中如何使事实本身产生雄辩的说服力并用恰当的言辞表达出来，进而实现演说者对听众的控制目标，能有效发挥修辞术的政治功能，使演说活动在城邦民主治理中产生良好的效果。由此，演说成为口头传播中一种关乎理性的政治活动。在《尼各马可伦理学》中，亚里士多德提出无论是理智德性还是道德德性，或主要通过教导而发生发展，或通过习惯而养成，都不是在人们的身上自然造成的，而要通过实践活动和训练才能获得。②同时，德性不仅合乎正确的逻各斯，而且与逻各斯一起发挥作用，成为合乎逻各斯的活动。③在逻各斯的外衣下，修辞技艺不仅强化了对听众的说服、劝谕和控制能力，还服务于逻各斯的实践活动和国家治理的目的，实现文艺活动在净化人的心灵，培养人的伦理德性方面的教育功能。

朗吉努斯在《论崇高》中着眼于修辞学和美学视角，探讨文艺具有的崇高风格，尤其关注崇高给读者和听众带来的美学效果。朗吉努斯认为真正的崇高体现在诗人、散文家和雄辩家“措辞的高妙之中”，即驾驭语言的能力，它有着不可抗拒、不同凡响的全部威力和尊严感。崇高为何具有这些特

① 《亚里士多德全集》（第九卷），颜一译，中国人民大学出版社1994年版，第339页。
② ［古希腊］亚里士多德：《尼各马可伦理学》，廖申白译，商务印书馆2003年版，第35页。
③ ［古希腊］亚里士多德：《尼各马可伦理学》，廖申白译，商务印书馆2003年版，第189页。

质？在朗吉努斯看来，崇高的风格源于伟大的思想、慷慨的热情、藻饰的技术、高雅的措辞和卓越的结构，它操纵一切听众，唤起听众高亢强烈的情绪并顽强持久地占据他们的心灵，不论其是否愿意，因而崇高语言对听众的效果不是恐惧，而是惊叹、激昂，不是说服，而是狂喜。[①]所谓“狂喜”，是指听众受到主体崇高风格的感染而欣喜若狂，沉浸其中，无法自拔，其精神处于高度亢奋的状态。显然，崇高风格以震撼人心的艺术魅力征服了听众的心灵，使听众心弛神往，如临其境，达到高远的境界，而走向崇高离不开摹仿古人、运用想象、保持内省等。当然，朗吉努斯提出崇高风格，旨在净化人的心灵和社会风气，培育崇高人格，调控人的情感，节制泛滥的欲望，创造崇高的文学，促进崇高的社会功能发挥。因为在他看来，激烈的情感如果没有理智的控制，就像没有压舱石的船那样陷入危险。[②]朗吉努斯虽然强调慷慨激昂的热情是崇高风格的构成因素，但他反对那种与崇高相背离的情感形式，例如冷漠、虚荣、浮夸等，它们不利于听众的人格养成。在这个更意义上，朗吉努斯重视创造主体的崇高情感与听众的关系，呼唤崇高的修辞言语功能，重建对真理和理性的认知，不仅反映崇高语言与权力的关系，还与古希腊学者注重文艺对读者劝谕和控制的做法具有内在的一致性。

贺拉斯和朗吉努斯崇尚古典、尊奉古人的诗学原则在17世纪欧洲古典主义那里得到了回应。笛卡儿、高乃依、布瓦洛等崇尚理性，提出文艺创作要以古希腊和古罗马的文艺法则维护理性秩序和道德要求，表现合乎理性的普遍人性，符合王权的政治需求和审美趣味，同时使观众获得教益。“不管笛卡儿偶尔可能怎样乐意承认艺术的美妙和艺术鼓舞人心的力量，但是，他始终所赞美的却是一系列从理性中硬性推导出来的结论。……笛卡儿的美学准则最终还是返回到了数学与逻辑学的理想上来，尽管它怀着奇特的心理和神经质式的激动兜了一个大圈子。”[③]对古典主义者来说，理性凌驾于情感之上，理性是评判一切的价值标准。布瓦洛在《诗的艺术》中提出以理性为文艺立法，文艺要与理性完全吻合，例如作家个人情感、作品情节要受理性的指挥，表现永恒的人性，反对“背理的神奇”；作品内容要合情合理，作品结构妥帖适宜，尺度严密，服从于理性规范，表现真善美一体，等等。如此，作品才能使读者信服和感动，发挥应有的道德判断和教育功能，让真理的光

① 伍蠡甫主编：《西方文论选》（上卷），上海译文出版社1979年版，第122页。

② 伍蠡甫主编：《西方文论选》（上卷），上海译文出版社1979年版，第123页。

③ ［美］凯·埃·吉尔伯特、［联邦德国］赫·库恩：《美学史》，上海译文出版社1989年版，第270页。

芒更加耀眼。英国批评家德莱登从亚里士多德的悲剧论出发，在《悲剧批评的基础》(1679)中提出悲剧表现的是伟大人物的伟大行为，是为了改正或消除对观众所引起的激情，即恐怖和怜悯之情，“使观众从愉快中得到教益”。[①]为此，悲剧要创造可能的情节以奇异的效果吸引人，发挥特殊教育的作用。

古典主义者对文化和道德的追求确立了理性哲学在西方文化中的主导地位，也使得古希腊以来“逻各斯”作为发现真理和认识事物的至高存在日益走向完善，尤其17世纪以来，理性在启蒙运动、德国古典哲学和黑格尔那里被发展到顶峰，理性的科学化、绝对化、工具化喧嚣其上。然而，在逻各斯循着理性轨迹展开的过程中，一种被阿那克萨戈拉命名的“努斯”概念，经柏拉图、亚里士多德等哲学家的阐释，突破理性的限制，日益被导向知觉结构、自由意志和人的信仰，成为一种超验性的心智活动。这种超验活动氤氲神性的生命形态，追求心灵的神秘冲动和超感官的情感欲求，将万物奉为神灵、敬如神明，以信仰对抗理性，追问宇宙无限性和普遍性的价值可能，同时以或显或隐的方式与永恒的理性哲学并行不悖。例如古希腊神话对想象世界的观照，古希腊和古罗马哲学家们对“理式”“太一”“心智”“灵魂”等关乎神或者上帝存在的论证和探讨，奥古斯丁、阿奎那等对基督教神学的阐释和上帝之城的赞美，以及18世纪浪漫主义从对理性的反思和批判出发，崇尚心灵直觉和本能欲望，以自然神体现对中世纪神学理想的追忆，等等。这一切体现出神学信仰对非理性意识和终极价值的肯定，以至中世纪世俗的哲学沦为神学的婢女，为神的存在提供明证，借此规避理性主义对人的存在的控制，破除理性在社会现实中的权威地位。这种“信仰高于理性”的思维模式自然有别于本体论的理性哲学，它以追求心灵的无限性、超越性和神秘性为自己的认知倾向并建立了一种旨在发现生命原动力和神圣之物的思维逻辑，从而使哲学在理性和信仰这两条不同的路上前行着。罗兰·斯特龙伯格认为欧洲思想具有多种来源的复杂性，呈现为一种基本的对立关系，即希腊哲学思想与基督教信仰之间的对立，或者说哲人之光和基督之光的对立，包括希腊精神和希伯来精神的对立、希腊哲学和东方宗教的对立、中世纪神学真理和自然界真理的对立，等等。[②]具体而言，一方面，哲学家们相信外部世界有一种可以用语言准确表达的逻辑秩序。例如古希腊哲学家从对感觉世

---

① 伍蠡甫主编：《西方文论选》(上卷)，上海译文出版社1979年版，第309页。

② [美]罗兰·斯特龙伯格：《西方现代思想史》，刘北成、赵国新译，中央编译出版社2005年版，第3—4页。

界的不信任出发,以抽象的、形而上学的理性主义反对诗意比喻,压制感性,推崇理性,而理性的规范就是演绎逻辑。另一方面,基督教中也存在着理性秩序,上帝是这种秩序的保障者和维护者。包括古希腊哲学思想中受制于感觉的怀疑论、被基督教所吸引的斯多葛主义以及中世纪的哲学家把古希腊哲学融入基督教,使古希腊、古罗马思想和基督教早期神学家思想融为一炉,都体现出神性之光对心灵世界的感知。由此,哲人之光和基督之光共同照亮了人类前行的道路,狄奥尼索斯精神和阿波罗精神同时在现实世界驻留下来。

以逻各斯为代表的理性原则和以努斯为代表的神性原则,可谓是西方哲学发展史上两个原点性、基础性概念。虽然两者都试图对世界、真理、本质等做出各自合理的解释,有着对立和斗争的一面,但不可否认的是也有互补和调和的一面,那就是无论是古希腊以逻各斯为代表的理性主义,长期占据哲学发展的主导地位,还是以努斯为核心的宗教神学从精神上控制人的观念和意识,它们共同的底色是服务于真理的绝对权威以及为维护这种权威而建立的统治秩序,同时这种真理的权威统摄了所有的物质和精神领域,成为人们心中必须遵守的上帝。众所周知,理性的兴起旨在以普遍有效的秩序和规则解释世界本原,提升人们认识自然、社会和真理的能力,以摆脱神话思维模式,匡正心智和欲望带来的无序状态,使人们的政治生活、道德生活符合社会理性规范。但实际上,基督教在创造出万能的理性神——上帝——的同时,也在以上帝的名义和超验原则维护着理性秩序。例如在阿奎那的思想中,理性和信仰都统一于权威,只不过理性服从于亚里士多德的权威,信仰服从于教会的权威,所以阿奎那能将它们调和在一起。在这个意义上,西方思想的主流就是以苏格拉底的热忱、柏拉图的洞察力和基督教的信仰来恪守"合理的秩序"信念。[①]这反映了宗教神学信仰发挥和理性哲学同样的功能,以期通过稳固的神学独尊的秩序,控制人的情感和行为活动。

反映在文艺活动方面,传统理性主义要求文艺服从于一定的准则、法则和范本,发挥文艺作品在传播理性价值、传达真理和权力、实现真善美一体方面的社会功用,同时坚持社会道德的批评标准,突出作品对读者的劝导和教育功能。从古希腊和古罗马文论到近代理性主义文论,从亚里士多德、贺拉斯到黑格尔等,无不沿着这样一个基本的发展脉络。这些内容前面已多有分析,在此不再赘述。就与理性主义相对立的宗教神学和神性思想而言,

① [美]罗兰·斯特龙伯格:《西方现代思想史》,刘北成、赵国新译,中央编译出版社2005年版,第6页。

其要求文艺活动遵从于神或者上帝的信仰和权威，使读者沉浸于宗教的赞美、冥想、愉悦和体验之中，与神性连接。例如普罗提诺、奥古斯丁和阿奎那等从宗教神学的"流溢说"出发，强调世间一切的美，在于分享或者分有神的理性，即美是神创造出来的，美的根源在心灵感知的彼岸世界和精神世界，审美观照要诉诸心灵而非客观现实世界，而且客观现实世界的美完全隶属天国的至美。从此出发，读者阅读文艺作品，自然是对神的理性光辉分享、占有和体验的过程。奥古斯丁在《忏悔录》中反思自己曾沉迷于世俗的文艺而远离上帝的教诲时指出，文艺应该迷惑观众，打动观众，使观众产生激情，因愉快而落泪，观众不应成为一个旁观者。①奥古斯丁虽看到世俗的文艺毒化人的心灵，却肯定了文艺对人的感染效果。托马斯·阿奎那认为艺术起源于人的心灵，艺术的过程是摹仿自然的过程，这一切都受到神的心灵启发，神的心灵是自然万物的源泉。无论是艺术制作还是欣赏，都要与自然相一致。人可以鉴赏自然的产品，却不能制造出自然的产品。②因此，面对自然的事物，人的心灵只能沉思默想，这从一个侧面反映了神学对文艺活动的影响。又如产生于18世纪的浪漫主义文学强调诗歌是诗人激情的创造物和自由的想象物。诗人通过对"自然"的书写和压抑人性的现代文明的批判，追问人存在的价值和意义，寻找人与自身、人与自然的完整性，回归精神家园。无论是德国浪漫派诗歌，还是英国湖畔派诗歌，它们对"自然"的纯朴赞美和对人的"精神家园"的描述和思考，都和宗教、神性分不开，是神性与"自然"的融合，体现对神灵的亲近和崇敬，因而具有浓厚的神学倾向和神性思想。这种关于文学与自然、文学与神学、文学与人生等内容的情感传达尤其注重作品在读者内心产生的情感效果。华兹华斯认为一切好诗都是诗人充满激情的表达和流露，是作者沉思许久和情感流注的结果，因而有着某种价值和目的，这种价值和目的就是诗歌凭借思想和感情反映普遍有效的真理而得以深入人心，必定会使读者的理解力得到提高，情感得以增强。③华兹华斯强调诗人决不是为自己写诗，他必须在别人面前表现自己，使全人类都跟他合唱，同时遵守一定的韵律法则，注意诗歌的题材、修辞、语言、韵律、风格的运用，使读者完全受诗人的摆布，听任诗人用意象和词汇表达热情，发挥诗歌对读者的强烈效果。④华兹华斯的诗论无疑强化了文学活动中作者

---

① 伍蠡甫主编：《西方文论选》（上卷），上海译文出版社1979年版，第144—145页。

② 伍蠡甫主编：《西方文论选》（上卷），上海译文出版社1979年版，第154页。

③ 伍蠡甫主编：《西方文论选》（下卷），上海译文出版社1979年版，第6页。

④ 伍蠡甫主编：《西方文论选》（下卷），上海译文出版社1979年版，第17页。

的中心地位，使得读者面对高贵、热情的文本，只能调整自己的情感，享受诗人传达的愉快之情。

福柯在《词与物》中提出西方直到16世纪末，文化知识中的相似性一直起着创建者的作用，“相似性”引导着文本的注解与阐释，使人类知晓许多可见和不可见的事物；同时，没有符号，就没有相似性，相似性依靠符号的运作，使古典知识的认识型成为可能。对读者来说，相似性的知识形式像一本打开的书，读者要做的只是译读它们，相信其中“魔术般的书籍和符号”。[①]显然，福柯从符号指向的本体界出发，剖析相似性的知识形式在古典时代带来的影响，反映了西方16世纪以后理性主义高涨的现实。事实上，作为连接相似性的“符号”表征一种绝对的真理权威，包括了逻各斯、理式、努斯、上帝等。这种意识形态的话语自古希腊开始一直存在，它高举理性的旗帜，把持文学场域的特权，建构自己的意义存在和知识空间，维护既有的价值与等级秩序，同时以权力的形式向读者和观众灌输某种思想意识，由此建立起一种不言自明的话语存在。哲学家弗洛姆提出“社会无意识”概念，认为社会无意识是一个社会绝大多数成员被压抑的领域，是不允许社会成员意识到的内容，它通过语言、逻辑等“社会过滤器”形式，遮蔽个人的感觉经验，使其不可能进入到意识之中。在这一过程中，统治者凭借权力和影响操纵语词，在合理化的名义下以“语词拜物教”过滤掉人无限丰富的感觉经验和真实的本性，遮蔽事实真相。[②]无论是福柯的“相似性”知识，还是弗洛姆的“社会无意识”概念，实际上都指向了传统话语作为教化工具的特性，这无疑是一个包括外部的社会机制约束和内在的文本语言和结构控制等在内的权力机制的显现。

总之，在传统文学活动中，无论是文本内在语言实践的运用还是社会因素对文本构成及其经典化的影响，都显示文学所要表达的是权力视域下不容怀疑的真理，这成为文学合法化的重要所在。这种合法化存在在文学的能指和所指具有对应性的古代，构建了文学的整体性，使得文本具有天然的稳定性。从此出发，文学活动对读者地位的处理、尤其“听—说”话语系统的形成，反映了文本与读者的不平等关系。20世纪以来，随着阐释学、接受学、结构主义和解构主义的兴起，传统知识话语遭到解构，注重从文学生产视角破解文学本质观念成为文论界关注的重点。在西方马克思主义艺术生产论

---

① [法]米歇尔·福柯：《词与物——人文科学考古学》，莫伟民译，上海三联书店2001年版，第37页。

② 俞吾金：《意识形态论》，上海人民出版社1993年版，第284页。

那里，文本生产机制形成对意识形态的对抗，凸显意识形态被暴露的一面，文学权力一览无余于文本的断裂和沉默之中，显示文学与意识形态之间的复杂关系。这无疑是对传统文论的重要修正：意识形态如今借助于文本形式要素游走并渗透于文本机理之中，文本从而不再单纯地“反映”意识形态的内容，也就是说，文学形式背后蕴含意识形态的运作机制，意识形态从传统虚假的幻象而今成为“现实本身”。当然，这一切借助于症候式阅读，意识形态在文本内部的复杂演变得以显现。

二、“症候式阅读”中意识形态的凸显

（一）意识形态作为“实践结构”

如果说线性阅读中意识形态以“金科玉律”的权力形式隐藏于文本之中，控制着读者对文本的阅读，那么在症候式阅读中，意识形态则遭遇凸显、暴露，日渐显出其作为社会“实践结构”的存在。溯源起来，在马克思那里，意识形态虽主要是在否定意义上使用，它掩盖或颠倒了人的现实关系，被视为一种虚假意识，但在谈到意识形态与人们的现实生活关系时，马克思指出：“意识在任何时候都只能是被意识到了的存在，而人们的存在就是他们的现实生活过程。如果在全部意识形态中，人们和他们的关系就像在照相机中一样是倒立呈像的，那么这种现象也是从人们生活的历史过程中产生的，正如物体在视网膜上的倒影是直接从人们生活的生理过程中产生的一样。”[①]这段话透露出意识形态的反映类似“倒立呈像”或“倒影”，具有虚假性，但马克思将意识形态置入社会历史现实和物质生活中进行考察，肯定意识形态源于社会生活并由社会生活所决定，由此在实践意义上揭露意识形态的本质，指出了意识形态具有的可能超越向度，即将意识形态理解为一种社会实践存在。

20世纪20年代以来，随着西方无产阶级革命高潮的消失，无产阶级由暴力革命转向争取文化领导权的斗争，意识形态内涵和功能在西方马克思主义那里逐渐发生变化。佩里·安德森认为西方马克思主义首要的特点就是在结构上与政治实践相脱离，尤其随着葛兰西在意大利的被逮捕和卢卡奇在苏联的流亡等，西方马克思主义与工人阶级和群众的生活愈来愈远，开始以自己的密码式语言来说话，所谓“密码式语言”，即理论家们倾心研究远离经济基础的上层建筑、文化、意识形态等问题，将研究的焦点集中于文化和思想领域。在佩里·安德森看来，在西方马克思主义理论家中，唯有葛兰

① 马克思、恩格斯：《马克思恩格斯选集》（第1卷），人民出版社1995年版，第72页。

西专注于文化领域上层建筑的自治问题，通过“领导权”“阵地战”等概念直接寻求西方马克思主义所面临的历史绝境的解释。[①]这就赋予意识形态以能动的实践性，实现了意识形态从“思想意识”向日常社会实践的关键转变。[②]具体而言，葛兰西反对将意识形态视为虚假的观念意识，认为意识形态隐蔽且自发地包含在艺术、经济等实践活动中，成为一种文化、宗教、信仰的世界观。同时，葛兰西重新思考了社会结构与意识形态的关系，将偏向个人组织的市民社会与代表国家统治的政治社会一并拉入到上层建筑之中，其中市民社会通过行使意识形态的文化领导权，以“同意”而非强制的方式确立统治阶级政权的合法性，激起民众的信仰自觉，充当国家坚固的防护网，成为维系国家秩序和社会稳定的坚强堡垒。这样，市民社会承担着意识形态的实践功能，“常识性”的意识形态就从高度理性化走向了日常生活领域，提升了意识形态在整个社会中的重要地位，促进了意识形态在“普通人”与知识分子之间的统一。[③]葛兰西将观念的意识形态引向日常实践经验，拓展了经典马克思主义的意识形态研究视阈，澄清了意识形态内涵认知方面的误区，具有重要的理论价值。

葛兰西关于市民社会、文化领导权的论述及其对意识形态现实载体的强调，显示意识形态走出传统的社会虚假意识，从纯粹的认识论转向社会存在论，或者说是一种客观存在的社会力量，给后来的马克思主义者以重要启示：必须拉近意识形态与社会现实之间的距离，使意识形态的观念性、虚幻性让位于社会现实存在，甚至成为社会现实自身，揭示意识形态的本体价值。在这方面，阿尔都塞继承葛兰西意识形态理论，同时借鉴结构主义方法和拉康的精神分析法，将意识形态理解为一种社会生产结构，在社会再生产（尤其生产关系的再生产）中分析意识形态的功能以及意识形态与政治环境、社会现实的关联性，并审视艺术生产的规律，对意识形态研究作出独特贡献。

阿尔都塞的意识形态研究离不开关于科学和意识形态关系的处理，以及对意识形态“实践”概念的把握。从这两方面出发，阿尔都塞不仅揭示了意识形态的性质，还以此确立意识形态在社会生产关系中的功能。

首先，阿尔都塞认为科学和意识形态之间具有对立性，而且这种对立体

---

① [英]佩里·安德森：《西方马克思主义探讨》，高铦等译，人民出版社1981年版，第102页。

② 伊格尔顿：《西方马克思主义中的意识形态及其兴衰》，载斯拉沃热·齐泽克等：《图绘意识形态》，方杰译，南京大学出版社2002年版，第258页。

③ [意]安东尼奥·葛兰西：《狱中札记》，葆煦译，人民出版社1983年版，第12页。

现了总问题结构的转变。在《保卫马克思》中,阿尔都塞指出马克思的思想中存在两种不同学科的"认识论断裂"。具体而言,以《德意志意识形态》(1845—1846)为标志,在这之前,青年马克思的思想基本上是人道主义的,属于意识形态阶段;在这之后,马克思对以前的哲学信仰进行了清算,抛弃了旧的哲学范畴(包括黑格尔和费尔巴哈哲学),确立了科学的唯物史观概念,迈入科学阶段。这种认识论的断裂标志之一就是马克思用前所未有的新概念,诸如生产方式、阶级斗争、经济基础、上层建筑、意识形态等替换经济主体、异化、精神、自由等。在"保卫马克思"的旗帜下,阿尔都塞指出这一思想转变是马克思对黑格尔、费尔巴哈等全部理论前提进行否定和无情批判的结果,更是马克思长期理论思考和实践创造、变换"总问题"的结果,标志马克思理论从成长走向成熟,进入到科学发展的时期。追溯起来,阿尔都塞对马克思思想发展的内在逻辑把握主要是基于20世纪60年代之前,许多马克思主义理论家对马克思主义进行人道主义思想解读,引发关于人道主义与马克思主义问题的争论。在阿尔都塞看来,人道主义属于意识形态,无法科学地解释历史;科学的诞生虽然需要意识形态要素的配合,但这种配合具有不可预测性和复杂性。这反映了阿尔都塞没有把马克思主义视为一种意识形态,而是把科学的经验现实同意识形态的幻象进行区分,从历史的连续性中寻求马克思主义如何实现对史前错误的清算和抛弃,证明马克思主义是革命的科学。

当然,阿尔都塞确认马克思同以往观点的断裂源于两个方面,包括加斯东·巴歇拉尔的认识论断裂概念和雅克·马丁的总问题概念。总问题是阿尔都塞理论研究中的方法论,指统摄特定思想、规约具体问题的结构整体,是决定整个问题域发展的本质所在。阿尔都塞指出,研究马克思哲学,需要从总问题理论出发,因为每种思想都是由总问题统一起来,一切取决于总问题的性质和提出问题的方式。①同时,总问题不是抽象的思想意识,它是各种思想的特定结构。显然,实现"意识形态"到"科学"的转变实乃总问题结构的转变,即放弃意识形态总问题,实现科学的问题结构对意识形态问题结构的反思。另外,由于意识形态的总问题"不是自我意识",而是以潜在的方式隐藏于思想深处,规定具体问题的意义和形式,并通过空白、沉默显现出来,为此需要依靠一种迥异于传统阐释学的严格阅读方法,重新述说文本的内涵,实现"场所的变换"和阅读的问题式革命,使阅读成为一种生产意义的阐释活动,藉此从思想深处挖掘出总问题,发掘意识形态的真相,此即"症候式

① [法]路易·阿尔都塞:《保卫马克思》,顾良译,商务印书馆1984年版,第48—49页。

阅读”。

其次，意识形态和科学的对立不仅体现阿尔都塞从整个社会结构中来理解意识形态，揭示意识形态的社会职能，而且预示将研究的重点置于社会再生产上面，这就为意识形态功能的发挥提供了广阔的空间。

第一，意识形态是具有独特逻辑结构的表象体系，承担着实践和社会职能。在《保卫马克思》中，阿尔都塞指出意识形态虽然属于意识的范围，但又不是意识的形式，不是胡言乱语的表象和历史的寄生物，而是社会历史的基本结构和被感知的文化客体，同基本的经济活动、政治组织一起在人类历史中发挥重要作用。意识形态是人类世界本身，如同人们呼吸的空气，无所不在，永恒存在，而缺少意识形态，人类社会就无法生存下去。①这就肯定了意识形态在社会中的地位和作用。具体来说，区别于科学理论，意识形态在阶级社会的生产关系中承担着重要的实践和社会职能，这种实践和社会职能主要是从经济基础与上层建筑所构成的生产结构出发，将意识形态视为社会活动中维持人类生存、改造人的意识行为的工具。在阿尔都塞看来，理论实践和一般生产实践一样，属于社会实践的统一体，以人力手段通过生产资料（概念群或理论），加工意识形态的原料（概念或者事实），形成科学的认识。这一过程既是意识形态的实践存在过程，又是意识形态到科学的质变过程。作为理论实践，意识形态在科学的史前时期以概念或者事实形成自己的哲学认识并以此与科学对立，因此意识形态的实践和生产实践一样，也在加工自己的对象，只不过这种对象是人的“意识”。②当然，对于意识形态和科学的关系，阿尔都塞后来进行了自我修正，反思自己把断裂归结为两者截然对立的观点，提出一切科学产生于意识形态，以意识形态的形式存在。③这不仅意味着意识形态生产出科学的认识，是想象性和真实性的统一，还显示意识形态囊括了全部的社会现实，扩大了意识形态的实践功能。另外，从马克思关于认识对象是思维的产物出发，阿尔都塞指出思维远不是超验意识和心理主体的能力，而是建基于现实条件和实践条件的结构体系。这种思维结构把理论生产资料、加工的原料和历史关系等有机结合在一起，使思维主体在认识生产中占据重要地位。④自然，包括意识形态在内的思维

---

① [法]路易·阿尔都塞：《保卫马克思》，顾良译，商务印书馆1984年版，第202—203页。

② [法]路易·阿尔都塞：《保卫马克思》，顾良译，商务印书馆1984年版，第139页。

③ [法]路易·阿尔都塞、艾蒂安·巴里巴尔：《读〈资本论〉》，李其庆、冯文光译，中央编译出版社2001年版，第42页。

④ [法]路易·阿尔都塞、艾蒂安·巴里巴尔：《读〈资本论〉》，李其庆、冯文光译，中央编译出版社2001年版，第37—38页。

结构也是主体对原料加工生产的过程。这就突出了意识形态结构在思维认识上的功用,使意识形态稳定于社会整体之中,促进了理论的生产过程。

第二,意识形态是一种物质性的社会实践存在,以国家机器的实践方式开展活动。在《保卫马克思》中,阿尔都塞从意识形态属于意识的范畴但以无意识方式作用于人出发,认为主体同生存世界包含真实关系以及体验和想象的关系,意识形态反映的是体验和想象关系,而真实关系也包含在体验和想象关系之中。想象意味着虚拟、虚幻,言下之意是意识形态不是真实的社会意识的表达,它以特有的社会功能和价值指向调整人同生存世界的关系,由此带来的影响就是人们陷进了意识形态之中,人同生存世界表现为顺从的、依附的、忍受的或者保守的关系,还自以为是意识形态的主人。在《意识形态和意识形态国家机器》中,阿尔都塞以物质性存在描述主体与生存条件的想象和体验关系,指出意识形态的特殊性在于以"国家机器"(AIE)的实践职能开展活动,使人们服从于意识形态的结构规则。阿尔都塞将意识形态置于社会再生产视阈下,指出意识形态与社会生产制度密不可分,尤其通过教育、家庭、宗教、工会、传媒等国家机器,实现对劳动力的教化和灌输活动,再生产出对意识形态的臣服,以维护社会自由和道德之名保障意识形态的表述,实现对人的思想控制。例如一次小弥撒、一次葬礼、一次政党集会等仪式都是国家机器的一部分,都是由物质性的机器来规定。在这一过程中,受拉康镜像理论的影响,阿尔都塞指出意识形态发挥作用的结构是一种双重反射的镜像结构:一方面,主体的所有实践行为都借助于意识形态,主体是构成意识形态的基本范畴,其观念信仰被纳入到由意识形态机器规定的各种实践和仪式行为之中;另一方面,所有意识形态通过主体发挥功能,把个人传唤或改造为具体的主体。①也就是说,意识形态在把个人传唤为主体的同时,个人承认意识形态的"传唤",双方共同维护意识形态功能的发挥。对此,詹姆逊认为阿尔都塞的意识形态国家机器思想使得意识形态的思想、观点等绝不仅仅存在于人的经验和意识之中,而是被社会机构和机器再生产出来。②这就将马克思关于经济基础和上层建筑的关系发展为意识形态的社会再生产关系,而通过建构个体的主体性,意识形态发挥重要的社会实践功用。

① [法]阿尔都塞:《哲学与政治:阿尔都塞读本》,陈越编译,吉林人民出版社2003年版,第361页。

② [法]阿尔都塞:《哲学与政治:阿尔都塞读本》,陈越编译,吉林人民出版社2003年版,第523页。

综上，阿尔都塞对意识形态的分析标志着意识形态已从原先的虚假意识转向社会“实践结构”。按照齐泽克在《意识形态的崇高客体》中分析，意识形态不仅是对现实的幻觉性再现，而且在商品经济社会发挥社会有效性，成为“现实自身”，即从原先的“再现物”转变为有效性的“现实自身”和存在本身，同时意识形态的虚幻存在使参与者对其所为一无所知。为穿透意识形态的幻象，齐泽克在剖析阿尔都塞“误认的主体”理论基础上，借助拉康和弗洛伊德的精神分析学说以及马克思对商品经济的分析，指出在对客体的分析中要揭穿的秘密是形式自身，而非形式隐藏起来的内容。例如马克思在对商品形式的分析中，不为表面现象所迷惑，而是超越古典经济学专注商品形式内容、无法解释形式本身的做法，致力于解释商品形式自身及其过程的秘密，即由形式表达出来的意义和蕴涵，完成古典经济学所没有完成的任务。在齐泽克看来，形式只是意义伪装的载体，形式内部散发迷人的力量，这就导致了“征兆”(symptom，即症候)的出现。齐泽克认为马克思的“意识形态批判”具有“征兆性”：它向既定的现存社会秩序注入悖论性因素，颠覆普遍合理的社会原则，实现对意识形态领域崩溃点的探测，暴露意识形态的虚假性。[①]正是对“崩溃点”的探测，症候成为一个能指，在拉康所谓的无意识层面揭示意识形态如何建构社会现实话语以及以物质客体的形式呈现崇高属性。这就将意识形态的过程分析指向了症候的意义生产，突出症候的能指系统和运作机制如何在形式之中暴露意识形态的虚幻，实现对潜在思想的填补。阿尔都塞和马谢雷的“症候式阅读”正是在意识形态的实践基础上，在文学经验和文学事实世界发挥话语阐释的效力，揭示文本意识形态生产的秘密，构建文本意识形态的话语生产机制，使批评的“生产性”充分彰显。这些体现了意识形态对艺术生产的重要影响。

(二) 意识形态作为“实践结构”对艺术生产的重要影响

作为西方马克思主义文论的重要概念，意识形态已不限于长期以来虚幻的意识范畴，而是被置于更为坚实和广泛的社会基础之上，以一种社会存在来理解和使用。对艺术生产而言，由于意识形态的虚幻性，文本呈现某种断裂，艺术只能以缺省的方式呈现不在场的存在。如何从文本层面窥破意识形态的幻象，发现文本表层的缺省和沉默以及表现出的“症候”，让隐蔽到文学内部的意识形态话语得以暴露，就成为意识形态生产要解决的重要问题。这一问题同时将阿尔都塞的意识形态和科学的关系拓展为文艺、意识

---

① [斯洛文尼亚]斯拉沃热·齐泽克：《意识形态的崇高客体》，季广茂译，中央编译出版社2002年版，第29页。

形态和科学的多元关系,形成对文艺和意识形态的新理解,凸显意识形态对艺术生产的重要影响。

一是意识形态总是按着某种物质和仪式的行为,以“先在”结构进行生产条件的再生产,其生产内容不再是客观现实的反映,而是意识形态的统治效果。意识形态作为一种观念、意识的集合和想象的拼合物,反映主体同生存条件的虚幻关系,透露出“无意识”结构对主体的控制,使主体无法看到意识形态的运作过程。马谢雷认为阿尔都塞的意识形态国家机器意味着各种观念形式并不是直来直去的思想和话语系统,而是通过社会实践机制和历史显示出来,同时,文学被“语言”“教育”和“虚构”等因素决定,再生产作为主导意识形态的资产阶级意识形态。这使得文学生产与意识形态实践、语言实践、学术或教育实践密不可分,文学与现实之间不再是再现的客体关系,文学构形旨在寻找矛盾的迹象,在文本中实现对观念矛盾的想象性解决。[①]这就将文学的考察置于整个社会实践、社会条件和再生产之中,为文学虚构、文学构形和文学观念的呈现提供了意识形态的统治效果。

二是文学创作中个体主体性的确证和认同呈现复杂性。对于作家而言,文学形象是其精心构思和创造的产物,寄寓作家特定的情感体验和审美理想,比社会现实中的形象更集中、更强烈、更典型。在这一过程中,作家赋予作品中的个体形象以主体地位,表现形象的具体可感性、高度概括性和精神的丰富性,显现对个体主体性的确证和认同。但在意识形态的生产背景下,这种主体性的确立呈现出复杂性,表现在文学作品中那种有血有肉、栩栩如生的人物形象如今显现为一个个物化的语言符号,主体的身份未知、历史深度感消失,在话语、权力中遭遇颠覆和解构。因为当阿尔都塞的意识形态以“机器”装置的方式赋予个体的“主体”行为,意味着意识形态面临的首要问题是结构,而非观念。一般来说,观念、思想支配人的行为和活动,现在却被置换为物质仪式、实践结构来支配人的观念,也就是说,观念和行为之间的关系被颠倒了,人的行为和活动要臣服于物质性、结构性的意识形态。如此,人就失去了独立的思想和立场,只剩下祈祷、仪式、膜拜和臣服。这反映意识形态作为结构极力规避主观性思想和意识的出场。在这个意义上,主体被意识形态的话语控制着,“中心化的主体”变为“主观性非中心化”,说话的主体是他人而不是“我”,不是“我在说话”,而是“话在说我”,或者说,

---

① [英]弗朗西斯·马尔赫恩编:《当代马克思主义文学批评》,刘象愚等译,北京大学出版社2002年版,第46—48页。

"我"只是语言体系的一部分,"我"对语言的控制不过是一种假象。[①]这实际已跨入了后现代"主体消亡"的众声喧哗之中。

无论是阿尔都塞将意识形态视为社会实践结构,还是齐泽克将意识形态看作社会现实自身,都体现意识形态从传统的观念意识转向社会存在本身,进而实现对人的控制。这里固然有夸大意识形态的社会能动性一面,但却指出意识形态作为社会再生产的方式,与社会权力、社会制度的密切关联。而当意识形态以形象、文本、话语等形式弥漫在社会结构之中,与社会现实保持复杂的同谋关系,这显示意识形态透着文化象征意味,包括大众文化、消费文化、媒介文化等都成为意识形态研究的对象,或者说在某种程度上发挥意识形态的功能。对此,汤普森认为意识形态越来越多地以社会"胶合剂"的象征形式,通过媒介技术传达某些谋略与办法,促进现代文化的传媒化,同时以合法化、虚饰化、统一化等方式支撑统治关系,服务于权力的意义,完成象征形式的社会运用。[②]这一切势必对艺术生产方式产生重要影响,要求我们在"艺术生产"的语境下,思考媒介技术与艺术生产的关系。

---

① 《后现代主义与文化理论——杰姆逊教授讲演录》,唐小兵译,陕西师范大学出版社1987年版,第25页。

② [英]约翰·汤普森:《意识形态与现代化》,高铦等译,译林出版社2005年版,第8-9页。

第五章 媒介论：图像文本、虚指符号与艺术生产

人类社会的发展和媒介的演变息息相关。媒介作为信息传递和交流的重要介质，融入社会生活的方方面面，改变着人们的社会活动、经验感知和交往模式，尤其在科技发展日新月异的今天，基于技术建构的媒介日益以一种新的物质要素介入大众的现实生活，媒介化的生存成为大众日常的基本形态。无疑，媒介也深刻影响着包括文学在内的艺术生产方式、传播方式、接受方式和艺术生产关系，“媒介即讯息”时不时引发人们对艺术生产中媒介功能的深思，尤其思考媒介对艺术形态带来的变化。虽然艾布拉姆斯以“世界、作家、作品和读者”来表征文学活动的构成要素及其普遍联系，但其指向的是以作品为核心的文学价值生成，或者说作品被置于阐释的中间，而勾连文学活动要素的中介体——媒介不在明显的考虑之列。事实上，作为居间要素，媒介参与艺术生产的全过程，规约艺术生产的内容和形式，发挥对艺术的审美塑造和意识形态的建构功能已是不争的事实，同时艺术样式也促进了媒介的演变过程。总的来说，艺术生产与意识形态、媒介技术等发生有效的关联，构成了当下文艺生产创新的基础与动力，而媒介与艺术在建构新的审美形态方面又形成了一种共生关系。但不可忽视的是，随着市场经济的深入发展和大众传媒的日益扩张，媒介生产的技术逻辑和物化手段不断侵入审美场域，使得艺术生产的市场化、产业化倾向明显，曾经的崇高性、理想性走向崩塌，而在媒介技术的操纵下，传统的艺术生产规则、意义和话语体系遭遇消解。这一切都需要艺术生产在理论层面进行反思并作出必要的阐释和回应，解决文艺活动中出现的新问题。本章从媒介论出发，通过考察“文学存在”“意识形态”在古典、现代和后现代时期的延展流变，揭示文本的构成形态以及意识形态的作用机制，指出媒介技术影响下的图像化生产形态，以及这种生产如何受制于图像虚指符号，进一步明晰媒介蕴含的意识形态特征，思考艺术生产在与媒介的共生关系中如何发挥话语阐释功能，增强话语阐释的力量，重塑媒介时代艺术生产的新范式。

第一节　媒介与艺术的共生关系

一、媒介与艺术生产方式的新变

生产方式是马克思哲学理论中的重要概念。作为生产活动的方式，生产方式关涉生产的技术条件和社会条件，指向生产过程中生产力和生产关系的统一，其中生产力是物质内容，包括生产者、生产对象和生产资料（劳动工具），生产关系是社会形式，包括对生产资料的占有、分配和和消费所结成的社会关系。反映在艺术生产方面，艺术生产方式是艺术生产力与艺术生产关系的有机统一，它制约着艺术生产的审美规律和载体形态。在这一过程中，作为物化技术的媒介日益行使生产工具的功能，发挥生产工具的创造效应，充当新的艺术生产力，介入和主导艺术生产的全过程，并形成新的艺术生产关系，引起艺术生产方式的变革。

媒介为何能以生产力的身份深刻影响艺术生产场域，进而在艺术生产方式的变革上发挥重要功用？这首先与"媒介"意涵有关。按照威廉斯的考证，英文media源自拉丁文medium，主要意指"中间"，具有中介机构或中间物的意涵。①既然是中间物、居间物，媒介无疑承载着沟通和传递双方事件、信息、人物、思想和情感的第三方功能，同时媒介的这种介质功能又不是被动的、无影响的，而是改变原先事物的既存方式，并将此导向一种可能的意义机制和范式。对此，有学者认为，媒介中介关系呈现的是一种他律性的三元关系，即以信使的视角用他者的声音说话，凸显媒介的中介性不仅是沟通交流的过程，更是连通彼此无法沟通的他异性世界，使不在场的东西具备在场的能力，或者说媒介基本的功能不是表征，而是"被感知"。②这就将媒介的沟通和介质导向建基于技术符号之上的生产、配置和建构，以生产力的话语身份发挥特有的技术生产属性，实施意义生产，塑造新的思想和情感。其次，对媒介而言，通过发挥生产工具的特殊功能，影响现实以传播新的艺术信息，不仅意味着媒介与艺术的交互性联系更加直接和便捷，而且表明媒介在物化现实以创造审美对象的能力方面扮演不可或缺的角色。安妮特·库

① [英]雷蒙·威廉斯：《关键词：文化与社会的词汇》，刘建基译，生活·读书·新知三联书店2005年版，第301页。

② 西皮尔·克莱默尔：《作为文化技术的媒介：从书写平面到数字接口》，吴余劲、叶倩、吴璟薇译，《全球传媒学刊》2019年第1期。

恩在研究主流电影的文本叙事特征时指出,电影作为意识形态的建构物,在运用特殊的符号进行意义配置和创造方面有多种表达方式和手段。例如通过摄影图像、布景道具、移动取景、剪辑等工具或代码,将符号结合成系统整体,完成意义生产,发挥电影叙事服务的作用,而这些方式可以将观众吸引到电影叙事中,使观众毫不费力地理解电影文本。[①]这就突出了电影媒介如何通过符号完成意义建构,昭示媒介技术作为生产的工具,发挥艺术生产力的功能。20世纪下半叶以来,随着技术的多元融合发展,媒介的生产和配置功能更加突出,广播、摄影、网络等以技术化手段重构文学生产机制,实现技术与美学的互融,形成对传统文学形态的强大冲击。文学从而摇身一变,跻身新媒体平台并在新媒体的裹挟下,自身边界不断被拓宽,新的样式不断出现,文学生产的媒介化成为一大景观。如今,依托新技术媒介的支撑及其交互功能,网络文学、手机文学、VR融媒书、游戏或动漫的文学IP开发等,彰显文学产业链价值创造的潜力。

媒介除了承载艺术生产力的身份功能外,还深刻影响着艺术生产关系。艺术生产关系反映艺术生产资料、艺术品在社会成员之间的分配、交换和消费关系。众所周知,大众对艺术生产资料的占有和享用受限于一定的社会发展水平。在我国的春秋战国时期,木牍竹简和帛书被用来记载和书写文字内容材料,成为最早的“书籍”形式,但在当时,这些书写材料并没有得到普遍应用,主要是因为文化资源为少数人所垄断,能够使用这些材料求取知识的读书人和文化人大多是诸侯家族和王公贵族,还有就是这些材料书写文字时工序繁杂,成本较高,不是普通人可以随意获得和使用的。这就限制了下层民众接受文化教育的权利,使其失去了对文学和文化的享有程度。由此,在尊奉“知识就是功名和财富”的古代,书写工具技术的普及与否,决定了文学的垄断和传播程度,更决定了普通民众与文学之间的复杂关系。在西方,文明的发展和文字的书写材料并行不悖。早期的莎草纸是埃及人的书写材料和生活中的必需品,其生产受到中央集权和宗教神庙的控制,主要用于国家专业人员包括神职人员记载政治或宗教内容。由于莎草纸质地薄脆,保管不善就容易破损,很快被质地柔软的羊皮纸取代。在中世纪,羊皮纸主要用来抄写基督教典籍,强化基督教教义的传播,实现对民众的精神控制。对此,哈罗德·伊尼斯认为莎草纸的衰落和羊皮纸的兴起反映王朝更迭和知识垄断的现实,这一切随着印刷业的扩张而助长了垄断成长和民族

---

① [英]奥利费·博伊德—巴雷特、克雷斯·纽博尔德编:《媒介研究的进路:经典文献读本》,汪凯、刘晓红译,新华出版社2004年版,第540页。

主义的发展。[①]由此,从西方纸张的发展中,我们不仅看到了文明的演进,还看到了媒介传播与文化垄断的交互性及其对社会成员的影响。

二、媒介与艺术传播方式的新变

一部媒介史,就是文化和文明不断发展的历史,更是促进艺术传播、使艺术逐渐摆脱垄断而走向大众的历史。当麦克卢汉以“媒介即讯息”表征传播媒介的地位和功能时,实际上诠释了媒介在人类社会发展变迁中的特有价值,即信息不是媒介传播的内容,而是作为传播工具的媒介本身。从此出发,媒介与艺术传播紧密联系,并从根本上影响艺术传播的方式。

人类传播的发展经历了口语传播、文字传播、印刷传播和电子信息传播等阶段,每一阶段都与媒介的形态变化息息相关,而且由于媒介形态的变化,艺术传播方式相应地发生新变,从而将艺术导向媒介技术主导的生产机制。在文字产生之前,口头讲述或吟诵等是文学的存在形态。随着文字的产生,尤其造纸术和印刷术出现以后,文学的书写材料比过去轻便,书写更加快捷。始于唐代的雕版印刷和宋代的活字印刷术推动了印刷业的发展,提高了书籍印刷效率,促进了唐宋文学和明清小说的传播速度,一定程度上缓解了文学完全受到生产材料限制的情况,加之经济、政治和文化等原因,使普通民众获取书籍和知识信息的途径得到拓宽,文学资源逐渐向下层迁移,文学的通俗化成为一股潮流,不断形塑文学的新貌。例如明清时期,先进的铅石印刷技术(铅印术、石印术)的使用与普及改变了传统书籍的出版方式,对于明清通俗小说(包括图像本)的大规模翻印和传播起到积极的推动作用。与传统木刻印刷做工粗糙、纸墨差劣的技术相比,铅印术以字迹清晰、行列井然的精美质量风靡沪江,热销一时;石印术介入照相技术,具有缩印功能和图像照印功能,使图像本成为通俗小说传播的典型形态。当然,新兴铅石印刷术在促进明清通俗小说传播的同时,也不可避免地使得小说出版市场供求关系失衡,翻印陷于失控状态,图书盗版现象严重。[②]

在当代,伴随新媒体的出现和数字化时代的到来,各种媒介的互融互通开启了以技术为主导传播的新模式,逐渐形成了多媒介共生、多形式并存的传播新业态,催生新的传播格局,并由此导致艺术传播的手段、方式发生重大变化,引发艺术传播的网络化、图像化、智能化革命。例如近年来,依托数

---

① [加]哈罗德·伊尼斯:《帝国与传播》,何道宽译,中国人民大学出版社2003年版,第178页。

② 潘建国:《铅石印刷术与明清通俗小说的近代传播——以上海(1874—1911)为考察中心》,《文学遗产》2006年第6期。

字技术信息存贮系统和立体显示系统等手段，数字博物馆、数字科技馆应运而生，其中视频App、虚拟场景制作、网上实境模拟、全息影像和文创产品展示等体验项目以其交互性、泛在化、沉浸式传播使媒介嵌入到相应环境之中，不仅为艺术存在祛魅，还拓展了艺术的传播渠道，促进了艺术传播的数字化、信息化转变。另外，近年来网络文学IP(Intellectual Property)改编异军突起，持续热度高，出现井喷式增长，也是得益于互联网传播载体的运用。网络文学IP改编通过媒介技术对网络文学作品、文学故事进行二度创作或多次改编，打造出富有特色的微短剧、有声作品、剧本杀、游戏、动漫等直观性和互动性强的艺术形式，实现文化资源向经济资本的转化。这种从传统作品的衍生开发到IP运营的产业链生产模式以互联网为传播载体，集孵化、开发和运营于一体，推动了原创文学的影视化生产和传播以及文学向影视艺术、有声艺术的转变，提升了艺术传播的社会影响力。此外，腾讯动漫、爱奇艺、哔哩哔哩、快手等视频平台大力推崇和播放文学IP产品，促进文学与网络视频的影响力叠加，有效实现了文学艺术作品的影像呈现和快速传播。

三、媒介与艺术接受方式的新变

从口语传播到文字和印刷传播，是艺术传播史上质的飞跃，其根本在于媒介以物化因素进入艺术生产的过程，参与艺术生产资料的传播和流动，同时使艺术生产资料下移，扩大艺术生产资料的接受范围，消除了口耳相传的在场性和声音的不可延续性。尤其印刷媒介的改进和现代机械复制技术的使用，降低了书籍的印刷和接受成本，重要的典籍作品放下身价，走向大众，重构文艺和大众的关系，从而形成了跨越时空和资源共享的传播模式。这一切标志着媒介作为一种物化技术，打破了雅俗文化的话语壁垒，增强了大众对文艺产品的享有程度和参与话语建构的可能性，或者说为文艺消费的可持续性和文艺产品的延伸传播提供了便利的平台，文艺产品以特有的形态服膺现代媒介技术，成为大众唾手可得的消费品，引起大众艺术接受方式的新变。

现代复制技术拉近了艺术与大众的距离，在满足大众消费需求和促进大众参与艺术生产积极性的同时，以其富有吸引力的视觉图像和影像技术改变大众对艺术的看法，影响大众对艺术的态度。如果说，传统的文艺创作以想象的书写空间和涵泳的语言魅力展现作品的思想意识和作者观念，那么随着工业时代的到来和传媒技术的广泛使用，这一切面临被解体的命运：一种本雅明所预言的全新艺术生产正主宰大众的审美观念，大众对艺术的感知方式和接受方式发生根本性变革。本雅明认为机械复制时代的到来使艺术生产方式发生巨大变化，现代艺术生产的本质是“复制”，复制技术如电影、摄影、照相等打破了艺术存在的时空界限，使作品的摹本大量诞生，实现原作无法达到的境界，并随时呈现于大众面前，艺术成为大众唾手可得的消费品。在这方面，本雅明肯定了电影蒙太奇、快慢镜头等手段对现实的全方位洞察和深入展现，指出电影以最强烈的机械手段给予现实形象“分解——组接”，包括分割和孤立，放大和缩小等，打开了观众无意识的经验世界，使观众产生密集化的“震惊”反映，同时给观众提供“散心的感受之道”，吻合了观众的审美需求。①不同于传统艺术以“膜拜价值”使大众凝神观照其散发的静穆气息和灵韵之美，现代艺术则以“展示价值”祛除艺术的膜拜性和神圣性，使大众沉溺于“震惊”效果和虚幻表象。由此，大众步入艺术的能指天地，艺术日渐技术化、商业化。

在电子技术和网络媒介日益发展的今天，大众与艺术的关系有了新的变化，表现在影视、图像、视频、网络和自媒体等大众广泛参与的泛媒介场，集文字、动画、图像、声音于一体，大规模向文艺领域延伸和迁移，与文艺互融和联姻，推动文艺接受的影视化和智能化，大众交互性、即时性体验模式日渐形成。例如微博、微信、公众号、弹幕网等平台打破了传统的线性阅读模式，阅读者（观看者）可以在线互动，发表观点，甚至参与作品创作，而依托网络平台发布和传播文学作品以供受众阅读的网络文学，更是凭借超文本链接和个性化的“拉动”选择满足了不同阅读者（观看者）的个性需要和体验，提升了大众阅读和观看的积极性。如今，在多元化接受活动中，依托电子移动终端产品，读“屏”、听书、“看”影像、“视频讲书”等数字阅读和浏览成为新的文艺接受方式，欣赏者藉此进入沉浸式的视听体验之中，获得怡情悦性的效果。由此，大众与艺术之间的互动性、娱乐性、即时性增强，大众既是艺术的消费者，又是艺术的生产者。

第二节　文学存在：从语音文本、文字文本到图像文本

文学的发展离不开媒介，媒介的变迁深刻影响着文学形态的变化。借鉴拉什将现代化过程分为“未开化（前现代）”“现代”和“后现代”三个阶段，可以看到文学在古典（前现代）、现代和后现代阶段呈现各异的存在形态，即

① ［德］本雅明：《迎向灵光消逝的年代：本雅明论艺术》，许绮玲等译，广西师范大学出版社2004年版，第97页。

古典的口传文学、现代的书面文学和后现代文学的图像化。其实,无论是口传文学、书面文学还是图像化文学,都昭示媒介的转换及其意义构成变化,即新的媒介不断突破自身限制,为文学注入更多的生产要素和审美体验,改变着文学的传播和存在形态,文学从而获得了新的生命。而文学在媒介的作用下,自身的审美要素被重新结构,其形态演变又凸显文本审美传播的动态效果,由此形成语音文本、文字文本和图像文本等多元文本模式。

一、古典:语音文本

文学是语言的艺术,人类的发展总是先有口头语言,然后才有书面语言。章学诚认为"古人先有口耳之授",然后才"著之竹帛"(《文史通义·言公上》)。《春秋啖赵集传纂例》卷一言:"古之解说,悉是口传,自汉以来,乃为章句。"利科认为就语言系统来说,文字是被固定的言语,是对言语的记录,所有文字都是对说出的言语的补充。①德里达指出:"如果说书写结束了理想对象的建构,那它是以发音的书写身份结束这种建构的:它要确定、标明、委托一种已经准备就绪的言语并使之形体化。"②也就是说,口语是文字的初源。在文字产生之前,文学的存在形态是口耳相传的口头文学,包括神话、传说、史诗、民间故事等在内的早期文学形态,都是以尚未加工的口头言语为媒介,通过口头吟诵、讲述或歌咏等口耳相传的方式近距离传播的结果,由此形成的语音文本成为口传文学的智慧结晶。

首先,作为古典"原生态"的文学样式,口传文学及其形成的语音文本是口语语言的"活"的再现,反映了人类早期的言语实践行为。在文字尚未出现的远古时期,先民们长期的劳动实践不仅创造了人自身和生产工具,摆脱与动物相似的状态,也使语言和思维能力、审美意识等得到成熟与发展,实现对大自然的逐步了解、认知与改造,创造了人类最原始的精神文化成果。在这一过程中,面对强大的超自然力量,巫术、仪式、神话、祭祀、祝祷、酒神颂等活动成为先民在劳动实践中对大自然探索和认识的最初形式,口耳相传的口语传播成为人类最早的传播方式,文学艺术从中孕育而生。在我国,《诗经》《尚书》《国语》等记载的祭祀轶事、巫筮仪式都反映当时口头传播的史料情况以及人们对口语传播重要性的认识。并称为三大英雄史诗的《格萨尔王传》(藏族)、《江格尔》(蒙古族)和《玛纳斯》(柯尔克孜族)是长期以来口头文学流传的经典之作,更是活态的民族历史记录。在西方,《荷马史诗》

---

① [法]保罗·利科:《从文本到行动》,夏小燕译,华东师范大学出版社2015年版,第148页。

② [法]雅克·德里达:《声音与现象》,杜小真译,商务印书馆1999年版,第103页。

是由盲诗人荷马对长期口头吟诵和传唱的战争故事、神话传说记录整理的结果，是古希腊口传文学之典范，成为古希腊人不可磨灭的记忆。古印度的《摩诃婆罗多》也是经过口头吟诵的方式创编和流传，其内容生成具有累积性、流动性和传承性。由此，久远的历史积淀于无处不在的口传文学中，成为一个民族的精神根基和文化寄托。

口传文学主要通过口头讲述、说唱、演唱等方式创作和传播文学作品，早期往往表现为歌、乐、舞的融合，同时借助祭祀神明、祭拜天地等场合传达出来，体现人类对自然、社会和生命的理解。王逸《九歌序》："昔楚国南郢之邑，沅、湘之间，其俗信鬼而好祠。其祠，必作歌乐鼓舞以乐诸神。"王逸的描述不仅体现了楚地信鬼好祠、人神共乐的巫文化传统，也生动展现了"歌乐鼓舞以乐诸神"的口传文学特色。在这一过程中，口传文学与人类早期的活动紧密结合在一起，无论娱人还是娱己，其散发出来的激情反映了人类早期言语的感性和直觉行为。恩斯特·卡西尔认为人不仅生活在一个逻辑、理性和科学的世界之中，还生活在想象、激情和幻觉的世界之中，而这个世界是由语言、神话、艺术等符号创造出来的，其中言语的能力和意义是解释宇宙秩序和通向哲学之路的必然存在，占据核心地位。在《语言与神话》中，卡西尔将语言的产生和神话的隐喻思维紧密联系，指出人类文化早期，语言的直觉和隐喻思维压倒逻辑思维，即人的语言思维器官本质上是隐喻的，人的全部知识始于隐喻思维。具体来说，当原始人面临各种危险并被极度的绝望感所笼罩的时候，便向自然神力发出某种信息和意欲，而当人们被突然呈现在面前的神的意象直觉所俘获，一种张力或情感在语词中找到释放口，成为神话或者言语的客观形式，因此，语言充满神话思维，必须在神话的直觉创造形式里，寻找语言概念的生成之谜。[①]卡西尔力图摒弃形而上学的科学思维而从神话入手寻求语言的产生，牵引出人的情感心灵深处的直觉思维，不仅拓展了语言发生学研究的哲学视野，昭示人类文化研究的价值和意义，也为考察口传文学的本源意义提供了有益启示。

其次，口传文学虽不具有文字的稳定性，但其口语传播的在场性、便捷性、直接性和情感性等优势对原汁原味的文献资料的再现起着无可替代的作用。虽然德里达在《文字学》中将语言问题视为西方哲学史上的重要问题，提出语音中心主义与逻各斯的本质联系，批判"言说是语言的本质"传统并走上反"逻各斯"之路，但和以文字为代表的书面文本相比，口传文学形成

---

① 恩斯特·卡西尔：《语言与神话》，于晓等译，生活·读书·新知三联书店1988年版，第61—62页。

的语音文本确具有独特的优越性。学者李亦园认为,如果把“文学”限定在书写的文字,那么世界上许多民族是没有文学的。[①]这无疑突出了书写之外口传文学的必不可少。

在口传方式占据主流的时期,文献史料中一些传言、誓辞、告诫、劝说、谏言等语音文本传达丰富的口传信息,表现对转述史料的借鉴和先王历史的追忆。口传文学是一个民族集体智慧和个人生命体验的结晶,是本民族精神的参照体和族群代代相传的记忆。“口传文学……以口耳相传的方式代际传承,是一种活的传统,一种与生活情景同在、与生命相依的动态的文学。”[②]例如我国古代《尚书》《国语》《管子》《史记》等作品中经常出现“古人有言曰”“先民有言曰”“人有言曰”以及《左传》中“仲虺有言曰”“史佚有言曰”“周任有言曰”等语句,托古言今,反映了口传背景下后世者服膺先王遗训和前世之言,以前人为楷模的事实,同时再现了讲述者与倾听者面对面交流的场景,甚至以全知全能叙述视角营造一种特定情境,情感真挚,言辞恳切。《尚书·秦誓》中,秦穆公就战争失败进行反省,向群臣发表誓众之辞。文章开始,秦穆公引用古人教导“民讫自若,是多盘”,说明人一旦自以为是,就会导致大意失算的恶果,谆谆告诫臣属要听谏如流,不失去应有的戒备心态。秦穆公心有戚戚,虚怀若谷,在愧悔自责的同时总结治国经验,勇于承担责任,这一切自然得益于先人响彻耳边的教诲。亚里士多德认为,语音是“灵魂中的感受的符号”,[③]揭示了口语传播的情感效果,或者说正是凭借语音,口传文学浸润讲述者的心灵气息,成为人的情感意识的书写和再现。

口传文学及其形成的语音文本以口语歌咏或讲述形式反映个体的鲜活经历,具有在场性、瞬间性和直觉性,凸显语言世界的审美自觉和价值情怀。“古人口耳之学,有非文字所能著者,贵其心领而神会也。”(章学诚《文史通义》)口传文学充满自然气息和灵性潜质,氤氲幽深旷远的生命意识和情感意蕴,诉说本民族人民生活化的感受和真实的审美体验。瓦尔特·翁认为口传文化的思维和表述具有独特性,例如大量运用形容词、修饰语、并列的词语、短语和从句以及重复的赘语套话等,主要是由于口语转瞬即逝,讲话人的心智必须放慢步伐,甚至偶尔停顿,重复言语,使自己和听话人都跟着思路走。同时,讲话人对知识的概念化描述能把陌生和客观的世界融合到人

① 叶舒宪:《口传文化与书写文化——“民族志诗学”与人类学的表现危机》,《广东社会科学》2001年第5期。

② 黄晓娟:《论口传文学的精神生态与审美语境》,《文学评论》2011年第2期。

③ [古希腊]亚里士多德:《范畴篇·解释篇》,聂敏里译注,商务印书馆2017年版,第47页。

类熟悉的生活中。因此,口语思维表述更贴近人的生活世界,顺应人的自然属性。[①]这一切预示口传文学向所有的生命敞开,所谓“饥者歌其食,劳者歌其事”、“诗言志,歌咏言”等折射出众口相诵的口传文学的实践品格。本雅明认为人的思想存在就是语言,人类思维活动的任何表达都可归结为语言的结果,语言以媒介的身份传达符合自身的思想而内在于人类思想表达的所有领域,同时,语言的存在就是为事物命名,语言在名称中言说,借助语词言说呈现直接性的魔力。在本雅明看来,这种语言源于上帝的创造和安置,上帝是语言的创造者,人是语言的认知者和传承者,人借助上帝的知识命名事物,传达人类自身,从而将事物的语言翻译为人的语言,由此,在自然的魔力中,上帝的词语无声地闪烁着光芒。[②]本雅明以面向上帝的纯语言概念诠释语言的本质存在,由此形成的口传文学再现了语言的力量和智慧,成为感性生命和审美体验得以呈现的样式。

最后,口传文学具有自己独特的存续和传承方式。口传文学不仅传递了先民遗训的内容,显现对往事的追忆,还发挥了口传方式应有的话语功能,实现对历史事件的探赜钩深和恰当处理。口传文学具有不同于书面文字文学的特点,例如特定的演讲和吟唱场域、口语的现场感、受众的集体性和言语留存的瞬间性等,尤其对于受众而言,演述场域与受众的契合关系对口传活动的成功举行有着重要意义。“演述人和受众是面对面的,他们同处于一个时空场域,具有‘表演性’和互动性特质。演述人和受众共处‘传统池’,有‘强关联性’。”[③]正是由于受众对口头文学的再创编和转述以及口传文学的“传统池”存在,其在非常情况下对历史事实和文献资料的保存起到特有的促进作用。据班固《汉书·艺文志》记述,孔子编撰《诗经》,虽历经秦代还能保存下来,原因就在于“以其讽诵,不独在竹帛故也”,这反映出吟诵对于《诗经》传播的贡献。司马迁《史记·十二诸侯年表序》载,孔子的七十多个高徒凭借口述领会《春秋》大义,是因为《春秋》中包含着谴责、讥讽、忌讳等“不可以书见”的内容。班固《汉书·艺文志》亦对此有描述:“有所褒讳贬损,不可书见,口授弟子……”孔子记述历史时,对那些褒贬讳损混合而思想复杂的内容采取口授之法,婉转指向幽隐深微的大义,形成了后人所谓“春秋笔法”。这体现了口语作为心灵的直接表达的便利之处。可以说借助于

---

① 瓦尔特·翁:《基于口传的思维和表述特点》,张海洋译,《民族文学研究》2000年增刊,第21页。

② [德]瓦尔特·本雅明:《本雅明文选》,陈永国、马海良编,中国社会科学出版社1999年版,第272页。

③ 朝戈金:《论口头文学的接受》,《文学评论》2022年第4期。

“口传心授”，语音文本成为书写文本之前经典保存和延续的主要方式。

当然，在口语社会里，由于传播的主要媒介是言语，而言语的传播又是短距离和瞬间性的，这给信息的储存带来某种不便，使得口传语言“只得通过重复性强并且是程式化的仪式和实践来得到仔细的保存”。[①]在《讲故事的人》中，本雅明追忆了讲故事这种前文字时代口述的艺术形式，认为讲故事源于人们口口相传的经验，表现的是千百年前手工生产的交流活动。那时，从远方归来的人——农民、商人和水手——见多识广，不掺杂任何心理分析地向听众讲述亲身经验或者转述别人的经验，其声可闻，其容可睹，情感的激荡和共振油然而生。得益于这样的公共氛围，来自遥远地域的奇闻趣事、神秘莫测的奇风异俗等引起听众的浓厚兴趣，在听众的心目中占据一席之地，而听众一边忘我地听故事，一边纺线织布，在手工生产的氛围中享受着人与自然的和谐，并形成复述故事的天赋，成为传递故事的行家。由此，讲故事离不开前工业时代手工技艺的生产方式，讲故事显然是一个公共事件。

综上，口传文学及其语音文本作为文学的本源所在，无论是对历史事件、人物活动的讲述或者转述，都承载着古典时代族群的文化记忆，凝结着主体难以磨灭的情感历程和宗教情怀，表现人们的生活状态和美好愿望。这种文学形态以直觉性和在场性再现对生活的感知和生命的观照，但其集体创作而致的流动性和易逝性也是毋庸置疑的事实。虽然随着文字的出现和书面文本时代的到来，口传文学的地位日益被削弱，但口传文学（包括口述史等）仍然延续着自身的生命历程，从而成为书面文本的有力补充。

二、现代：文字文本

文字的发明是人类文明进程的一次飞跃。“语言使人类区别于禽兽，文字使文明区别于野蛮……”（周有光语）。《淮南子》载仓颉造字致天生异象，“天雨粟，鬼夜哭”。这种惊天地、泣鬼神的壮举显示文明伊始文字的巨大力量。文字的出现使人的智慧慢慢开化，以迥异于口语的方式感受和解释世界，认识和改造环境，不仅促进人的心智解放，还由此承载人类文化数千年的发展变迁。更重要的，文字文本或者书面文本的出现，使人类不再完全依附于口耳相传的语音传播，而开始了用眼睛观察现实和阅读现实的过程。那种依靠讲述人说话的在场感被文字传播取代，文字克服了口耳相传的声

① ［英］尼克·史蒂文森：《认识媒介文化：社会理论与大众传播》，王文斌译，商务印书馆2001年版，第183页。

音局限，通过字体结构、语言符号及其书写工具等物化载体，扩大了人的感知空间和认知范围。无论是木牍竹简、丝帛，还是羊皮纸、印刷纸张等，这些被用来记载和书写文字内容的材料，使文字的地盘越来越大，优势越来越突出，促进了书写活动的开展和文学的创作、阅读和传播速度。

不少学者对口语传播与书面文字传播进行比较，从中见出文字传播的独特性。麦克卢汉认为尽管口语文化频繁地作用于人的感官，但从言语中抽象出文字的印刷文化促进了人的视觉部分发展，培植了一种线性和一致性交融的理性文化。同时，印刷文化以一种语法、拼写和意义的统一等标准化的模式，取代口语的美感和细节作用，而且以其个体创作和阅读行为的全神贯注，将口语文化的集体性、共享性转化为文字印刷的个人价值主义技术，并由此催生了各种个人主义观念。[①]显然，从口语文化的集体性、公共性向印刷文化的个体性、个人性转化构成口语传播和文字传播的重要区别。伽达默尔认为文字的符号语言是一种真正的讲话语言，语言能被书写，其根本在于讲话传达出纯粹的意义理想性，文字性是语言的抽象理想性的结果。[②]也就是说，文字对口语语言进行了抽象化加工处理，使得碎片化的历史成为有序的记忆，这对如何理解文字文本提出了新的要求。在伽达默尔看来，相对于口语，书写的文字脱离了作者的意图、规定性和未曾说出的倾向，有助于实现文本意义的自我创造。这就提出了文本的诠释学任务，而这种区分也见出了口语传播与书面文字传播的关联和张力。

口传的东西随风而逝，书写的内容永不磨灭。文字文本的这一特征标志书写所建构的符号形象走出了口传思维的在场性、集体性，而专注于主体性、分离性、客观性，即以可视化的文字形象把握真实世界。提出媒介偏倚理论的加拿大学者英尼斯认为传播媒介不论在时间还是空间方面都存在偏倚，例如羊皮纸、陶土等与地方的物质在场很紧密，耐得住时间的消蚀，与时间关联性强，容易产生集权化的倾向；纸张质地轻便，便于运输，但保存起来不那么持久，与空间关联性强，带有大众化、非集权化的倾向。[③]英尼斯关于大众传媒技术手段的区分对深入认识印刷时代文学文化的社会传播提供了诸多启示。英国散文家约瑟夫·艾狄生认为诗的文字蕴藏很大的力量，凭借文字的帮助，诗人在模仿自然景物时注入了更多活力，升华了景物的美，同

---

① [英]尼克·史蒂文森：《认识媒介文化：社会理论与大众传播》，王文斌译，商务印书馆2001年版，第188页。

② 伽达默尔：《真理与方法》(下卷)，洪汉鼎译，上海译文出版社1999年版，第501页。

③ [英]尼克·史蒂文森：《认识媒介文化：社会理论与大众传播》，王文斌译，商务印书馆2001年版，第183页。

时可以随心所欲地给读者自由观照的视角,揭示读者没有注意或者观察不到的部分。[①]事实上,这就是文字的魔力。借助这种力量,无论作者还是读者,都在对文字细致入微的感受中获得生命体验式的满足。写作的澄明、“我思”的情怀、心灵的慰藉,都潜藏于颠扑不破的文字之中,再现生命韵律的华章。尼尔·波兹曼曾描述了18和19世纪铅字印刷时代的阅读境况。那是一个没有娱乐但却充满娱乐的时代。那个时候,人们除了阅读铅字印刷的书籍而没有其他了解信息的途径,总统、公众人物、律师和科学家的社会地位与威望都在铅字中得到体现。阅读被赋予了神圣的意义,具有仪式感:每日一次或每周一次,在拂晓或开始工作前阅读,在烛光或煤油灯下阅读,母亲周日下午在家里大声朗读,小孩在田间一手扶犁一手阅读,甚至上学就意味着学习阅读……“书本一行一行,一页一页地把这个世界展示出来”。[②]显然,尼尔·波兹曼描述的传统阅读是严肃的、神圣的和专一的,铅字中响彻着真理的足音,它是获得知识和信息,提升理解能力的渠道,是联系外部世界的纽带,更是依据理性逻辑完善自我的方法和路径。

文字书写的主导性地位确立唤醒了长期沉默的文字,使一切话语的精神性和思想性通过文字得以呈现。从此出发,文学生产的原动力表现为对审美自主性、原创性的追求和坚守,使存留于文学空间中的文字显现神性的生命光彩。《少年维特之烦恼》中,面对世界和天空等人性化的美好自然,歌德提出希望能把如此丰富、温暖地活在心中的形象再现出来:“如神仙似的呵口气吹到纸上,使其成为我灵魂的镜子。”这体现作者对自然的热爱,纵然这种爱在威力之下命断魂销。事实上,对生命的热爱和执着思考成为文学进入到真理的澄明之境的必经之途。当《浮士德》发出“生存是种累赘,宁愿死而不愿生”的追问,哈姆雷特慨叹“生存还是毁灭”的问题,文学成为创造生命的神性,关乎生命的价值,捍卫生命的真谛之所在。在布鲁姆看来,文学是对隐喻的追求和流布四方的企望,一部文学作品赢得经典地位是其审美的原创性和陌生性,它记录着神性与人性的爱恨纠葛,而这种经典性又使得后代作家面对前人的巨擘成就产生“影响的焦虑”。从此出发,回到文学想象的自主性和孤独的心灵中,构建文学内在性的深度,可以获得与历史传承和“影响的焦虑”结合的原创性。[③]布鲁姆认为伟大的作家在继承前人的

---

① [英]拉曼·塞尔登编:《文学批评理论——从柏拉图到现在》,刘象愚等译,北京大学出版社2000年版,第139页。

② [美]尼尔·波兹曼:《娱乐至死·童年的消失》,章艳、吴燕莛译,广西师范大学出版社2009年版,第56—57页。

③ [美]哈罗德·布鲁姆:《西方正典》,江宁康译,译林出版社2005年版,第8页。

基础上，置身他处和自己心灵的时空之中，其作品不是重写就是修正，由此为读者开辟新的个性空间，提供新的痛苦经验。布鲁姆对审美自主性、原创性的坚守和创作的终极性、内在性的渴求体现了弘扬传统与张扬个性的统一，重申文学对个体生命的审美观照和关怀。

作为一种特殊的精神活动，文学承担着滋养人类心性、舒缓内心郁结、探索人生意义的神圣使命。在我国古代，"两情若是久长时，又岂在朝朝暮暮"的缱绻柔情，"穷且益坚，不坠青云之志""虽九死其犹未悔"的矢志不渝，都借助文学作品形塑对生命的崇尚与敬畏，而当文人们身处逆境，际遇不达，便用如椽巨笔写幽愤之思，发哀怨之情，浇心中垒块，有志用世，守道愈笃，玉汝于成，即所谓"哀怨起骚人""赋到沧桑句便工"。这种穷而后工、发愤著书的传统成为文人对人世沧桑的体验，文学凭借语词的力量赋予了苦难现实更丰富的意义。在西方，英雄史诗、骑士文学、写实文学、抒情歌谣和浪漫诗歌等将现实和理想有机融于一体，以此解释世界与自身欲望，传达人类精神情感的需求及其完整生活。这些都彰显基于审美创造的语言文字的力量。理查兹认为诗人使用的词语迥异于科学家使用的词语，是因为文学创作过程中诸种兴趣的联合和词语作为安排、控制、巩固被言说经验的手段而再现经验本身，成为席卷心灵的冲动之潮，而这些词语将读者置于同一场景，引向相同的反应。[①]正是对经验本身的言说和独立于纷扰现实的生命过程的体验，文学成为以自由的想象力和诗意的文字叩问人生的价值和意义的审美艺术，带给人的审美表达和艺术感知臻于极至，文本中回响着真善美的声音。

为强化文字文本效果，作家特别注重语词技巧的新异使用。"与口传话语相比，书写的话语为了表意的需要而发展了更精细和固定的语法。"[②]这其中自然包括为追求语言文字的新异性而采用的间离性和陌生化技巧。"间离性"强调文学作品中对熟悉的事物加以陌生化、惊异性的技巧。布莱希特提出戏剧要剥离不言自明、显而易见的内容，以惊异性拉大观众和戏剧的距离，使观众有看戏的意识而不必置身其间产生某种移情效应，从而对剧情保持清醒的认识和理智的判断。"陌生化"突出文学作品以反常性和新奇性的语言使人们获得不同寻常的感受。这一点主要表现在20世纪上半叶的俄

① [英]拉曼·塞尔登编：《文学批评理论——从柏拉图到现在》，刘象愚等译，北京大学出版社2000年版，第151页。

② 瓦尔特·翁：《基于口传的思维和表述特点》，张海洋译，《民族文学研究》2000年增刊，第21页。

国形式主义文论那里。俄国形式主义文论将文学视为“文学性”的词语操作技艺,追求语言的陌生化和结构延宕等技巧。维克托·日尔蒙斯基认为诗学是研究诗的艺术的科学,这门科学以特有的语言结构程序对素材进行加工,即诗歌的材料不是形象和激情,而是用词的艺术。这种用词的艺术指向的是诗歌的形式和结构、语言等,而为了唤起人们对文学的新鲜感和疏离感,需要制造语言的陌生化,就是什克洛大斯基所言的“增加和延长形式感觉的难度”,包括悖论、反讽、受阻等。俄国形式主义文论以追求科学理性为目的,求解文学性、陌生化的形式规律,以此构建包括语言、结构等要素在内的文本科学理论体系,最终形成了本质主义的诗学观念,引领20世纪文学语言功能研究,对英美新批评派、法国结构主义文论产生重要影响。

现代文字文本对本质、价值、理性、崇高、审美自主等方面的观照在后现代遭遇质疑和诟病。作为一种新的话语范式和思维方式,后现代知识生产以彻底的反现代思维摧毁了传统形而上学的整体观,质疑宏大叙事的合法性,以反本质、去中心的颠覆性力量对现代性中被奉为圭臬的经典原则进行合法性和有用性的效度审查,重建理论知识的“元叙事”话语。伊格尔顿认为后现代怀疑真理、理性、同一性和客观性,远离绝对价值、认识论和大叙事理论体系,无深度、无中心,模糊了雅和俗、艺术与日常生活之间的界限。①这种文化形态日益向技术应用、消费主义转变,尤其20世纪六七十年代以来,随着大众文化、亚文化的出现和消费社会的兴起,“文化也逐渐意味着电影、形象、时尚、生活方式、促销广告和通讯传媒。符号和景观逐渐充斥着社会生活”。②这一切预示视觉文化和图像文化转向时代的到来,突出表现在文学突破了传统语言文字的传播载体,文学的图像化逐渐占据主要地位,并衍生出新的美学意蕴和生存模式,冲击着传统文字文本的叙事风格。图像文学成了后现代跨知识领域的重要符号。

三、后现代:图像文本

随着大数据技术、影视传播和互联网等新媒介的发展,人类进入了一个视觉图像为主的后现代时期。在这样一个媒介转换的时期,面对各种视觉图像符号充斥无所不在的生活空间以及文字解读让位于“眼见为实”的读图快感体验,人们对于图像的观看和接受成为一种理解现实本身的特有思维方式,此即海德格尔所言的“世界图像”时代:“从本质上看来,世界图像并非

---

① [英]特里·伊格尔顿:《后现代主义的幻象》,华明译,商务印书馆2000年版,第1页。

② [英]特里·伊格尔顿:《理论之后》,商正译,商务印书馆2009年版,第26页。

意指一副关于世界的图像,而是指世界被把握为图像了。”[①]这一切使得文学与图像的关系发生改变,由文学和摄影、影视、网络、游戏等融合共生的视觉图画性文学类型不断涌现。漫画书、连环画书、名著名译插图本、学术类图书、名著的影视版本、名著网络游戏、新媒体写作、网络小说、摄影文学、电视散文等构成了“文图互存”的复合型文本,甚至在一定程度上图像的自主功能日益突出,形成“一统天下”的声像叙事,白纸黑字的语言文学被声画合一、图文并茂的图像话语排挤,“观看”带来的视觉效果和冲击使得“阅读”黯然失色,由此生成了一种新的文本话语空间。面对新的媒介生产,人们正以“有意味”且散发着靓丽光辉的图像文本形式认识世界、把握世界和审视自我。

在后现代时期,图像文本以图像或影像为传播媒介,日益构建以视觉为标准的文学生产机制。麦克卢汉认为传统印刷术把一切表现形式压缩到印刷文字那种单一的描述性和记叙性平面上,给人们带来的是一种“感受力的分裂”。[②]相对于传统的文字文本,图像文本融合了图像色彩和语音,以具象化符号直观地向读者展示内容而省略了文字想象的过程,增强了语图互文的美感。安东尼·卡斯卡蒂认为后现代主义哲学视阈下,图像在当代生活各方面的渗透使其占据了一个先于“事物本身”的位置,解构了人们对时空范畴的某些传统设想,包括传统的“审美领域”已不复存在。同时,图像的发送、传播都是当代生产范式的一部分,标志当代生产范式的根本性转换;图像的消费者起着和生产者一样的作用,图像的流通速度构成了某种审美感情。[③]米尔佐夫认为对视觉以及由此而来的视觉效果的狂热追求孕育了一种后现代文化,越是视觉性的文化就越是后现代的。[④]这一切预示文学在后现代被把握为图像,或者说文学的审美意蕴越来越倾向于以势不可挡的图像方式传达出来,形成以视觉为标准的后现代生产范式。其带来的效果是图像时代的文学变异使得文本的“像化”流动于文字场景及其时空转换之中,改变了人们的图像思维认知以及口头表达、文字书写的价值秩序,催生了新的文学形态,开辟了当下视觉的“图像景观”,文学的存在方式从传统的纸质媒体向复合型的图像文本延宕。例如世纪之交以来,“新视像”图书进入读者视野,它以文、图、书的完美互动和绝佳搭配保证了图像生产和传播

---

① [德]马丁·海德格尔:《海德格尔选集》,孙周兴选编,上海三联书店1996年版,第899页。

② [加]马歇尔·麦克卢汉:《理解媒介:论人的延伸》(增订评注本),何道宽译,译林出版社2011年版,第200页。

③ [美]安东尼·卡斯卡蒂:《柏拉图之后的文本与图像》,《学术月刊》2007年第2期。

④ [美]尼古拉斯·米尔佐夫:《视觉文化导论》,倪伟译,江苏人民出版社2006年版,第3页。

的高效便捷,满足读者对图文功能的需求,其中"新视像读本"《一个人的战争》(林白著)配有图画200余幅,以其富有视觉冲击力的图片吸引读者的视线,将阅读转变成视觉直观,此即图像对文字的"战争",而文字则变成了图像的依附形式。

我们以余华的小说《活着》为例,分析电影改编(剧本生产)对小说修改的影响,进而探究图像文本生产与文学文本生产的关系。很多人都知道《活着》是余华创作的小说,但却未必知晓《活着》的创作发表经历了从中篇小说到长篇小说的变迁历程,甚至涉及到电影剧本的修改与小说的再版问题。《活着》作为中篇小说首次发表于《收获》1992年第6期(初刊本),1993年11月,长江文艺出版社出版长篇小说《活着》(初版本)。长篇的初版本与首发的中篇初刊本区别何在?为何会有1993年的长篇初版本?据罗先海考证,相较于中篇的初刊本,长篇的初版本修改近400处,字数比原来增加近5万字,虽然后来又有了作品集版(1995年),但与电影剧本改变关联度较大的是中篇初刊本和长篇初版本。据载,1992年11月,张艺谋看到《收获》第6期刊发余华的新作《活着》后爱不释手,决定放弃原定拍摄的同样是余华的作品《河边的错误》而改拍《活着》,同时余华以编剧身份担任电影《活着》编剧,参与《活着》剧本改编。在这一过程中,余华觉得剧本修改效果不错,遂将修改后的内容交由长江文艺出版社出版,此即《活着》长篇初版本。罗先海指出《活着》长篇初版本在历史内容、故事情节、叙事节奏等方面有了修改和调整,如在历史内容方面增加了公社化运动、灾荒叙写、"大跃进"和"文化大革命"运动等,在故事情节方面改写家珍命运("家珍后死"),在叙事节奏方面增加双重叙述,充满叙述自信和节奏。这种改写主要源于张艺谋的电影改编需要,同时服务于电影商业效应,以最大限度遵循文学影像逻辑。也就是说,《活着》长篇初版本的产生主要是受了电影《活着》的剧本改编启发,电影改编意图成为作家小说修改与再版的直接诱因,"《活着》长篇小说沦为电影《活着》的'潜在剧本'"。[①]本应循着从小说发表到电影改变的过程,如今却反其道而行之,作家受电影剧本改变的启发再来修改小说,这种从《活着》影像展现到小说修改,明显看出两种媒介的叙述风格差异,隐含着影视对小说的反哺再造和生产功能,显示图像影像对文学的渗透和干预。此外,在主题风格方面,无论是《活着》小说版还是电影版,都展现了徐福贵的人生和家庭的坎坷经历。相较于小说,电影通过影像视觉效果,迎合市场效应,放大了

① 罗先海:《跨媒介叙事的互动与裂隙——以〈活着〉的电影改编、小说修改为考察中心》,《文学评论》2020年第4期。

人物活着的希望，使其整个画面展现出些许的温馨和温情，观众观看后内心不再那么沉重，从而“活着”不再是一种奢望。在这个意义上，小说和电影呈现的是两种不同的“活着”效果，电影生产出了另一种“活着”范式，再现影像艺术的叙事逻辑和传播接受方式。

后现代图像文化的存在启发人们重新思考文学(语言)与图像的关系，即在传统语言文字的单一媒介基础上，文学书写如何融合了图像文本，构建语言与图像的互文关系。无论在中国还是西方，语言与图像的关系一直引起关注。在我国，宋代张舜民说“诗是无形画，画是有形诗”，苏轼揭橥王维之诗“诗中有画，画中有诗”，传达出“诗画一律”、诗画互通互融、相得益彰的诗学观，明晰了诗歌重体物摹绘，富有形象感的内容。在西方，古希腊有“画是无声诗，诗是有声画”之说，强调诗画在形象展现方面的同根同源。维特根斯坦认为人们开口所说的话是思想的栩栩如生的图画，使用词语和句子的过程是伴随图画和形象的过程，即依词想象出某种东西，把词语翻译成一幅图画，例如一张买牛的书面订单须伴有牛的形象，否则订单就会失去意义。[①]索绪尔指出语言是一个贮藏所，它让人想到的不是名称和事物的联系，而是概念和音响形象。这种音响形象是潜在的语言事实和词的自然表象以及声音表象，索绪尔称之为能指。[②]在这个意义上，语言符号是一种两面的心理实体，而能指作为声音表象，具有了通向视觉符号的可能。对此，赵宪章认为索绪尔的理论具有“唯语音主义”立场，事实上，语言的能指不仅同声音、而且同图像有着密切关系。因为对语言来说，由于隐喻修辞的运用，其作为实指符号的文本并非一般意义上的实指性符号，而具有图像学意义上从实指滑向虚指的“语象”变体。这就造成当语言进入艺术世界，形成书面文本后，必然从“字面义”向“语象义”延宕，也就是语言的能指以“迂回”的方式抵达所指，而“迂回”是图像的基本表征，“文学语言就是这样通过‘语象’中介和图像发生了必然联系”。[③]显然，语言从观念符号向语象符号的变体是“语象机制”的生成过程，即语象是连接语言和图像的中介，所谓“语言之象”“语象如画”等都意指了语言和图像的必然性联系。

图像化时代文学和图像的融合固然为文学的发展开辟了新的空间，但图像的扩张之势及其对文学的挤压折射出文学的发展命运。20世纪下半叶

① [英]维特根斯坦：《哲学研究》，汤潮、范光棣译，生活·读书·新知三联书店1992年版，第179页。

② [瑞士]费尔迪南·德·索绪尔：《普通语言学教程》，高名凯译，商务印书馆1980年版，第101—102页。

③ 赵宪章：《语图符号的实指和虚指——文学与图像关系新论》，《文学评论》2012年第2期。

以来,随着影视、广告、网络等电子媒介的迅速发展,图像侵入文学的每个角落,改变了文学赖以生存的外部条件以及文学创作和接受方式,文学面临"生存还是毁灭"的问题。希利斯·米勒在《全球化对文学研究的影响》(1997)《全球化时代文学研究还会继续存在吗?》(2001)等文章中,认为随着电影、电视等新的媒介形态出现,文学生产与网络多媒体、影像的运作日益融于一体,图像、录像、剪辑等以特有的表达方式打造文学内容,成为文学的存在方式,由此文学的地盘日益缩小,文学的传统价值在削弱,纯粹的文学时代不复存在。当然,文学不会终结,文学的梦想还要延续,经典作品永远给人以滋养,但"文学终结论"折射出图像文化、电子媒介对文学生产的影响,启发人们思考文学未来的发展命运及走向问题。

媒介的发展和演变不仅改变了社会面貌,也改变了文学和文化形态,使文学的生产和传播获得更大的自由。从媒介论出发,当代文学生产突出与媒介技术的关联度,追求碎片化、消费化、图像化的符号价值,同时媒介与文学、技术与文学的互融共生在打破人的单一思维认知习惯,给文学文本带来多维存在和阐释的同时,也使得传统文学的稳定性遭遇难题,其纯粹的审美性日益被影视符码、网络符号所消解。从语音文本、文字文本到图像文本,文学存在形态的演变折射出媒介影响下书面文学面临的转型,昭示马克思的"艺术生产"概念在新语境下面临生产范式的变化,而文学生产在与媒介的共生和交互中如何重构审美形态,增强媒介话语阐释的能力,形成独特的话语体系,是其在媒介时代无法回避的话题。当然,这一切都与意识形态息息相关。

第三节 意识形态:从膜拜意识、终极价值到虚指符号

从媒介论出发,考察文学存在和文本构成中意识形态的作用机制,就是发掘作为载体的媒介在人类社会发展中的意识形态价值,包括媒介如何介入社会、界定角色、制定规则并发挥对社会文化的支配、控制、传播的功能,甚至成为构建权力合法性的工具。当然,这里首先存在一个前提,就是媒介技术是载体工具还是意识形态?媒介技术在文学文化形态中的衍化逻辑,是文学文化自身使然还是诉诸媒介技术的主导?或者说在工具和社会政治、意识形态之间,媒介技术是否具有中立性?以技术理性批判见长的法兰克福学派理论家霍克海默、阿多诺、马尔库塞、哈贝马斯等认为科学技术充当生产力和意识形态的双重功能,科学执行意识形态的职能但以技术的方

式掩盖这一过程，其结果是加剧人的异化，造成单向度的社会和单向度的人，意识形态以其虚假性、迷惑性成为欺骗大众的手段。法兰克福学派对科学技术“工具理性”的批判和科学技术就是意识形态的看法固然有技术决定论的倾向和片面扩大意识形态功能的一面，但科学技术、大众文化发挥意识形态对人的支配和影响作用确是不争的事实。作为传播社会信息的重要居间物，媒介日益以一种技术逻辑和价值功能塑造当下大众的审美习性和文化习惯。麦克卢汉提出媒介就是讯息和人的延伸工具，实际上突出了媒介对人的思维存在、感知和感官的主导性和主体性影响，以及人类通过媒介延伸自我，构造出一个“超现实”世界，以此消弭人的中心与边缘存在，此即“内爆”概念。史蒂文森认为麦克卢汉的“内爆”标志新的媒介技术重构整个社会生活，形成一个重叠性的世界，同时对政治学领域而言，它不再与传播相分离，因为政策依靠传播得到宣传：“大众传播媒介内爆为政治领域，这造就了这样一个社会：媒介就是政治，政治就是媒介。”[①]由此，媒介与政治、意识形态、权力紧密关联，只不过以或潜或显的方式体现出来。对文学存在而言，无论是口耳相传的语音文本、承载语言符号的书面文本还是依托电子技术的图像影像文本，都显示媒介蕴含的意识形态特征以及媒介与意识形态的互融关系，或者说文学文本自身就是社会政治、意识形态和权力运作的媒介。具体而言，媒介意识形态主要表现为口传时期的膜拜意识（语音文本）、现代时期的终极价值（文字文本）和后现代时期的虚指符号（图像文本）。

一、古典：膜拜意识

口传文学产生于社会生产落后、技术不发达的远古时期。那是一个人神杂糅的时期，是各民族共有的创世神话时代。面对超自然的神力主宰者（无论是自然神灵还是宗教神灵），原始先民无法通过概念判断和推理去区分看得见的世界和看不见的世界共有的未知因素，只能通过对空间、图腾和宇宙万物的魔力崇拜，将恐惧化为对神秘力量的敬畏，以此获得集体表象的认识，并借助于口头言语传播宗教活动，与此相关的文学以口耳相传的方式与宗教文化相结合，反映“神化时代”的现实。

在尚未开化的人类早期，有着大量对自然空间万物的膜拜和神灵崇拜现象，散见于神话、史诗和史料中。“国之大事，在祀与戎。”（《左传》）祭祀在国家管理和政治生活中发挥重要功用。包括日月星辰、风雨雷电、龙、火、山

---

① ［英］尼克·史蒂文森：《认识媒介文化：社会理论与大众传播》，王文斌译，商务印书馆2001年版，第194页。

川等在内的宇宙万物都曾被奉若神明而加以崇拜,然后自然神崇拜又演变为天神崇拜,成为一个民族生生不息的精神图腾。无论是"封禅祭祀",祈求风调雨顺的仪式,还是帝王发出的教化天下百姓的号令,以及吟诵的神话故事、传唱的民间歌谣等,都借助口耳相传的方式传达出来。《山海经》《尚书》《诗经》《史记》等都有封禅祭拜天地的论述。《山海经》记载了上古时期地理、历史、动植物、民俗、宗教等诸多文化内容,所载"五方之山"和"八方之海"(含500多座山,300条河),在当时都被敬为神灵而成为祭祀之地。《史记》载帝王祭祀天下的名山大川,有东西南北中的"五岳"和长江、黄河、淮水、济水的"四渎",而且祭祀"五岳""四渎"要如同督率诸侯国君的三公礼、诸侯礼一样的庄严。《尚书·尧典》载舜继位后,举行祭天大典,向天帝报告继承帝位的事,遂"望于山川,遍于群臣",即祭祀社稷山川和群神,体现对自然的敬畏。此类描述较多,如舜到东方巡视,在泰山举行"望秩于山川,肆觐东后"的祭祀仪式;到南方、西方、北方巡视,分别在南岳、西岳、北岳举行祭祀礼;回来后,又到尧的太庙,用牛作祭品进行祭祀。此外,舜划定十二州的疆界,"封十有二山",即在十二州的名山上封土为坛举行祭祀。对名山大川特别是四岳的崇拜和祭祀,体现山川之祭作为重要宗教活动的常态化。《诗经》中对泰山、龟蒙、南山、四岳等名山大川意象群的描写再现了当时的疆域划定以及创作主体的空间体认和情感投射色彩,带有深刻的族群区域认同意识,如"泰山岩岩,鲁邦所詹。奄有龟蒙,遂荒大东""南山崔崔""崧高维岳,骏极于天"等,当然这些空间亦是人们敬畏的对象。在西方,包括崇敬奥林匹斯山诸神而诞生的熠熠生辉的古希腊神话、北欧神话中的世界树诸神传说,以及其他异教民族以神圣化的自然物为敬畏对象而形成的史料故事,都体现了人类早期基于"万物有灵"观念而对超自然力的精神投射。

人类早期的文学艺术活动作为人神相通的方式,与巫风盛行和神灵膜拜有着密切关系。列维一布留尔认为原始人极少运用逻辑思维思考问题,充斥其原始思维意识的是集体表象,集体表象按照事物间彼此神秘关系关联着,即构成原始人思维的集体表象是以原逻辑和神秘思维为前提。例如在原始人看来,任何画像都与其原型相关,从画像那里可以得到与原型一样的东西,进而通过影响画像来干扰原型。显然,画像包含了原型的部分或全部内容。这种以神秘性为前提,通过超现实的表象彼此渗透支配作用的思维方式,列维一布留尔称之为"互渗律"。[①]由于原始人对客体、存在物以及各种现象之间的因果关系无法给予正确合理的解释,只能诉诸事物的前件

① [法]列维一布留尔:《原始思维》,丁由译,商务印书馆1981年版,第71页。

与后件之间的关联性以及转向周围的神秘力量，借助与自然界的“互渗律”和关联性，实现对自然界的感知和理解，即原始人的思维活动服从于“互渗律”。列维—布留尔列举了一些“互渗律”的例子，例如土人看见蛇从树上掉下来、乌龟在沙里下蛋以及打猎或捕鱼两手空空地回来，都会借助联想，寻找与事件相关的巫术。这一切为我们提供了远古时代宗教、巫术和艺术发生的认识观。通过典籍史料的转述和记载，可以发现当时以宗教祭祀仪式为载体，与农业生产密切相关的巫术和歌舞、传唱、仪式的有机交融情形，体现了原始先民的审美意识及其对自然万物、未知世界的最初构想和懵懂认知。司马迁认为祭祀天下“皆用乐舞，而神乃可得而礼也”（《史记·封禅书》），因为通过音乐和舞蹈的合拍，神灵方能彰显。传说中的我国远古葛天氏部落“三人操牛尾，投足以歌八阙”（《吕氏春秋》）的生动乐舞场面，反映了先民踏着节拍，边唱边舞，以乐舞祭祀时的场景，勾画出远古时代社会生活的图景。《尚书·尧典》中舜帝任命夔掌管音乐，提出“歌”要把“诗”表达的情感唱出来，“歌”要合乎音律，做到“诗”“歌”“律”一体，实现“八音克谐，无相夺伦，神人以和”、出神入化的效果。对此，夔的回应是“击石拊石，百兽率舞”。正是歌乐舞的有机融合，其流风遗韵成为后来文学艺术的雏形。同样，在纪念古希腊神话中的酒神狄俄尼索斯的酒神节仪式上，人们戴上面具，举行游行歌舞，即兴抒情合唱，以神秘的献祭仪式和狂喜的激情拥抱感性的酒神生命，表达对酒神狄俄尼索斯的敬意。“久在樊笼里，复得返自然”，苦难不再成为单纯的悲剧事件，而是内心最原始、最隐秘的生命冲动和迷醉状态，这一切遂成为古希腊悲剧的源头。对此，亚里士多德指出悲剧源于酒神颂的临时口占，[①]即艺术来源于酒神表演，实现人神相通，体现对神灵的敬意。原始的生命意义在艺术中得到永生。

口传文学借助口头言语媒介进行传播，与宗教和神灵膜拜等活动几乎合而为一，其形成的巨大话语场借助于神的权威，掌控口语传播资源，折射出神权政治在社会活动中的重要地位，反映人类早期文学和政治、权力、意识形态的复杂关系。事实上，在口耳相传占据主流的古代社会，口语传播是一种在特定演述场域借助语词呈现神性魔力的公共性事件，其中口传场域与受众之间形成互融关系，集体性和现场感是受众置身于其中而无法摆脱的事实，而为维护公共秩序和政治权威，口传者总会借神的名义宣传神谕，或者向受众旁征博引先王的遗训、言行和经验，为实现自身的权力意志进行合法化辩护。包括布道、宣教、口谕等在内的口语以其即在性和现场感的优势往往附着了各种权力，

① [古希腊]亚理斯多德：《诗学》，罗念生译，人民文学出版社 1962 年版，第 14 页。

“在说与听之间形成一种不可逆的上下位等级关系,听是从属于说的”。[①]在这一过程中,神职人员、演讲家、巫师(巫觋)、口传诗人等都曾充当口传者或者传承人的角色,他们被置于神秘的地位,传递天神信息、族群民事活动和自身阅历智慧,成为当时维护社会秩序和群体制度的权力符号。

例如《尚书·尧典》中夔被舜帝任命为典乐官,用音乐教导年轻人,发挥音乐的人格养成和德性教育功用,夔显然是一个主管音乐的乐官,充当口传者的角色和膜拜的中介体。维柯在《新科学》中认为各民族的祖先被称作“诗人”即“创造者”,是因为他们以惊人的气魄,凭借肉体方面的想象力创造出天帝、天神和神话故事。在维柯看来,这些创造者面对令人惊惧的自然现象,内心被感觉和情欲俘获,把天空想象成和人自身一样的巨大躯体,以生动旺盛的想象力和玄秘智慧创造出神的形象和神话故事,因而这些创造者(占卜者)是“神学诗人”,懂得如何在绝望中凭玄秘智慧和感觉去领会天神的意旨或预见,解释神谕中的奥义,乞求天神来拯救他们,膜拜的神谕就成为异教世界最古老的制度,也就是说,各民族对于神的意旨和占卜者的创建都怀有崇敬的感觉。对于诗歌,维柯认为也同样面临这样的情况,那就是诗人相信神的万能、巫师的符咒和占卜者的内容,从内心里涌起对于神的崇敬,一切语言的想象都是神的实体,指明神的意义。如此一来,尊奉天神意旨就产生了属于神的权力,“权就是天神最初打雷闪电来把散居山上的巨人们锁在地上的那种铁链”。[②]在维柯看来,权就是意志的运用,人类的权源于天神的权,这就突出了天神意旨在构建异教民族理性秩序中的重要作用。受维柯“玄学的智慧”和“想象的逻辑”影响,恩斯特·卡西尔指出诗性的语言和神话的隐喻思维之间有着密不可分的关系,原始人面对所谓的天神,因惊惧和恐怖而说出的直观语言和神祇意象具备相同的功能。也就是说,语词并非是人自己的造物,而是作为某种客观实在出现在人的面前,即神祇意象在人的身上找到了释放口,以神话或言语的客观形式表现出来。在这个意义上,恩斯特·卡西尔认为语词是上帝创造世界、表达思想的工具,包括伦理和道德在内的世间万物皆通过心与舌的力量被命名和衍生出来,因而语言和神话、宗教存在一种原初的联系基础,神话将语词(逻各斯)纳入宗教的神圣领域,赋予语词结构以超乎寻常的宗教实体性质,使其具有和神同等的至高无上的地位。“那些本质上以某种基本的伦理冲突,即善恶二元论为其世界图景和宇宙起源说之基础的宗教,都把口说的语词尊奉为首要的

---

① 景海峰:《从“口耳相传”到“著之竹帛”——儒家经典形式转换的诠释学意义》,《学术月刊》2022年第5期。

② [意]维柯:《新科学》,朱光潜译,人民文学出版社1989年版,第189页。

力量;唯有凭借它的媒介,'混沌'才得以转变为一个伦理—宗教的'宇宙'。"[①]《新约》中说:"太初有言,言与神同在,言就是神。"这里的"言"与神一体,构成了理性的逻各斯体系。显然,口传时代的言语传播有助于加强神学权威,维护神权的信念秩序。

文学和政治、权力之间有着复杂的关系,这一关系自人类早期就已存在。"口传诗人所宣示的智慧,原本是借助于神的权威,向初民社会强加以信念秩序的一种符号策略。"[②]从口耳相传的文学传播受制于神学观念、神权统治、伦理秩序、道德教化等,就可以充分看出意识形态作用的痕迹。在这一前提下,早期社会的文学成为一种包括神话传说、特定仪式、志向抱负、德行操守等在内的独特叙事形式。

二、现代:终极价值

以印刷为载体的书面文本的出现极大提升了文学传播的速度和空间,深刻影响着文学生产、交换和消费关系,有力促进了文学价值和功能的发挥。事实上,书面语作用于现实社会的广度和深度远远大于口语,"书面语使人的言说得以延时和位移,使思想文化的传承和超时空的'对话'成为可能,语言由此才成为完全意义上的'人的语言'"。[③]以文字文本为代表的书写文化展现的是文字表达与思维的严谨性及其感悟天地、通达心灵的生命情怀,带给人一种极致的高峰体验。瓦尔特·翁认为和口传文本的转瞬即逝相比,书写消除口语思维表述的冗赘,通过对文本的回溯浏览,建立起思维之外的线性延续,形成对心灵的某种制约,即需要心智聚精会神,一路前行,因而书写是一种费时的技术和减速的模式。[④]正是这种费时的书写,铸就文字时代的经典之作。作为一种独特的精神创造现象,文学以近乎完美的审美体验和臻于极至的"善",体现对真理、命运的至上追求,饱含深邃的生命意识、启蒙观念和终极思想。在绵延的时间体验中,文学具有促进人的自我认识、发展和创造的本质,它关注人自身的命运遭际,是对人的知情意构筑的心灵世界和永恒人生的欲求,对建基其上和充溢其中的历史、真理、道德的追问,最终实现人从有限性到无限性、从不自由到自由的超越。回望文学的漫长之路,文学的这种终极追求显然立足于人,在观照人与自然、人与社

---

① 恩斯特·卡西尔:《语言与神话》,于晓等译,生活·读书·新知三联书店1988年版,第71页。

② 朱国华:《口传文学:作为元叙事的符号权力》,《求是学刊》2003年第1期。

③ 赵宪章:《语图符号的实指和虚指——文学与图像关系新论》,《文学评论》2012年第2期。

④ 瓦尔特·翁:《基于口传的思维和表述特点》,张海洋译,《民族文学研究》2000年增刊。

会、人与自我关系的基础上，不满足于一般人生世相，而是以其自由的审美精神和诗性品格契合人对客观万物的体认和生命之真的探问，净化人的灵魂，滋养人的心性，召唤人们前行的脚步，从未停止过对崇高价值的探寻。

文学对人的存在意义和生命价值的终极追求往往诉诸理性的思维方式。论及理性，不能不提到“逻各斯”。“逻各斯”源于古希腊，是真理、理性、绝对的代名词。对于“逻各斯”的追求和言说一直以来是西方哲学和神学的固有理念，学者们一直尝试对理性、真理、本质等做出合理的解释和界定，并在这种不断更替的阐释中反映哲学和神学的理性本质。柏拉图构建的理式世界凌驾于现实世界之上，它是一种无需证明的第一性世界和终极存在，文学则是“理式”的“影子的影子”。贺拉斯提出文艺创作要以古希腊文艺为典范，恪守作品结构的妥贴适宜，虚实参差，内容要高贵，形式要优雅。朗吉努斯针对当时形式至上、日益枯萎的文风，关注文艺的崇高风格因素及其带来的庄严伟大的思想和强烈激动的情感，推崇崇高的道德风尚，重建对真理和理性的认知，促进崇高的社会功能发挥。17世纪欧洲古典主义代表笛卡儿、高乃依、布瓦洛等崇尚理性，提出理性是知识的唯一源泉和衡量作品的唯一原则，理性、真、善、美和谐统一，以理性替代个人欲望和情感，可以促进人性的完善和道德能力的提升，而这种理性是人与生俱来的辨别是非的永恒能力，是天赋神受的价值和光芒。布瓦洛《诗的艺术》为理性立法，强调理性是文艺创作的最高准则，成为当时文艺创作的金科玉律。黑格尔构建了一个绝对的精神实体并以此规定世界历史体系，提出理性的实体是精神，世界历史是精神的外化史。可以说，自古希腊以来，以“逻各斯”为核心的理性哲学在西方文化中一直占据主导地位。当然，这一过程中也包括对基督教神学和上帝之城的理性赞美以及对神学理想的追忆而产生的18世纪浪漫主义文艺思潮。同时，除了文学，绘画等领域也深受理性思维的影响。

在我国古代，“文以载道”的儒教诗学传统深刻影响了文学内容，使文学发展与“厚人伦，美教化”的道德伦理有机联系在一起。《尚书·尧典》提出“诗言志”，肯定诗歌在抒发思想、情感方面的功能。孔子提出诗歌的“兴观群怨”“事父事君”观点，重视文艺关注现实、经世致用的社会功能。白居易提出“文章合为时而著，歌诗合为事而作”，反对“嘲风雪、弄花草”，呼吁文人以历史的使命感发挥文学介入现实、讽谕美刺、裨补时阙的功能。到了宋代，理学家周敦颐明确提出“文以载道”，内容宽泛的“志”逐渐偏向符合社会统治秩序、伦理道德和教化的“道”。由此，被曹丕誉为“经国之大业，不朽之盛事”的文学在历代儒学知识分子那里，成为介入社会和干预政治的话语形式。当然，这一切离不开语言文字的力量。许慎《说文解字》指出文字是“经艺之本,王政之始",暗含微言大义承载经世致用和王道之政的功能。由于语言既是一个"表意系统",又是一个"象征秩序"或"名教系统",而从名教统治的角度看,书写的文字更易传播和流传,比口说的言语更有力,"中国古代的仁人志士对于'天下大治'的普遍渴望,使他们不可避免地推崇文字的力量"。[①]文以载道,以道救世,明德修身,兼济天下,成为历代儒学知识分子崇尚的道德精神和人生的终级价值目标。

对文学而言,发挥"元话语""元叙事"的功能以获得自身的合理性存在,无疑也遵循理性的演变轨迹,带有深刻的意识形态意味。"元话语"主要是指作者对叙述话语进行组织和表达以引起读者反应的一种方法,它体现作者在词语、标点和视觉等方面的话语组织策略。[②]关于"元叙事",按照利奥塔的说法,主要指具有合法化功能的叙事,这种叙事体系里有着一种未经批判的形而上学成分,形成对其他小叙事样式的霸权。[③]利奥塔认为科学如欲寻求真理,必须使自己的游戏规则合法化,制造出自身的合法化话语,即通过"元叙事"使支配社会的知识合法化,而这种"元叙事"在利奥塔看来就是传统的大叙事,其核心要素是启蒙、理性、真理、英雄等。瓦特在追溯小说这种体裁的兴起时,指出西方自文艺复兴以来,用个人领悟现实的信念和经验取代集体的传统构成了小说兴起的一个文化背景,例如小说家们把日常生活中的每个事件都看作内在的道德问题,基于理性和良心、内省和观察试图建立个人道德体系,筑基积极的人生观。基于此,《鲁宾逊漂流记》《浮士德》《唐璜》和《堂吉诃德》等经典作品成为西方文化中的伟大神话,这些作品的基本情节和想象表现了一种执着的追求,即每位主人公都象征一种自大、异常的才能,如体现骑士理想主义的堂吉诃德、不断追求而陷于痛苦的堂璜、因好奇心总不能满足而陷于毁灭的浮士德。[④]由此,在传达人类经验的精确印象方面,小说家的"元叙事"和小说的世界观涉及道德、理性和个人主义。显然,通过具体的话语组织行为寻求客观真理和科学理性以及道德、人性等宏大叙事的合法存在,构建一个整体性意义明确的文学世界,成为西方传统文艺生产的本质主义范式。

在后现代,支撑传统存在的本质主义逻各斯体系遭遇推翻和解构。德

① 赵奎英:《从"名"与"逻各斯"看中西文化精神》,《文学评论》2021年第1期。
② 徐赳赳:《关于元话语的范围和分类》,《当代语言学》2006年第4期。
③ 包亚明主编:《后现代性与公正游戏——利奥塔访谈、书信录》,谈瀛洲译,上海人民出版社1997年版,第169—170页。
④ [美]伊恩·P.瓦特:《小说的兴起》,高原、董红钧译,生活·读书·新知三联书店1992年版,第89页。

里达认为整个西方思想传统建基于逻各斯中心主义之上,自苏格拉底、柏拉图直到黑格尔、海德格尔,一直延续形而上学的历史,甚至到今天,人们借科学和文字追求的统一性是由形而上学暗中决定的。[①]而要消解形而上学带来的对立,必须扛起反逻各斯中心主义大旗,超越封闭的逻各斯实体,推翻二元对立的等级制。显然,德里达对逻各斯中心主义的解构指向的是形而上学等级制,这种等级制以理性的"绝对权威"方式体现对真理本质和终极知识的推崇,实乃是围绕"逻各斯"而进行的一场哲学知识和权力话语的效能发挥,以维护理性王国的统治。例如在《马拉美》一文中,德里达认为马拉美的文本从内容、叙述、词语、修辞等方面不同于传统的文本,包括在文本上书写文本,文本只指涉自身,纯粹是语言的自足生成;词语不是语言的首要成分,它以不确定性成为无法在场认定的拆解和重写,远离了传统词语书写的多义性、隐喻或意义的呼应,同时以一词多义打破了亚里士多德以来赞美隐喻的传统规则。[②]马拉美的文本结构和语言观体现出对传统文学追求宏大叙事和终极价值的解构。

文学生产作为重要的话语实践活动,离不开社会权力、政治和意识形态的影响。皮埃尔·布迪厄的场域理论认为,整个社会就是由一个个相对独立的场域构成,每一个场域具有各自的规则、逻辑和自主性,反映社会文化生产的现状。同时,场域是一个充满争斗的空间,是占有者在不同位置上对权力或资本的占有和控制的空间。[③]由此,场域不是一个冷冰冰的客观世界,而是内含统治性或者服从性的系统。对于文学场而言,布迪厄指出文本自身具有独特的生成结构、发生原则和特征,文学场的配置和构造受社会结构的影响,与社会根源、权力政治密切相关,甚至在权力场内部居于被统治的地位,因而只有参照权力场,作家的许多行为和表现才能得到解释。[④]这一切使得文学作为重要的话语实践活动,与社会政治、权力、意识形态息息相关,离不开当今文化生产的规律。例如关于文学"经典"的构成,就指向了某种社会历史语境、意识形态的筛选及其背后的权力关系。在这个问题上,存在本质主义的经典观和文化研究的经典观之争。本质主义的经典生产观坚持审美的自主性和永恒性,强调经典化单纯是一个文学事件、审美行为。如

① [法]雅克·德里达:《论文字学》,汪堂家译,上海译文出版社1999年版,第3—5页。

② [法]雅克·德里达:《文学行动》,赵兴国等译,中国社会科学出版社1998年版,第330页。

③ 包亚明主编:《文化资本与社会炼金术——布尔迪厄访谈录》,包亚明译,上海人民出版社1997年版,第142页。

④ [法]皮埃尔·布迪厄:《艺术的法则——文学场的生成和结构》,刘晖译,中央编译出版社2001年版,第263页。

布鲁姆认为经典作为宗教起源的词汇，如今成了主流社会、教育体制等为生存而争斗的选择，而文学的审美性和原创性实乃一种个人化行为。[①]文化研究的经典生产观质疑文学经典的普遍性、永恒性，将经典生产指向了历史和政治的选择性，包括文学场域内意识形态话语的争夺、权力的角逐，等等。如斯蒂文·托托西指出文学的经典化囊括了文本、读者、批评、出版、政治等多种因素。[②]佛克马和蚁布思认为经典是精选出来的、在批评中经常被提及且很有价值的作品。[③]经典的构成固然与审美性、自律性等文本内在因素相关，但更与意识形态、政治倾向、价值选择、读者检验等外部因素相关，或者说，经典的确立从来不是一个单纯的文学问题，而是某种文化权力和意识形态因素选择和甄别的结果。这样，读者面对遴选出来的经典，只能以虔诚的心态崇尚经典的权威力量，这也是统治者发挥文学介入社会功用的原因。在中国，基于“一言偾事，一人定国”(《大学》)的权力，文学在文化价值、理性观念等方面打上时代和阶级的烙印，无论刚健骏爽的建安风骨，还是气势宏伟的盛唐气象，其表现的是奋发昂扬的精神风貌，传达文人发愤著书、心怀天下的情怀。面对这样的文学经典，读者唯有被其言辞的力量所感染、震撼和征服，阅读过程中必然受制于文本思想的呈现，秉承经典的精髓，领略经典带来的终极价值。

总之，受制于以“逻各斯”为核心的理性文化，对文学终极价值的追求孕育了书面文学的高雅、神圣和经典，尤其“元话语”“元叙事”的运用，使书面文字呈现出不同于口语时代的独特存在。随着大众文化的兴起和文学向文化、图像的迁移，传统经典的生产日益技术化、符号化，对图像、视频的视觉盛宴追求折射出媒介影响下文学面临的生产范式变化，显现被另一种权力关系固化的事实。

三、后现代：虚指符号

语言和图像分属不同的意指系统，语言之“思”与图像之“视”成为人们认识世界和表达思想情感的不同方式。相对于语言文字文本，图像文本裹挟后现代性，以直观的具象性和感染性给人以“可悦”的感受，逐渐成为情感与文化的载体，人们也更多将图像定位为对于文本意蕴的延伸而非补充。更重要的，当文字书写走向影像展示，那些影视节目、网络、漫画、广告等深

---

① [美]哈罗德·布鲁姆：《西方正典》，江宁康译，译林出版社2005年版，第14页。

② 斯蒂文·托托西：《文化研究的合法化》，马瑞琦译，北京大学出版社1997年版，第44页。

③ 佛克马，蚁布思：《文学研究与文化参与》，俞国强译，北京大学出版社1996年版，第51页。

刻影响当代人的审美观念和思维意识，想象的过程被图像的符号意指所替代，于是云谲波诡的图像不再满足于对现实的再现，而是以逼真的影像和虚幻的欲望隐喻视觉现实，制造景观影像，左右人的意识，重塑人的审美经验，填补人日常的匮乏，使人沉溺于波兹曼所言的“娱乐至死”，同时以对现实的生产和重构使艺术审美的自律模式走向消解。詹姆逊认为后现代时期，形象、照片以及商品的复制和生产物都是类像，这些类像是没有原本的摹本，类似于工业生产，没有生产的痕迹。[①]显然，类像是没有任何本源和所指的图像。在类像时代，图像以虚指符号的形式潜移默化地侵入现实领地，并以隐蔽性完成对现实的僭越和统治。这一切的背后当然隐含着意识形态的征用，即意识形态借助图像符号的虚指形式实现真理的确认。齐泽克认为商品时代视而不见的幻觉和商品拜物教在构建人们与现实之间真实有效的关系，而被忽略的无意识幻觉，正是意识形态的幻象。[②]居伊·德波指出随着景观社会的来临，包括影像在内的景观现实作为物化的世界观被熔铸为全部现实的意识形态。[③]于是，意识形态不再掩饰事物的幻觉，而是着力构建虚幻的现实。这一切体现出后现代语境下艺术生产与意识形态的复杂关系。

图像借助虚指符号发挥对现实的建构和生产功能，与凝神于图像事实本身的“看”的视觉逻辑有着密切关系。面对图像，源于视觉的“看”实际上具有一种崭新的意义。在阿恩海姆看来，视觉的能动性类似无形的“手指”一样，对周围空间的触动、扫描、寻找、探究是全方位的，“视觉完完全全是一种积极的活动”。[④]在观者观看图像的过程中，作为观看的主体、被凝视的客体以及主客之间的行为关系促成了“看”的完整实现。按理，看是一种常见的知觉行为，观者只要将观看行为发出去，理解了被看的客体，看的行为就具有了完成意义，也意味看的过程结束了。但事实上，看的结构不唯生理方面，还有更重要的社会文化方面。柏拉图笔下的“洞穴之喻”中，地穴中的囚徒把墙上投射的光的影像当作真实的事物（可见世界），而当走出洞穴，看到太阳照耀下的真实世界，才意识到原先所看到的洞穴世界只不过是影像而

① 《后现代主义与文化理论——杰姆逊教授讲演录》，唐小兵译，陕西师范大学出版社1987年版，第174－175页。

② ［斯洛文尼亚］斯拉沃热·齐泽克：《意识形态的崇高客体》，季广茂译，中央编译出版社2002年版，第45页。

③ ［法］居伊·德波：《景观社会》，王昭风译，南京大学出版社2006年版，第99页。

④ 鲁道夫·阿恩海姆：《艺术与视知觉》，腾守尧等译，中国社会科学出版社1984年版，第48页。

已。[①]对柏拉图来说，可见世界是一个火光照耀下的影像世界，可知世界是通达真理和理念的世界，“洞穴之喻”的一个关键问题是体现人类认识过程的可见世界如何到达可知世界以及两者的相互联系。虽然“洞穴之喻”在一定程度上传达出视觉的不可靠性，但其背后反映出柏拉图的良苦用心：影像世界到达真理世界是人的知识不断增长、理性认知不断深化以把握真实世界的可能性过程。柏拉图或许没有想到，两千多年后，他穷究的那个洞穴如今成为仿像的世界，不仅如此，太阳下的认知世界也化作了影像，或者说，一切都以太阳的名义构建虚幻的现实。

我们再从福柯对西班牙画家委拉斯开兹的油画《宫娥图》的“知识型考古”中洞悉意识形态的功能。福柯指出委拉斯开兹的油画《宫娥图》创造了一个画家、目击者、肖像、模特等人物共有的场所，无论从形式、结构、线条还是画中人物布局、景象设计以及画外可见的空间预设等方面，都存在视觉的盲点和不可见、未知的空白。例如画家和目击者有着交互作用：目击者看油画，画家也在看目击者，画家的目光投向绘画以外的虚空，注视的一切不是画家正在看的内容，而目击者作为画家的模特也是绘画考虑的额外因素，这两者的交互目光包含了一种不确定性、交换和躲闪的形式。也就是说，所有的看的因素被抑制、隐藏、躲避在绘画表象的背后，可认知的形式叠加在绘画自身中。同时，画中设置了一面作为表象活动的镜子，镜子没有发挥传统完美的复制功能，映照那些与其同在的人物，包括画家和画室中的人，而是让画中人静止凝视看不见的区域，把不可见的形式置于其中。福柯进一步指出，画家所描绘的对象是在画前注视着的肖像，也是公主、侍女、朝臣、侏儒等集中注视的人物，那就是镜子中国王和王后夫妇俩。他们位居视线瞩目的中心地位，是画家表现的模特，“镜子中的那些苍白、矮小并且具有侧影的人物被在门口出现的那个人的高大的、结实的身材否定掉了”。[②]显然，镜子提示了画作中另外一个核心空间的存在，这个空间是看不见的、隐蔽的区域，但却是画家、观者和画中人物重点关注的位置，福柯由此揭示出以国王夫妇俩为中心的不在场决定了整个绘画的存在，或者说，正是这种凝视的虚影带来了无形的秩序，影响了整幅画作的人物排列、空间结构、焦点设置等。这些没有言明的秩序是福柯所推崇的古典时代再现的本质。福柯提出秩序既是在物中被给定的物的内在规律和相互间遭遇的方式，又是存在于由注

---

① 《柏拉图全集》(第二卷)，王晓朝译，人民出版社2003年版，第510—511页。

② [法]米歇尔·福柯：《词与物——人文科学考古学》，莫伟民译，上海三联书店2001年版，第14页。

视、检验和语言所创造的网络中，这种秩序显然与权力有关。对此，米歇尔指出《宫娥图》中的权力包括绘画家的权力和作为隐含观者的君主的权力，表现在委拉斯开兹把自己画成宫廷仆人，含蓄地表达了自己“主宰和控制再现的一种主权，用机智和谨慎使篡权成为可能”。[①]由此，图像再现的是一种视觉识别能力，是视觉、话语、政治、权力之间复杂作用的结果，此即意识形态的内容，而意识形态的复杂意蕴已被直观的图像所掩盖。这显示图像成为建构意识的主要工具，或者说，图像不仅表征权力，更生产权力。

显然，视觉活动作为一种积极的建构活动，能有效调动整个眼睛所能囊括的视域，引发从现实到虚拟、从现象到本质等一系列审美行为，而那些现象背后的意蕴等隐匿于浩如烟海的虚拟符号中。西美尔指出眼睛是一个独特的“社会学成就”，因为只有视觉才能拥有和占据，它使人们远距离地控制世界。[②]尼尔·波兹曼认为包括电视在内的图像革命产生的重要后果是图像呈现的世界是一个自然的世界，陌生感的丧失以及无聊的意义，人们“完全接受了电视对于真理、知识和现实的定义”。[③]在这一过程中，视觉被文化秩序所建构，拥有了独特的话语权，幻象和“假相”的呈现日渐有其存在的合理性和必然性，其表征的文化权力关系日益成为新的意识形态。汤林森在《文化帝国主义》一书的开始，以一幅圣诞卡片的分析诠释“文化帝国主义”现象。照片反映的内容是在澳洲偏远的塔纳米沙漠边侧，一家贫困的土著社群家庭成员席地坐在毛毯、油皮鼓上欣赏电视节目，享受西方的高科技产品撩拨他们的心弦。为此，当地土著社群设立了自己的广播机构——“瓦皮瑞媒介协会”，以抵制西方文化的冲击。对于这样的场景，汤林森认为大有深意，因为照片是由一家英国电视公司致赠，其消费者是西方人，义卖收入捐赠“瓦皮瑞媒介协会”。在这样的语境下，汤林森指出这一切表征了文化帝国主义现象，反映了电视图像支配着人们的生活以及西方文化的蚕食和侵略。在这个意义上，象征文化支配的影像和西方文化圣诞节的问候同时并存，极具讽刺意味。[④]由于观者以虚幻的符号方式认知图像世界，聚焦于图像事实，服膺于图像话语，其获得的图像受特定环境、文化意识和语境差异的影响，具有社会性因素，即观看主体发出的是图像审视行为，但获得的却是文化意义。无论是迪尼斯卡通的唐老鸭，还是非洲播放的可口可乐饮料

---

① [美]W.J.T.米歇尔：《图像理论》，陈永国、胡文征译，北京大学出版社2006年版，第50页。

② 汪民安、陈永国、马海良：《城市文化读本》，北京大学出版社2008年版，第156—157页。

③ [美]尼尔·波兹曼：《娱乐至死·童年的消失》，章艳、吴燕莛译，广西师范大学出版社2009年版，第72页。

④ [英]汤林森：《文化帝国主义》，冯建三译，上海人民出版社1999年版，第1—3页。

广告，都显示图像的多重意蕴表达。又如近年来女性身体形象一直是消费文化关注和营销的重点，其身体符号不断地被复制、规训和重新定义，尤其突出凝视和“看”的意味，使得女性身体成为文化领域中的视觉盛宴和快感主体，潜移默化地迎合大众的审美趣味。在这种虚指符号的消费中，男性是观看者，女性是被观看者，女性身体不断地被商品化、符号化和碎片化。齐秦和关之琳曾经为帕兰朵内衣合作拍摄广告。广告中，两人零距离接触，其中齐秦坐在沙发上，以一个职场成功人士的身份盯着笔记本电脑屏幕，关之琳则站在沙发的后面，上身前倾，看着齐秦手里的电脑内容。这个广告画面固然诠释了他们高雅亲和的品牌代言人形象，但男女位置不同——齐秦端坐在沙发，关之琳倚靠在沙发后面，不仅表现出女性是被观看和消费的符号，还体现了男女地位的差别，折射出长期以来“男本位”的男权文化色彩。

图像的虚指符号源于其独特的生成机制。语言和图像属于不同的符号体系，两者在符号表达上有着不同。由于语言的能指和所指是任意性组合，这就造成了语言的实指本性。例如面对同一个物体，无论中文和英文发音如何不同，但都指向所指物体，这一点是毋庸置疑的。相较于语言符号的实指性，图像以原型为参照，其能指和所指之间的相似性关系构成图像存在的基本根据。当然，这种相似性主要基于隐喻中喻体和喻旨的相似使用，而从隐喻出发，图像的制作程式有其固有的法则和机制，包括在“虚拟空间”和“幻化光色”方面使其符合视觉感知的机制及其心理属性，由此决定了图像符号的虚指性。[①]图像符号的相似性、虚指性寓意图像作为视觉代码和符号意指将会带来含义的多元性和不确定性，同时给人们的视觉选择带来某种模糊性、欺骗性、偏差性，乃至虚幻意识，使人们臣服于幻象而信以为真，成为图像景观的追逐者和迷恋者。伯格和摩尔在《另一种讲述的方式》中曾描述这样一幅图像。1971，美国首都华盛顿爆发反战示威游行。在一次40万人的集会上，一个穿着格子衬衫与长裤的青年人为了将人群看得更清楚些，爬到树梢上远眺，作者摩尔为此拍下了这个青年人当时的照片。单纯看这张图像，可能会让人产生很多遐想，例如将图像视为青年人的某次春游，理解为对“满园春色”的贪婪；或者假想为一个美国人站在樱花树上，让人联想到美国二战后占领日本的情景。[②]这一切都是基于图像的揣测，但却与真正的拍摄情境相差甚远。图像就是这样发挥着虚指功能，让理解者在“他者”意识的控制下，偏离图像的真实境域，陶醉在图像的“幻象”代码所表征的符

① 赵宪章：《语图符号的实指和虚指——文学与图像关系新论》，《文学评论》2012年第2期。

② 赵敬鹏：《再论语图符号的实指与虚指》，《文艺理论研究》2013年第5期。

号世界,懂得怎样用眼睛去迎合一切,实现自我的虚构认同。

本章着眼于媒介技术,考察“文学存在”“意识形态”在古典、现代和后现代时期的形态演变,洞悉媒介技术作为一种逻辑力量对当代艺术生产的主导性变化,发掘图像文化与艺术生产的复杂关系。作为延伸和传播信息的工具,媒介技术深刻影响文学活动的过程,文学的生产、接受和传播日益呈现媒介化的趋势,语音文本、文字文本和图像文本反映了媒介影响下文学存在形态的变化,与其相关的膜拜意识、终极价值、虚指符号折射出古典、现代和后现代意识形态的作用机制。在当代艺术生产的语境下,受市场机制、经济生产、消费主义、技术要素等影响,文学在消解传统启蒙主义神话和终极价值的同时,日渐摆脱对叙事的纯粹依赖,与消费文化、图像文化联姻,以潜在的话语方式实现从文字到视听传媒的转换,文学的扩散和传播更为便捷。其带来的后果是文学不再是传统作者一个人的产物,而是包括创作者、图文编辑、技术策划、发行出版,甚至影视编剧等在内的集体力量的成果,是图像、声音、文字、弹幕等融于一体的多媒介话语叙事形式。在文学从文字到视听传媒的转换过程中,面对电子媒介技术对文学的渗透和重塑以及从边缘向中心的位置迁移,文学已摆脱传统生产模式的拘囿,突破潜在的规约和原初生产机制,以图像文学、媒介文学的显性表征实现对自身形态的重组、调适与改造,从而在媒介与艺术生产的关系方面形成了一种共生取向,也迎合了媒介作为意识形态对文学的征用。这一切表明媒介技术在促进文学的跨时空性传播、创造审美对象的能力和建构新的意识形态话语方面扮演重要角色。当然,媒介技术对文学生产场域的介入而带来的异变也是显而易见的,包括文学的审美边界产生变化、审美纯粹性遭遇消解、审美规则和惯例发生变革,等等。面对媒介技术对文学场域的物化侵入,需要对媒介技术与文学生产的关系作出反思,创新文学生产的言说方式和话语形态,拓宽话语生存的空间,重构文学的审美理想和价值,为文学的未来发展擘画新的图景。

结　语

约翰·斯特罗克在《结构主义以来：从列维-斯特劳斯到德里达》一书的“导言”中曾描述这样一个令人难忘的“瞬间”：1966年，法国一家文学期刊刊登一幅名为《结构主义者的午宴》的漫画，画中列维-斯特劳斯、巴特、福柯和德里达一起围坐在热带棕榈树荫下，似乎在滔滔不绝地讲些什么。约翰·斯特罗克指出四位思想家相聚林荫，为法国的精神生活孕育一种新的力量，那就是提出了一种新的意识形态——结构主义，把当时法国各种思想结合成协调一致的整体。[①]

那是一个被伊格尔顿称之为开创性人物辈出的“文化理论”黄金时期，文化理论成为现代主义异议冲动的转移和安身之处，包括拉康、列维—斯特劳斯、阿尔都塞、巴特、福柯、德里达等名扬四海的大师们以一系列大作带动了人文学术的发展。在伊格尔顿看来，“文化理论”的繁盛期大约延续了15年，即从1965年至1980年。此后，伴随结构主义、存在主义、后结构主义等风光不再，文化理论泯灭智识生活与日常生活的界限，失去应有的实践效力和自我反省批判的能力，经历一个整体性的衰落，逐渐转向电影、时尚、性别、欲望、生活方式、促销广告、躯体、愉悦、无意识等。“后现代主义太年轻，不记得存在过(谣传的)真理、同一性和现实的那段时间，因此不会感到脚下有令人眩晕的深渊。”[②]这一切意味着传统的固有价值、规范、公共准则遭遇后现代解构。尤其20世纪80年代以来，伴随理论的鼎盛期过去，当代人文思潮进入后理论时代，颠覆主义、相对主义、虚无主义的冲动告别了权威和启蒙，抽离了曾经的思想、政治、精神，“把孩子和洗澡水一起倒掉”，使日常性、世俗性播撒到生活的各个领域各个层面，“理论旅行”稍有不慎就遭遇

---

① [英]约翰·斯特罗克：《结构主义以来：从列维-斯特劳斯到德里达》，渠东等译，辽宁教育出版社1998年版，“导言”第1—2页。

② [英]特里·伊格尔顿：《理论之后》，商正译，商务印书馆2009年版，第57页。

"娱乐至死"。

这一切必然给"艺术生产"带来深刻影响。西方马克思主义艺术生产理论正是在这样的背景下,经过阿尔都塞等人的阐释,开创了文本结构与意识形态的哲学层面分析,以"生产性"的话语阐释使批评走向了更广阔的天地。但伴随后理论时代的到来,马克思主义文论的发展也遭遇了一系列困局。例如关于文学和理论的关系,对文学而言,文学和理论曾经是天然的同盟关系,如今伴随理论的实践品格缺失和文学的孤立独行、无枝可依,文学和理论走向对峙和疏离的关系,所谓"理论的终结"的论调隐含着马克思主义文论话语在担当阐释的勇气和批判的责任方面面临失语的忧虑。又如在当代,艺术生产活动以文化工业、商品生产的形式成为一种合法的逻辑和不言自明的事实。身处众语喧哗的后理论、反理论的当下,艺术生产作为一种精神实践活动,如何在保持自由自觉的审美本性的同时,发挥理论积极介入现实的能动性和话语阐释的创新性,抵抗消费文化对文艺价值和固有经验的背离和稀释,就成为无法回避的问题。更重要的,作为新时期以来我国文论界持续关注的内容之一,马克思主义艺术生产论对我国当代文艺理论建设产生了重要影响。艺术生产论是如何引起国内学者的关注和研究?产生了哪些论争,形成了哪些实践成果?为此,本部分将对与艺术生产密切相关的"文学存在""意识形态"进行反思,寻求艺术生产走向话语阐释的内核,同时审视马克思主义艺术生产论在国内的传播和实践情况以及对当代中国文论建设的启示。

一、关于"文学存在"和"艺术生产"问题的反思

"文学存在"是把握艺术生产的表现形态、审视艺术生产对传统理论批判的切入点和着力点。当追问"文学怎样存在"时,实际上是将文学作为一个有价值的事件和行为以及一个动态的变化过程来看待,以此牵引出作品固有的形态、方式和结构。众所周知,文学在服从于社会一般生产规律的同时,还具有作为精神生产的特殊性,是一种个性自由的创造活动。在这一过程中,文学以铸造灵魂的思想性、精神性和润物无声的审美形式传播崇高的理想、价值和情感,诉说深层历史意蕴,而作家则建立起属于自己的创作理念和思维方式,按照"美的规律"进行创作生产,形成作品的丰富内涵,进达真善美的统一,也潜在地实现自我价值。因而,文学作为观念的上层建筑,是表征创作主体情感和精神的对象化活动,体现创作主体以生命为内核的外化行为。按照海德格尔的话来说,这一切是真理自行置入作品,成为真理的无蔽状态。同时,文学虽然是与经济基础最为间接的社会生产,但当其置

于社会化生产之中，就具有社会生产的利益行为，不可避免地与市场经济和商业资本纠缠在一起，带来诸多问题。

具体到“文学存在和艺术生产”，本书重点研究“文学存在”在艺术生产的创造论、文本论、批评论、媒介论中的表现形态，揭示艺术生产的范式演变、话语机制和知识谱系。具体而言，创造论方面，布莱希特、本雅明从政治与经济生产交融的视角，看到先进的技术成为反抗政治收编的策略和工具，注重技术生产的重要作用，以反共鸣的“间离性”、反整体的“碎片化”作为“批判的武器”，在艺术与技术之间建立起有效的联系，实现对传统摹仿说、表现论的“镜喻”解构。文本论方面，伊格尔顿和詹姆逊将“艺术生产”置于整个社会历史和政治语境下，通过探究文本叙事话语如何使隐蔽的“政治无意识”暴露，在文本形式层面寻求对意识形态的当代理解，以“形式的政治”阐明文本的生产过程，显现文学与社会历史的表意实践关系，实现对庸俗社会学和形式主义的改写。批评论方面，阿尔都塞的“症候式阅读”、马谢雷对文本“离心”结构的分析都从文本叙述中暴露的沉默、缺漏、脱节和空白等症候入手，寻求文本潜在的真相，发现文本的言外之意及其内在机理，揭示文本没有表述出来的话语内容，阐明文本的“症候”是文本的深层价值，以科学地解读马克思主义哲学，彰显文学批评使作品的冲突、沉默之处发声的职能和要义，以及“生产性”文学批评的精义。媒介论方面，媒介以生产力的身份引起艺术生产方式的变革。后现代语境下，面对各种视觉图像符号充斥大众生活空间以及文字解读让位于“眼见为实”的读图快感，图像生产日益成为以视觉为标准的后现代生产，文本从传统的纸媒存在向复合型的图像文本延宕。当然，在与媒介技术的共融中，艺术生产面临审美范式的转型和审美功能的转变问题，其技术延伸无疑要正视媒介生产的阈限，拓宽审美话语生存的空间，增强话语阐释的力量。由此，在西方马克思主义那里，“艺术生产”走过了非凡的20世纪，触及政治经济学、哲学、文化、美学等层面，涵盖了技术生产、文本生产、大众文化、媒介生产、图像生产等诸多内容。在这一过程中，文本阐释和批评发挥创造性功能，以“生产性”话语及其深入机理的剖析，对那些极具文学性、审美性的文学经验、文学事实等予以阐发，实现对阐释对象的深入理解。这一切标志艺术生产有着巨大的理论生长点和强劲的生命力。

当然，我们应看到，随着伊格尔顿所担忧的后理论或者反理论时代的到来，尤其随着传媒的发展和大众文化的勃兴，一个异质多元的微观文化环境正显示其强大威力。面对裂变的艺术生产场，在市场决定价值的今天，文学研究跨越文本樊篱而转化为一种泛文化批评。这一切使得文学研究的对象不再是传统的语言文本，而是多维的文化文本，这就是“文学性”的文本。例如研究《简爱》，可以着眼于小说叙述学视角，也可以着眼于女权主义视角，还可以是后殖民视角或者马克思主义视角等。这里的“文学”不再是传统作为纯粹审美的经典文学，而是囊括了一切话语形态和媒介形式的文化文本。衍生于20世纪20年代俄国形式主义文论的文学性问题，到了20世纪下半叶再度引起学界关注，表现在强化文学语言符号与外在意义的指涉性，使文学演变为日常生活中与文化、媒介共存的常态景观，影视、广告等非文学文本浸透浓厚的文学性色彩，文学固有的娱人功能变成了娱己，精神性让位于文化性和世俗性。传统文学再现的现实世界，如今却取材于影像的虚拟世界。无论是辛普森所言的“文学统治论”，还是米勒宣称的“文学终结论”，都在某种程度上表现对电子媒介时代文学发展命运的关注，期盼文学性成为文学自身的救命稻草。面对电子媒介技术对文学的浸染，可以看出文学性已摆脱了传统形式主义的拘囿，从文本性、语言性蔓延至图像性、网络性，成为媒介与文字合谋的产物。在文学场与媒介场的利益纠葛中，文学性的大行其道乃至合法性存在，其背后有着怎样的主导逻辑？“对‘文学性’的设定以及求取‘文学性’的过程，表面上是文学研究范式的革新，但实际上却折射出现代理性对人文世界的意识形态霸权逻辑，其间的问题意识并未溢出传统形而上学的历史怪圈。”[①]这种“现代理性对人文世界的意识形态霸权逻辑”既涵盖媒介作为意识形态的工具对文学性的征用和改造，又折射出本质主义诗学观在这一问题上的合法性危机，彰显“后理论”时代的知识变局。

审视“艺术生产”的存在还需关注文艺在商品经济条件下参与市场活动的商业逻辑和经济行为，以及由此导致的生产模式化、市场化、批量化、产业化问题。20世纪以来，随着媒介技术的发展和市场经济时代的到来，消费文化不断侵入大众日常生活，街头文艺、市井闲话等进入生产者的视野，以追求市场利益和娱乐理念为目的的文艺活动日渐走向芸芸众生的世俗生活。遵循享受和快乐原则，大众轻而易举步入文艺的能指天地，崇尚文艺活动异彩纷呈的视觉效果，将文艺活动作为附庸风雅的夸示性目标，陶醉于视觉图像和虚拟现实所带来的感官迷恋以及商品拜物教的眩晕之中。本雅明对机械复制时代艺术生产的政治效力的警醒，阿多诺对文化工业的欺骗性的批判，都旨在发掘隐藏在技术背后的社会生产机制。当代艺术生产的发展固然离不开资本、技术、市场等生产要素，但如何在追求艺术生产的经济效益的同时，处理好艺术的自律与

① 李艳丰：《“后理论”时代的“文学性”话语反思——兼论元叙事的弥散与本质主义诗学的理论困境》，《文艺理论研究》2016年第1期。

他律、精神性与商品性等问题,使艺术葆有精神的自律和审美的自由,走出艺术生产的误区,是文艺工作者需要深思的问题。

二、关于“意识形态”和“艺术生产”问题的反思

作为一种生产实践活动,文艺关注时代与社会问题,其生产机制、实践性质、文化效应等必然和意识形态发生千丝万缕的联系,带有意识形态的色彩。意识形态是西方马克思主义艺术生产论关注的重要概念,理论家们立足于所处的社会政治、经济和文化环境,对经典马克思主义的意识形态概念进行重新审视,深化意识形态与艺术生产的内在关联,尤其将文艺与意识形态的关系建基于文本批评这一层面,阐明文艺具有的意识形态功能,助推了“批评作为艺术生产”的阐释研究。

具体到“意识形态和艺术生产”关系研究,本书重点探讨“意识形态”在艺术生产的创造论、文本论、批评论、媒介论中的表现形态和话语生成。创造论方面,布莱希特和本雅明的艺术生产思想对生产技术的高度重视,源于他们重视艺术与政治的关系,认为技术的变化隐含了政治解放的潜能,于是从文艺入手,改革传统的技术手段和方法,使之发挥变革现实的作用。这种功能以再现现实的方式建构现实本身,其技术生产是一种“再现的政治”,以此实现对传统摹仿说和表现论的“神学观念”的解构。文本论方面,伊格尔顿研究审美话语如何表达意识形态的意蕴以及意识形态的政治如何介入审美领域,在审美活动和意识形态的内在联系上突出文学与意识形态的牵连,寻求意识形态的客观存在和当代理解。詹姆逊将意识形态的功用分析置于现代消费社会及日常生活实践之中,指出意识形态存在于一切文化文本之中,通过政治无意识作为社会象征行为的叙事,恢复审美生产的力量,重构意识形态的文学话语阐释模式,显现意识形态的生产、利用和运作模式以及内含阶级关系、权力结构的意识形态话语表征问题,以此实现对“形式本体”论的批判。批评论方面,“症候式阅读”通过对文本表层各种空缺、断裂及其症候的揭示,牵引出文字背后的结构,实现对起决定作用的问题结构的发现和反思,“症候”是文本意识形态生产的秘密。同时,意识形态作为一种观念、意识的集合和想象的拼合物,反映主体同生存条件的虚幻关系,透露出“无意识”结构对主体的控制,使主体无法看到意识形态的运作过程,因而文本呈现某种断裂。由于症候的存在,文学只能以缺省的方式呈现不在场,其生产内容不再是客观现实的反映,而是意识形态的统治效果。媒介论方面,作为延伸和传播信息的工具,媒介技术深刻影响文学的生产、接受和传播,其形成的图像文本以虚指符号的形式潜移默化地侵入现实领地,完成对现

实的僭越,同时让理解者在“他者”意识的控制下,偏离图像的真实境域,陶醉在图像的“幻象”代码所表征的符号世界,实现自我的虚构认同。这一切的背后隐含着媒介技术作为意识形态对文学的征用,即在促进文学的跨时空性传播、创造审美对象的能力和建构新的意识形态的功能方面扮演重要角色。

由此,在西方马克思主义那里,“意识形态”和“艺术生产”有着复杂的关系。布莱希特和本雅明的艺术生产论对技术政治的要求显示其在政治经济学视域下对待精神生产和物质生产的辩证关系,阿尔都塞、马谢雷超越政治经济学视域,在上层建筑领域探讨艺术生产问题,剖析艺术生产与意识形态的复杂关系。伊格尔顿和詹姆逊将意识形态问题延展到历史和政治领域,通过对社会文化内含的权力内容分析文学与意识形态的复杂关系,赋予文本以丰富的社会历史内涵,形成文本意识形态理论。这就规避了仅仅在上层建筑的功能范围内理解意识形态,从意识形态与实践的生产结构维度推进意识形态的认识。如此,意识形态不单是一个语言问题,还是一个话语问题。在艺术生产的视域中,文本批评通过发挥意义增值功能,对呈现于话语之中的意识形态予以发掘和阐释,使批评的“生产性”充分彰显,批评也具有了鲜明的创造性和广阔的生存空间。另外,意识形态从政治经济学蔓延到社会历史和政治、文化视域,显示西方马克思主义文论家关注历史现实,注重在社会现实领域分析艺术生产问题。在这个意义上,话语阐释是艺术生产论的题中之义。

当然,在这一过程中,要避免两种倾向,一是突出语言结构的作用,将艺术生产活动的过程固守在语言结构之内,排斥意识形态的影响;二是扩大艺术生产中意识形态的因素,使艺术生产完全变成意识形态的生产、政治生产。这两种倾向反映了艺术生产和意识形态的处理方式。前一种倾向坚持以形式主导内容或者形式至上,抹煞社会政治、历史的作用。例如俄国形式主义文论,追求文学的内在规律和结构元素、语言的诗性功能以及陌生化的技巧,而这些无关城堡上空飘扬的旗帜颜色,也就是文学与社会政治、历史、文化、道德无关。后一种倾向一味突出文艺的意识形态性和政治性而没有给文学的审美功能留下必要的空间,使批评直接成为社会政治的翻版和图解,势必导致批评中意识形态的扩大化。在这方面,西方马克思主义艺术生产论提出“形式的政治”“内在形式”等批评观,强调文本形式背后的社会政治、历史因素,即形式并非单纯的语言和结构,而是染指社会历史现实的形式,无疑为文艺批评如何介入社会提供有益的启示。总之,意识形态和艺术生产的关系关涉文艺批评的审美性和意识形态、政治的问题。在这个问题上，需要审慎地处理二者之间的关系，把握好批评的“度”，避免取消二者之间质的规定性，既要将文艺活动置于社会历史背景下考察，规避扩大文艺的意识形态性、政治性倾向，又要避免文学性、审美性的疏离和弱化，使文艺的政治性和审美性都得到有效表达和呈现。

综上，通过对与艺术生产密切相关的“文学存在”“意识形态”等问题的审视和反思，可以看出艺术生产作为一种批评理论在时代变局中打破了传统文学的自足体系和固有格局，以新的话语形态凸显文学理论知识生产的内在诉求。这种话语形态着眼于在文本生产、技术生产、文化批评、媒介生产等事关文学存在的诸多问题域切入文学经验及其染指的事实世界，积极寻求意识形态的生产过程，包括对被传统遮蔽的事实真相予以阐发和暴露，对那些影响文学艺术深度走向的现实逻辑展开对话和交流，为文学的多维阐释提拓宽理论视域。这一过程显然立足于“批评作为艺术生产”的话语生产原则，它突破了传统和当下的束缚，摆脱非审美的侵扰甚至主导，以特有的言说方式和话语形态在文学实践、文学事实中寻求意义增值和空间拓展，并与时代保持同频共振，以此构建“生产性”的话语阐释范式，形成批评作为知识生产的文学阐释学新格局。如此，秉持话语阐释的艺术生产才能获得重构的可能性和持久的生命力。

三、关于艺术生产论在中国的传播和实践情况

（一）“不平衡”命题探讨和“《手稿》热”推动了艺术生产论的国内研究

马克思主义艺术生产论引起我国学界的关注，始于20世纪50年代，当时学者们主要就马克思“艺术生产与物质生产发展不平衡”问题以及《1844年经济学哲学手稿》（以下简称《手稿》）进行探讨。新时期以来，这两个与艺术生产相关的话题被重新拾起和阐发，并形成了相关的讨论，推动了新时期艺术生产问题的深入研究，成为20世纪80年代美学大繁荣、大发展的重要理论资源。具体而言，国内对于“不平衡”命题的讨论有三次，分别是1951年、1959年和1978年。前两次讨论中，朱光潜、周来祥等学者就“不平衡”规律的一般性问题进行研究，新时期则对“不平衡”问题中艺术生产与生产力的关系、艺术生产与生产关系的发展、上层建筑与经济基础的关系等进行深入探讨，启示市场经济大潮下艺术生产须面对市场、大众、消费等问题。

《手稿》讨论始于70年代末，围绕“自然的人化”“美的规律”“异化”等内容展开研究，形成“《手稿》热”。这一时期，国内对《手稿》美学问题给予特别关注的是朱光潜。朱光潜延续了五六十年代探究美的本质问题的做法，继

续就《手稿》中美学思想,包括艺术生产问题进行阐发。在《马克思的〈经济学哲学手稿〉中的美学问题》一文中,朱光潜在分析马克思"通过实践来创造一个对象世界"的内涵时,指出这条原则也适用于包括哲学科学和文艺的精神生产。[①]由此揭示了艺术作为精神生产的特殊形态,与生产实践有着紧密关系,必须从生产实践观点去看待文艺活动。这就为从生产论而非反映论和认识论视角回答艺术本质问题提供了新的思路。总之,"不平衡"命题和"《手稿》"的讨论推动了新时期艺术生产问题的深入研究,使原来研究不深入的话题得到充分彰显。

(二) 马克思主义艺术生产论研究的逻辑起点:生产活动

艺术作为社会意识形态,与物质生产有着密切关系,其发展最终受到一定经济基础的制约。马克思将对艺术的认识置于唯物史观基础之上,从政治经济学视野解释艺术的发生和发展并视其为一种受生产的普遍规律支配的特殊生产形态,无疑强调了艺术是实践活动的产物。因此,研究艺术生产问题,不论其涉及范围多广,如生产方式、生产力、意识形态、审美、商业化、艺术消费等,都离不开"生产"这一基本范畴,它是研究艺术生产问题的逻辑起点。

新时期以来,国内文论界在对艺术生产论研究过程中,本着回到经典的原则,紧扣艺术的"生产"要素,深刻剖析"生产"的内涵,实现对艺术的全新认识。何国瑞认为马克思笔下的"生产"就是"生产者物化",即艺术家通过他的脑力和体力劳动借助一定的物质载体将他的审美意识对象化,创造出第二自然,表现艺术改造世界的物质力量。具体而言,以"内在尺度"为准绳,"把表象加工成意象,从意象再上升到意象体系"。[②]这一凝聚和改造表象的生产过程离不开材料、技术、工序,如同物质生产的过程,显然,这是一个动态的活动过程。基于此,何国瑞提出应当把马克思主义文艺学的逻辑起点,从"文艺是什么"转换到"文艺为了什么",因为"文艺是什么"基于认识论的基础,把文艺当成一种既成事物,以"人类为什么创造艺术"("文艺为了什么")作为逻辑起点,可以对艺术的考察由静态的平面的变为动态的立体的。[③]董学文从建设有中国特色马克思主义文艺学"当代形态"的目标出发,提出从"生产"概念和范畴出发,按着历史线索和逻辑线索组建文艺学理论

---

① 朱光潜:《朱光潜全集》(第五卷),安徽教育出版社1989年版,第418—419页。

② 何国瑞主编:《艺术生产原理》,人民文学出版社1989年版,第53—57页。

③ 何国瑞:《马克思主义文学理论建设的方法论问题》,《文学评论》1991年第6期。

体系，更贴近马克思主义文艺学说的体系精神。[①]在董学文看来，以“生产”为逻辑起点，可以集中组织起以“艺术生产—艺术作品—艺术消费”为骨架的艺术体系新形态。童庆炳认为艺术生产既包含生产的主体与客体，又包含生产的目的、手段、产品与消费，其概念突出了文学艺术活动的“生产”特性，具有生产—加工性。[②]这无疑突出了艺术发生的生产实践基础。正是在“生产活动”的基础上，无论是文艺创作、消费还是批评，都凸显“生产”的价值和意义。以“生产活动”作为马克思主义艺术生产论研究的逻辑起点，其意义在于以动态的、实践的思维方式审视艺术活动，动摇了传统反映论、认识论的静态文艺观。

（三）关于艺术生产论与艺术反映论、意识形态论的论争

20世纪50年代以来，占据我国文论界主导地位的是文学反映论。这种文学观念主要源于苏联，着眼于从认识论哲学视角观照文学本质，尤其突出文学的社会意识形态性。以群主编的《文学的基本原理》和蔡仪主编的《文学概论》是这一时期代表性的两部统编教材，两部教材虽试图构建自己的理论体系，但对文学的意识形态性和政治的强调终究不可能完全脱离苏联文论话语的影响。有学者对《文学的基本原理》（1964年版）所有注释进行统计分析后得出，全书注释引用俄苏及东欧社会主义文论家与作家共168次，占全书注释总量的20.5%，可见俄苏文论对共和国前期文艺学的决定性影响。[③]蔡仪主编的《文学概论》提出“文学是社会生活的反映”“文学为政治服务，也就是为阶级斗争服务”等观点，体现出明显的反映论和政治化特征。由于反映论的哲学基础是认识论，生产论的基础是实践论，这就形成了新时期艺术生产论和艺术反映论、意识形态论之间的论争。

在艺术生产论和艺术反映论的论争方面，其论争的焦点在于：在揭示文学的本质、引领文学的发展方面，哪一个更全面？何国瑞等提出艺术生产论超越反映论，主张以艺术生产论取代反映论。何国瑞认为艺术生产论从一个更高的视点上，可以超越并囊括人类以往的再现论、表现论，“要科学地认识文艺，反映论还不是充分的理论的基础。只有马克思的生产论才是最正

---

① 董学文主编：《文艺学当代形态论——“有中国特色马克思主义文艺学”研究》，北京大学出版社1998年版，第4—5页。

② 童庆炳：《马克思早期的艺术生产论的现代意义》，《中国文学研究》1997年第4期。

③ 支宇：《对以群主编〈文学的基本原理〉（1964年版）的社会学反思》，《文艺研究》2008年第9期。

确最充分的理论基础”。[①]童庆炳、朱立元等学者提出不应简单否定反映论，应看到生产论与反映论之间的包容关系。作为对何国瑞的回应，朱立元提出“艺术生产不等于艺术反映，但大于并实际上包容艺术反映于自身；同样，艺术生产论也大于并包容艺术反映论于自身。说艺术生产论要否定、取消或代替艺术反映论，并不符合事实”。[②]童庆炳认为艺术反映论一般仅指艺术家头脑中的思维活动，而艺术生产论是经济状况与文学艺术之间的中间环节，不但包含人在艺术创作中的思维活动，还包括艺术活动的各个环节，比反映论涵盖面更大。[③]钱中文以“审美反映论”赋予传统反映论新的阐释力和有效性。[④]在艺术生产论与意识形态论的论争方面，对于传统关于文艺的意识形态性关涉文艺的本质和特性，并由此形成“文学是一种社会意识形态”的问题，一些学者认为艺术生产论作为一种对象化的感性活动，较之于意识形态论更能说明文艺的本质（邵建），艺术生产和意识形态产生了马克思主义美学的认识论和生产论，是一块整钢，彼此不可分（王德颖）。总之，作为马克思主义文艺学的三大基石，艺术生产论、艺术反映论和意识形态论的论争，不仅推动了艺术生产论与长期占据我国文坛的艺术反映论和意识形态论等之间的理论碰撞，而且强化了艺术生产论研究的学理辨识，是马克思主义文论走入我国实践领域的鲜明体现。由于马克思是在不同时间、不同著作、不同语境下提及“艺术生产”，这就带来对艺术生产问题的理解存在分歧，抬高一方而贬低另一方，势必带来马克思主义文艺学的不完整。例如在艺术生产论与意识形态论的论争方面，大有以艺术生产收编意识形态，二者走向统一之势。当意识形态与艺术生产融为一体时，意识形态无疑面临被消解的嫌疑，导致文艺的“非意识形态性”出现。

（四）关于艺术生产论的中国实践及成果

如果说新时期的艺术生产论与艺术反映论、意识形态论的论争中，学界对艺术生产问题的研究侧重于经典马克思主义艺术生产论，以及如何运用艺术生产指导我国文艺创作，而随着20世纪90年代市场经济的深入发展，本雅明、阿尔都塞、马谢雷、伊格尔顿、詹姆逊等为代表的西方马克思主义文

---

① 何国瑞：《马克思主义文学理论建设的方法论问题》，《文学评论》1991年第6期。

② 朱立元：《艺术生产论与艺术反映论关系之辨析——兼与何国瑞教授商榷》，《学术月刊》1992年第8期。

③ 童庆炳：《马克思早期的艺术生产论的现代意义》，《中国文学研究》1997年第4期。

④ 李世涛：《钱中文的“审美反映论”论析》，《北京科技大学学报》（社会科学版）2010年第2期。

论家的艺术生产思想被大规模介绍到国内，学界从批评视角研究艺术生产问题的多了起来。尤其值得一提的是当代西方具有重要影响力的马克思主义文论批评家伊格尔顿和詹姆逊。两位批评家都与中国当代文论的发展有着密切的关系：一是他们在80年代就应邀来华进行座谈和演讲，助推了其文学理论在国内的关注、传播和影响。二是他们的文论著作在国内较早被译介和出版。人民文学出版社1980年出版了伊格尔顿的《马克思主义与文学批评》，陕西师范大学出版社1986年出版了詹姆逊的讲演录《后现代主义与文化理论》。这两部著作都涉及艺术生产、文化生产等问题。此后，两位学者的其他著作在国内陆续与读者见面，相关的评论文章、书评、访谈录等在报刊密集发表，促进了两位学者与国内文论界的交流和对话，推动了其艺术生产思想的传播和接受，助推了国内学界对西方马克思主义艺术生产论的研究。在这一过程中，学者们试图在接受和化用艺术生产论的过程中，在艺术生产的创作、消费和批评等领域，厘清相关问题，提出有中国特色的理论命题，形成本土化的理论话语，解决当下文艺领域出现的新问题，促进艺术生产论与中国文艺实践活动的有机融合。

其一，在用艺术生产来指导文艺创作方面，表现在以“生产”为基点，剖析文艺活动的生产特性，突出艺术生产力或生产技术诸要素的功能。何国瑞的《艺术生产原理》、董学文的《文艺学当代形态论》等成果表现出以生产实践为起点，构建马克思主义文艺学的尝试。何国瑞的《艺术生产原理》主要探究艺术本体的存在，艺术主体的审美创造心理、创造能力以及创造中的倾向性，剖析艺术客体的性质、类别、辩证关系，分析艺术家传达意象的媒介载体以及艺术受体的消费如何让创造主体的价值得以实现等，由此形成以“生产”为核心的艺术生产体系。董学文对文艺学当代形态的探索离不开艺术生产实践基础。在这方面，董学文从主体性结构入手研究文艺创作主体的复杂性，提出要以主体为轴心，探讨主体性结构在认识活动中的能动性和创造性，建立认识是主体在思维中对客体信息重新构造的“重构论”。出版于1998年的《文艺学当代形态论》反映了这方面的实践成果。

其二，在艺术生产的消费认识方面，主要是从经济学视角看待艺术生产与艺术消费的关系。20世纪70年代末的“艺术生产与物质生产发展不平衡”研讨，侧重的是艺术生产的主导作用，而忽视艺术消费的功能、地位研究。随着改革开放的深入，有关艺术生产和经济规律的关系、艺术生产和艺术消费的关系等方面的认识得到深化。尤其90年代以后，随着市场经济的迅速发展和消费主义时代的到来，艺术生产的通俗性、产业化进程加快，艺术的消费观念深入人心。在这一过程中，学界对艺术的商品化、艺术的使用价值和交换价值、艺术生产的中介功能、艺术消费的“生产”功能、艺术生产的二重性，以及如何处理好经济效益和社会效益之间的关系等问题进行研究，对艺术的审美价值与经济价值功能定位作出思考，为艺术如何穿梭于商业、意识形态和审美性之间寻求出路，改变了人们对文艺观念、文艺现实与市场体制的看法，深化了市场经济条件下艺术生产规律的认识。

其三，艺术生产的批评研究。艺术生产的“批评”功能即从批评的“生产性”出发阐释艺术生产，发掘批评的意义生成结构，构建批评的话语阐释场域，发挥批评的“生产性”功能，形成批评的“生产性”形态。一直以来，关于马克思“艺术生产”问题的研究偏于创作一极，而忽视了极具意义创造和知识生产的批评一极。随着学界对西方马克思主义文论家的文化生产、“症候式阅读”、意识形态、文本阐释等理论的深入解读，批评的“生产性”问题受到关注，成为国内艺术生产研究中新的理论范式。在这方面，张一兵以文本解读方式研究阿尔都塞哲学思想，《问题式、症候阅读与意识形态：关于阿尔都塞的一种文本学解读》是这方面的重要成果。该书对阿尔都塞的“症候式阅读”“认识论断裂”“意识形态”等问题深入研究，虽偏于阿尔都塞的哲学思想层面，但亦为文学研究提供有益借鉴。近年来，姚文放发表《生产性文学批评论纲》《重审接受美学：生产性批评范式的凝练》《结构/建构：生产性文学批评的意义生成》《文本性/互文性：生产性文学批评的文本形态》《诗学模式/阐释学模式：生产性文学批评的解读方法》《20世纪以来生产性文学批评的发展历程与理论问题》等一系列文章，对“生产性”文学批评问题开展深入研究，拓展了“生产性”文学批评的理论空间，深化了马克思主义艺术生产论的问题域。《生产性文学批评读本》（姚文放主编，北京大学出版社2020年版）是国内关于“生产性”批评研究的代表性成果，也是不可多得的成果，为深入推进艺术生产问题的多维阐释提供了重要的理论支撑。

当然，艺术生产论在中国传播和实践过程中，出现了一个极为吊诡的现象，就是学者所言的“错位”：“在20世纪80年代错位为对于艺术本质的探讨，而在90年代以后则错位为对西马艺术生产论意识形态批判维度的阉割以及对于文化产业的论证。”[①]因为马克思对“艺术生产”概念的提出和使用是针对资本主义商品经济条件下艺术发展的现状，属于政治经济学范畴，但“艺术生产”概念传入中国，在80年代的学界却转化为文艺本质问题的哲学论争，演变为如何确立马克思主义的文艺本质观问题，乃至思考文艺学的未

① 孙士聪：《错位的话语与新时期文论症候——论西马艺术生产论对我国新时期文论的影响》，《中国中外文艺理论研究》2011年第00期。

来发展等。关于艺术生产论和艺术反映论、意识形态论,乃至审美反映论之间的论争就是这种情况的反映。到了90年代以后,文化产业发展受到关注,直至后来得到国家扶持。实际上文化产业在西方马克思主义那里,被认为是虚假幻象以使大众沦为意识形态统治工具的产物,是学者们大力批判的对象。这两个吊诡现象的背后折射的是文化传播和接受的语境问题。马克思主义艺术生产论在中国的引入和传播,无疑是一次“理论旅行”,而理论的“旅行”总伴随着跨越学科边界、文化语境和地缘政治,实现从一种情境向另一种情境的时空转化。具体而言,经典形态的马克思艺术生产论与经济发展、人类解放密切相关,服务于革命斗争的需要。西方马克思主义艺术生产论关心的是审美政治、文化工业、大众文化、意识形态,更多是理论家们在书斋里谈经论道的结果,但一经被中国学者接受,就被纳入到当代文论实践的视域之中,接受实践的检验,无疑激发了当代文艺思维的活力,体现了理论的开放性和动态性。

马克思主义艺术生产论在中国的传播、接受、争论以及融入我国当代文论实践的事实拓宽了长期以来国内文论界在文艺本质问题上的单向度认识,使得传统单一的文艺本质观念和理论原有的同质空间出现质的转化,强化了中国文艺活动的实践品格。在这一过程中,艺术生产论的意义和价值不只是为当代文论研究提供一个新的视域,而是为马克思主义文论的深入发展提供新的话语范式、研究方法和现实指引,应对和解决当代文艺活动在创作和生产、接受和批评、作品(产品)形态、技术媒介等方面出现的新问题。尤其近年来对“文学批评作为艺术生产”的研究,激活了艺术活动的生产性基因,凸显“生产性”批评积极介入现实的实践价值,体现“艺术生产”的问题域已从创作方面转向“批评作为生产”的解释学,开启了批评的“生产性”之路,为当代文艺批评的发展提供了更开阔的思路。当然也应看到,马克思主义艺术生产论主要是基于社会学、文化学视域关注时代与社会问题,强调实践精神、意识形态、政治批判,有鲜明的地域和时代特征。在艺术生产问题研究过程中,任意扩大艺术生产的意识形态和政治功能会不可避免地削弱文艺的精神性和审美性,尤其在面向消费市场、商业资本的当下,当资本违反艺术生产的规律而使艺术生产成为其运作场所时,如何处理好文艺的商品性与精神性的关系,成为艺术生产论本土化发展面临的一大挑战。另外,马克思主义文艺学内容丰富,除了艺术生产论、反映论、意识形态论这三大理论基石外,还有活动论、人类学等内容,艺术生产论仅仅是其中受到关注的一个部分。当中国文论话语置身于不同理论的交融汇合之中,如何增强中国文论话语的归置和认同意识,形成中国理论的原创力,发挥对现实的阐释效力和批判效用，在问题意识和实践效应方面有所作为，推动当代文艺理论建设，避免陷入“强制阐释”的误区及其带来的狭窄视域，构成了艺术生产论本土化持续发展的又一挑战。这些挑战的存在，勾勒出艺术生产论在文学和文化、审美和政治等方面的话语冲突及其主题的扩张与变换。在21世纪的今天，批评如何积极介入社会实践，葆有马克思主义艺术生产论对现实的批判性和实践性，构建合理的生产、消费和批评模式，推动经过本土化淬炼的艺术生产论进入新境界，为当代文艺创作提供有效的理论指导，使之产生更多思想精深、艺术精湛、制作精良的优秀作品，是中国学者应深入思考的问题。在这方面，更需要学者们具备“批评作为生产”的勇气。

参考文献

一、英文著作

[1] Pierre Macherey. A theory of literary production. London: Routledge & Kegan Paul Ltd, 1978.

[2] Terry Eagleton. Ideology: An Introduction. London: Verso, 1991.

[3] Terry Eagleton. The Function of Criticism: From the Spectator to Post-structuralism. London: Verso, 1984.

[4] Terry Eagleton. Criticism and Ideology: A Study in Marxist Literary Theory. London: New Left Books, 1976.

[5] Theodor Adorno, etc. Aesthetics and Politics. London: Verso, 2007.

[6] Gregory Elliott. Althusser: A Critical Reader. Oxford: Blackwell, 1994.

[7] Douglas Kellner and Sean Homer. Fredric Jameson: a critical reader. New York: Palgrave Macmillan, 2004 .

[8] Catherine Belsey. Culture and the Real: Theorizing Cultural Criticisn. London; New York: Routledge, 2005.

[9] Douglas Kellner. Postmodernism, Jameson, Critique. Washington. D. C: Maisonneuve Press, 1989.

[10] Fredric Jameson. The Ideologies of Theory: Essays 1971—1986, Volume 1: Situations of Theory, Minneapolis: University of Minnesota Press, 1988.

二、中文译著

[1] [法]罗贝尔·埃斯卡尔皮:《文学社会学》,符锦勇译,上海译文出版社1988年版。

[2] [意]安东尼奥·葛兰西:《狱中札记》,葆煦译,人民出版社1983年版。

[3] [法]阿尔贝·蒂博代:《六说文学批评》,赵坚译,生活·读书·新知三联书

店1989年版。
[4] [德]阿多诺:《美学理论》,王柯平译,四川人民出版社1998年版。
[5] [法]路易·阿尔都塞:《保卫马克思》,顾良译,商务印书馆1984年版。
[6] [法]路易·阿尔都塞,艾蒂安·巴里巴尔:《读〈资本论〉》,李其庆、冯文光译,中央编译出版社2001年版。
[7] [法]阿尔都塞:《哲学与政治:阿尔都塞读本》,陈越编译,吉林人民出版社2003年版。
[8] [法]保罗·利科:《从文本到行动》,夏小燕译,华东师范大学出版社2015年版。
[9] [波兰]塔塔尔凯维奇:《西方六大美学观念史》,刘文潭译,上海译文出版社2006年版。
[10] [美]M.H.艾布拉姆斯:《镜与灯:浪漫主义文论及批评传统》,郦稚牛等译,北京大学出版社1989年版。
[11] [美]保罗·德曼:《解构之图》,李自修等译,中国社会科学出版社1998年版。
[12] [德]本雅明:《德国悲剧的起源》,陈永国译,文化艺术出版社2001年版。
[13] [德]本雅明:《迎向灵光消逝的年代:本雅明论艺术》,许绮玲等译,广西师范大学出版社2004年版。
[14] [德]本雅明:《发达资本主义时代的抒情诗人》,张旭东、魏文生译,生活·读书·新知三联书店1989年版。
[15] [苏]巴赫金:《巴赫金全集》(第二卷),李辉凡等译,河北教育出版社1998年版。
[16] 包亚明主编:《一种疯狂守护着思想——德里达访谈录》,何佩群译,上海人民出版社1997年版。
[17] [法]雅克·德里达:《论文字学》,汪堂家译,上海译文出版社1999年版。
[18] [法]雅克·德里达:《文学行动》,赵兴国等译,中国社会科学出版社1998年版。
[19] [法]雅克·德里达:《书写与差异》,张宁译,生活·读书·新知三联书店2001年版。
[20] [法]雅克·德里达:《多义的记忆——为保罗·德曼而作》,蒋梓骅译,中央编译出版社1999年版。
[21] [德]恩斯特·卡西尔:《语言与神话》,于晓等译,生活·读书·新知三联书店1988年版。

[22] 陈永国编译:《游牧思想:吉尔·德勒兹、费利克斯·瓜塔里读本》,吉林人民出版社2003年版。
[23] [法]吉尔·德勒兹:《批评与临床》,刘云虹、曹丹红译,南京大学出版社2012年版。
[24] [美]哈罗德·布鲁姆:《影响的焦虑》,徐文博译,江苏教育出版社2006年版。
[25] [美]哈罗德·布鲁姆:《西方正典》,江宁康译,译林出版社2005年版。
[26] [瑞士]费尔迪南·德·索绪尔:《普通语言学教程》,高名凯译,商务印书馆1980年版。
[27] [美]杰弗里·哈特曼:《荒野中的批评》,张德兴译,天津人民出版社2008年版。
[28] [德]卡尔·曼海姆:《意识形态与乌托邦》,黎鸣等译,商务印书馆2000年版。
[29] [德]黑格尔:《美学》(第一卷),朱光潜译,商务印书馆1979年版。
[30] [英]雷蒙·威廉斯:《关键词:文化与社会的词汇》,刘建基译,生活·读书·新知三联书店2005年版。
[31] [英]拉曼·塞尔登等:《当代文学理论导读》,刘象愚译,北京大学出版社2006年版。
[32] [匈]卢卡奇:《历史与阶级意识》,杜章智等译,商务印书馆1992年版。
[33] [法]罗兰·巴特:《罗兰·巴特随笔选》,怀宇译,百花文艺出版社2005年版。
[34] [法]罗兰·巴特:《S/Z》,屠友祥译,上海人民出版社2000年版。
[35] 包亚明主编:《后现代性与公正游戏——利奥塔访谈、书信录》,谈瀛洲译,上海人民出版社1997年版。
[36] [法]克劳德·列维-斯特劳斯:《结构人类学——巫术·宗教·艺术·神话》,陆晓禾等译,文化艺术出版社1989年版。
[37] [法]列维-布留尔:《原始思维》,丁由译,商务印书馆1981年版。
[38] [美]理查·罗蒂:《哲学和自然之镜》,李幼蒸译,生活·读书·新知三联书店1987年版。
[39] 陆梅林选编:《西方马克思主义美学文选》,漓江出版社1988年版。
[40] [法]米歇尔·福柯:《知识考古学》,谢强、马月译,生活·读书·新知三联书店2003年版。
[41] [美]W.J.T.米歇尔:《图像理论》,陈永国、胡文征译,北京大学出版社2006年版。

[42] [德]马丁·海德格尔:《存在与时间》(修订译本),陈嘉映、王庆节译,生活·读书·新知三联书店2006年版。
[43] [加]马克·昂热诺等主编:《问题与观点:20世纪文学理论综论》,史忠义等译,河南大学出版社2010年版。
[44]《审美之维——马尔库塞美学论著集》,李小兵译,生活·读书·新知三联书店1989年版。
[45] [美]赫伯特·马尔库塞:《单向度的人——发达工业社会意识形态研究》,刘继译,上海译文出版社1989年版。
[46] [加]马歇尔·麦克卢汉:《理解媒介:论人的延伸》(增订评注本),何道宽译,译林出版社2011年版。
[47] [美]尼古拉斯·米尔佐夫:《视觉文化导论》,倪伟译,江苏人民出版社2006年版。
[48] [英]尼克·史蒂文森:《认识媒介文化:社会理论与大众传播》,王文斌译,商务印书馆2001年版。
[49] [美]尼尔·波兹曼:《娱乐至死·童年的消逝》,章艳、吴燕莛译,广西师范大学出版社2009年版。
[50] [法]皮埃尔·马舍雷:《文学在思考什么?》,张璐、张新木译,译林出版社2011年版。
[51] [法]皮埃尔·布迪厄:《艺术的法则——文学场的生成和结构》,刘晖译,中央编译出版社2001年版。
[52] [美]乔纳森·卡勒:《结构主义诗学》,盛宁译,中国社会科学出版社1991年版。
[53] [美]乔纳森·卡勒:《当代学术入门:文学理论》,李平译,辽宁教育出版社1998年版。
[54] 斯拉沃热·齐泽克等:《图绘意识形态》,方杰译,南京大学出版社2002年版。
[55] [英]斯图尔特·霍尔编:《表征——文化表象与意指实践》,徐亮、陆兴华译,商务印书馆2003年版。
[56] [美]苏珊·朗格:《艺术问题》,滕守尧、朱疆源译,中国社会科学出版社1983年版。
[57] [英]汤林森:《文化帝国主义》,冯建三译,上海人民出版社1999年版。
[58] [德]沃尔夫冈·伊瑟尔:《阅读活动——审美反应理论》,金元浦、周宁译,中国社会科学出版社1991年版。
[59] [美]R.韦勒克:《批评的诸种概念》,丁泓、余徵译,四川文艺出版社

1988年版。
[60] [美]雷·韦勒克、奥·沃伦:《文学理论》,刘象愚等译,生活·读书·新知三联书店1984年版。
[61] [美]雷纳·韦勒克:《近代文学批评史》(第1卷),杨岂深、杨自伍译,上海译文出版社1987年版。
[62] [美]希利斯·米勒:《重申解构主义》,郭英剑等译,中国社会科学出版社2000年版。
[63] [美]希利斯·米勒:《文学死了吗》,秦立彦译,广西师范大学出版社2007年版。
[64] 赵毅衡编选:《"新批评"文集》,中国社会科学出版社1988年版。
[65] [波]罗曼·英加登:《对文学的艺术作品的认识》,陈燕谷、晓未译,中国文联出版公司1988年版。
[66] [英]特里·伊格尔顿:《文学原理引论》,刘峰译,文化艺术出版社1987年版。
[67] [英]特里·伊格尔顿:《马克思主义与文学批评》,文宝译,人民文学出版社1980年版。
[68] [英]特里·伊格尔顿:《沃尔特·本雅明或走向革命批评》,郭国良、陆汉臻译,译林出版社2005年版。
[69] [英]特里·伊格尔顿:《理论之后》,商正译,商务印书馆2009年版。
[70] [英]特里·伊格尔顿:《审美意识形态》,王杰等译,广西师范大学出版社2001年版。
[71] [英]特里·伊格尔顿:《历史中的哲学、政治、爱欲》,马海良译,中国社会科学出版社1999年版。
[72] [美]詹姆逊:《布莱希特与方法》,陈永国译,中国社会科学出版社1998年版。
[73] [美]詹明信:《晚期资本主义的文化逻辑:詹明信批评理论文选》,陈清侨等译,生活·读书·新知三联书店1997年版。
[74] [美]詹姆逊:《语言的牢笼》,钱佼汝译,百花洲文艺出版社1997年版。
[75] 王逢振主编:《新马克思主义》(《詹姆逊文集》第1卷),中国人民大学出版社2004年版。
[76] 王逢振主编:《批评理论和叙事阐释》(《詹姆逊文集》第2卷),中国人民大学出版社2004年版。
[77] 王逢振主编:《政治无意识》(《詹姆逊文集》第8卷),王逢振、陈永国译,中国人民大学出版社 2016年版。

[78]《后现代主义与文化理论——杰姆逊教授讲演录》,唐小兵译,陕西师范大学出版社1987年版。
[79][法]居伊·德波:《景观社会》,王昭风译,南京大学出版社2006年版。
[80][美]戴维·斯沃茨:《文化与权力:布尔迪厄的社会学》,陶东风译,上海译文出版社2006年版。
[81][德]加布丽埃.施瓦布:《文学、权力与主体》,陶家俊译,中国社会科学出版社2011年版。

三、中文著作

[1] 姚文放:《从形式主义到历史主义——晚近文学理论"向外转"的深层机理探究》,北京大学出版社2017年版。
[2] 姚文放:《审美文化学导论》,社会科学文献出版社2011年版。
[3] 俞吾金:《意识形态论》,上海人民出版社1993年版。
[4] 张一兵:《问题式、症候阅读与意识形态:关于阿尔都塞的一种文本学解读》,中央编译出版社2003年版。
[5] 欧阳友权:《网络文艺学探析》,中国社会科学出版社2018年版。
[6] 苏宏斌:《文学本体论引论》,上海三联书店2006年版。
[7] 金惠敏,王福民:《间文化·泛文学·全媒介》,中国社会科学出版社2019年版。
[8] 段吉方:《意识形态与审美话语:伊格尔顿文学批评理论研究》,人民文学出版社2010年版。
[9] 余匡复:《布莱希特论》,上海外语教育出版社2002年版。
[10] 何国瑞主编:《艺术生产原理》,人民文学出版社1989年版。
[11] 陈永国:《文化的政治阐释学:后现代语境中的詹姆逊》,中国社会科学出版社2000年版。
[12] 刘晓南:《第四种批评》,北京大学出版社2008年版。